VERONICA ROTH

DIV3RGENTE 3

Traduit de l'américain par
Anne Delcourt

Nathan

L'édition originale de ce livre a été publiée
pour la première fois en anglais aux États-Unis aux éditions Katherine Tegen Books,
HarperCollins Publishers, sous le titre *Allegiant*.

Publié avec l'autorisation de HarperCollins Children's Books,
une division de HarperCollins Publishers.

Couverture : photo de François Caillon.

Loi n° 49-956 du 16 juillet 1949 sur les publications destinées à la jeunesse,
modifiée par la loi n° 2011-525 du 17 mai 2011

ISBN 978-2-09-253232-4

Dépôt légal : mai 2014

À Jo, mon guide et mon ancrage

Dès lors que des réponses existent à une question,
elles doivent être fournies ou du moins recherchées.
Les processus de pensée illogiques doivent être combattus.
Les mauvaises réponses doivent être rectifiées.
Les bonnes réponses doivent être défendues.
Extrait du Manifeste de la faction des Érudits

CHAPITRE UN

TRIS

SES PAROLES résonnent dans ma tête tandis que j'arpente ma cellule au siège des Érudits : « Je m'appelle désormais Edith Prior. Et il y a beaucoup de choses que je serai heureuse d'oublier. »

— Et tu es sûre que tu ne l'as jamais vue ? Même en photo ? me demande Christina.

Sa jambe blessée est posée sur un oreiller. Elle a reçu une balle lors du coup de force qui nous a permis de diffuser publiquement la vidéo d'Edith Prior. Nous n'avions pas la moindre idée de ce qu'elle contenait, ni qu'elle allait saper les fondations sur lesquelles reposaient nos vies, à savoir les factions, nos identités.

— C'est peut-être une de tes grand-mères ? Une tante ? Un truc comme ça ?

— Puisque je te dis que non, répliqué-je. Prior est – était – le nom de mon père ; elle serait forcément de sa famille. Mais à ma connaissance, c'était tous des Érudits. Et Edith est un prénom altruiste. Alors…

— Alors ça doit être plus ancien que ça, suggère Cara.

À cet instant, c'est fou ce qu'elle ressemble à son frère. Will, mon ami. Celui que j'ai tué. Puis elle se redresse et le fantôme de Will s'évanouit.

— Il faut sûrement remonter à plusieurs générations. Ce serait une de tes ancêtres, quoi.

« Ancêtre ». Le mot m'évoque quelque chose de décrépit. comme de la brique qui s'effrite. Je pose ma main sur le mur de la cellule. Il est froid.

Mon ancêtre… Et voilà l'héritage qu'elle m'a transmis : la liberté de vivre en dehors des factions. La découverte que mon identité de Divergente est plus importante que je n'aurais jamais pu l'imaginer. Le fait même que j'existe est un signal. Nous devons quitter cette ville et aller offrir notre aide à ceux qui vivent à l'extérieur.

— Je veux savoir, reprend Cara en se passant la main sur le visage. J'ai besoin de savoir depuis combien de temps on est là ! Tu peux arrêter de tourner en rond une minute ?

Je m'immobilise au milieu de la cellule et je la regarde, un peu surprise par le ton de sa voix.

— Excuse-moi, marmonne-t-elle.

— C'est bon, intervient Christina. Je ne sais pas depuis quand on est enfermées ici, mais ça fait bien trop longtemps.

Il s'est écoulé plusieurs jours depuis qu'Evelyn a maîtrisé le chaos qui régnait dans le hall du siège des Érudits et fait enfermer tous les prisonniers dans des cellules au deuxième étage. Une sans-faction est venue soigner nos blessures et nous distribuer des antalgiques, et on s'est nourries et douchées plusieurs fois. Mais j'ai eu beau questionner nos gardiens, impossible de savoir ce qui se passe dehors.

— J'étais sûre que Tobias viendrait me voir, dis-je en m'asseyant au bord de mon lit. Qu'est-ce qu'il fabrique ?

— Peut-être qu'il t'en veut encore de lui avoir menti et d'avoir coopéré avec son père, suggère Cara.

Je la foudroie du regard.

— Quatre n'est pas aussi mesquin, objecte Christina, soit pour la remettre à sa place, soit pour me rassurer. Il doit se passer un truc qui l'empêche de venir. Il t'a bien dit de lui faire confiance, non ?

Dans la confusion, alors que tout le monde criait et que les sans-faction essayaient de nous pousser vers les escaliers, je me suis agrippée à lui pour que nous ne soyons pas séparés. Il m'a simplement dit : « Fais-moi confiance. Fais ce qu'ils te disent. »

— J'essaie, assuré-je à Christina.

Et c'est vrai. Mais chaque nerf, chaque fibre de mon être réclame de sortir non seulement de cette cellule, mais de la prison que représente la ville qui l'entoure.

J'ai besoin de savoir ce qu'il y a de l'autre côté de la Clôture.

CHAPITRE DEUX

TOBIAS

JE NE PEUX PAS traverser ces couloirs sans repenser aux jours que j'ai passés prisonnier ici, pieds nus, assailli par la douleur au moindre mouvement. Et ce souvenir est indissociablement lié à l'attente du moment où Beatrice Prior devrait mourir, à mes coups de poing désespérés contre la porte, à l'image de Tris inerte dans les bras de Peter, avant qu'il ne me dise qu'elle était simplement droguée.

Je hais cet endroit.

Il n'est plus si impressionnant depuis la bataille ; il y a des impacts de balles dans les murs et des débris de verre un peu partout. Le sol est crasseux et l'éclairage vacillant. On me laisse entrer dans la cellule sans me poser de questions, parce que je porte le brassard noir marqué d'un cercle blanc des sans-faction, mais aussi parce que les traits d'Evelyn se retrouvent sur mon visage. Le nom de Tobias Eaton, jusqu'ici entaché par la honte, est désormais doté d'un grand pouvoir.

Tris, épaule contre épaule avec Christina, est accroupie sur le sol de la cellule en face de Cara. Mais alors qu'elle devrait me paraître pâle et frêle – ce qu'elle est –, elle me semble occuper toute la pièce.

Ses yeux s'écarquillent à mon entrée et déjà elle se serre contre moi, les bras autour de ma taille, le visage contre ma poitrine.

Je presse son épaule en lui caressant les cheveux et, une fois de plus, je suis surpris quand mes mains rencontrent sa nuque. J'étais content quand elle s'est coupé les cheveux, parce que cette nouvelle coupe était celle d'une guerrière et que c'était précisément ce dont elle avait besoin.

— Comment as-tu réussi à entrer ? me demande-t-elle de sa voix douce et claire.

— Je suis Tobias Eaton.

Ça la fait rire.

— Pardon. J'oublie toujours.

Elle s'écarte de moi, juste assez pour pouvoir me regarder. Il y a quelque chose d'incertain dans ses yeux, comme un tas de feuilles que le vent peut éparpiller d'un instant à l'autre.

— Qu'est-ce qui se passe ? Pourquoi tu n'es pas venu plus tôt ?

Son ton est presque implorant. Quels que soient les souvenirs horribles que cet endroit m'évoque, il en est encore plus chargé pour elle : sa marche vers son exécution, la trahison de son frère, le sérum de simulation des Érudits. Il faut que je la sorte de là.

Cara lève les yeux, curieuse d'entendre ce que je vais répondre.

Evelyn va imposer un couvre-feu, dis-je. Personne ne

pourra plus faire un pas sans sa bénédiction. Il y a quelques jours, elle a tenu un grand discours sur la nécessité de s'unir contre nos oppresseurs du dehors.

— Nos oppresseurs ? répète Christina, surprise.

Elle sort de sa poche un flacon dont elle avale le contenu. Sûrement un antidouleur.

— Ma mère – et elle est loin d'être la seule – estime que ce serait une erreur de sortir de la ville pour aller aider des gens qui nous y ont fourrés rien que pour pouvoir se servir de nous plus tard. Elle veut qu'on garde notre énergie pour remettre la ville en état et régler nos problèmes, au lieu de s'occuper de ceux des autres. Je la cite, bien sûr. Je crois surtout que ça l'arrange, parce que tant qu'on restera tous à l'intérieur de la Clôture, elle conservera le pouvoir. À la minute où on sortira, ce sera fini pour elle.

— Super, commente Tris, les yeux au ciel. C'est bien son genre, de faire le choix le plus égoïste.

— En même temps, elle n'a pas entièrement tort, intervient Christina en faisant rouler le flacon vide entre ses doigts. Je ne dis pas que je n'ai pas envie de sortir de la ville pour savoir ce qu'il y a dehors, mais on a du pain sur la planche, ici. Et comment voulez-vous aider des gens dont on ne sait rien ?

Tris réfléchit en se mordant la joue.

— Bonne question, avoue-t-elle.

Ma montre indique quinze heures. Je me suis déjà trop attardé – assez pour éveiller les soupçons d'Evelyn. Je lui ai raconté que j'allais voir Tris pour rompre et que je n'en aurais pas pour longtemps. Je ne suis pas certain qu'elle m'ait cru.

— Écoutez, dis-je. Je suis venu vous prévenir qu'ils vont commencer à juger les prisonniers. Ils vont vous injecter du sérum de vérité, et si vous parlez, vous serez condamnées pour trahison.

— Pour *trahison* ? gronde Tris. En quoi le fait d'avoir montré la vidéo d'Edith est un acte de trahison ?

— C'était un acte de désobéissance vis-à-vis de vos leaders. Evelyn et ses partisans ne veulent pas quitter la ville. Ils ne risquent pas de vous remercier d'avoir montré cette vidéo.

— Ils ne valent pas mieux que Jeanine ! s'indigne Tris en donnant un coup de poing dans le vide. Prêts à tout pour étouffer la vérité ! Et tout ça pour quoi ? Pour être les rois de leur petit monde minable ! Quelle absurdité !

Je ne le dirais jamais tout haut, mais dans un sens, je suis d'accord avec ma mère. Divergent ou non, je ne dois rien à ceux du dehors. Je ne suis pas sûr de vouloir leur faire don de ma personne pour résoudre les problèmes de l'humanité, quoi qu'on entende par là.

En revanche, tout mon être exige de partir, furieusement, rageusement, avec le même sentiment de nécessité qu'un animal pris au piège et prêt à se ronger la patte pour se libérer.

— Quoi qu'il en soit, déclaré-je prudemment, si le sérum de vérité marche sur vous, vous serez condamnées.

— Comment ça, si le sérum marche sur nous ? relève Cara.

— Divergente, lui rappelle Tris en se tapotant la tête.

— Ah, d'accord. C'est vrai que tu es plutôt atypique, observe Cara en remettant en place une mèche de cheveux. En règle générale, les Divergents ne sont pas plus immunisés que les autres contre le sérum de vérité. Je me demande ce qui te rend différente...

— Tu n'es pas la seule, réplique sèchement Tris. Tous les Érudits qui m'ont planté une aiguille dans le cou se sont posé la question.

— On peut se concentrer sur le problème actuel ? les coupé-je. Je préférerais ne pas être obligé de vous faire évader.

Je tends la main vers Tris en quête de réconfort et elle me presse les doigts. Là d'où l'on vient tous les deux, on ne se touche pas à la légère. Du coup, chaque contact entre nous prend de l'importance et se charge d'énergie et d'apaisement.

— OK, on arrête, me dit-elle, radoucie. C'est quoi, ton idée ?

— Je vais essayer de convaincre Evelyn de te faire passer en premier. Tu n'auras plus qu'à trouver un bon mensonge à lui raconter quand on t'aura injecté le sérum. Quelque chose qui blanchira Christina et Cara.

— Quel genre de mensonge ?

— Je pensais te laisser te débrouiller avec ça. Tu mens beaucoup mieux que moi.

À l'instant où je le dis, je me rends compte que je viens de toucher un point sensible. Elle m'a menti tant de fois ! Quand Jeanine a exigé le sacrifice d'un Divergent, elle m'a promis de ne pas mettre sa vie en danger en se livrant. Pendant l'attaque des Érudits, elle m'a assuré qu'elle se tiendrait à l'écart, et je l'ai retrouvée là-bas avec mon père. Je comprends pourquoi elle a fait tout cela, mais ça n'empêche qu'elle a trahi ma confiance.

Elle regarde ses chaussures.

— Ouais. OK. Je trouverai un truc.

— Je vais tâcher de persuader Evelyn de hâter la procédure.

— Merci.

J'éprouve une violente envie, désormais familière, de m'arracher à mon enveloppe corporelle pour parler directement à son esprit. Et je me rends compte que c'est ce même élan qui me donne envie de l'embrasser dès que je la vois, parce que le plus petit espace entre nous me rend fou. Nos mains s'étreignent. Sa paume est moite de sueur, la mienne rugueuse à force de m'agripper à des trains en marche. Ses yeux me font penser à de vastes ciels, comme je n'en ai jamais vu en dehors de mes rêves.

— Si vous comptez vous embrasser, merci de prévenir, que j'aie le temps de regarder ailleurs, nous lance Christina.

— Considère-toi comme prévenue, lui répond Tris.

Et on s'embrasse.

Une main sur sa joue pour prolonger notre baiser, je garde ma bouche sur la sienne pour sentir chaque point de contact entre nos lèvres quand elles se séparent et se retrouvent. Je savoure l'air que nous partageons la seconde d'après et la caresse de son nez qui glisse le long du mien. Je ravale les mots qui me brûlent les lèvres, parce qu'ils sont trop intimes. Mais à la réflexion, ça m'est égal.

— C'est dommage qu'on ne puisse pas être un peu seuls, dis-je en sortant de la cellule à reculons.

— Je me dis ça tout le temps, répond-elle en souriant.

Et je referme la porte sur l'image de Christina en train de faire semblant de vomir, de Cara qui rit, et de Tris laissant retomber ses bras le long de son corps.

CHAPITRE TROIS

TRIS

— JE PENSE que vous n'êtes qu'une bande d'idiots.

J'ai les mains repliées l'une sur l'autre sur mes genoux, comme un enfant dans son sommeil. Mon corps est alourdi par le sérum de vérité. Une pellicule de transpiration recouvre mes paupières.

— Vous devriez me remercier au lieu de m'interroger.

— Tu veux qu'on te remercie pour avoir bravé les instructions des leaders de ta faction ? Pour avoir tenté d'empêcher l'un d'eux de tuer Jeanine Matthews ? C'était un acte de trahison.

Evelyn Johnson parle comme un serpent crache son venin. Nous sommes dans l'ancienne salle de conférence du siège des Érudits, là où se déroulent maintenant les jugements. Je suis enfermée depuis au moins une semaine.

Tobias, à moitié masqué par l'ombre de sa mère, évite mon regard depuis que je me suis assise et qu'ils ont coupé la corde en plastique qui me liait les poignets. Ses yeux croisent brièvement les miens et je sais que c'est le moment de mentir.

C'est plus facile à faire maintenant que je m'en sais capable même sous l'effet de la drogue. Il me suffit de repousser le poids du sérum de vérité dans un coin de mon esprit.

— Je n'ai commis aucun acte de trahison, protesté-je. Je croyais que Marcus travaillait sous les ordres de la coalition des Audacieux et des sans-faction. À défaut de pouvoir participer comme soldat, j'ai voulu me rendre utile autrement.

— Qu'est-ce qui t'empêchait d'être soldat ?

Une lumière fluorescente brille derrière Evelyn et je ne vois pas son visage à contre-jour Je ne peux pas me concentrer sur une idée plus d'une seconde avant que le sérum ne menace de me submerger.

— Je...

Je me mords la lèvre, comme si j'essayais de retenir les mots. Je me demande depuis quand je suis aussi bonne comédienne, mais c'est vrai que j'ai toujours été douée pour mentir.

— Je ne peux pas tenir une arme, voilà. Pas depuis que j'ai tiré sur... mon ami. Will. Je panique dès que j'en ai une à la main.

— Ainsi, Marcus t'a raconté qu'il agissait sous mes ordres, résume Evelyn. Et tu l'as cru, en sachant ce que tu sais sur ses relations plutôt tendues avec les Audacieux comme avec les sans-faction ?

Son ton est toujours aussi sec, tranchant comme une lame. Je suis sûre que même en fouillant jusque dans les recoins de son âme, je n'y trouverais pas un gramme de compassion.

— Oui.

— Je comprends que tu n'aies pas choisi les Érudits, commente-t-elle en riant.

Mes joues me picotent. J'ai envie de la gifler, et je ne dois pas être la seule dans la salle, même si personne n'oserait l'admettre. Evelyn nous maintient tous en captivité, gardés par des patrouilles armées. Elle sait que ceux qui détiennent les armes détiennent le pouvoir. Et maintenant que Jeanine Matthews est morte, il ne reste plus personne pour la défier.

Ballottés d'un tyran à un autre. Voilà ce qu'est notre nouvelle vie.

— Pourquoi n'en as-tu parlé à personne ?

— Je ne voulais pas avoir à avouer mes faiblesses. Ni que Quatre apprenne que je faisais équipe avec son père. Je savais que ça ne lui plairait pas.

Je sens d'autres mots monter dans ma gorge, dictés par le sérum de vérité.

— Je vous ai fait découvrir la vérité sur cette ville et sur les raisons pour lesquelles on y vit. À défaut de me remercier, vous pourriez au moins agir en conséquence, au lieu de rester assise sur les décombres de ce que vous avez détruit comme si c'était un trône !

Le sourire railleur d'Evelyn se tord comme si elle venait de mordre dans quelque chose d'acide. Elle se penche vers moi et, pour la première fois, je distingue les marques de l'âge sur son visage : les pattes d'oie, les plis autour de la bouche, et une pâleur malsaine résultant d'années de malnutrition.

Mais elle est restée belle. Aussi belle que son fils. La faim ne lui a pas enlevé ça.

— J'agis en conséquence. Je construis un monde nouveau, me répond-elle d'une voix qui se réduit à un murmure à peine audible. J'ai été une Altruiste. Je connais la vérité depuis bien plus longtemps que toi, Beatrice Prior. Tu as de la chance d'arriver à t'en tirer comme ça, mais je te garantis que tu n'auras pas ta place dans mon nouveau monde, encore moins auprès de mon fils.

Je lâche un petit sourire. Je ne devrais pas, mais les gestes et les expressions du visage sont plus durs à contrôler que les mots, avec ce poids dans mes veines. Evelyn croit que Tobias lui appartient, désormais. Elle ne sait pas qu'en réalité, il est à moi.

Elle se redresse en croisant les bras.

— Le sérum de vérité nous a révélé que si tu es une idiote, au moins tu n'as pas trahi. L'interrogatoire est terminé. Tu peux partir.

— Et mes amies ? demandé-je d'une voix pâteuse. Christina et Cara ? Elles non plus, elles n'ont rien fait de mal.

— On se penchera bientôt sur leur cas, me répond Evelyn.

Je me lève, malgré mes jambes en coton et ma tête qui tourne sous l'effet du sérum. La salle est bondée. Je cherche la porte durant de longues secondes, jusqu'à ce que quelqu'un me prenne par le bras, un garçon à la peau mate, avec un grand sourire – Uriah. Tout le monde se met à parler tandis qu'il me guide vers la sortie.

+++

J'entre dans l'ascenseur avec Uriah, encore un peu chancelante. Une fois la porte refermée, je lui demande :

— Tu n'as pas trouvé que j'en faisais un peu trop avec mon histoire de décombres et de trône ?

— Non. Elle sais que tu as l'habitude de dire ce que tu penses. Si tu t'étais écrasée, elle aurait pu trouver ça louche.

J'ai l'impression que tout mon corps vibre d'énergie à la

perspective des prochains événements. Je suis libre. On va trouver un moyen de sortir de la ville. Finie l'attente, fini de tourner en rond dans une cellule en réclamant en vain des réponses.

Ce matin, les gardes m'ont quand même fourni quelques informations sur le nouveau système des sans-faction. On demande aux gens de se rassembler autour du siège des Érudits et de se mêler, pas plus de quatre membres d'une même faction dans un même logement. On doit aussi mélanger nos vêtements. En application de ce décret, on m'a donné tout à l'heure un tee-shirt jaune des Fraternels et un pantalon noir des Sincères.

— C'est par là, m'indique Uriah en sortant de l'ascenseur.

Tout cet étage est en verre, murs compris. Le soleil qui se réfracte sur les vitres dessine des bribes d'arcs-en-ciel par terre. Éblouie, je porte une main en visière au-dessus de mes yeux et je suis Uriah dans une pièce étroite et tout en longueur, meublée de deux rangées de lits. Chacun est encadré par une table de chevet et une petite armoire en verre pour les affaires personnelles.

— C'est l'ancien dortoir des novices, m'explique Uriah. J'ai déjà réservé des lits pour Christina et Cara.

Trois filles vêtues de tee-shirts rouges sont assises sur un lit près de la porte : des Fraternelles, a priori. Une femme plus âgée est allongée sur un autre lit à ma gauche. Une branche de ses lunettes pend à son oreille ; sûrement une Érudite. Je devrais arrêter de classer les gens par factions, mais c'est une habitude bien ancrée, difficile à perdre.

Uriah s'assied lourdement sur l'un des lits du fond. Je m'installe sur celui d'à côté, heureuse d'être enfin libre et de pouvoir me reposer.

— Zeke dit que les sans-faction prennent leur temps pour traiter les dossiers des disculpés, me signale-t-il. Christina et Cara devraient arriver un peu plus tard dans la journée.

Sur le coup, je suis soulagée que tous mes proches sortent de prison d'ici ce soir. Avant de me rappeler qu'en tant qu'acolyte notoire de Jeanine Matthews, Caleb y est toujours, et que les sans-faction ne l'absoudront jamais. Mais jusqu'où iront-ils pour détruire la marque laissée sur la ville par Jeanine ? Ça, je l'ignore.

« Je m'en fiche », me dis-je. Mais à la seconde même, je sais que c'est faux. Caleb est toujours mon frère.

— Super. Merci, Uriah.

Il hoche la tête et s'adosse au mur.

— Et toi, comment ça va ? lui demandé-je. Je veux dire… par rapport à Lynn…

Uriah était déjà ami avec Lynn et Marlene quand je les ai rencontrés et elles sont mortes toutes les deux. Je me dis que je peux peut-être comprendre ce qu'il ressent – moi aussi, j'ai perdu deux amis : Al, victime de la pression de l'initiation, et Will, à cause de l'attaque de simulation et de mes réactions incontrôlées. Mais je ne vais pas me leurrer en me racontant que nos peines se valent. Pour commencer, Uriah connaissait ses amies bien mieux que moi les miens.

— Je n'ai pas envie d'en parler, me répond-il en secouant la tête. Ni d'y penser. Tout ce que je veux, c'est aller de l'avant.

— D'accord. Je comprends. Mais… si tu changes d'avis, enfin… je suis là.

— OK.

Il me sourit, et se lève vivement.

— C'est bon, tu es bien installée ? Je dois y aller, j'ai promis à ma mère de passer la voir. Ah, j'allais oublier : Quatre m'a dit de te dire qu'il voulait te parler.

Je me redresse aussitôt.

— Ah bon ? Où ça ? Quand ?

— Ce soir à dix heures, au Millenium Park, sur la grande pelouse, me répond Uriah avec un petit air moqueur. Et ne t'excite pas comme ça, tu vas finir par te péter une artère.

CHAPITRE QUATRE

TOBIAS

MA MÈRE s'assied toujours au bord des choses – au bord des chaises, des appuis de fenêtre, des tables –, comme si elle s'attendait en permanence à devoir fuir d'une minute à l'autre. Cette fois-ci, elle est assise au bord du bureau de Jeanine, sur la pointe des pieds, nimbée par la lumière voilée de la ville. Son corps est tout en muscles, sans un gramme de gras.

—Je crois qu'il est temps de discuter de ta loyauté, m'annonce-t-elle.

Son ton n'est pas accusateur, juste las. L'espace d'un instant, elle a l'air si épuisée qu'il me semble que je pourrais lire en elle, mais elle se redresse et mon impression s'envole aussitôt.

—C'est toi qui as aidé Tris à diffuser cette vidéo, me dit-elle. Ça me paraît évident.

—Écoute, commencé-je en me penchant vers elle. J'ignorais ce qu'il y avait dessus. Je me suis simplement fié au jugement de Tris. Voilà comment ça s'est passé.

J'espérais que ma prétendue rupture avec Tris inciterait ma mère à me faire davantage confiance, et je ne me suis pas trompé : elle se montre plus chaleureuse, plus ouverte, depuis que je lui ai servi ce mensonge.

— Et maintenant que tu as vu les images ? me demande-t-elle. Qu'est-ce que tu en penses ? Tu crois qu'on devrait quitter la ville ?

Je sais ce qu'elle veut entendre : que je ne vois pas pourquoi on rejoindrait le monde extérieur. Mais n'étant pas un très bon menteur, je préfère m'en tenir à une demi-vérité.

— Ça me fait peur. Ça ne me paraît pas prudent de quitter la ville sans avoir aucune idée des dangers qu'on peut rencontrer dehors.

Elle m'observe un moment en se mordant la joue. J'ai hérité de son tic – petit, je me mordais jusqu'au sang en attendant le retour de mon père le soir, sans savoir à qui j'aurais affaire, celui à qui les Altruistes vouaient confiance et admiration, ou celui qui me frappait à coups de ceinture.

Je passe la langue sur les cicatrices de ces morsures en ravalant mon souvenir, qui me laisse un goût de bile dans la bouche.

Evelyn se laisse glisser du bureau pour aller regarder par la fenêtre.

— On m'a parlé d'une organisation rebelle qui s'est créée parmi les nôtres. Les gens recherchent toujours la sécurité du groupe, poursuit-elle en haussant un sourcil. C'est humain. Mais je n'avais pas prévu que ce serait si rapide.

— Quel genre d'organisation ?

— Le genre qui veut quitter la ville. Ils ont diffusé une sorte de manifeste ce matin. Ils se font appeler les Loyalistes.

Devant mon air perplexe, elle ajoute :

Parce qu'ils restent *loyaux* à la raison d'être initiale de la ville.

— Par « raison d'être initiale », tu veux dire celle dont parle Edith Prior ? Le fait de sortir de la ville quand il y aurait assez de Divergents ?

— Ça, plus le système des factions. Ils pensent qu'on doit le perpétuer, juste parce qu'on fonctionne comme ça depuis le début.

Elle secoue la tête et conclut :

— Beaucoup de gens ont peur du changement. Mais on ne peut pas se laisser arrêter par ça.

Maintenant que les factions sont démantelées, je me sens comme quelqu'un qui vient de purger une longue peine de prison. Je n'ai plus à soupeser chacun de mes choix et chacune de mes pensées en me demandant s'ils sont conformes à une idéologie. Je ne veux pas qu'on revienne aux factions.

Mais contrairement à ce qu'elle croit, Evelyn ne nous a pas libérés ; elle a juste fait de nous des sans-faction. Elle a trop peur de ce qu'on choisirait si on disposait d'une liberté réelle. Alors, quoi que je pense des factions, je me réjouis qu'il y ait des gens prêts à s'opposer à elle.

Je m'applique à garder une expression neutre, mais mon cœur s'est mis à battre plus vite. J'ai dû me montrer prudent ces derniers temps pour rester dans les bonnes grâces d'Evelyn. Mais j'ai du mal à mentir à ma mère, la seule personne qui connaisse tous les secrets de mon enfance chez les Altruistes et la violence qui allait avec.

— Qu'est-ce que tu vas faire ? demandé-je.

— Je vais les mettre au pas, quelle question !

Je me raidis. « Mettre au pas » passe toujours par des aiguilles, des sérums, des simulations, comme celle qui a failli me pousser à tuer Tris ou celle qui a changé les Audacieux en armée de tueurs.

— Avec des simulations ? questionné-je lentement.

— Bien sûr que non ! s'exclame-t-elle, indignée. Tu me prends pour Jeanine Matthews ? Son accès de colère me fait sortir de ma réserve.

— N'oublie pas que je ne sais pas vraiment qui tu es, Evelyn.

— Dans ce cas, laisse-moi te dire que jamais je n'aurai recours aux simulations pour atteindre mon but. Même tuer des gens me paraît moins choquant.

Peut-être est-ce le choix qu'elle fera ; tuer les Loyalistes aurait l'avantage d'étouffer leur révolution dans l'œuf.

Il faut que je les prévienne, et vite.

— Je peux découvrir qui ils sont, proposé-je.

— Je n'en doute pas, me répond Evelyn. Pour quelle autre raison est-ce que je t'en aurais parlé, sinon ?

Ce ne sont pas les raisons qui manquent. Pour me tester. Pour me prendre en faute. Pour me piéger. Je connais ma mère, c'est quelqu'un pour qui la fin justifie toujours les moyens, comme mon père ; comme moi aussi, parfois.

— Bien, alors je vais le faire, l'assuré-je. Je vais les trouver.

Je me lève et ses doigts rêches comme de l'écorce m'effleurent le bras.

— Merci.

Je me force à la regarder. Elle a les yeux rapprochés, et le même nez busqué que moi. Sa peau est bistre, plus sombre que la mienne. L'espace d'une seconde, je la revois dans sa tenue grise d'Altruiste, son épaisse chevelure domptée par une dizaine d'épingles, assise en face de moi à la table du dîner ;

je la revois accroupie en face de moi, boutonnant ma chemise avant que je parte pour l'école, guettant d'un œil l'arrivée de mon père dans la rue morne, les poings fermés – non, crispés, les jointures blanchies. Nous étions alliés dans la peur. Maintenant qu'elle n'a plus peur, quelque part, j'aimerais voir ce que ça donnerait si on s'alliait de nouveau.

Mon ventre se noue comme si je venais de trahir ma mère, la seule personne sur qui j'aie pu compter autrefois. Je pars avant d'avoir cédé à l'élan de faire machine arrière et de lui demander pardon.

Une fois dans la foule, devant le siège des Érudits, privé de mes repères visuels habituels, je cherche instinctivement des yeux les couleurs des factions. Je porte un tee-shirt gris et un jean bleu avec des chaussures noires – de nouveaux vêtements. Mais aussi, en dessous, mes tatouages d'Audacieux. Mes choix sont impossibles à effacer.

Surtout ceux-là.

CHAPITRE CINQ

TRIS

JE RÈGLE mon réveil pour qu'il sonne un peu avant dix heures et m'endors sur-le-champ, sans même changer de position. Quelques heures plus tard, ce n'est pas une sonnerie qui me réveille, mais les trois Fraternelles qui se disputent à l'autre bout du dortoir. Je me peigne avec les doigts en courant presque jusqu'à l'escalier de secours. Il donne sur une allée où je ne risque pas trop de me faire remarquer.

L'air frais du dehors me réveille tout à fait. Je tire sur mes manches pour garder mes mains au chaud. Cette fois, l'été touche à sa fin. Quelques personnes traînent devant l'entrée du siège, mais aucune ne fait attention à moi tandis que je me glisse dans Michigan Avenue. Être petite a aussi ses avantages.

Comme prévu, Tobias m'attend au milieu de la grande pelouse du Millenium Park, vêtu d'un assemblage d'habits de diverses factions : un tee-shirt gris, un jean bleu et un sweat à capuche noir. Un échantillon de chaque faction pour lesquelles j'ai été jugée compatible lors de mon test d'aptitudes. Un sac à dos est posé à ses pieds.

— Alors, comment je m'en suis sortie ? demandé-je en le rejoignant.

— Très bien. Evelyn te déteste toujours autant, mais Christina et Cara ont été relâchées sans être interrogées.

Je souris.

— Parfait.

Il m'attire à lui et m'embrasse doucement.

— Viens, me dit-il ensuite. J'ai un plan pour ce soir.

— Ah oui ?

— Je me suis rendu compte qu'on n'avait jamais eu un rencard digne de ce nom, figure-toi.

— Le chaos et la destruction ont une fâcheuse tendance à limiter les occasions.

— C'est peut-être le moment d'essayer.

Il se dirige à reculons en m'entraînant avec lui vers la gigantesque structure métallique qui se dresse à l'autre bout de la pelouse.

— Avant toi, quand j'avais des rencards, j'y allais toujours avec Zeke et ça se terminait en catastrophe. Ça ne ratait jamais : il finissait par sortir avec la fille qu'il visait et je restais assis comme un crétin avec l'autre, que j'avais forcément réussi à vexer d'une manière ou d'une autre pendant la soirée.

— Il faut dire que t'es vraiment pas sympa, commenté-je avec un sourire jusqu'aux oreilles.

— Tu peux parler.

— Hé ! Je peux être très sympa, quand je veux !

— Ah bon ? Vas-y, je t'écoute, dis-moi un truc sympa.

— D'accord : tu es super beau.

Il sourit et ses dents dessinent un éclair dans la nuit

— Pas mal. J'aime bien.

On arrive devant la structure, qui a l'air encore plus grande et plus étrange vue de près. C'est un bâtiment surmonté d'énormes plaques métalliques recourbées qui partent dans tous les sens. On dirait un peu une canette qui aurait explosé. À l'arrière, il se prolonge par un gigantesque réseau de barres métalliques en arceau qui recouvre une scène et des gradins, et une grande partie de la pelouse.

Tobias cale son sac sur son dos, empoigne une barre et se met à grimper.

— Ça me rappelle quelque chose, dis-je.

L'un des premiers trucs qu'on a faits ensemble a été d'escalader la Grande Roue, mais cette fois-là, c'était moi qui nous avais entraînés, toujours plus haut.

Je remonte mes manches et je l'imite. Ma blessure à l'épaule a beau être presque guérie, elle me gêne encore, et je porte mon poids sur mon bras gauche en prenant appui au maximum sur mes jambes. Je baisse les yeux sur les barres qui se croisent sous mes pieds et sur le sol en dessous, et je ris.

Tobias parvient à une intersection en V entre deux plaques, qui ménage assez de place pour s'asseoir à deux. Quand j'arrive à sa hauteur, il m'aide à me hisser en posant une main sur ma hanche. Ça ne s'impose pas, mais je me garde de lui signaler – trop occupée que je suis à savourer la sensation de sa main posée sur moi.

Il sort de son sac à dos une couverture dont il nous enveloppe avant de brandir deux gobelets en plastique.

— Tu veux garder l'esprit clair ou tu préfères planer un peu ? me demande-t-il en regardant dans son sac.

— Euh… L'esprit clair. Tu ne voulais pas qu'on discute ?

— Si.

Il sort une petite bouteille contenant un liquide transparent et pétillant.

— Je l'ai chipée dans la cuisine des Érudits. Ça a l'air pas mal.

Il verse un peu de boisson dans chaque gobelet et j'en prends une gorgée. C'est très sucré, avec un goût citronné et acide qui m'irrite un peu les dents. La deuxième gorgée passe mieux.

— Je t'écoute, dis-je.

Tobias fixe son gobelet, les sourcils froncés.

— Bon… OK, je comprends que tu te sois associée avec Marcus, et que tu aies pensé que tu ne pouvais pas m'en parler. Mais…

— Mais tu es en colère, complété-je. Parce que je t'ai menti. Et à plusieurs reprises.

Il acquiesce d'un hochement de tête, sans me regarder.

— Ce n'est même pas à cause de Marcus. C'est plus profond que ça. Je ne sais pas si tu peux imaginer ce que ça m'a fait de me réveiller tout seul et de comprendre que tu étais partie..

… « vers la mort ». Voilà les mots qu'il doit avoir au bord des lèvres, mais qu'il n'arrive pas à prononcer.

— … au siège des Érudits, achève-t-il.

— Non, sans doute que je ne peux pas.

Je bois une nouvelle gorgée. Je garde un peu le liquide acide dans ma bouche avant de l'avaler.

— Écoute, je… À ce moment-là, je me sentais capable de sacrifier ma vie pour une cause. Mais quand je me suis retrouvée au pied du mur, sur le point de la perdre, j'ai vraiment mesuré ce que ça signifiait.

Il se décide enfin à me regarder.

— Maintenant, je le sais, continué-je. Je sais que je veux vivre.

Je sais que je veux être honnête avec toi. Mais... je ne peux pas, et je ne veux pas le faire, tant que tu ne me fais pas confiance et que tu me parles sur ce ton condescendant que tu as parfois...

— *Condescendant?* Tu faisais n'importe quoi, tu risquais ta vie...

— OK, et tu crois vraiment que ça servait à quelque chose de me parler comme à une gamine qui ne comprend rien ?

— Que voulais-tu que je fasse d'autre ? s'emballe-t-il. Tu ne voulais rien entendre !

— Peut-être qu'il y avait d'autres moyens ! lancé-je en perdant complètement mon calme. J'avais l'impression d'être bouffée par la culpabilité. Littéralement. Ce dont j'avais besoin, c'était de ta patience, de ta compréhension ; pas que tu me cries dessus ! Ah, et j'allais oublier, ni que tu me caches tes plans en permanence comme si je n'étais pas à la hauteur.

— Je ne voulais pas en rajouter.

— Tu penses que je suis quelqu'un de fort, oui ou non ? grogné-je. Parce que visiblement, tu m'estimes capable d'encaisser quand tu m'engueules, mais pas d'assumer le reste. Tu peux m'expliquer ?

Quatre secoue la tête.

— Bien sûr que je pense que tu es quelqu'un de fort. C'est juste que... je n'ai pas l'habitude de me confier. Je me suis toujours débrouillé tout seul.

— Mais moi, je suis fiable, insisté-je. Tu peux me faire confiance. Et me laisser décider ce que je suis capable d'assumer.

— OK. Mais on arrête avec les mensonges. Pour de bon.

— D'accord.

Je me sens tout à coup comprimée, entravée, comme si j'étais coincée dans un espace trop petit pour moi. Mais je ne veux pas que notre conversation se termine comme ça. Je lui tends la main.

— Je suis désolée de t'avoir menti, dis-je. Sincèrement.

— Et moi... je n'ai jamais voulu te donner l'impression que je ne te respectais pas.

On reste assis comme ça un moment, main dans la main. Je m'adosse à une plaque de métal. Au-dessus de moi, le ciel est tout noir, sans étoiles. Lorsque les nuages découvrent la lune, j'en aperçois une devant nous, une seule.

Pourtant, en penchant la tête en arrière, je distingue les contours des immeubles de Michigan Avenue, alignés comme des sentinelles qui veilleraient sur nous.

Je continue à me taire jusqu'à ce que je me sente enfin apaisée. Ma colère est généralement plus tenace, mais ces dernières semaines ont été bizarres pour nous deux, et ça m'a fait du bien de pouvoir lui dire ce que j'avais sur le cœur, mon ressentiment, ma peur qu'il me déteste, et la culpabilité d'avoir travaillé avec son père sans lui en parler.

— Finalement, ce truc est super écœurant, décrète-t-il en posant son gobelet après l'avoir vidé.

— C'est clair, confirmé-je en fixant ce qui reste dans le mien.

Je me force quand même à le finir et les bulles qui me brûlent la gorge me font grimacer.

— Les Érudits feraient bien de moins la ramener, des fois ! dis-je. Rien à voir avec les gâteaux des Audacieux.

— Je me demande ce que les Altruistes auraient eu comme friandises. S'ils en avaient eu.

— Du pain rassis.

Il éclate de rire.

— Des flocons d'avoine !

— Du lait !

— Par moments, dit-il, j'ai l'impression que je crois encore à tout ce qu'ils nous ont appris. Mais si c'était vrai, je ne serais pas assis là avec toi à te tenir la main alors qu'on n'est même pas mariés.

— Et les Audacieux, quel est leur point de vue sur... ça ? demandé-je en regardant nos mains.

— Le point de vue des Audacieux ? Voyons... « Faites ce que vous voulez tant que vous vous protégez. » Voilà leur point de vue.

Je hausse les sourcils devant une réponse aussi directe, les joues en feu.

— Mais personnellement, j'aimerais bien trouver un juste milieu, poursuit-il. Le point qui se situe entre ce que je veux et ce qui me paraît *sage*.

— Tu t'en sors bien, approuvé-je. Et qu'est-ce que tu veux ? ajouté-je après un silence.

Je crois connaître la réponse, mais je veux le lui entendre dire.

— Hmm...

Un sourire s'affiche sur son visage et il s'agenouille devant moi. Prenant appui de chaque côté de ma tête sur la plaque en métal, il m'embrasse lentement, sur la bouche, sur le menton, dans le cou. Je reste immobile, de peur de faire un geste idiot ou quelque chose qui lui déplairait. Mais j'ai un peu l'impression d'être une statue, comme si une partie de moi n'était pas vraiment là, et je pose une main hésitante sur sa taille.

Ses lèvres reviennent sur les miennes et il relève son tee-shirt pour que mes mains soient en contact direct avec sa peau Je m'anime, me pressant contre lui. Mes mains remontent le long de son dos, glissent sur ses épaules. Nos souffles s'accélèrent. Je sens le goût du soda au citron et l'odeur du vent sur sa peau et j'en veux encore, toujours plus.

Il y a une minute, j'avais froid, mais je crois que ce n'est plus un problème, ni pour lui ni pour moi. Il enroule un bras autour de ma taille, fort et plein d'assurance, plonge sa main libre dans mes cheveux et je ralentis pour prendre le temps de tout savourer : le grain lisse de sa peau tatouée à l'encre noire, l'insistance de son baiser et la fraîcheur de l'air qui nous enveloppe.

Je me détends, et j'oublie que je suis une sorte de soldat Divergent qui défie les sérums et les leaders de factions, pour me laisser être, pendant un instant, une fille douce, légère, qui a le droit de rire quand les doigts de Tobias effleurent ses hanches et le creux de ses reins, le droit de soupirer dans son oreille quand il la serre contre lui ou qu'il enfouit le visage dans son cou pour y déposer des baisers. Je me sens moi-même, forte et faible à la fois, et je m'autorise à être les deux, au moins brièvement.

Je ne sais pas combien de temps s'écoule avant que le froid nous atteigne, nous forçant à nous blottir à nouveau sous la couverture.

— Ça devient de plus en plus dur de rester *sage*, me murmure-t-il en riant.

— Sur ce point, je pense qu'on n'est pas différents des autres, dis-je avec un sourire.

CHAPITRE SIX

TOBIAS

IL SE TRAME quelque chose.

Je le sens en remontant la queue de la cafétéria avec mon plateau, je le vois sur les visages d'un groupe de sans-faction, penchés sur leurs bols de flocons d'avoine. Quoi qu'ils mijotent, c'est pour bientôt.

Hier, en sortant du bureau d'Evelyn, j'ai traîné dans le couloir pour écouter à la porte. Je l'ai entendue dire quelque chose à propos d'une manifestation. La question qui rôde dans un coin de ma tête est : pourquoi ne m'en a-t-elle pas parlé ?

Elle doit se méfier de moi. Ce qui veut dire que je ne me débrouille pas si bien que ça dans le rôle de l'homme de confiance.

Je m'assieds à table pour prendre mon petit-déjeuner, le même que tout le monde : un bol de flocons d'avoine agrémentés d'une cuillerée de sucre brun et une grande tasse de café. J'observe le groupe de sans-faction en enfournant mes céréales sans en sentir le goût. L'un d'eux, une fille d'une quinzaine d'années, jette sans cesse de petits coups d'œil à l'horloge.

J'ai mangé la moitié de mon bol de céréales quand j'entends des cris. La sans-faction fébrile bondit de sa chaise comme si elle venait de recevoir une décharge et tout le groupe se rue vers la porte. Je leur emboîte le pas en écartant à coups de coude ceux qui se trouvent sur mon passage et j'arrive dans le hall, où le portrait de Jeanine Matthews gît toujours en miettes sur le carrelage.

Un attroupement de sans-faction s'est déjà formé dehors, au milieu de Michigan Avenue. Une couche de nuages pâles masque le soleil, diffusant une lumière terne et voilée de brume. J'entends quelqu'un crier: « Mort aux factions ! » D'autres reprennent le slogan, en font une litanie qui m'emplit les oreilles. « Mort aux factions ! Mort aux factions ! » Ils dressent le poing vers le ciel comme des Audacieux excités – mais sans la joie des Audacieux. Leurs visages sont déformés par la rage.

Je me fraye un chemin vers eux pour découvrir ce autour de quoi ils sont rassemblés : les coupes de la cérémonie du Choix ont été renversées et leur contenu s'est vidé sur la chaussée, un mélange de charbon, de verre, de pierre, de terre et d'eau.

Je revois le moment où je me suis entaillé la paume pour faire couler mon sang sur les charbons : mon premier geste de défi envers mon père. Je me rappelle le sentiment de pouvoir que ce geste m'a procuré. La vague de soulagement. La libération. Ces coupes sont le symbole de ma libération.

Au centre du groupe, dans une mare de verre pilé, je vois Edward brandir une masse au-dessus de sa tête et l'abattre sur une des coupes, cabossant le métal. Un nuage de poussière de charbon jaillit dans l'air.

Je me retiens de me jeter sur lui. Il n'a pas le droit de la détruire, pas cette coupe-là. La cérémonie du Choix est le symbole de mon triomphe. Ces choses-là ne devraient pas être détruites.

La foule enfle avec l'arrivée d'autres sans-faction aux brassards noirs ornés d'un cercle blanc, mais aussi de membres de toutes les anciennes factions. Un Érudit – trahi par sa raie au milieu – s'avance à l'instant où Edward s'apprête à cogner sur la coupe une deuxième fois. Il referme ses mains fines aux doigts tachés d'encre sur le manche de la masse, juste au-dessus des mains d'Edward, et chacun tente de l'arracher à l'autre, les mâchoires serrées.

Je repère très vite Tris, vêtue d'un grand débardeur bleu qui laisse voir ses épaules tatouées d'Audacieuse. Elle veut s'élancer vers eux, mais Christina la retient.

Le visage de l'Érudit est rougi par l'effort, mais Edward est bien plus grand et plus fort que lui. Il lui arrache la masse et la lève de nouveau. Mais la rage dévie son geste et l'outil frappe de plein fouet l'Érudit, qui s'écroule.

Pendant quelques secondes, je n'entends que ses hurlements de douleur. La foule semble retenir son souffle.

Puis elle se déchaîne. Au milieu des heurts, tout le monde se rue vers les coupes, Edward et l'Érudit. Une pluie de coups de coude, de tête et d'épaule s'abat sur moi.

Je ne sais pas vers qui courir : l'Érudit, Edward ou Tris ? Je n'arrive plus à penser ; je n'arrive plus à respirer. Le courant me porte vers Edward, que je saisis par le bras.

— Lâche ça ! crié-je par-dessus le vacarme.

Son œil unique me fixe et il me montre les dents en essayant de se libérer.

Je lui envoie un coup de genou dans les côtes. Il recule en titubant et je pars rejoindre Tris après lui avoir arraché la masse des mains.

Elle est un peu plus loin devant moi, cherchant à atteindre l'Érudit. Je la vois recevoir un coup de coude dans la figure et reculer sous le choc. Christina repousse immédiatement la femme qui l'a frappée.

C'est là qu'un coup de feu éclate. Un deuxième. Puis un troisième.

La foule se disperse, paniquée. J'essaie de voir si quelqu'un a été touché, mais il y a trop de monde et on n'y voit rien.

Tris et Christina sont accroupies à côté de l'Érudit. Sa raie au milieu a disparu. Son visage et ses vêtements sont rouges de sang. Il ne bouge plus.

À quelques pas de lui, Edward est allongé dans une mare de sang. Il a reçu une balle dans le ventre. Il y a d'autres victimes, des gens que je ne connais pas, qui eux aussi se sont fait tirer dessus ou ont été piétinés. Les tirs étaient sans doute destinés à Edward et à lui seul – les autres, eux, se sont pris des balles perdues.

Je regarde partout autour de moi, sans parvenir à repérer le tireur. Celui qui a fait ça semble s'être dissous dans la foule.

Je laisse tomber la masse par terre près de la coupe cabossée et m'agenouille à côté d'Edward. Les galets des Altruistes me meurtrissent les genoux. Son œil bouge sous sa paupière close. Il est encore en vie.

– Il faut l'emmener à l'hôpital !

Mais il n'y a plus personne autour de moi.

Je me retourne vers Tris et l'Érudit, toujours inerte.

– Et lui, est-ce qu'il est... ?

Tris pose ses doigts sur sa jugulaire pour prendre son pouls, mais aucun éclair d'espoir n'apparaît dans ses yeux. Elle secoue la tête. C'est fini pour lui. C'est ce que je craignais.

Je ferme les yeux. La vision des coupes renversées et de leur contenu répandu sur la chaussée reste imprimée sur ma rétine. Les symboles de notre ancien mode de vie sont détruits, il y a un mort et plusieurs blessés. Et tout ça pour quoi ?

Pour rien. Pour défendre la vision étroite et stérile d'Evelyn.

Elle voulait nous donner plus que cinq choix et il ne nous en reste aucun.

À cet instant, j'ai la certitude que je ne peux pas, que je ne pourrai jamais être son allié.

— On doit partir, me dit Tris.

Et je sais qu'elle ne parle pas de s'éloigner de Michigan Avenue, ni d'emmener Edward à l'hôpital, mais bien de quitter la ville.

— Je le crois aussi, acquiescé-je.

+++

L'odeur de produits chimiques qui imprègne l'hôpital de fortune installé au siège des Érudits m'agresse les narines.

Je suis si en colère que je dois prendre sur moi pour rester là. Je n'ai qu'une envie : faire mon sac et m'en aller. C'est Evelyn qui a dû organiser cette manifestation, sinon, elle n'en aurait pas été informée la veille. Elle devait bien se douter que ça dégénérerait. Mais elle a choisi de maintenir sa grande déclaration d'intention sur les factions au mépris de la sécurité et des risques de pertes en vies humaines. Ça ne devrait pas m'étonner.

J'entends le chuintement d'une porte d'ascenseur, et sa voix :

— Tobias !

Evelyn se précipite vers moi et prend mes mains toutes poisseuses de sang. Ses yeux sombres trahissent l'angoisse.

— Tu n'as rien ?

Elle s'est inquiétée pour moi. Cette pensée m'injecte une petite piqûre de chaleur dans la poitrine. Elle doit m'aimer, si elle s'inquiète pour moi. Elle est encore capable d'amour.

— C'est le sang d'Edward. J'ai aidé à le transporter.

— Comment va-t-il ?

Je secoue la tête.

— Il est mort.

Je ne vois pas comment le lui dire autrement.

Elle me lâche les mains et se laisse tomber sur une chaise, les épaules voûtées. Ma mère a recueilli Edward après son départ de chez les Audacieux, alors qu'il venait de perdre son œil, sa faction et tous ses repères. C'est elle qui lui a réappris à être un guerrier. Je ne savais pas qu'ils étaient si proches, mais je le vois maintenant, aux larmes qui brillent dans ses yeux et au tremblement de ses doigts. C'est l'émotion la plus forte que je l'aie vue exprimer depuis mon enfance, depuis le jour où mon père l'a poussée contre un mur du salon.

J'enfouis ce souvenir dans un recoin de ma tête, comme on tasse un vieux pull dans un tiroir trop petit.

— Je suis désolé.

J'ignore si je suis sincère ou si je veux juste qu'elle me croie toujours dans son camp. Je me risque à ajouter :

— Pourquoi ne m'as-tu pas parlé de cette manifestation ?

— Je n'étais pas au courant, me répond-elle en secouant la tête.

Elle ment, mais je décide de ne pas relever. Pour rester dans ses bonnes grâces, je dois éviter d'entrer en conflit avec elle. Ou peut-être simplement n'ai-je pas envie de retourner le couteau dans la plaie après la mort d'Edward. J'ai quelquefois du mal à déterminer où s'arrête la stratégie et où commence la compassion dans mon comportement avec elle.

— Ah, fais-je en me grattant l'oreille. Tu peux entrer le voir, si tu veux.

— Non.

Elle semble partie quelque part, très loin.

— Pour quoi faire ? J'ai déjà vu un cadavre, ajoute-t-elle.

— Je ferais peut-être mieux d'y aller.

— Non, reste. S'il te plaît.

Je m'assieds, et j'ai beau me dire que je ne suis qu'un espion faisant mine d'obéir à son chef, j'ai surtout le sentiment d'être un fils en train de consoler sa mère.

Et on reste assis côté à côte, épaule contre épaule, respirant au même rythme, en silence.

CHAPITRE SEPT

TRIS

CHRISTINA TOURNE et retourne une sorte de pierre noire dans sa main en marchant. Je mets un moment à me rendre compte que c'est un morceau de charbon qui vient de la coupe des Audacieux.

— Je n'ai pas trop envie de parler de ça, dit-elle, mais je n'arrête pas d'y penser. Sur les dix transferts parmi les novices Audacieux du début, on n'est plus que six.

Devant nous se dresse la tour Hancock et, derrière, Lake Shore Drive, le ruban d'asphalte sinueux que j'ai survolé un jour comme un oiseau. On marche côte à côte sur le bitume craquelé. Nos vêtements sont toujours tachés du sang d'Edward.

Je n'ai pas encore pris conscience du fait qu'Edward, le transfert le plus doué de notre groupe, celui dont j'ai nettoyé le sang sur le carrelage du dortoir, est mort. Aujourd'hui.

— Et parmi les sympas, il ne reste que toi, moi, et éventuellement Myra.

Je n'ai pas revu Myra depuis le jour où elle a quitté l'enceinte des Audacieux avec Edward, après que Peter l'a éborgné avec un couteau à beurre. J'ai appris qu'ils avaient rompu peu après, mais je n'ai jamais su ce qu'elle était devenue. Cela dit, je n'ai jamais dû échanger plus que quelques mots avec elle.

L'une des entrées de la tour Hancock est grande ouverte et ses portes sont sorties de leurs gonds. Uriah a dit qu'il passerait mettre le courant et, de fait, quand j'appuie sur le bouton de l'ascenseur, il rougeoie sous mon ongle.

– Tu es déjà venue ? demandé-je à Christina tandis qu'on monte dans l'ascenseur.

– Non. Enfin, pas à l'intérieur. On ne m'a pas proposé de faire de la tyrolienne, à moi, je te rappelle.

– Ah oui, c'est vrai, dis-je en m'adossant à la paroi. Eh bien c'est le moment d'essayer.

– J'y compte bien.

Elle a mis du rouge à lèvres rouge vif et son visage me fait penser à celui d'une gamine qui vient de manger des bonbons.

– Parfois, je comprends le point de vue d'Evelyn, vu ce qu'elle a vécu, reprend-elle. Après toutes les choses horribles qui se sont passées, ça n'a rien d'aberrant de vouloir rester pour essayer de... de régler tout ce bazar avant de se fourrer dans un autre.

Elle a un petit sourire avant de poursuivre :

– Ce n'est pas du tout mon cas, évidemment. D'ailleurs, je ne sais même pas trop pourquoi. Sans doute par curiosite

– Tu en as parlé avec ta mère ?

Il m'arrive d'oublier que Christina n'est pas comme moi, qui n'ai plus aucune attache familiale pour me retenir quelque part. Elle a une mère et une petite sœur.

— Elle doit penser à ma sœur, me répond-elle. Ça peut être dangereux, dehors. Elle ne peut pas se permettre de prendre de risques avec elle.

— Mais elle serait d'accord pour que toi, tu partes ?

— Elle était d'accord pour que je change de faction, elle acceptera ça aussi, dit-elle en regardant ses pieds. Tu sais, tout ce qui compte pour elle, c'est que j'évite les embrouilles. Et je sais que je n'y arriverai pas ici.

La porte de l'ascenseur s'ouvre enfin et le vent nous frappe aussitôt, encore tiède, mais où picotent déjà des petits fils de froid hivernal. J'entends des voix sur le toit et je grimpe à l'échelle pour les rejoindre. Elle tressaute à chacun de mes pas et Christina la stabilise jusqu'à ce que j'arrive en haut.

Uriah et Zeke sont déjà là, occupés à jeter des cailloux du toit pour écouter le petit bruit qu'ils produisent en rebondissant sur les fenêtres. Uriah tente de dévier le coude de son frère au moment où il va lancer, mais Zeke est trop rapide pour lui.

— Salut ! s'exclament-ils en chœur en nous voyant.

— Dites, vous ne seriez pas de la même famille, par hasard ? leur demande Christina avec un grand sourire.

Ils rient tous les deux, mais Uriah paraît un peu étourdi, comme s'il n'était pas complètement en phase avec nous. Je sais que perdre quelqu'un dans les conditions dans lesquelles il a perdu Marlene peut avoir cet effet-là, bien que je le vive différemment.

Personne n'a remonté les harnais de la tyrolienne, mais on n'est pas là pour ça. Pour les garçons je ne sais pas. Moi, si je suis montée ici, c'était pour prendre de la hauteur, pour avoir la vue la plus ouverte possible. Mais à l'ouest, tout est noir. L'espace d'un instant, il me semble entrevoir une lueur à l'horizon, mais la seconde d'après, elle a disparu ; sans doute une simple illusion d'optique.

On se tait tous les quatre. Je me demande si on pense tous à la même chose.

— Qu'est-ce qu'il y a là-bas, à votre avis ? demande enfin Uriah.

Zeke se contente de hausser les épaules, mais Christina risque une hypothèse :

— Et si c'était pareil qu'ici ? Rien que... des rues d'immeubles en ruine, des factions, la même chose partout ?

— Je n'y crois pas, objecte Uriah en secouant la tête. Il y a forcément *autre chose*.

— Peut-être qu'il n'y a rien, suggère Zeke. Ces gens qui nous ont mis ici, ils sont peut-être tous morts. Peut-être qu'il n'y a que du vide partout autour de nous.

Je frissonne. Je n'y ai jamais pensé, mais il a raison – on ne sait pas ce qui a pu se passer à l'extérieur depuis qu'ils nous ont enfermés dans cette ville, ni combien de générations se sont succédé. Si ça se trouve, on est les seuls humains encore en vie.

— Peu importe, dis-je, d'un ton plus grave que je ne l'avais prévu. Peu importe ce qu'il y a dehors, on doit en avoir le cœur net. Après, on verra.

On reste là longtemps. Je suis des yeux les contours des immeubles, jusqu'à ce que toutes les fenêtres allumées ne forment plus qu'une ligne brouillée. Puis Uriah questionne Christina sur les émeutes et cette pause silencieuse s'envole, comme emportée par le vent.

+++

Le lendemain, dans le hall du siège des Érudits, les pieds dans les débris du portrait de Jeanine Matthews, Evelyn nous annonce de nouvelles règles. Sans-faction et ex-membres des factions, on est tous là, entassés dans l'entrée et débordant sur le trottoir, pour entendre ce que notre nouveau chef a à nous dire. Des soldats sans-faction sont alignés le long des murs, le doigt sur la détente de leur pistolet. Nous sommes tous sous contrôle.

— Les événements d'hier ont montré clairement que nous ne pouvons plus nous faire confiance, déclare Evelyn, le teint cireux et l'air épuisé. Nous allons adopter des mesures plus strictes le temps que la situation se stabilise. La première est un couvre-feu. Chacun devra être de retour au logement qui lui a été assigné à vingt et une heures, et ne pourra en ressortir avant huit heures le lendemain matin. Des gardes patrouilleront les rues jour et nuit pour assurer votre sécurité.

Je ricane malgré moi et tente de masquer ma réaction par une quinte de toux. Christina me balance un coup de coude dans les côtes et pose un doigt sur ses lèvres. Je me demande ce que ça peut bien lui faire – Evelyn ne risque pas de m'entendre de l'autre bout de la salle.

Tori, l'ex-leader des Audacieux évincée par Evelyn, est à quelques mètres de moi, les bras croisés, la bouche déformée par un rictus.

— Il est également temps de poser les bases de notre nouveau mode de vie maintenant que les factions sont abolies, poursuit Evelyn. À dater d'aujourd'hui, tout le monde va apprendre à remplir les tâches assumées jusqu'ici exclusivement par les sans-faction. Ensuite, chacun les exécutera par roulement en plus de son activité principale.

Je remarque qu'elle sourit sans vraiment sourire. Je me demande comment elle arrive à faire ça.

– Vous contribuerez tous à parts égales au fonctionnement de notre nouvelle ville. Les factions nous ont divisés, mais nous voilà aujourd'hui réunis. Une fois pour toutes.

Autour de moi, les sans-faction lancent des acclamations. Mais de mon côté, je ressens un certain malaise. Sans désapprouver son point de vue, je doute que les membres des factions qui se sont retournées contre Edward hier acceptent tout ça sans broncher. L'emprise d'Evelyn sur la ville n'est pas aussi solide qu'elle se l'imagine.

N'ayant aucune envie de me faire bousculer par la foule, je me faufile dans les couloirs jusqu'à l'un des escaliers du fond, celui qu'on a pris il n'y a pas si longtemps pour gagner le laboratoire de Jeanine. Ce jour-là, les marches étaient jonchées de cadavres, mais là, on pourrait croire qu'il ne s'est rien passé.

Sur le palier du troisième étage, j'entends un cri et des bruits étouffés. En ouvrant la porte, je tombe sur un petit groupe de sans-faction, plus jeunes que moi, qui encerclent un homme à terre.

C'est plus précisément un Sincère. Il est jeune, lui aussi, et vêtu de noir et blanc de la tête aux pieds.

Je cours vers eux et, alors qu'une fille s'apprête à lui donner un coup de pied, je lance :

– Arrête !

Peine perdue. Le coup atteint le Sincère dans les côtes et il crie de douleur.

– Arrête ! insisté-je.

Cette fois, la fille se retourne. Elle fait une bonne tête de plus que moi mais je suis trop en colère pour m'en inquiéter, et je lui ordonne :

— Recule. Laisse-le tranquille.

— Il enfreint le code vestimentaire. Je suis dans mon bon droit, et je n'ai pas d'ordres à recevoir de ceux qui lèchent les bottes des factions, réplique-t-elle en baissant les yeux sur le tatouage qui dépasse du col de mon tee-shirt.

— Fais gaffe, Becks, intervient son voisin, c'est la fille qui a diffusé la vidéo de Prior.

L'information semble faire son effet sur les autres, mais elle se contente de ricaner.

— Et alors ?

— Alors, riposté-je, j'ai dû démolir pas mal de filles comme toi pour réussir l'initiation chez les Audacieux. Je peux continuer, si tu veux.

J'enlève mon sweat à capuche pour le lancer au Sincère, qui me regarde, l'arcade sourcilière en sang. Il se redresse, une main toujours pressée sur les côtes, et se drape dedans comme dans une couverture.

— Voilà, dis-je. Comme ça, il n'enfreint plus ton code vestimentaire.

La fille cogite, le temps de décider si elle est prête à se battre ou pas. Je peux pratiquement l'entendre penser : « Elle est petite, donc ça va être facile, mais c'est une Audacieuse, donc peut-être pas tant que ça. » Elle sait peut-être que j'ai tué des gens, à moins qu'elle ne préfère simplement éviter les ennuis. En tout cas, elle se dégonfle. Je le vois à sa moue incertaine.

— T'as intérêt à te méfier, gronde-t-elle.

— Tu peux être sûre que ce ne sera pas nécessaire, répliqué-je. Maintenant, dégage.

J'attends que le groupe se disperse et je reprends mon chemin.

— Attends ! me crie le Sincère. Ton sweat !

— Tu peux le garder !

Je prends un angle du couloir en m'attendant à trouver un escalier, mais c'est encore un couloir désert. Il me semble entendre des pas derrière moi. Je fais volte-face, prête à me battre contre la sans-faction, mais il n'y a personne.

Je dois être en train de devenir parano.

J'ouvre une porte dans l'espoir de trouver une fenêtre pour m'aider à me repérer, mais je ne vois qu'un laboratoire saccagé. Le carrelage est jonché de bris de verre et de feuilles déchirées. Je me penche pour en ramasser une, quand les lumières s'éteignent.

Je me jette vers la porte, qui s'est refermée. Une main me saisit par le bras et quelqu'un me recouvre la tête avec un sac tandis qu'on me pousse contre un mur. Je me débats pour me dégager, et ma seule pensée est : « Je ne veux pas que ça recommence. Je ne veux pas que ça recommence. » Je parviens à libérer un bras et je frappe au hasard.

— Hé ! proteste une voix. Ça fait *mal* !

— Désolé de t'avoir fait peur, Tris, enchaîne quelqu'un d'autre, mais l'anonymat est essentiel à notre opération.

— Alors lâchez-moi ! grondé-je.

Toutes les mains qui me tenaient me libèrent.

— Qui êtes-vous ?

— Nous sommes les Loyalistes, reprend la voix. Nous sommes nombreux, et nous ne sommes personne...

C'est plus fort que moi, j'éclate de rire. Un contrecoup de la peur que je viens d'éprouver. Mon cœur bat déjà moins vite et mes mains tremblent de soulagement.

La voix poursuit :

— On a entendu dire que tu n'adhérais pas aux idées d'Evelyn et de ses laquais sans-faction.

— C'est pas une raison pour faire des trucs aussi débiles !

— Ce n'est pas plus débile que de révéler notre identité à tout le monde.

Je tente de voir à travers le tissu du machin que j'ai sur la tête, mais le maillage est serré et il fait trop sombre. Je m'adosse au mur en essayant de me détendre, mais c'est difficile quand on n'a plus aucun repère visuel. J'entends du verre craquer sous ma semelle.

— OK. Le fait est que je n'adhère pas du tout à ses idées. Qu'est-ce que ça change ?

— Ça veut dire que tu veux partir, répond la voix.

Je suis prise d'un frisson d'excitation.

— On a un service à te demander, Tris Prior. On a une réunion demain soir à minuit et on voudrait que tu y viennes avec tes amis Audacieux.

— Une petite question : si je dois voir vos visages demain, pourquoi j'ai ce truc sur la tête ?

Un instant, ça semble couper le sifflet à l'inconnu.

— On n'était pas sûrs que tu accepterais, répond-il enfin. Rendez-vous demain à minuit, à l'endroit où tu as fait ta confession.

En un clin d'œil, la porte s'ouvre, un courant d'air fait battre le sac sur mes joues et des pas précipités s'éloignent dans le couloir. Le temps de me débarrasser du sac, le silence est revenu. Je baisse les yeux : c'est une taie d'oreiller bleu marine sur laquelle on a peint les mots : « La faction avant les liens du sang ».

Ils ont vraiment le sens de la mise en scène.

« L'endroit où tu as fait ta confession. »

Je n'en vois qu'un : le siège des Sincères, là où on m'a injecté le sérum de vérité.

+++

Quand je regagne enfin mon dortoir ce soir-là, je trouve un mot de Tobias sur ma table de chevet.

VI

Le jugement de ton frère a lieu demain matin à huis clos. Je ne peux pas y assister, sous peine d'éveiller les soupçons. Mais je te donnerai le verdict le plus tôt possible. Ensuite, on verra ce qu'on peut faire.

D'une manière ou d'une autre, tout ça sera bientôt fini.

IV

CHAPITRE HUIT

TRIS

NEUF HEURES. Ils sont peut-être en train de décider du sort de Caleb en ce moment même, pendant que je lace mes chaussures et que je borde mon lit pour la quatrième fois. Je me passe la main dans les cheveux. Les sans-faction n'organisent des jugements à huis clos que quand ils estiment que le verdict va de soi, et Caleb était le bras droit de Jeanine.

Je ne sais pas pourquoi je m'interroge sur ce verdict ; tout est déjà joué. Les proches de Jeanine seront tous exécutés, quoi qu'il arrive.

« De toute façon, qu'est-ce que ça peut te faire ? me demandé-je. Il t'a trahie. Il n'a même pas essayé d'empêcher ton exécution. »

Ça ne me fait ni chaud ni froid. Enfin si, ça me fait quelque chose. Je ne sais pas.

— Salut, Tris, me lance Christina en toquant à la porte.

Uriah se tient derrière elle, telle une ombre. Il continue à sourire tout le temps comme avant, mais son sourire a pris un côté aqueux, comme s'il était sur le point de couler de son visage.

— Tu avais un truc à nous dire ? me demande Christina.

J'inspecte la pièce du regard, alors que je sais pertinemment qu'on est seuls. Tous les autres sont en train de prendre leur petit-déjeuner, comme l'exige le nouvel emploi du temps. J'ai demandé à Christina et à Uriah qu'on saute le repas pour pouvoir se parler, mais mon estomac commence déjà à gargouiller.

— Ouais.

Ils s'assoient sur le lit parallèle au mien et je leur raconte l'incident de la veille dans le labo des Érudits, la taie d'oreiller, les Loyalistes, la réunion.

— Ça m'étonne que tu n'aies rien tenté d'autre qu'un petit coup de poing, observe Uriah.

— Ils étaient nombreux, argumenté-je, sur la défensive.

Je n'ai pas vraiment réagi en Audacieuse en me fiant à eux d'emblée, mais on vit une drôle de période. D'ailleurs, je ne sais plus trop à quel point je reste une Audacieuse, maintenant que les factions n'existent plus.

Cette pensée me donne un drôle de petit coup dans la poitrine. Il y a des choses auxquelles on ne renonce pas facilement.

— Et qu'est-ce qu'ils veulent, à ton avis ? me demande Christina. Juste quitter la ville ?

— C'est l'impression que ça m'a donné.

— Qu'est-ce qui te dit qu'ils n'ont pas été envoyés par Evelyn pour nous piéger ?

— C'est possible, c'est sûr. Mais on n'arrivera jamais à quitter la ville sans aide, et je refuse de rester ici. Apprendre à conduire des trains et aller me coucher quand on me l'ordonne, très peu pour moi.

Christina jette un petit coup d'œil inquiet à Uriah.

— Cela dit, ajouté-je, personne n'est obligé de venir, mais moi, il faut que je parte. Il faut que je sache qui était Edith Prior et ce qui nous attend de l'autre côté de la Clôture, *si* quelqu'un nous attend. Je ne peux pas expliquer pourquoi, mais je dois le faire.

Je prends une grande inspiration. Je ne sais pas bien d'où provient cette vague de désir irrépressible, mais maintenant que je l'ai reconnu, il est impossible à ignorer, comme une créature vivante qui se serait éveillée en moi après un long sommeil. Ça se tord dans mon ventre et dans ma gorge. Je dois partir. Je dois découvrir la vérité.

Pour une fois, le sourire d'Uriah a disparu.

— Moi aussi, dit-il.

Le regard de Christina reste hésitant, mais elle hausse les épaules.

— OK, tranche-t-elle. On va à la réunion.

— Parfait. Vous pouvez prévenir Tobias ? Officiellement, je suis censée garder mes distances avec lui, depuis qu'on a « rompu ». On se retrouve dans la ruelle derrière l'immeuble à vingt-trois heures trente.

— Je m'en charge, me promet Uriah. Je crois que je suis dans son groupe, aujourd'hui : « Tout savoir sur le fonctionnement d'une usine ». J'ai trop *hâte*, ajoute-t-il avec ironie. Je peux prévenir Zeke aussi ? Ou est-ce qu'on ne lui fait pas assez confiance ?

— Vas-y. Mais fais gaffe qu'il tienne sa langue.

Je consulte de nouveau ma montre. Neuf heures quinze. Le verdict de Caleb a dû tomber, maintenant. Dans quelques minutes, tout le monde devra partir apprendre son nouveau travail de sans-faction. J'ai la sensation que le moindre incident pourrait me faire imploser. Mon genou tressaute mécaniquement.

Christina met une main sur mon épaule. Mais elle ne pose pas de questions et je lui en suis reconnaissante. Je ne sais vraiment pas ce que je lui répondrais.

+++

Christina et moi gagnons l'escalier de secours du siège des Érudits par un itinéraire compliqué pour éviter les patrouilles. Je rabats ma manche sur mon poignet. J'ai dessiné une carte sur mon bras avant de partir. Je sais me rendre au siège des Sincères, mais pas par les petites rues censées nous protéger des regards.

Uriah nous attend dehors, devant la porte. Il est habillé tout en noir, mais j'aperçois un fragment de gris Altruiste qui dépasse de l'encolure de son sweat-shirt. Ça me fait dôle de voir un ami Audacieux porter du gris, comme si on avait toujours vécu ensemble. D'ailleurs, c'est parfois l'impression que j'ai.

— J'ai prévenu Quatre et Zeke, mais ils nous retrouvent sur place, nous dit Uriah. Allons-y.

On court au coude à coude dans la ruelle où nos pas résonnent bruyamment. Mais tant pis, la rapidité prime sur la discrétion. On tourne dans Monroe Street et je vérifie qu'il n'y a pas de patrouille derrière nous. Je vois des silhouettes s'approcher de Michigan Avenue, mais elles disparaissent aussitôt derrière un immeuble.

— Où est Cara ? demandé-je à Christina quand on a atteint State Street, assez loin du siège des Érudits pour pouvoir parler sans risque.

— Je ne sais pas, je n'ai pas l'impression qu'elle ait été conviée par les Loyalistes. C'est super bizarre, parce que je sais qu'elle veut...

— Chut ! fait Uriah. Prochain tournant ?

Je me sers de l'éclairage de ma montre pour lire le plan dessiné sur mon bras.

— Randolph Street.

On est vraiment calés sur le même rythme. Nos semelles claquent ensemble sur le trottoir et nos souffles sont presque à l'unisson. Malgré la brûlure que je sens dans mes muscles, ça fait du bien de courir.

J'arrive au pont avec les jambes en compote, mais à cet instant, je vois le Marché des Médisants de l'autre côté du fleuve-marécage, abandonné et plongé dans le noir, et cette vision me fait sourire. Je prends le pont en ralentissant et Uriah passe son bras autour de mes épaules.

— Et maintenant, me dit-il, plus que deux millions de marches et on y est.

— Ils ont peut-être remis les ascenseurs en route ?

— Aucune chance. Je te parie qu'Evelyn surveille la consommation électrique. Ça reste le meilleur moyen de savoir si des gens se rencontrent clandestinement.

Je soupire. Courir, d'accord, mais monter des escaliers, je déteste.

+++

Il est minuit moins cinq quand on arrive enfin, haletants, au dernier étage. Tandis que les autres continuent, je reprends mon souffle près des ascenseurs. Uriah avait raison : il n'y a aucune lumière allumée hormis celles qui signalent les sorties de secours. C'est leur lueur bleutée qui me montre Tobias émergeant en face de moi de la salle d'interrogatoire.

Depuis notre « rencard » dans le parc, on a communiqué par messages discrets. Je meurs d'envie de me jeter dans ses bras, de suivre du bout des doigts la courbe de ses lèvres, la fossette qui creuse sa joue quand il sourit, l'arête de sa mâchoire, de ses sourcils. Mais il est minuit moins deux. On n'a pas le temps.

Il me prend dans ses bras et me serre contre lui quelques secondes. Son souffle me chatouille l'oreille. Je me laisse aller, les yeux fermés. Il sent le vent, la sueur et le savon. C'est bien l'odeur de Tobias, l'odeur de la sécurité.

— On devrait y aller, me dit-il. Ils sont sûrement déjà là.

— OK.

Mes jambes tremblent encore – je me sens incapable de tout redescendre et de retourner en courant au siège des Érudits tout à l'heure.

— Tu as des nouvelles de Caleb ?

— On ferait mieux d'en parler plus tard, répond-il en faisant la grimace.

Je n'ai pas besoin d'en entendre plus.

— Ils vont l'exécuter... murmuré-je.

Il acquiesce d'un hochement de tête et me prend la main. Je ne sais pas ce que je ressens. J'essaie de ne rien ressentir.

On entre ensemble dans la salle où on a été interrogés tous les deux sous l'influence du sérum de vérité. « L'endroit où tu as fait ta confession. »

Des bougies allumées sont disposées en cercle par terre sur le motif du dallage qui représente une balance, symbole des Sincères. Il y a un peu de monde, toutes factions confondues.

Des visages familiers se mêlent à des têtes inconnues : Susan et Robert discutent ensemble ; Peter se tient seul contre un mur, les bras croisés ; Uriah et Zeke ont rejoint Tori et un petit groupe d'Audacieux ; Christina a retrouvé sa mère et sa sœur ; et dans un coin se rencognent deux Érudits à l'air tendu. Décidément, nos nouveaux vêtements ne parviennent pas à effacer nos différences, elles sont ancrées en nous.

Christina me fait signe d'approcher.

— Tu connais ma mère, Stephanie, me dit-elle en me désignant une femme à la peau mate et aux boucles noires striées de gris. Et ma sœur Rose. Maman, Rose, vous vous souvenez de mon amie Tris ? Et voici Quatre, mon instructeur pendant l'initiation.

— On le connaît aussi, réplique sa mère. On a assisté à son interrogatoire il y a quelques semaines.

— Je voulais juste être polie...

— La politesse n'est que de la tromperie déguisée...

— Ouais ouais, c'est bon, la coupe Christina en levant les yeux au ciel.

Je remarque que sa mère et sa sœur échangent un regard où luit comme un éclair de méfiance, ou de colère. Rose se tourne vers moi :

— Alors comme ça, c'est toi qui as tué le copain de ma sœur.

Ses paroles me font l'effet d'une coulée de glace qui me traverserait le corps. Je voudrais répondre, me défendre, mais les mots me manquent.

Je sens Tobias se raidir à côté de moi. Prêt à en découdre, comme toujours.

— Rose ! la reprend Christina avec un regard noir.

— Quoi ? Autant crever l'abcès, non ? Ça fait gagner du temps.

— Et vous vous demandez pourquoi j'ai changé de faction ! s'exclame Christina. L'honnêteté, ce n'est pas dire n'importe quoi n'importe quand. C'est choisir de ne dire que ce qui est vrai.

— Mentir par omission, c'est toujours mentir.

— Tu en veux une, de vérité ? Vous me mettez mal à l'aise et je n'ai aucune envie de rester là avec vous. À plus tard.

Elle me prend par le bras et nous entraîne plus loin tous les deux, sans cesser de secouer la tête.

— Je suis désolée. Elles n'ont pas le pardon facile.

— C'est pas grave, dis-je.

Mais ça l'est. Quand j'ai obtenu le pardon de Christina pour la mort de Will, j'ai pensé que le plus dur était derrière moi. Mais quand on tue quelqu'un qu'on aime, le plus dur n'est jamais derrière soi. Avec le temps, il devient juste plus facile de ne pas y penser.

Ma montre indique minuit. Au fond de la pièce, une porte s'ouvre sur deux femmes élancées. La première est Johanna Reyes, ex-porte-parole des Fraternels, immédiatement reconnaissable à la cicatrice qui lui barre le visage et à la touche de tissu jaune dépassant de sa veste noire. D'où je suis, je ne discerne pas les traits de la seconde, seulement qu'elle est vêtue de bleu.

Brusquement, je suis prise de terreur. On dirait... Jeanine. Non, je l'ai vue mourir. Jeanine est morte.

La femme s'avance. Elle est blonde et sculpturale. Une paire de lunettes est accrochée à sa poche et ses cheveux sont nattés. C'est une Érudite des pieds à la tête, mais ce n'est pas Jeanine Matthews.

C'est Cara.

Cara et Johanna, à la tête des Loyalistes ?

— Bonjour à tous, nous lance Cara.

Toutes les conversations cessent. Elle sourit, mais d'un sourire artificiel, comme si elle se contentait de respecter une convention.

— Comme nous n'avons pas le droit d'être ici, je serai brève. Certains d'entre vous – je pense à Zeke et à Tori – nous ont déjà aidés ces derniers jours.

Je dévisage Zeke. Il a *aidé* Cara ? C'est vrai, j'oubliais qu'il avait servi d'espion aux Audacieux. C'est sans doute à ce moment-là qu'il lui a montré sa loyauté. Ils étaient plutôt proches jusqu'à ce qu'elle quitte le siège des Érudits.

Il me regarde en battant des cils.

— Quant aux autres, nous leur avons demandé de venir ici ce soir pour solliciter leur soutien, poursuit Johanna. Mais tous, vous êtes là parce que vous n'êtes pas prêts à laisser le sort de cette ville entre les mains d'Evelyn.

Cara croise les doigts devant elle et prend le relais :

— Nous défendons les valeurs des fondateurs de cette ville, qui se sont exprimées sous deux formes : la création des factions et la mission des Divergents telle que l'a décrite Edith Prior, à savoir aider ceux de l'extérieur une fois qu'il y aura suffisamment de Divergents parmi nous. Et il nous semble que même si nous n'avons pas encore atteint ce stade, la situation est assez désespérée pour qu'on effectue une sortie. En accord avec les intentions des fondateurs, nous nous sommes fixé deux objectifs : renverser Evelyn et les sans-faction pour rétablir les factions, et envoyer quelques-uns d'entre nous à l'extérieur de la ville pour découvrir ce qui s'y trouve. Johanna s'occupera du premier et moi du second, qui sera notre principal sujet de discussion ce soir.

Cara coince dans sa natte une mèche égarée.

— Nous ne pourrons pas sortir en trop grand nombre, ça attirerait trop l'attention. Evelyn tentera évidemment de s'y opposer ; j'ai donc préféré recruter des personnes rodées à affronter le danger.

Je glisse un coup d'œil à Tobias. Ça, on peut dire qu'on a l'habitude d'affronter le danger.

— J'ai choisi Christina, Tris, Tobias, Tori, Zeke et Peter, poursuit Cara. Vous avez tous fait la preuve de vos capacités, et pour cette raison, j'aimerais que vous m'accompagniez. Vous êtes libres de refuser, bien entendu.

— *Peter ?* ne puis-je m'empêcher de m'exclamer.

Je ne vois pas ce qu'il a pu faire pour prouver ses capacités à Cara.

— Il a empêché les Érudits de te tuer, me rappelle-t-elle doucement. Je suis bien placée pour le savoir. À ton avis, qui lui a fourni les produits qui ont permis de simuler ta mort ?

J'écarquille les yeux. Je ne m'étais jamais posé la question ; il s'est passé trop de choses après l'échec de mon exécution pour que je prenne le temps d'y réfléchir. Pourtant, c'est évident ; Cara était à ce moment-là la seule personne connue à avoir fait défection de chez les Érudits, la seule à qui Peter ait pu songer pour lui réclamer de l'aide. Qui d'autre en aurait eu les moyens matériels ?

Je n'élève pas d'autre objection. Je n'ai aucune envie de sortir de la ville avec Peter, mais j'ai trop hâte de partir pour leur mettre des bâtons dans les roues.

— Ça fait beaucoup d'Audacieux, observe une fille avec une moue sceptique.

Elle a le teint pâle et d'épais sourcils qui se rejoignent. Quand elle tourne la tête, je remarque de l'encre noire derrière son oreille. À son ton, on dirait une Érudite. Sans doute une transfert des Audacieux.

— En effet, admet Cara. Ce dont nous avons besoin ce soir, c'est de gens capables de sortir de la ville sans encombres, et je pense que la formation des Audacieux les y rend particulièrement aptes.

— Je regrette, intervient Zeke, mais a priori, je vais devoir refuser. Je ne peux pas laisser Shauna maintenant, alors que sa sœur... enfin, vous voyez.

— Je peux le remplacer, propose Uriah en levant la main. Je suis un Audacieux. Je suis bon tireur. Et je remonte le moral des troupes en leur donnant le plaisir d'admirer ma beauté naturelle.

Je ris. Ça n'a pas l'air d'amuser Cara, mais elle accepte d'un hochement de tête.

— Merci.

— Vous allez devoir faire vite pour quitter la ville, reprend l'ex-Audacieuse. Et il vous faudra quelqu'un pour conduire le train.

— Bien vu, approuve Cara. Quelqu'un ici sait faire ça ?

— Ben oui, moi, répond la fille.

Les éléments du plan se mettent en place. Johanna propose de nous fournir un camion des Fraternels une fois arrivés au bout de la ligne de chemin de fer. Robert lui offre son aide. Stephanie et Rose se portent volontaires pour surveiller les mouvements d'Evelyn dans les heures précédant l'opération, et pour signaler tout comportement suspect aux Fraternels par signal radio. Les Audacieux venus avec Tori peuvent nous trouver des armes. Cara et l'ex-Audacieuse au teint pâle, qui est effectivement une Érudite, mettent en évidence les moindres points faibles, qui sont bientôt tous consolidés. Le plan a l'air parfait.

Il ne reste qu'une seule question à régler ; c'est Cara qui la soulève :

— Quand est-ce qu'on part ?

Et c'est moi qui suggère la réponse :

— Demain soir.

CHAPITRE NEUF

TOBIAS

L'AIR NOCTURNE de la ville s'infiltre dans mes poumons et je me dis que c'est peut-être l'une des dernières fois avant longtemps. Demain, je m'en irai d'ici, à la découverte de l'inconnu.

Uriah, Zeke et Christina repartent en courant vers le siège des Érudits et je retiens Tris en la prenant par la main.

— Attends. Si on allait faire un tour ?

— Mais...

— Pas longtemps.

Je l'entraîne jusqu'au coin de l'immeuble. La nuit, j'arrive à imaginer à quoi ressemblait le canal quand il était rempli d'eau : sombre et sillonné de vaguelettes scintillant au clair de lune.

— Tu es avec moi, rappelle-toi. Tu ne risques pas de te faire contrôler.

Le coin de sa bouche tressaille dans une ébauche de sourire.

Au coin de l'immeuble, elle s'appuie contre le mur et je me

campe face à elle, dos au canal. Elle a souligné ses yeux d'un trait sombre et son regard est à la fois limpide et saisissant.

— Je ne sais pas quoi faire, gémit-elle en se prenant la tête entre les mains. À propos de Caleb.

— Vraiment ?

Je m'appuie sur le mur en calant mes paumes de chaque côté de son visage.

— Tris. Tu ne veux pas qu'il meure. Ça me paraît évident.

— C'est juste que... je suis tellement en colère ! J'essaie de ne pas penser à lui, parce qu'à chaque fois, j'ai envie de...

Elle ferme les yeux.

— Je sais très bien ce que tu ressens.

Toute ma vie, j'ai rêvé de tuer mon père. Une fois, j'avais même décidé comment : avec un couteau, pour sentir la chaleur quitter son corps et voir ses yeux s'éteindre. Le fait de prendre cette décision m'avait causé plus de terreur que tous ses accès de violence.

— Mes parents auraient voulu que je le sauve, ajoute-t-elle en regardant le ciel. Ils auraient dit que c'est égoïste de laisser quelqu'un mourir parce qu'il nous a fait du tort. Pardonner, pardonner, pardonner.

— La question n'est pas de savoir ce qu'auraient voulu tes parents, Tris.

— Mais si, justement ! s'exclame-t-elle en s'écartant du mur d'un coup de rein. C'est bien la question ! Il est lié à eux plus qu'il ne l'est à moi. Et je voudrais qu'ils soient fiers de moi. C'est tout ce qui compte !

Ses yeux pâles me fixent, déterminés. Je n'ai jamais pu compter sur mes parents pour me montrer l'exemple, pour me pousser à être à la hauteur de leurs attentes ; elle, si. Quand je la regarde, je les vois, je vois le sceau du courage et de la noblesse d'âme qu'ils ont gravé en elle.

— Je le ferai sortir, dis-je en lui caressant la joue.

— Quoi ?

— Je le ferai sortir de sa cellule. Demain, avant qu'on parte.

— C'est vrai ? Tu es sûr ?

— Mais oui, je suis sûr.

— Je... Merci. Tu es... incroyable.

— Ne dis pas ça, répliqué-je d'un ton moqueur. Tu ne connais pas mes motivations profondes. Figure-toi que je ne t'ai pas amenée ici pour parler de Caleb.

— Ah non ?

Je pose les mains sur ses hanches et la repousse doucement contre le mur. Elle lève vers moi des yeux remplis d'attente. Je me penche jusqu'à sentir sa respiration, avant de reculer pour la taquiner lorsqu'elle se rapproche.

Elle resserre les doigts dans les passants de mon jean et me plaque contre elle, et je dois me retenir au mur sur les avant-bras. Je l'esquive en penchant la tête quand elle essaie de m'embrasser, et c'est moi qui l'embrasse, juste sous l'oreille, puis je laisse glisser mes lèvres jusqu'à son cou. Sa peau est douce et salée.

— Rends-moi service, murmure-t-elle. Oublie les motivations pures.

Elle promène ses mains sur moi, sur tous mes tatouages, le long de mon dos. À nouveau, elle me colle contre elle et je garde le visage enfoui dans son cou, incapable de bouger.

Enfin, on s'embrasse et la tension s'apaise. Elle soupire et je sens un sourire espiègle flotter sur mon visage.

Je la soulève en la calant contre le mur pour supporter son

poids et ses jambes encerclent ma taille. Elle rit en m'embrassant. Je me sens fort, et elle aussi, les doigts fermement agrippés à mes bras. Cette fois, quand l'air nocturne de la ville s'infiltre dans mes poumons, j'ai l'impression de le respirer pour la première fois.

CHAPITRE DIX

TOBIAS

LES IMMEUBLES en ruine de l'enceinte des Audacieux défilent dans ma course telles des portes sur d'autres mondes. Devant moi, la Flèche transperce le ciel.

L'air dans mes poumons est encore riche des saveurs de l'été. Mon pouls marque le passage des secondes au bout de mes doigts. Avant, si je passais mon temps à courir ou à me battre, c'était pour développer ma force physique. Mais maintenant que mes jambes m'ont si souvent sauvé, je ne peux plus dissocier la course et le combat de ce qu'ils sont réellement : des moyens d'échapper au danger, de rester en vie.

Avant d'entrer dans la tour, je fais les cent pas devant l'entrée pour reprendre mon souffle. Au-dessus de ma tête, les panneaux de verre réfléchissent la lumière dans toutes les directions. Quelque part là-haut, il y a le fauteuil dans lequel j'étais assis en conduisant la simulation d'attaque, et le sang du père de Tris sur un mur. Quelque part là-haut, la voix de

Tris a fait voler en éclats la cage de verre qui me gardait captif tandis que sa main posée sur mon cœur me ramenait à la réalité.

Je pousse la porte de la salle du paysage des peurs et je sors la petite boîte noire de la poche arrière de mon jean. C'est la boîte de seringues que j'utilise depuis le début, avec un capiton pour protéger les aiguilles. Cet objet me rappelle toujours qu'il y a quelque chose de malade en moi mais aussi, peut-être, du courage.

Je plante l'aiguille dans mon cou et je ferme les yeux en m'injectant le sérum. La boîte tombe par terre avec un bruit sec. Le temps que je rouvre les yeux, elle n'est plus là.

Je suis sur le toit de la tour Hancock, près de la tyrolienne où les Audacieux s'amusaient à flirter avec la mort. Les nuages sont noirs de pluie et le vent m'emplit la bouche. À ma droite, en contrebas, le câble de la tyrolienne claque contre une fenêtre.

Je concentre mon regard sur un point en bordure du toit, comme si je le fixais à travers un viseur. J'entends mes propres expirations malgré le sifflement du vent. Je me force à avancer jusqu'au rebord. La pluie me fouette la tête et les épaules, me poussant vers le sol. Je déporte mon poids légèrement vers l'avant et je tombe, la mâchoire resserrée sur mes cris, étouffés par ma propre peur.

Aussitôt après l'atterrissage, les murs se referment sur moi et me percutent la colonne vertébrale, puis la tête, puis les jambes. Claustrophobie. Je replie les bras sur ma poitrine, je ferme les yeux et je m'efforce de ne pas paniquer.

Je repense à Eric dans son paysage des peurs, qui domptait sa terreur par la logique et la respiration. Et à Tris, qui faisait surgir des armes de nulle part pour se défendre contre ses pires cauchemars. Mais je ne suis ni Eric ni Tris. De quoi ai-je besoin, *moi*, pour surmonter mes peurs ?

Bien sûr que je connais la réponse. Je dois leur refuser le pouvoir de me contrôler. Je dois me rappeler que je suis plus fort qu'elles.

J'inspire et je frappe les murs qui m'entourent. Les parois craquent puis se brisent et les planches s'effondrent à mes pieds dans le noir.

Amar, mon instructeur pendant l'initiation, nous a appris que nos paysages des peurs étaient toujours en mouvement, sous l'influence de nos humeurs et des petits murmures de nos cauchemars. Le mien était toujours le même jusqu'à il y a quelques semaines. Jusqu'à ce que je me prouve à moi-même que je pouvais triompher de mon père. Jusqu'à ce qu'une personne compte assez dans ma vie pour que ma plus grande peur soit de la perdre.

Je ne sais pas ce qui m'attend maintenant. Pendant un long moment, il ne se passe rien. Il fait toujours sombre, le sol est toujours dur et froid, les battements de mon cœur toujours trop rapides. En regardant ma montre, je m'aperçois que je ne la porte pas au bon poignet. Elle devrait être à mon poignet gauche et non au droit, et son bracelet devrait être non pas noir mais gris.

Puis je remarque que mes doigts sont hérissés de poils qui n'ont jamais été là. Les cals qui recouvrent mes articulations ont disparu. Je porte une chemise et un pantalon à pinces gris. Je me suis épaissi à la taille et affaissé au niveau des épaules.

Quand je relève les yeux, mon regard rencontre un miroir. Et le visage qui me fixe est celui de Marcus.

Il m'adresse un clin d'œil et au même moment, je sens les

muscles autour de mes yeux se contracter, bien que je ne leur aie rien ordonné. Sans crier gare, ses… mes… *nos* mains se tendent dans une secousse vers le miroir, plongent dedans et se resserrent autour du cou de notre reflet. Soudain, le miroir disparaît, et *nos* mains sont autour de ma gorge, des points noirs voltigent en bordure de ma vision. On tombe par terre tous les deux, pris dans une étreinte de fer.

Je n'arrive plus à penser. Je ne sais pas comment me sortir de ce cauchemar.

Instinctivement, je hurle, et je sens mon cri vibrer entre mes mains. Je me représente ces mains sous l'aspect des miennes, grandes avec de longs doigts et des articulations calleuses à force de cogner dans un sac de sable. J'imagine mon reflet comme de l'eau qui coulerait sur la peau de Marcus, remplaçant chaque partie de son corps par les miennes. Je me reconstruis à ma propre image.

Je suis à genoux sur le béton, le souffle court.

Mes mains tremblent. Je les passe sur mon cou, mes épaules, mes bras, histoire d'être sûr que je suis bien moi.

Dans le train qu'on a pris pour aller voir Evelyn il y a quelques semaines, j'ai dit à Tris que Marcus était toujours dans mon paysage des peurs, mais plus dans le même rôle. J'y ai beaucoup réfléchi, à tel point que ça occupait mes pensées tous les soirs avant que je m'endorme et tous les matins au réveil. Ma peur n'avait pas disparu, mais elle avait changé – je n'étais plus le petit garçon terrifié par la menace que représentait la violence de son père. J'étais devenu un homme, terrifié par la menace qu'il représentait maintenant pour sa personnalité, son avenir, son identité.

Mais je sais que même cette peur-là n'est rien comparée

à celle qui arrive. Quand je la sens venir, je voudrais pouvoir m'ouvrir les veines et en retirer le sérum pour y échapper.

Une flaque de lumière apparaît devant moi sur le béton. Une main, aux doigts repliés comme des griffes, y entre en rampant, suivie par une autre, puis par une tête aux cheveux blond pâle. La fille se traîne en toussant jusqu'au centre de la flaque, centimètre par centimètre. Je veux m'avancer pour l'aider, mais je suis pétrifié.

Elle tourne le visage vers la lumière. C'est Tris. Du sang s'écoule de sa bouche sur son menton. Ses yeux injectés de sang rencontrent les miens et elle m'implore d'une voix sifflante :

— Aide-moi.

Elle crache du sang. Je sais que ses yeux vont s'éteindre si je ne me dépêche pas et je veux me précipiter vers elle, mais des mains agrippent mes bras, mes épaules, ma poitrine et m'emprisonnent dans une cage de muscles et d'os. Je me débats pour la rejoindre, je griffe les mains qui me retiennent, mais ne réussis qu'à m'écorcher moi-même.

Je crie son nom. Elle crache encore du sang dans une nouvelle quinte de toux. Elle m'appelle à l'aide dans un cri, et je crie aussi, puis je n'entends plus rien.

Je ne perçois plus que les battements de mon cœur et ma propre terreur.

Elle s'affale, inerte, et ses yeux roulent en arrière. C'est trop tard.

La pénombre se dissipe. La lumière revient. Les murs de la salle du paysage des peurs sont toujours couverts de graffitis. Aux quatre coins de la salle, il y a les caméras qui enregistrent chaque session, toutes en place. J'ai la nuque et le dos en sueur. Je m'essuie le visage avec ma chemise et me dirige vers la sortie en abandonnant par terre ma boîte et mes seringues.

Je n'ai plus besoin de revivre mes peurs. Désormais, je dois seulement essayer de les vaincre.

+++

L'expérience m'a appris qu'il suffit d'avoir du culot pour pénétrer dans un endroit interdit. Comme les cellules du deuxième étage du siège des Érudits.

Mais apparemment, ça ne marche pas à tous les coups. Lorsqu'un sans-faction m'arrête de la pointe de son fusil avant que j'arrive à la porte, la nervosité me fait avaler ma salive de travers.

— Vous allez où comme ça ?

Je pose la main sur son arme pour la dévier.

— Arrêtez de me viser avec ce truc. C'est Evelyn qui m'envoie. Je viens voir un prisonnier.

— Je n'ai pas été averti.

Je baisse la voix, pour lui donner l'impression de lui confier un secret.

— C'est parce qu'elle préfère que ça reste discret.

— Chuck ! appelle une voix au-dessus de nous dans l'escalier.

C'est Therese, qui descend vers nous en agitant la main.

— C'est bon. Laisse-le passer.

Je la remercie d'un signe de tête et me remets en marche vers la cellule. Les décombres qui jonchaient le couloir ont été nettoyés, mais les ampoules brisées n'ont pas été remplacées et je traverse des pans d'ombre qui bleuissent le couloir telles des contusions.

En atteignant l'aile nord, au lieu d'aller droit à la cellule, je me dirige vers une femme qui monte la garde. Elle a la quarantaine, les coins des yeux tombants, des plis amers autour de la bouche, et la tête de quelqu'un d'épuisé que chaque détail ne peut qu'accabler davantage, moi comme le reste.

— Bonjour, dis-je, je suis Tobias Eaton. Je viens chercher un prisonnier sur ordre d'Evelyn Johnson.

L'annonce de mon nom ne modifie pas son expression et, pendant quelques secondes, je me dis que je vais être obligé de l'assommer. Puis elle sort de sa poche un papier qu'elle défroisse : la liste des prisonniers et les numéros des cellules correspondantes.

— Son nom ? me demande-t-elle.

— Caleb Prior.

— Vous êtes le fils d'Evelyn, c'est ça ?

— Ouais. Euh, je veux dire... oui.

Elle n'a pas la tête de quelqu'un qui apprécie la familiarité.

Elle me conduit jusqu'à une porte métallique où figure le numéro 308A. Je me demande à quoi servait cette pièce du temps où cette ville n'avait pas besoin d'autant de cellules. Elle tape un code et la porte s'ouvre.

— Et je suis censée ne pas voir ce que vous allez faire, j'imagine ? me demande-t-elle.

Elle doit croire que je suis venu pour le tuer. Je ne vois pas l'utilité de la détromper.

— En effet.

— Alors rendez-moi service, glissez un mot sympa à Evelyn pour moi. J'aimerais bien faire moins d'heures de nuit. Mon nom, c'est Drea.

— C'est comme si c'était fait.

Elle froisse le papier dans son poing et le renfourne dans sa poche en s'éloignant. Je garde la main sur la poignée de la porte jusqu'à ce qu'elle ait regagné son poste et me tourne le dos. On dirait que ce n'est pas la première fois qu'elle fait ça. Je me demande combien de personnes ont disparu de ces cellules sur ordre d'Evelyn.

J'entre. Caleb est assis à un bureau métallique, penché sur un livre, les cheveux en épis.

— Qu'est-ce que tu veux ? s'enquiert-il en me regardant à peine.

— Désolé de t'annoncer ça...

Je ménage une pause. J'ai décidé il y a quelques heures de la façon dont j'allais procéder – il mérite une leçon, ce qui exige quelques mensonges.

— En fait, non, je ne suis pas si désolé que ça. Ton exécution a été avancée de quelques semaines. C'est pour ce soir.

Là, j'ai capté son attention. Il se retourne pour me dévisager, les yeux écarquillés, avec l'expression d'une proie confrontée à un prédateur.

— C'est une blague ?

— Les blagues, ce n'est pas vraiment mon fort.

— Non. Non, fait-il en secouant la tête. J'ai quelques semaines, ce n'est pas *ce soir*, non...

— Si tu la fermes, je te laisse une heure pour digérer la nouvelle. Sinon, je t'assomme, je te traîne dehors et je te descends avant que tu aies eu le temps de te réveiller. À toi de voir.

Regarder un Érudit en train de réfléchir, c'est comme observer le mécanisme d'une montre, tous les rouages qui tournent, bougent, s'ajustent, s'associent pour remplir une tâche donnée, qui, dans le cas présent, consiste pour Caleb à trouver un sens à sa fin imminente.

Ses yeux se posent sur la porte ouverte derrière moi. Il saisit sa chaise en se retournant et la jette sur moi. Elle me frappe violemment, me ralentissant juste assez pour qu'il ait le temps de sortir.

Je le poursuis dans le couloir. Je suis plus rapide que lui ; je le pousse et il s'effondre face contre terre sans esquisser un geste pour amortir sa chute. Le genou appuyé sur son dos, je lui attache les poignets avec un lien en plastique. Il émet un grognement et je vois que son nez saigne quand je le remets debout.

Les yeux de Drea croisent les miens l'espace d'un instant, puis se détournent.

Je tire Caleb dans le couloir, pas dans la direction par laquelle je suis arrivé mais vers une issue de secours. On descend un escalier étroit où l'écho de nos pas, dissonant et creux, résonne à l'infini. En bas, je frappe à la porte.

Zeke m'ouvre avec un sourire idiot sur la figure.

— Pas d'ennuis avec la garde ?

— Non.

— J'étais sûr que ça roulerait avec Drea. Elle se fiche de tout.

— J'ai remarqué.

— C'est lui, Prior ?

— En chair et en os.

— Pourquoi il saigne ?

— Parce que c'est un crétin.

Zeke me passe une veste noire sur le col de laquelle a été cousu le symbole des sans-faction.

— Tiens ! Je ne savais pas que la crétinerie faisait saigner du nez.

Je drape la veste sur les épaules de Caleb et je ferme un des boutons sur sa poitrine. Il évite mon regard.

— Ouais, ça vient de sortir. La voie est libre ?

— C'est bon. J'ai vérifié.

Zeke me tend son pistolet, la crosse en avant.

— Méfie-toi, il est chargé. Maintenant, ce serait sympa de me frapper, pour me rendre plus convaincant quand je devrai expliquer aux sans-faction que tu m'as piqué mon gun.

— Tu veux que je te frappe ? Tu es sûr ?

— Comme si t'en avais jamais eu envie. Allez, discute pas, Quatre.

C'est vrai que j'aime bien frapper les gens. J'aime la bouffée de puissance et d'énergie que ça me procure, et le sentiment d'immunité que donne la capacité de faire mal aux autres. En même temps, je déteste cette facette de moi, parce que c'est la plus meurtrie.

Zeke se raidit et je serre le poing.

— Grouille, espèce de Meringue, me dit-il.

Je décide de viser la mâchoire. La mâchoire est trop solide pour se fracturer mais elle marque beaucoup. Je prends mon élan et je le frappe pile au bon endroit. Zeke geint en se prenant la tête à deux mains. Un élancement remonte le long de mon bras et je secoue la main.

— Super, dit Zeke en crachant un caillot de sang sur le mur Bon, je crois qu'on est au point.

— Je crois aussi.

— J'imagine qu'on ne se reverra pas ? Je veux dire, les autres reviendront peut-être, mais toi... Enfin, on dirait que tu as hâte de laisser tout ça derrière toi, quoi.

— Ouais, t'as sans doute raison.

Je regarde mes chaussures.

— Et toi, tu es sûr que tu ne veux pas venir ?

— Je peux pas. Shauna ne peut pas suivre en fauteuil là où

vous allez, et je ne me vois pas la laisser toute seule. Dis, surveille Uri, qu'il ne boive pas trop, OK ? ajoute-t-il en se tâtant prudemment la mâchoire.

— OK.

— C'est pas une blague, insiste-t-il en baissant d'un ton, comme à chaque fois qu'il se décide à être sérieux. Tu me promets de veiller sur lui ?

Depuis que je les connais, il a toujours été clair pour moi que Zeke et Uriah étaient plus proches que la plupart des frères. Ils ont perdu leur père quand ils étaient petits et je suppose qu'à partir de là, Zeke a joué à la fois le rôle du frère et du père. Je ne peux pas imaginer ce que ça représente pour lui de voir Uriah quitter la ville, surtout en ce moment, brisé comme il l'est par la mort de Marlene.

— C'est promis.

Je sais que je devrais partir, mais j'ai besoin de prolonger un peu ce moment pour en éprouver toute la signification. Zeke est l'un des premiers amis que je me suis faits chez les Audacieux, après l'initiation. Puis il a travaillé avec moi dans la salle de contrôle, à surveiller des caméras et rédiger des programmes débiles qui épelaient des mots sur l'écran ou qui proposaient des casse-tête numériques. Il ne m'a jamais demandé quel était mon vrai nom, ni pourquoi un novice sorti dans les premiers du classement avait atterri à la sécurité et à l'instruction et non parmi les responsables. Il ne m'a jamais rien demandé, en fait.

— On se dit au revoir, quand même ? propose-t-il.

Gardant une main ferme sur le bras de Caleb, j'étreins Zeke de mon bras libre et il fait de même.

Puis on se sépare. J'entraîne Caleb dans l'allée, sans pouvoir m'empêcher de me retourner pour crier :

— Tu vas me manquer !

— Toi aussi, mon chou !

Il m'adresse un sourire éclatant et ses dents brillent dans le crépuscule. C'est la dernière image que j'ai de lui avant de me retourner pour partir en courant vers le train.

— Vous partez, c'est ça ? me demande Caleb entre deux halètements. Toi et d'autres ?

— C'est ça.

— Ma sœur aussi ?

La question réveille en moi une rage animale qu'aucun mot ne pourrait apaiser, pas même des insultes. Je le frappe violemment du plat de la main en visant l'oreille. Il grimace de douleur et enfonce la tête dans les épaules en prévision du coup suivant.

Je me demande si je ressemblais à ça quand mon père me frappait.

— Ce n'est plus ta sœur. Tu l'as trahie. Tu l'as torturée. Tu lui as volé la seule famille qu'elle avait. Et tout ça pour quoi ? Pour protéger les secrets de Jeanine et rester à l'abri dans la ville, bien en sécurité ? Tu n'es qu'un lâche.

— Je ne suis pas un lâche ! s'écrie-t-il. Je savais que si...

— Revenons à notre accord. Tu la boucles.

— Très bien. Mais tu m'emmènes où ? Tu pourrais aussi bien me tuer ici !

Je m'arrête. Derrière nous, sur le trottoir, une silhouette se déplace en zigzag. Je me retourne en brandissant mon arme mais déjà, elle a disparu dans une ruelle.

Je reprends ma marche en traînant Caleb, attentif au moindre bruit. On écrase des débris de verre sous nos semelles. Je scrute les immeubles et les panneaux indicateurs, qui pendent comme les dernières feuilles d'automne sur un arbre. Enfin, on arrive à la gare et je pousse Caleb dans l'escalier métallique qui monte au quai.

Je vois le train venir de très loin, dans son dernier trajet à travers la ville. Avant, je considérais les trains comme des forces de la nature qui poursuivaient tranquillement leur chemin sans se soucier de nos existences, des sortes de créatures vibrantes, vivantes et puissantes. Même si une part de leur mystère a disparu quand j'ai rencontré ceux qui les conduisent, ce qu'ils représentent pour moi ne s'effacera jamais : mon premier geste d'Audacieux a été de sauter à bord d'un train. Depuis, ils incarnent chaque jour ma liberté, en me donnant le pouvoir de me déplacer dans cette ville où j'étouffais autrefois dans le secteur des Altruistes, dans une maison qui était aussi ma prison.

Quand le train se rapproche, je détache les mains de Caleb, sans lui lâcher le bras.

— Tu sais comment on fait ? lui dis-je. On monte dans le dernier wagon.

Il déboutonne sa veste et la laisse tomber sur le quai.

— OK.

On se met à courir le long du train au niveau d'une portière ouverte. Je donne une poussée à Caleb, qui n'arrive pas à attraper la poignée.

Il trébuche, la saisit et se hisse dans le dernier wagon. Je n'ai plus beaucoup de marge – je suis presque au bout du quai. J'attrape la poignée et je saute à l'intérieur en amortissant mon élan avec les muscles des jambes.

Tris est dans le wagon, sa veste noire fermée jusqu'au menton, son visage clair trouant l'obscurité. Elle m'attrape par le col avec un petit sourire de travers et m'attire à elle pour m'embrasser. En s'écartant, elle me dit :

— J'adore te regarder faire ça.

Je lui réponds par un sourire radieux.

— C'était ça, votre plan ? intervient Caleb dans mon dos. Qu'elle soit là quand tu me tuerais ? C'est...

— Le *tuer* ? me demande Tris sans regarder son frère

— Ouais, je lui ai fait croire que je l'emmenais à son exécution, dis-je assez fort pour qu'il m'entende. Tu sais, un peu dans le genre de ce qu'il t'a fait au siège des Érudits.

— Je... C'était pas vrai ? bafouille-t-il.

Son visage éclairé par la lune se relâche sous l'effet du choc Je remarque que sa chemise est mal boutonnée.

— Non. En fait, je t'ai sauvé la vie.

Il veut dire quelque chose, mais je l'arrête :

— Il est peut-être un peu tôt pour me remercier. On t'emmène avec nous. À l'extérieur.

L'extérieur. L'endroit qu'il a tout fait pour éviter, au point de se retourner contre sa propre sœur. Au fond, ce châtiment paraît plus adapté que la mort, rapide et sans surprise. Là où nous allons, rien n'est certain.

Caleb a l'air effrayé, mais moins que je ne m'y attendais. Tout à coup, je crois que j'ai compris son ordre de priorités : sa vie d'abord, puis son confort personnel dans un monde façonné à son image et, seulement ensuite, la vie de ceux qu'il est censé aimer. C'est le genre d'individu méprisable qui ne soupçonne même pas sa propre bassesse, et je n'y changerais rien en l'abreuvant d'insultes. Rien ne pourrait le changer. Plus qu'en colère, je me sens lourd, inutile.

Je ne veux plus penser à lui. Prenant Tris par la main, je l'emmène à l'autre bout du wagon pour regarder la ville s'éloigner derrière nous. On reste côte à côte dans l'encadrement de la portière en se tenant chacun à une poignée. Les immeubles dessinent un motif dentelé dans l'obscurité.

— On a été suivis, signalé-je.

— On va faire attention.

— Où sont les autres ?

— Dans les premiers wagons. Je préférais qu'on soit seuls. Enfin… autant que possible.

Elle me sourit. Ces instants sont les derniers que nous passons dans la ville. Bien sûr qu'on doit les passer seuls tous les deux.

— Cet endroit va vraiment me manquer, déclare-t-elle.

— Ah bon ? Moi, je dirais plutôt : « Bon débarras ! »

— Il n'y a rien qui te manquera ? Pas de bons souvenirs ? me demande-t-elle en me donnant un coup de coude.

Je souris.

— Bon, OK. Quelques-uns.

— Y compris certains dont je ne fais pas partie ? insiste-t-elle. D'accord, ça fait égocentrique, mais tu m'as comprise.

— Ouais, sans doute, dis-je en haussant les épaules. C'est vrai que j'ai changé de vie chez les Audacieux, changé de nom aussi. Je suis devenu Quatre, grâce à Amar, mon instructeur à l'initiation. C'est lui qui m'a donné ce surnom.

— Ah bon ? fait Tris en penchant la tête. Pourquoi je ne l'ai jamais rencontré ?

— Parce qu'il est mort. C'était un Divergent.

Je hausse de nouveau les épaules, mais mes sentiments à ce sujet n'ont rien d'indifférent. Amar est le premier à avoir remarqué ma Divergence, et il m'a aidé à la cacher. Mais il n'a pas réussi à dissimuler la sienne et il en est mort.

Elle m'effleure le bras sans rien dire et je change de position pour chasser mon malaise.

— Tu vois ? J'ai trop de mauvais souvenirs. Je suis vraiment prêt pour le grand départ.

Je me sens vide, pas à cause de la tristesse, mais du soulagement, parce que toute ma tension est en train de me quitter. Dans cette ville, il y a Evelyn, et Marcus, et tout le chagrin, les cauchemars, les mauvais souvenirs et les factions qui m'ont maintenu captif d'un aspect de moi-même. Je serre la main de Tris.

— Regarde, dis-je en désignant des immeubles au loin. C'est le secteur des Altruistes.

Elle sourit, mais ses yeux sont voilés, comme si quelque chose qui dormait en elle luttait pour sortir et se déverser. Le train grince sur les rails, une larme coule sur sa joue et la ville disparaît dans les ténèbres.

CHAPITRE ONZE

TRIS

LE TRAIN ralentit ; c'est le signal par lequel le conducteur nous avertit de nous préparer à sauter. Tobias et moi sommes assis dans l'encadrement de la portière. Il met un bras autour de mes épaules et enfouit sa tête dans mon cou pour respirer l'odeur de mes cheveux. Je le regarde, je regarde sa peau dans l'encolure de son tee-shirt, la ligne légèrement retroussée de sa bouche, et je sens la chaleur m'envahir.

— À quoi tu penses ? me demande-t-il doucement à l'oreille.

Je reprends mes esprits. Je le regarde tout le temps, mais pas toujours de cette façon-là. J'ai un peu le sentiment d'être prise en faute.

— À rien ! Pourquoi ?

— Comme ça.

Il me serre contre lui et je prends de grandes goulées d'air frais, la tête sur son épaule. Ça sent encore l'été, une odeur d'herbe qui a cuit au soleil.

— On approche de la Clôture, dis-je.

Ça se voit au fait que les immeubles ont laissé place à des champs, constellés à intervalles réguliers de lueurs de vers luisants. Caleb est assis près de la portière, en face de moi, les bras autour des genoux. Nos regards se croisent malencontreusement et j'ai envie de lui hurler dessus pour atteindre ses émotions les plus enfouies, pour qu'enfin il m'entende, qu'il comprenne ce qu'il m'a fait. Mais je me contente de soutenir son regard, et il détourne le sien.

Je me lève en me tenant à la poignée, imitée par Tobias et Caleb. Mon frère est resté derrière nous mais Tobias le fait passer devant, tout au bord du wagon.

— Toi d'abord. À mon signal ! Attention... Go !

Il le pousse dans le dos, juste assez pour lui donner de l'impulsion, et mon frère disparaît. Tobias le suit aussitôt, me laissant seule dans le wagon.

C'est idiot de regretter quelque chose d'inanimé quand il y a tant de gens à regretter, mais ce train me manque déjà, ainsi que tous ceux qui m'ont transportée d'un point à un autre de cette ville, *ma* ville, après que j'ai eu le courage de sauter dedans.

Je caresse une dernière fois la paroi du bout des doigts, et je saute. Le train est si lent que j'ai pris trop d'élan. Je tombe. L'herbe sèche me râpe les paumes. Je me relève en cherchant des yeux Tobias et Caleb.

Mais c'est la voix de Christina que j'entends :

— Tris !

Elle arrive vers moi, suivie d'Uriah, qui tient une lampe torche et paraît plus alerte que cet après-midi. C'est bon signe. Derrière eux surgissent d'autres lumières, d'autres voix.

— Ça a marché, pour ton frère ? s'enquiert Uriah.

— Ouais.

Enfin, je vois Tobias venir vers nous en tenant fermement Caleb par le bras.

— C'est dingue qu'un Érudit ait autant de mal à se mettre un truc dans le crâne : quoi que tu fasses, tu n'arriveras jamais à courir plus vite que moi.

– Quatre a raison, confirme Uriah. C'est un rapide. Pas autant que moi, mais clairement plus qu'un Quat'z'yeux dans ton genre.

— Un quoi ? demande Christina en riant.

— Un Quat'z'yeux, répète Uriah en dessinant deux ronds devant son visage avec les pouces et les index. À cause des lunettes, pour les Érudits... Tu captes ? C'est comme « Pète-sec ».

— Décidément, les Audacieux ont un argot bizarre : Meringue, Quat'z'yeux ... Il y a aussi un mot pour les Sincères ?

— Bien sûr, qu'est-ce que tu crois ? rétorque-t-il en riant. Les Gros Nazes.

Christina le pousse sans ménagement, ce qui lui fait lâcher sa lampe. Tobias nous conduit en rigolant au reste du groupe, quelques mètres plus loin. Tori agite sa lampe en l'air pour réclamer l'attention générale et déclare :

— Johanna et les camions sont tout près d'ici. On y va. Et si quelqu'un dit un mot, je l'assomme. On n'est pas encore dehors.

On se met en route, en rangs serrés. Tori ouvre la marche. De dos, dans le noir, elle me fait penser à Evelyn, avec ses longs membres tout en muscles, ses épaules rejetées en arrière, si sûre d'elle qu'elle en est presque effrayante. À la lumière des lampes torches, j'arrive juste à distinguer le faucon tatoué sur sa nuque, la première chose dont je lui aie parlé quand elle menait mon test d'aptitudes. Ce jour-là, elle m'a expliqué qu'il incarnait sa victoire sur la peur du noir. Je me demande si cette peur la hante encore parfois, malgré tous ses efforts pour la vaincre ; je me demande si les peurs disparaissent réellement un jour ou si elles perdent simplement leur pouvoir sur nous.

De minute en minute, Tori creuse un peu plus l'écart, courant plus qu'elle ne marche. Elle a hâte de partir, de fuir cet endroit où son frère s'est fait assassiner, où elle n'est devenue quelqu'un que pour être évincée par une sans-faction que tout le monde croyait morte.

Elle a pris une telle avance que, quand les tirs éclatent, je ne la vois pas tomber ; je ne vois que la chute de sa torche.

— Dispersez-vous ! rugit Tobias au milieu des cris et du tumulte qui s'ensuit. Courez !

Je cherche en vain sa main dans l'obscurité. Je tiens devant moi une arme qu'Uriah m'a donnée avant de partir, en tâchant d'ignorer la sensation d'étouffement que ce contact me cause toujours. Je fonce en direction de la lampe torche de Tori.

J'entends sans les entendre les coups de feu, les cris et les gens qui courent. J'entends sans l'entendre mon cœur qui bat. Je m'approche en rampant du faisceau de lumière et, à la lueur de la lampe, je vois le visage de Tori. Il est luisant de sueur et ses globes oculaires roulent sous ses paupières, comme si elle cherchait quelque chose qu'elle n'avait pas la force de trouver.

Une balle l'a touchée au ventre et une autre à la poitrine. Elle ne peut pas survivre à ça. Même si je lui en veux de s'être battue contre moi dans le laboratoire de Jeanine, elle est celle qui a gardé le secret de ma Divergence. Ma gorge se noue tandis que je revois cette première image de sa nuque tatouée surprise dans la salle du test d'aptitudes.

Elle ouvre les paupières et son regard s'arrête sur moi. Elle fronce les sourcils, mais ne parle pas.

Je ramasse la lampe torche et lui prends la main, pressant ses doigts moites.

Quelqu'un approche. Je braque mon arme et ma lampe d'un même geste sur le bruit, et le rayon de lumière éclaire une femme portant le brassard des sans-faction qui me vise de son arme. Je tire, en serrant les dents si fort qu'elles en grincent.

Touchée au ventre, elle pousse un cri et tire à l'aveugle.

Je me tourne de nouveau vers Tori, qui est inerte, les yeux clos. Alors je me mets à courir en braquant la lampe vers le sol, loin d'elle et de l'inconnue que je viens d'abattre. Je ne sais pas où je vais, si je m'écarte du danger ou si je fonce sur lui. Mes jambes me font mal, mes poumons me brûlent. Mais je cours sans m'arrêter le plus longtemps possible.

Enfin, deux lumières apparaissent. Je les prends d'abord pour celles d'autres lampes torches, mais je me rends compte en approchant qu'elles sont trop grosses et trop statiques ; ce sont des phares de véhicule. Je perçois le bruit d'un moteur et je me tapis dans l'herbe haute, lampe torche éteinte, arme au poing. Le camion ralentit et j'entends une voix :

— Tori ?

On dirait Christina. Le camion est rouge et rouillé : un véhicule des Fraternels. Je me redresse en pointant la lumière de la lampe sur mon visage pour qu'elle me voie. Le camion s'arrête à quelques mètres en face de moi. Christina saute du siège passager et me prend dans ses bras. Je rejoue dans ma tête la scène qui vient de se produire pour en absorber la réalité : Tori qui s'écroule, la sans-faction qui se plie en deux... Ça ne marche pas. Ça ne paraît pas réel.

— J'ai eu tellement peur, souffle Christina. Monte. On va chercher Tori.

— Elle est morte, dis-je, sans ressentir aucune émotion.

Mais les mots, eux, rendent la chose réelle. J'essuie les larmes qui coulent sur mes joues en essayant de reprendre le contrôle de ma respiration hachée.

— Je... J'ai tiré sur la femme qui l'a tuée.

— Quoi ? lance Johanna d'un ton affolé en se penchant par la vitre du siège conducteur. Qu'est-ce que tu as dit ?

— C'est fini pour Tori. C'est arrivé sous mes yeux.

Je ne vois pas son expression, masquée par ses cheveux ; mais son souffle sort dans une saccade.

— Alors essayons de retrouver les autres.

Je monte dans le camion. Johanna fait rugir le moteur en appuyant sur l'accélérateur et on part en cahotant dans l'herbe.

— Vous savez par où ils sont partis ? demandé-je.

— On a seulement repéré Cara et Uriah, me répond Johanna.

Je crispe le poing de toutes mes forces sur la poignée de la portière. Si j'avais vraiment cherché Tobias... Si je ne m'étais pas arrêtée pour Tori...

Et si Tobias ne s'en était pas sorti ?

— Mais je suis sûre que les autres vont bien, reprend Johanna. Ton copain sait parfaitement se débrouiller.

Je hoche la tête sans conviction. Elle a raison, mais au cours d'une attaque, la survie est avant tout une question de chance. Ne pas être sur la trajectoire d'une balle, tirer dans le noir et toucher quelqu'un qu'on n'avait même pas vu ne requièrent aucun talent particulier. Tout repose sur la chance, ou sur la providence, selon ce en quoi on croit. Et je ne sais pas – je n'ai jamais su – à quoi je crois au fond.

Il va bien, il va bien, il va bien.

Tobias va bien.

Mes mains tremblent et Christina me presse le genou. Johanna roule vers le point de rendez-vous, là où elle a vu Cara et Uriah. Je regarde l'aiguille du compteur monter jusqu'à cent vingt kilomètres-heure. On tressaute dans la cabine, projetées dans tous les sens par les bosses du terrain.

— Là-bas ! s'écrie Christina en pointant le doigt.

Il y a un amas de lumières devant nous, les unes petites comme des têtes d'épingles – des lampes torches –, d'autres rondes comme des phares.

Tobias est assis sur le capot d'un camion, un bras couvert de sang. Cara se tient en face de lui avec une trousse de premiers soins. Caleb et Peter sont assis dans l'herbe quelques mètres plus loin. Avant même que notre camion ne soit à l'arrêt, j'ai ouvert la portière et sauté dehors et je me précipite vers Tobias. Il se lève au mépris de l'ordre de Cara et on se heurte presque dans notre élan. Son bras valide se replie sur moi et me soulève de terre. Son dos est trempé de sueur, et son baiser a un goût salé.

Tous les nœuds qui m'oppressaient se défont d'un seul coup. L'espace d'un instant, j'ai la sensation d'être quelqu'un de neuf.

Il va bien. On est sortis de la ville et il va bien.

CHAPITRE DOUZE

TOBIAS

MON BRAS me lance comme si un second cœur battait à l'endroit où la balle m'a éraflé. Les doigts de Tris effleurent les miens quand elle lève la main pour nous montrer quelque chose sur notre droite : une série de constructions basses et tout en longueur, nimbées de bleu par la lumière des lampes de secours.

— Qu'est-ce que c'est ? demande-t-elle.

— Des serres, lui répond Johanna. On y cultive en masse les produits qui ne réclament pas beaucoup de main-d'œuvre : des matières premières pour fabriquer du tissu, du blé... On y élève aussi des animaux.

Les vitres luisent sous les étoiles, protégeant les trésors que j'imagine à l'intérieur : des petites plantes chargées de baies, des rangées de plants de pommes de terre enfouies dans la terre.

— Vous ne les montrez pas aux visiteurs, fais-je remarquer. On ne les a jamais vues.

— Les Fraternels ont leurs petits secrets, me répond-elle avec une certaine fierté.

Devant nous, la route dessine une ligne droite à l'infini, grêlée de bosses et de fissures. Elle est bordée d'arbres noueux, de lampadaires brisés, de lignes à haute tension hors d'usage, avec, ici et là, un carré de trottoir isolé percé par les mauvaises herbes, un tas de bois pourri, une maison effondrée.

Plus je réfléchis à ce paysage, qui a toujours paru normal aux patrouilles d'Audacieux, plus je distingue autour de moi les traces d'une ancienne ville, aux constructions plus basses que les nôtres, mais tout aussi nombreuses. Une ville qui aurait été transformée en désert donné à cultiver aux Fraternels. Autrement dit, une ville rasée, réduite en cendres et en poussière, aux routes abandonnées et aux décombres envahis par la végétation.

Je sors la main par la vitre du camion et le vent s'enroule autour de mes doigts comme des mèches de cheveux. Quand j'étais tout petit, ma mère faisait semblant de créer des objets dans l'air et me les donnait : des clous, des marteaux, des épées ou des patins à roulettes. On jouait à ce jeu le soir sur la pelouse devant la maison, avant le retour de Marcus. Il nous aidait à tromper notre peur.

Derrière nous, à l'arrière, il y a Caleb, Christina et Uriah. Ces deux derniers sont assez proches pour que leurs épaules se touchent mais ils regardent dans des directions opposées, pas vraiment comme des amis. Derrière nous, un autre camion conduit par Robert transporte Cara et Peter. Tori aurait dû être avec eux. Cette pensée creuse un vide en moi. C'est elle qui m'a fait passer mon test d'aptitudes, elle qui m'a donné pour la première fois l'idée que je pouvais – que je devais – quitter les

Altruistes. Je me sentais une dette envers elle et elle est morte avant que j'aie pu m'en acquitter.

— C'est là, dit Johanna. On est à la limite des patrouilles des Audacieux.

Il n'y a ni barrière ni mur de séparation entre le secteur des Fraternels et le monde extérieur. Mais je me rappelle avoir surveillé les patrouilles d'Audacieux depuis la salle de contrôle pour m'assurer qu'ils ne dépassaient pas cette ligne, matérialisée par des croix au sol. Les réservoirs des camions de patrouille étaient remplis de manière à tomber à sec s'ils allaient trop loin, un système de contrôle délicat qui préservait leur sécurité et la nôtre. Et aussi, je le sais maintenant, le secret gardé par les Altruistes.

— Personne ne l'a jamais dépassée ? demande Tris.

— Si, c'est arrivé, admet Johanna. Mais on était chargés de gérer la situation quand elle se présentait.

Tris lui jette un petit regard et elle hausse les épaules.

— Toutes les factions ont un sérum, poursuit-elle. Celui des Audacieux donne des hallucinations, celui des Fraternels la paix, celui des Sincères apporte la vérité, celui des Érudits donne la mort...

Ces mots font frissonner Tris, mais Johanna continue comme si de rien n'était :

— Et celui des Altruistes réinitialise la mémoire.

— Il quoi ?

— Il efface la mémoire, comme celle d'Amanda Ritter, précisé-je. Ou Edith Prior, comme tu veux. Elle a dit : « Il y a beaucoup de choses que je serai heureuse d'oublier », tu te rappelles ?

— Exactement, confirme Johanna. Les Fraternels sont chargés d'administrer le sérum des Altruistes à quiconque franchit cette limite, juste la dose nécessaire pour lui faire oublier l'expérience. Je suis sûre que certains sont passés à travers les mailles du filet, mais ils ne doivent pas être nombreux.

On se tait tous les trois. Je tourne et retourne cette information dans ma tête. Il y a quelque chose de profondément choquant dans le fait de voler ses souvenirs à quelqu'un. Je le sais intuitivement, même si je comprends que c'était nécessaire pour assurer la sécurité de la ville. En prenant les souvenirs d'une personne, on change son identité.

J'ai les nerfs à vif; plus on s'éloigne de la limite des patrouilles d'Audacieux, plus on approche du moment où on va découvrir ce qui se trouve à l'extérieur du seul monde que nous connaissons. Je suis terrifié, surexcité, désorienté et mille autres choses en même temps.

Je discerne quelque chose devant nous dans la lumière du petit matin et je prends Tris par la main.

— Regarde.

CHAPITRE TREIZE

TRIS

LE MONDE qui s'étend au-delà du nôtre est plein de routes, d'immeubles décrépits et de poteaux électriques effondrés.

Il est dénué de vie, pour autant qu'on puisse voir : pas un mouvement, pas un bruit à part celui du vent.

Le paysage ressemble à une phrase dont la fin n'aurait rien à voir avec le début. Une partie de cette phrase est une étendue de terre déserte, d'herbes folles et de routes. L'autre est constituée de deux murs en béton, séparés par cinq ou six rangées de rails et reliés par un pont. De chaque côté, il y a des constructions en bois, en brique et en verre, entourées d'arbres aux branchages enchevêtrés.

Un panneau au bord de la route indique : « Route 90 ».

— Qu'est-ce qu'on fait, maintenant ? demande Uriah.

— On suit la voie ferrée, dis-je, si bas que je suis la seule à l'entendre.

+++

On descend des camions à la frontière entre notre monde et le leur – quels qu'ils soient. Robert et Johanna nous disent rapidement au revoir et font demi-tour pour regagner la ville. Je les regarde partir en me disant que jamais je ne pourrais revenir sur mes pas après être allée aussi loin. Mais je suppose qu'ils ont des choses à faire là-bas. Johanna doit organiser la rébellion des Loyalistes.

Tout le monde se met en route : Tobias, Caleb, Peter, Christina, Uriah, Cara et moi.

Les voies ne sont pas comme en ville. Elles sont lisses et polies, et les rails reposent sur des plaques de métal texturé et non sur des traverses en bois comme chez nous. Près du mur, il y a un train abandonné aux parois métalliques réfléchissantes, percées de rangées de fenêtres teintées. En passant devant, je distingue à l'intérieur des alignements de banquettes marron. Je ne pense pas que les gens de ce monde avaient besoin de sauter pour monter ou descendre de ce train.

Tobias marche derrière moi, en équilibre sur un rail, les bras écartés pour ne pas tomber. Les autres sont dispersés autour des voies. Peter et Caleb longent un mur et Cara, l'autre. On ne parle pas beaucoup, sauf quand on découvre quelque chose de nouveau, un panneau, un immeuble, une trace de ce que ce monde a été du temps où il était habité.

Les murs qui bordent les voies ferrées m'intriguent. Ils sont placardés d'immenses photos de gens à la peau si lisse qu'ils n'ont plus l'air réels, de flacons colorés de shampooing, d'après-shampooing, de vitamines ou de substances inconnues, avec des mots que je ne connais pas : « vodka », « Coca-Cola » ou « boisson énergisante »... Il y a une telle profusion de formes, de mots, de couleurs criardes que c'en est hypnotisant.

— Tris...

Tobias pose une main sur mon épaule et je m'arrête. Il penche la tête et me demande :

— Tu entends ?

J'entends les pas et les murmures de nos compagnons. J'entends mon souffle et le sien. Et en dessous, un grondement sourd qui varie en intensité. Comme celui d'un moteur.

— Arrêtez-vous ! crié-je aux autres.

À ma surprise, tous obtempèrent, même Peter, et on se rassemble au milieu de la voie. Peter brandit son arme ; je l'imite en tenant la crosse à deux mains pour la stabiliser. Je pense à la facilité avec laquelle je la soulevais autrefois. Avant.

Quelque chose apparaît devant nous dans le virage. Un camion noir, le plus gros que j'aie jamais vu, assez gros pour contenir une quinzaine de personnes sur sa plateforme bâchée.

Je frissonne.

Le camion tressaute sur les voies et s'arrête à dix mètres de nous. L'homme qui le conduit a la peau sombre et ses cheveux longs sont retenus en chignon sur sa nuque.

Je vois Tobias blêmir en serrant le poing sur son pistolet.

Une femme sort du véhicule. Elle doit avoir l'âge de Johanna, sa peau est criblée de taches de rousseur et ses cheveux sont bruns, presque noirs. Elle saute par terre et lève les mains pour nous montrer qu'elle n'est pas armée.

— Bonjour, nous lance-t-elle avec un sourire nerveux. Je m'appelle Zoe. Et lui, c'est Amar.

Du menton, elle désigne le chauffeur, qui est descendu à son tour.

— Amar est mort, dit Tobias.

— Non, je ne suis pas mort, répond Amar. Salut, Quatre.

Tobias est toujours aussi pâle. Je le comprends ; ce n'est pas tous les jours qu'on voit un ami revenir d'entre les morts.

Les visages de tous ceux que j'ai perdus défilent dans ma tête. Lynn. Marlene. Will. Al. Mes parents.

Et s'ils étaient toujours en vie, comme Amar ? Et si ce qui nous séparait n'était pas la mort mais une clôture grillagée et quelques kilomètres ?

Même si c'est idiot, je ne peux pas m'empêcher d'espérer.

— On travaille pour l'organisation qui a fondé votre communauté, nous explique Zoe. Celle dont venait Edith Prior. Et...

Glissant une main dans sa poche, elle en sort une photo un peu froissée qu'elle nous tend. Ses yeux rencontrent les miens.

— ... je crois que tu devrais regarder ça, Tris, me dit-elle. Je vais avancer, poser cette photo par terre et reculer. D'accord ?

Elle connaît mon nom. La peur me noue la gorge. *Comment* connaît-elle mon nom ? A fortiori mon surnom, celui que j'ai choisi en intégrant les Audacieux.

— D'accord, dis-je d'une voix rauque et étranglée.

Zoe fait quelques pas, pose la photo sur un rail et retourne près du camion. Abandonnant la sécurité du groupe, je m'avance lentement, sans la quitter des yeux. Je m'empare de la photo et recule à mon tour.

C'est le portrait d'un groupe de gens debout devant un grand grillage, les bras sur les épaules ou dans le dos de leurs voisins. Je crois reconnaître Zoe enfant à ses taches de rousseur. Les autres ne me disent rien. Je m'apprête à lui demander pourquoi elle me montre cette photo quand mon regard s'arrête sur une jeune femme souriante aux cheveux blond cendré noués en queue de cheval.

Ma mère. Que fait ma mère au milieu de ces gens ?

Un poids – le chagrin, la douleur, le manque – m'oppresse brusquement la poitrine.

— Il y a beaucoup de choses à expliquer, dit Zoe. Mais ce n'est pas l'endroit idéal. On voudrait vous emmener à notre siège. C'est tout près d'ici en camion.

Sans lâcher son arme, Tobias me prend le poignet pour approcher la photo de ses yeux.

— C'est ta mère ?

— C'est *maman* ? me demande Caleb en poussant Tobias pour regarder le portrait par-dessus mon épaule.

— Oui, leur dis-je à tous les deux.

— Tu penses qu'on peut leur faire confiance ? me chuchote Tobias.

Zoe n'a ni la tête ni le ton d'une menteuse. Et si elle a entendu parler de moi et qu'elle a su comment nous trouver ici, il est vraisemblable qu'elle soit en contact avec la ville et qu'elle dise la vérité sur son appartenance à la communauté d'Edith Prior. Et puis il y a Amar, qui observe chaque geste de Tobias.

— On est venus ici pour trouver ces gens, argumenté-je. Il faut bien qu'on leur fasse confiance, non ? Sinon, on n'a plus qu'à tourner en rond dans ce désert jusqu'à ce qu'on meure de faim.

Tobias me lâche le poignet et baisse son arme. J'en fais autant. Les autres suivent lentement, Christina en dernier.

Zoe pose une main sur sa poitrine au niveau de son cœur.

— Vous avez ma parole.

Pour notre bien à tous, je prie pour que sa parole ait une valeur.

CHAPITRE QUATORZE

TOBIAS

JE SUIS debout au bord de la plateforme du camion, agrippé à un arceau métallique. Je voudrais que cette nouvelle réalité soit une simulation pour pouvoir la manipuler, en admettant que j'arrive à la comprendre. Mais ce n'est pas une simulation et je n'y comprends rien.

Amar est vivant.

« Adapte-toi ! », c'était l'un de ses mantras favoris pendant l'initiation. Il le criait si souvent qu'il m'arrivait d'en rêver la nuit ; ça me réveillait comme une alarme, exigeant de moi plus que je ne pouvais donner. *Adapte-toi.* Adapte-toi plus vite, adapte-toi mieux, adapte-toi à des choses que personne ne devrait avoir à vivre.

Comme quitter un monde pour en découvrir un autre.

Ou s'apercevoir qu'un ami mort est en vie et conduit le camion dans lequel vous voyagez.

Derrière moi, Tris tient toujours la photo froissée dans sa

main. Ses doigts planent à quelques millimètres du visage de sa mère, sans le toucher. Elle est assise entre Christina et Caleb sur le banc qui fait le tour de la plateforme. Je suppose qu'elle ne tolère la proximité de son frère que pour qu'il puisse regarder la photo ; elle se tient aussi éloignée de lui que possible, collée à Christina.

— C'est ta mère ? lui demande celle-ci.

Tris et Caleb hochent tous les deux la tête.

— Elle est tellement jeune, là-dessus, commente Christina. Elle est jolie.

— Oui, très. Enfin, elle l'était, répond Tris.

Je me serais attendu à ce que son ton soit triste, que l'évocation de la beauté de sa mère réveille des sentiments douloureux. Mais sa voix vibre de quelque chose qui ressemble à de l'espoir. Pourvu qu'elle n'aille pas s'imaginer je ne sais quoi...

– Laisse-moi regarder, lui demande Caleb.

Elle lui passe la photo, sans un mot ni un regard.

Je reporte mon attention sur le monde dont on s'éloigne : le bout de la voie ferrée, les champs à l'infini ; et au loin, la Ruche, à peine visible dans la brume qui brouille la ligne des toits de la ville. Ça fait drôle de la voir d'ici, comme si je pouvais la toucher en étendant la main, après avoir parcouru tout ce chemin.

Peter me rejoint en se tenant à la bâche. La voie ferrée s'éloigne de la route en bifurquant et je ne vois plus les champs. Les murs qui nous encadrent s'abaissent à mesure que le terrain s'aplanit et je découvre des constructions partout, les unes petites comme les maisons des Altruistes, les autres très longues, comme si on avait couché les tours de la ville sur le côté.

Des arbres énormes que personne n'a jamais taillés débordent de leurs cadres en ciment et leurs racines défoncent les trottoirs. Sur l'arête d'un toit est perchée une rangée de choucas pareils à ceux qui sont tatoués sur la clavicule de Tris. Ils s'envolent dans des cris stridents au passage du camion.

Ce monde est sauvage.

Tout à coup, mes émotions me submergent et me forcent à m'asseoir. Je me prends la tête entre les mains et je ferme les yeux pour me couper de tout ce flux de nouvelles informations. Le bras solide de Tris se glisse dans mon dos et m'attire contre son corps frêle. J'ai des fourmis dans les doigts.

— Concentre-toi sur l'instant présent, me suggère Cara, assise en face de nous. Sur le fait qu'on roule, par exemple. Ça devrait t'aider.

Je suis son conseil. Je me concentre sur la dureté du banc et sur les vibrations du véhicule qui se répercutent dans mes os, même sur terrain plat. Je détecte son infime oscillation, de droite à gauche, d'avant en arrière, et j'absorbe chaque secousse dès qu'il passe sur des rails. Je me concentre jusqu'à ce que tout s'obscurcisse autour de moi et que j'aie cessé de sentir le temps qui passe et la panique de la découverte. Je ne perçois plus que notre mouvement sur la terre.

— Tu devrais peut-être regarder autour de toi, maintenant, me dit Tris d'une petite voix.

Christina et Uriah se tiennent debout là où j'étais tout à l'heure, penchés au dehors, et tordent le cou pour voir à l'avant. Je me relève pour regarder par-dessus leurs épaules ce vers quoi nous nous dirigeons. Une haute clôture barre le paysage, qui paraît vide comparé à la concentration de constructions qu'on voyait tout à l'heure. Elle est composée de grands barreaux noirs aux pointes recourbées vers l'extérieur, comme pour embrocher quiconque s'aviserait de l'escalader.

Quelques mètres derrière se dresse une deuxième clôture, grillagée comme celle de la ville et coiffée d'un rouleau de fil de fer barbelé. Elle émet un grésillement sonore : une charge électrique. Des gardes arpentent l'espace qui sépare les deux grilles, armés de fusils qui me rappellent ceux qu'on utilisait pour le paint-ball, en nettement moins inoffensif.

Sur la première clôture, un panneau annonce : « Bureau de Bien-Être Génétique ».

J'entends Amar s'adresser aux gardes, sans distinguer ses paroles. Les portes s'ouvrent pour nous laisser passer. Et au-delà règne... l'ordre.

Aussi loin que porte le regard s'étendent des immeubles bas, séparés par des pelouses bien tondues plantées d'arbrisseaux. La route qui les relie est bien entretenue, ponctuée de flèches signalétiques : « Serres », tout droit ; « Check-point », à gauche ; « Logements de la direction », à droite ; « Complexe principal », tout droit.

Je me penche à l'extérieur pour découvrir le complexe. Le siège du Bureau de Bien-Être Génétique est un monstre de verre, de métal et de béton, pas très haut mais énorme, si long que je n'en vois pas le bout. Derrière s'élèvent quelques hautes tours au sommet en forme d'entonnoir. Je ne sais pas pourquoi, elles me font penser à la salle de contrôle des Audacieux. Je me demande à quoi elles servent.

À l'exception des gardes postés entre les deux clôtures, il y a peu de gens dehors. Ils s'arrêtent pour nous regarder, mais on s'éloigne trop vite pour que je voie leur expression.

Le camion s'immobilise devant une porte à double battant et Peter est le premier à sauter à terre. On se déverse derrière lui sur le trottoir en restant collés les uns aux autres, épaule contre épaule, si près que j'entends le souffle rapide de mes compagnons. Dans la ville, on était divisés par les factions, les différences d'âge, nos histoires personnelles, mais ici, toutes ces divisions tombent. Les autres membres du groupe sont notre seule famille.

— C'est parti, marmonne Tris en regardant arriver Zoe et Amar.

« C'est parti », répété-je intérieurement.

— Bienvenue au complexe, dit Zoe. Ce bâtiment était autrefois l'aéroport O'Hare, l'un des plus actifs du pays. C'est maintenant le siège du Bureau de Bien-Être Génétique – ou simplement le Bureau, comme on l'appelle ici. Cet organisme dépend du gouvernement des États-Unis.

J'ouvre de grands yeux. Je connais tous les mots qu'elle a employés – sans être trop sûr de ce que sont un « aéroport » ni les « états unis », mais mis ensemble, ils n'ont aucun sens. Je ne suis pas le seul à être perplexe – Peter hausse un sourcil interrogateur.

— Pardon, dit Zoe. J'oublie que vous ne savez pas grand-chose.

— Il me semble que c'est *votre* faute si on en sait aussi peu ; pas la nôtre, signale Peter.

— Je reformule, répond Zoe en lui souriant gentiment. J'oublie le peu d'informations que nous avions mises à votre disposition. Un aéroport est un centre dédié au transport aérien et...

— Au transport *aérien* ? répète Christina, incrédule.

— C'est une technologie qui n'avait pas son utilité au sein de la ville, explique Amar. Sûre, rapide et stupéfiante.

— Wouah ! fait Tris d'un air enthousiasmé.

De mon côté, j'imagine la vitesse et l'altitude et ça me donne vaguement la nausée.

— Bref. Quand les premières implantations ont été mises en place, l'aéroport a été converti pour nous accueillir et nous permettre de les observer à distance, poursuit Zoe. Je vous emmène à la salle de contrôle pour vous présenter David, le chef du Bureau. Vous allez voir beaucoup de choses que vous ne comprendrez pas, mais il vaut peut-être mieux attendre qu'on vous ait fourni quelques explications avant de poser des questions. Ce que je vous propose, c'est de prendre note des points sur lesquels vous souhaitez des précisions et de nous interroger ensuite, Amar ou moi.

Elle se dirige vers l'entrée, encadrée par deux gardes armés qui la saluent d'un sourire, et la porte s'ouvre devant elle. Le contraste entre leur accueil amical et les fusils calés sur leurs épaules est presque comique. Ces engins sont énormes. Je me demande ce qu'on ressent quand on tire avec ces trucs, si on perçoit leur puissance mortelle rien qu'en posant le doigt sur la gâchette.

Un souffle d'air frais me balaie le visage quand j'entre à l'intérieur. D'immenses baies vitrées en arc de cercle laissent entrer la lumière pâle du dehors, mais c'est l'un des seuls avantages du bâtiment. Le sol est terni par l'usure et la crasse, les murs sont gris et nus. Devant nous s'étend une véritable mer de gens et de machines, surmontée d'un panneau qui proclame : « Checkpoint ». Je ne comprends pas ce qui nécessite un tel dispositif de sécurité alors qu'ils sont déjà protégés par deux niveaux de clôtures dont une électrifiée, et des dizaines de gardes. Mais ça les regarde ; ce n'est pas mon monde.

Non, ce n'est pas du tout mon monde.

Tris pose la main sur mon épaule et me désigne le hall tout en longueur.

— Regarde ça.

À l'autre bout de l'immense espace se dresse une curieuse sculpture : un énorme bloc de pierre au-dessus duquel un mécanisme en verre flotte en suspension. Voilà un parfait exemple des choses incompréhensibles que nous allons rencontrer. Je ne comprends pas davantage l'avidité avec laquelle Tris dévore des yeux tout ce qui l'entoure, comme si elle pouvait s'en nourrir. Il y a des moments où j'ai le sentiment que nous sommes semblables, et d'autres, comme maintenant, où nos différences me frappent autant que si je venais de foncer dans un mur.

Christina lui fait une remarque et elles sourient toutes les deux d'un air ravi. Tout ce que j'entends me parvient étouffé, déformé.

— Ça va ? me demande Cara.

— Ouais, dis-je machinalement.

— Tu sais, tu as le droit de paniquer, reprend-elle. Pas la peine d'insister en permanence sur ton imperturbable virilité.

— Ma... quoi ?

Elle sourit et je comprends qu'elle blaguait.

Tous les gens qui se tiennent autour du check-point s'écartent en formant deux haies sur notre passage. Zoe se retourne pour nous annoncer :

— Les armes ne sont pas autorisées à l'intérieur du Bureau et doivent être laissées au check-point, mais vous pourrez les reprendre en sortant. Quand vous les aurez déposées, on passera au portique de détection et on pourra continuer.

— Elle m'énerve, elle, marmonne Cara.

— Pourquoi ?

— Elle est incapable de se mettre à notre place, m'explique-t-elle en sortant son arme. Elle n'arrête pas de présenter les choses comme si elles étaient évidentes alors qu'elles ne le sont pas du tout.

— C'est vrai que c'est énervant, approuvé-je mollement.

Zoe dépose son arme dans un bac en plastique gris et traverse une sorte de scanner – un portail de plusieurs mètres de long juste assez large pour laisser passer une personne. Je sors mon arme à mon tour, lourde des balles non utilisées, pour la déposer dans le bac qui contient déjà les autres.

Je regarde Zoe passer sous le portique, puis Amar, Peter, Caleb, Cara et Christina. Quand arrive mon tour, que je me trouve devant les deux parois qui vont m'enserrer, je sens monter la panique, les mains engourdies, un poids sur la poitrine. Ce scanner me rappelle la caisse en bois qui m'emprisonne et m'écrase les os dans mon paysage des peurs.

Je ne peux pas, je ne veux pas paniquer ici.

Je force mes pieds à avancer et m'arrête au milieu du portail. J'entends des sortes de cliquetis dans chacune des parois, suivis d'une sonnerie aiguë. Je frémis et ne vois rien d'autre que la main du garde qui me fait signe de repartir.

C'est bon, je peux m'échapper.

Je sors du portique en trébuchant, avec la sensation de déboucher à l'air libre. Cara me lance un petit regard mais se dispense de commentaire.

C'est tout juste si je me rends compte que Tris me prend la main après être passée à son tour. Je repense à la fois où elle a traversé mon paysage des peurs avec moi, à nos corps pressés l'un contre l'autre dans la caisse qui nous enfermait, à ma main posée sur sa poitrine pour sentir les battements de son cœur. Et cela suffit à me ramener à la réalité.

Uriah passe en dernier, puis Zoe nous fait signe de la suivre.

De l'autre côté du check-point, le décor est moins miteux. Le sol est soigneusement ciré et il y a des fenêtres partout. Au bout d'un long couloir, je vois des ordinateurs et des paillasses de laboratoire qui me rappellent le siège des Érudits, mais tout ici est plus lumineux, et rien ne semble caché.

Zoe nous fait prendre un couloir plus sombre sur la droite. Les gens que nous croisons se retournent pour nous suivre des yeux et je sens leurs regards sur moi, comme des petits rayons de chaleur qui me picotent les joues et la nuque.

On marche longtemps, s'enfonçant de plus en plus dans le complexe. Enfin, Zoe s'arrête pour nous faire face.

Derrière elle, des écrans sont disposés en cercle, comme des mites autour d'une flamme. Dans le cercle, des gens assis à de petits bureaux tapent frénétiquement sur des claviers d'ordinateur. Beaucoup d'écrans sont orientés vers nous. C'est visiblement une salle de contrôle, mais j'ignore ce qu'ils contrôlent puisque tous les écrans sont noirs. Des petits groupes de chaises, de bancs et de tables sont assemblés autour des écrans comme si on pouvait s'installer pour les regarder

À l'entrée de la salle se tient un homme d'âge mûr au visage souriant, vêtu comme tous les autres d'un uniforme bleu. Lorsqu'il nous voit arriver, il écarte les bras en signe de bienvenue. Je comprends que c'est David.

— Ce moment, déclare-t-il, est celui que nous attendions depuis le début.

CHAPITRE QUINZE

TRIS

JE SORS la photo de ma poche. L'homme qui se tient devant moi y figure à côté de ma mère, le visage un peu plus lisse et le ventre un peu plus plat.

Je masque le visage de ma mère du bout de l'index. Tout l'espoir qui grandissait en moi s'est évanoui. Si ma mère, ou mon père, ou mes amis étaient encore en vie, ils seraient là, à la porte du bâtiment, en train de m'attendre. Comment ai-je pu être assez naïve pour espérer que ce qui est arrivé à Amar – quoi que cela puisse être – ait pu se reproduire ?

— Bonjour, nous déclare l'homme. Comme Zoe a dû vous le dire, je suis David, le responsable du Bureau de Bien-Être Génétique. Je vais faire de mon mieux pour vous expliquer la situation. La première chose à savoir est que les informations que vous a données Edith Prior ne sont qu'en partie vraies.

En prononçant ce nom, il pose les yeux sur moi. Je tremble presque à l'idée que je vais enfin avoir des réponses. Je les attends depuis le jour où j'ai vu la vidéo, et je suis sur le point de les obtenir.

— Elle s'est contentée de vous fournir les données qui vous étaient nécessaires pour remplir les objectifs de nos implantations, poursuit David. Cela oblige souvent à simplifier, à omettre, voire à mentir. Maintenant que vous êtes là, nous allons pouvoir rectifier cela.

— Vous parlez tout le temps d'*implantations*, intervient Tobias. Quelles implantations ?

— Euh, oui, j'y viens. Amar, jusqu'où sont-ils remontés dans les explications ?

— Quel que soit le point auquel on remonte, vous ne rendrez pas les choses plus faciles qu'elles ne le sont, remarque Amar en se mordillant nerveusement un doigt.

David réfléchit un moment, puis s'éclaircit la gorge.

— Il y a de cela très longtemps, le gouvernement des États-Unis...

— Le quoi ? demande Uriah.

— Les États-Unis sont un pays, répond Amar. Très grand. Doté de frontières et d'un gouvernement. Et nous nous trouvons ici en plein milieu de ce pays. On en reparlera plus tard. Continuez, David.

David croise les mains et se masse la paume avec le pouce, visiblement perturbé par toutes ces interruptions.

Il reprend :

— Il y a plusieurs centaines d'années, le gouvernement de ce pays a commencé à vouloir modeler les comportements de ses citoyens. Il résultait de certaines études que les tendances violentes d'un individu étaient parfois en partie inscrites dans ses gènes – le premier qui a été identifié a été baptisé « gène du meurtre », mais on en a découvert d'autres par la suite : des prédispositions génétiques à la lâcheté, au mensonge, à la bêtise – en résumé, à tous les comportements humains qui, à terme, fragilisent une société.

On nous a toujours dit que les factions avaient été créées pour pallier un problème, celui de nos natures imparfaites. Il semble que les gens dont parle David avaient la même préoccupation.

Je n'y connais pas grand-chose en génétique – à part ce que je vois se transmettre de parents à enfants sur mon visage et celui de mes amis. Je trouve inconcevable qu'on puisse isoler le gène du meurtre, celui de la lâcheté ou du mensonge. Ces comportements me paraissent trop nébuleux pour pouvoir s'inscrire sur un point donné du corps humain. Mais je ne suis pas une scientifique.

— Il est évident que les facteurs qui déterminent la personnalité sont divers, poursuit David ; l'éducation et le vécu jouent aussi un rôle. Mais malgré la paix et la prospérité qu'a connues ce pays pendant presque un siècle, il a paru judicieux à nos ancêtres de réduire le risque que ces comportements indésirables se perpétuent dans la population en les rectifiant. Autrement dit, en « retouchant » la nature humaine. Voilà comment sont nées les expériences de manipulation génétique. Bien sûr, elles devaient être menées sur plusieurs générations avant de produire des résultats concrets. Des gens ont été sélectionnés en grands nombres sur la base de leur environnement ou de leur comportement, et on leur a offert la possibilité de faire un cadeau aux futures générations, par le biais d'une modification génétique qui améliorerait progressivement le profil moral de leurs descendants.

Je regarde les autres. Peter arbore une moue de dégoût. Caleb fait la tête. Cara a la bouche entrouverte, comme si elle voulait aspirer dans l'air les réponses à ses questions. Christina paraît juste sceptique et Tobias fixe ses chaussures.

J'ai l'impression de ne rien entendre de nouveau. Toujours cette bonne vieille idéologie qui a engendré les factions, si ce n'est que les gens d'ici ont choisi de manipuler leurs gènes au lieu de se séparer en groupes en fonction de leurs qualités. Admettons. Mais je ne vois pas le rapport avec nous ni avec notre présence ici.

— Cependant, continue David, quand les effets des manipulations sont apparus, ils se sont révélés catastrophiques. Ces expériences n'ont pas eu pour effet de rectifier les comportements mais de les aggraver. Ôtez à un individu sa peur, sa paresse intellectuelle ou sa capacité à mentir... et vous le privez de sa compassion et de sa tolérance. Ôtez-lui son agressivité et vous lui retirez ses motivations, ou le pouvoir de s'affirmer. Ôtez-lui son égoïsme et vous lui retirez son instinct de conservation. Réfléchissez un peu, et je pense que vous comprendrez où je veux en venir.

Je coche mentalement chacun des comportements humains qu'il vient de citer : la peur, l'absence de réflexion, le mensonge, l'agressivité, l'égoïsme. Il est *bien* en train de parler des factions. Et il a raison de dire que chacun perd quelque chose en gagnant une qualité : les Audacieux sont courageux mais violents ; les Érudits, intelligents mais vaniteux; les Fraternels, pacifiques mais passifs ; les Sincères, francs mais blessants ; les Altruistes, généreux mais inhibés.

— Le genre humain n'a jamais été parfait, reprend David, mais les modifications génétiques n'ont fait qu'aggraver les choses. Cela s'est manifesté dans ce qu'on a appelé la Guerre de Pureté, une guerre civile menée par ceux qui souffraient de gènes déficients contre le gouvernement et les autres individus. La Guerre de Pureté a engendré des destructions jamais atteintes sur le territoire américain, et décimé presque la moitié de la population du pays.

— Le visuel est prêt, annonce un membre du personnel de la salle de contrôle.

Une carte, dont les contours ne me disent rien, apparaît sur l'écran au-dessus de la tête de David. Elle est couverte de zones lumineuses roses, rouges et bordeaux.

— Voici notre pays avant la Guerre de Pureté, explique David. Et le voilà *après*...

Les lumières s'estompent sur la carte et les zones colorées rétrécissent telles des flaques d'eau séchant au soleil. Je comprends brusquement que ces lumières représentaient des populations – et qu'elles ont disparu. Je fixe l'écran, incapable de mesurer la réalité de pertes aussi énormes.

— À la fin de la guerre, dit David, les gens ont exigé une solution permanente au problème génétique. D'où la création du Bureau de Bien-Être Génétique. Armés de toutes les connaissances scientifiques dont disposait le gouvernement, nos prédécesseurs ont mis au point des expériences pour restituer aux hommes un patrimoine génétique intact. Ils ont demandé aux individus génétiquement modifiés de se présenter pour que le Bureau réintervienne sur leurs gènes. Il les a ensuite accueillis dans un environnement protégé où ils ont pu prendre un nouveau départ, en les équipant de sérums pour les aider à réguler leur société. Ensuite, il a fallu laisser passer beaucoup de temps pour que chaque génération en produise une nouvelle génetiquement plus saine et, à terme, des individus à l'ADN réparé. Ceux que vous appelez les Divergents.

Depuis le jour où Tori a posé un mot sur ce que j'étais, je cherche à comprendre sa signification profonde. Et voilà la réponse la plus simple qu'on m'ait jamais fournie : ma « Divergence » signifie que mes gènes sont « purs ». Purs. Restaurés. Je devrais me sentir soulagée de connaître enfin la vraie réponse. Or, quelque part dans un coin de ma tête, j'ai plutôt l'impression qu'il y a un truc qui cloche.

Je pensais que la Divergence expliquait tout ce que j'étais, tout ce que je pouvais devenir. Mais je devais me tromper.

Je commence à manquer d'air à mesure que mon cerveau et mon cœur absorbent ces révélations et que David soulève une à une les couches de mensonges et de secrets. Je pose la main sur ma poitrine pour essayer de me calmer.

— Votre ville héberge l'une de ces tentatives de réparation génétique, qui s'avère être de loin notre plus grande réussite, et ce grâce aux agents de modification comportementale. Je veux parler des factions, bien sûr.

David nous sourit comme si nous pouvions en être fiers. Il n'y a pourtant pas de quoi. Ce sont des gens qui nous ont créés, qui ont façonné notre monde, qui nous ont dicté ce que nous devions croire. Si nos croyances nous ont été imposées, que valent-elles ?

Je presse la main un peu plus fort sur ma poitrine. *Du calme*.

David reprend :

— En créant les factions, nos prédécesseurs ont tenté d'intégrer à votre implantation un élément « nourrissant » car ils ont découvert qu'une simple rectification génétique ne suffisait pas à modifier les comportements. Il a été établi qu'un nouvel ordre social, associé à ces rectifications, serait la réponse la plus complète aux problèmes comportementaux créés par les altérations génétiques.

Son sourire s'estompe tandis qu'il nous regarde tour à tour. Je ne sais pas à quoi il s'attendait – à ce qu'on hurle de joie ? Il poursuit :

— Les factions ont ensuite été mises en place dans trois de nos implantations. Nous avons consacré beaucoup d'énergie à vous protéger, à vous observer et à tirer des leçons de ces observations.

Cara se passe la main dans les cheveux comme pour remettre en place une mèche égarée. N'en trouvant pas, elle déclare :

— Donc, quand Edith disait que les Divergents doivent vous venir en aide, c'était...

— La Divergence est le nom dont nous qualifions ceux qui atteignent le niveau souhaité de réparation génétique, dit David. Nous voulions que les leaders de votre ville soient conscients de leur importance. Nous n'avions pas prévu que le leader des Érudits commencerait à les traquer – ni que les Altruistes lui diraient ce qu'ils représentent – et contrairement à ce qu'a dit Edith Prior, notre intention n'a jamais été de créer une armée de Divergents. En réalité, nous n'avons pas besoin de votre aide à proprement parler ; seulement que vos gènes guéris soient préservés et transmis aux générations futures.

— Donc, vous êtes en train de nous dire que ceux qui ne sont pas des Divergents sont *déficients*, intervient Caleb d'une voix un peu chevrotante.

Je n'aurais jamais cru que je le verrais un jour au bord des larmes pour une chose pareille.

« Du calme », me répété-je en prenant une grande inspiration.

— D'un point de vue génétique, oui, confirme David. Toutefois, l'efficacité de l'agent de modification comportementale – le système des factions – dans votre ville a dépassé nos espérances. Jusqu'à récemment, il a largement participé à résoudre les problèmes dûs aux manipulations génétiques initiales. Au point qu'en règle générale, on ne peut plus distinguer le comportement d'une personne génétiquement déficiente de celui d'une personne guérie.

— Si je comprends bien, reprend Caleb, si je suis intelligent, c'est parce que mes ancêtres ont été *rendus* génétiquement intelligents. Et en conséquence, moi, leur descendant, je ne peux pas éprouver de véritable compassion. Je suis limité par mes gènes déficients. Contrairement aux Divergents.

— Eh bien... répond David en haussant les épaules, je vous laisse y réfléchir.

Caleb me regarde pour la première fois depuis des jours et je soutiens son regard. Est-ce là l'explication de sa trahison ? Des gènes *déficients* ? Il aurait une maladie dont il ne peut pas guérir, sur laquelle il n'a pas de contrôle ? L'idée me choque.

— Les gènes ne font pas tout, nuance Amar. Les gens font des choix, même ceux qui ont des gènes endommagés. C'est ce qui fait la différence.

Je pense à mon père, né Érudit, qui n'était pas un Divergent ; un homme intelligent qui a choisi les Altruistes, qui s'est engagé dans une lutte à vie contre sa propre nature et qui l'a gagnée. Un homme en guerre contre lui-même, comme moi.

Cette lutte interne ne semble pas être un produit de l'altération génétique – elle semble totalement, purement *humaine*.

Je regarde Tobias. Il est si accablé, si voûté qu'il paraît sur le point de s'évanouir. Il n'est pas le seul à réagir ainsi : Christina,

Peter, Uriah et Caleb ont tous l'air sonnés. Cara frotte machinalement l'ourlet de sa chemise entre ses doigts, les sourcils froncés.

— Ça fait beaucoup d'informations à digérer, commente David.

C'est le moins qu'on puisse dire.

À côté de moi, Christina lâche un petit ricanement.

— De plus, vous n'avez pas dormi de la nuit, conclut David comme s'il ne l'avait pas entendue. Je vais vous conduire dans un endroit où vous pourrez vous restaurer et vous reposer.

— Attendez, dis-je.

Je pense à la photo qui est dans ma poche, et au fait que Zoe a prononcé mon nom en me la donnant. Je pense à ce qu'il a dit sur le fait qu'ils nous observaient et sur les leçons qu'ils en ont tirées. Je pense aux rangées d'écrans éteints qui se trouvent en face de nous.

— Vous disiez que vous nous observiez. Comment ?

Zoe se mord la lèvre. David adresse un signe de tête à l'une des personnes qui occupent les bureaux derrière lui et tous les écrans s'allument en même temps, affichant chacun des images différentes. Sur les plus proches, je vois le siège des Audacieux, le Marché des Médisants, le Millenium Park, la tour Hancock, la Ruche.

— Vous savez bien que les Audacieux avaient accès à un réseau de caméras dans toute la ville. Nous y avons également accès.

Ils nous surveillaient.

+++

Je n'ai qu'une envie : partir d'ici.

Tandis qu'on franchit le check-point avec David sans savoir où on va, je m'imagine en train de le repasser en sens inverse, de reprendre mon arme et de quitter ces gens qui m'épient depuis mon plus jeune âge, qui étaient là pour mes premiers pas, mes premiers mots, mon premier jour d'école, mon premier baiser.

Ces gens qui nous regardaient quand Peter m'a attaquée. Quand ma faction a été mise sous simulation et changée en armée. Quand mes parents sont morts.

Qu'ont-ils vu encore ?

La seule chose qui me retient de partir est la photo que j'ai dans la poche. Je ne peux pas m'en aller avant d'avoir appris comment ils connaissaient ma mère.

David nous fait traverser le complexe jusqu'à une salle tapissée de moquette, avec des plantes en pot de chaque côté de l'entrée. Le papier peint, vieux et jauni, se décolle dans les coins. On pénètre dans une grande salle au plafond haut et au sol parqueté, éclairée d'une lumière orangée, qui comprend deux rangées de lits flanqués de coffres en bois. Le mur du fond est percé de grandes fenêtres aux rideaux élégants. De près, je constate qu'ils sont usés et que leurs lisières s'effilochent.

David nous explique que cette partie du complexe était autrefois un hôtel relié à l'aéroport par un tunnel, et que cette pièce était la salle de réception. Une fois encore, ces mots n'ont aucun sens pour nous, mais il ne paraît pas s'en apercevoir.

— C'est temporaire, bien sûr. Quand vous aurez décidé ce que vous voulez faire, nous vous installerons ailleurs, dans le complexe si vous le souhaitez. En attendant, Zoe veillera à ce que vous ne manquiez de rien. Je reviendrai demain voir comment vous allez.

Je me retourne vers Tobias qui va et vient le long des fenêtres en se rongeant les ongles. Je ne m'étais jamais rendu compte qu'il avait ce tic. Peut-être qu'il n'avait jamais été assez perturbé pour le faire devant moi jusqu'ici.

Je pourrais rester là et tenter de le réconforter, mais il me faut des réponses sur ma mère et je n'attendrai pas plus longtemps. Je suis sûre que Tobias peut le comprendre mieux que quiconque. Je retrouve David dans le couloir, en train de se masser la nuque, adossé au mur.

— Je suis Tris. Je crois que vous avez connu ma mère.

Il tressaille, puis me sourit. Je croise les bras. J'éprouve la même chose que lorsque Peter, par pure cruauté, a tiré sur ma serviette de toilette pendant l'initiation : un mélange d'humiliation, de gêne et de colère. David ne mérite peut-être pas que je le rende responsable de tous les maux, mais c'est plus fort que moi. Après tout, c'est lui, le directeur du Bureau.

— Oui, bien sûr, me répond-il. Je te reconnais.

Ah oui ? Grâce à ces saletés de caméras qui suivaient chacun de mes gestes ? Je serre les bras sur ma poitrine et je laisse passer deux secondes avant de me lancer :

— J'ai besoin d'en savoir plus à propos de ma mère. Zoe m'a donné une photo où vous êtes avec elle. J'ai pensé que vous pourriez m'aider.

— Ah, fait-il. Je peux la voir ?

Je la sors de ma poche et la lui tends. Il la lisse du bout des doigts et un drôle de petit sourire apparaît sur son visage, comme s'il la caressait des yeux. Je me dandine d'un pied sur l'autre, avec le sentiment de surprendre un moment intime.

— Elle est revenue nous voir une fois, dit-il. Avant ta naissance. C'est à cette occasion-là qu'on a pris cette photo

— Revenue vous voir ? Elle venait d'ici ?

— Oui, me répond David, comme si ce mot n'allait pas changer toute ma vie. On l'a envoyée là-bas quand elle était encore adolescente, pour résoudre le problème qui freinait l'expérimentation.

— Alors, elle savait ? dis-je d'une voix qui tremble, sans que je sache bien pourquoi. Elle connaissait l'existence de cet endroit, elle savait ce qu'il y avait à l'extérieur de la Clôture ?

David fronce les sourcils d'un air surpris.

— Oui, bien sûr !

Le tremblement gagne mes mains, mes bras et bientôt tout mon corps est secoué par des frissons, comme s'il luttait pour rejeter un poison. Ce poison, c'est la découverte de cet endroit avec ses écrans, et de tous les mensonges sur lesquels ma vie s'est bâtie.

— Elle savait que vous nous observiez en permanence... que vous la regardiez alors qu'elle était en train de mourir, comme vous avez regardé mourir mon père, et tous ceux qui se sont mis à s'entretuer ! Et vous avez envoyé quelqu'un pour l'aider, ou m'aider, moi ? Non ! Vous vous êtes contentés de prendre des notes...

— Tris...

Je repousse la main qu'il tend vers moi.

— Ne m'appelez pas comme ça. Vous n'êtres pas censé connaître ce nom. Vous n'êtes pas censés savoir quoi que ce soit sur moi.

Je retourne dans la salle sans cesser de trembler.

+++

Dans le dortoir, les autres ont choisi leur lit et rangé leurs affaires. Au moins, ici, on est entre nous. Je m'appuie contre le mur près de la porte et j'essuie mes mains en sueur sur mon pantalon.

On semble tous sous le choc. Peter est allongé sur son lit face au mur. Uriah et Christina discutent à voix basse, assis côte à côte. Caleb se masse les tempes. Tobias continue à faire les cent pas en se rongeant les ongles. Et Cara, seule dans son coin, se passe machinalement les mains sur le visage. C'est la première fois que je la vois déstabilisée, sans sa carapace d'Érudite.

Je m'assieds en face d'elle.

— Tu as vraiment une sale mine.

Ses cheveux, d'habitude lisses et rassemblés en un impeccable chignon, sont en bataille. Elle me jette un regard noir.

— Merci pour le compliment.

— Désolée, ce n'est pas ce que je voulais dire.

Elle soupire.

— Je sais. Je... Tu comprends, je suis une Érudite.

— Ça, je suis au courant, dis-je avec un petit sourire.

— Je veux dire que c'est *tout* ce que je suis, précise-t-elle en secouant la tête. Et là, on m'explique que c'est le résultat de je ne sais quelle déficience de mon ADN... et que les factions ne sont qu'un moyen de nous contrôler. Exactement le discours d'Evelyn Johnson et des sans-faction.

Puis, après une pause :

— Dans ce cas, à quoi servent les Loyalistes ? Pourquoi on s'est embêtés à venir ici ?

Je n'avais pas mesuré à quel point Cara s'était investie dans le mouvement des Loyalistes, dans la défense du système des factions et des idées de nos fondateurs. Pour moi, ce n'était qu'une identité temporaire, dont le principal avantage était de me faire sortir de la ville. Son attachement à ces valeurs doit être bien plus profond.

— Je crois qu'on a bien fait de venir, dis-je. On a appris la vérité. Ça ne vaut rien pour toi ?

— Si, bien sûr, me répond-elle dans un murmure. Mais ça veut dire que je n'ai plus qu'à trouver de nouveaux mots pour me définir.

Juste après la mort de ma mère, je me suis accrochée à ma Divergence comme à une bouée de sauvetage. J'avais besoin de ce mot pour savoir qui j'étais, au moment où tout s'écroulait autour de moi. Je me demande si j'en ai encore besoin aujourd'hui, si nous avons jamais eu besoin de ces mots, « Audacieux », « Érudit », « Divergent », « Loyaliste », ou si on ne pourrait pas simplement être amis, amants, frères et sœurs, et se définir par nos choix et par l'amour et la fidélité qui nous lient.

— Tu devrais aller le voir, me dit Cara en me désignant Tobias, qui fait toujours les cent pas.

— Tu as raison.

Je traverse la salle pour aller contempler la vue sur le complexe par la fenêtre : du verre et du métal, des trottoirs, de l'herbe et des clôtures. Tobias s'arrête à côté de moi.

— Ça va ? lui demandé-je.

— Ouais, ça va.

Il s'assied sur l'appui de fenêtre, ses yeux au niveau des miens.

— Bon, en fait, pas vraiment, corrige-t-il. J'en suis à me dire que tout ça ne servait strictement à rien. Le système des factions, je veux dire.

Il se frotte la nuque et je me demande s'il pense aux tatouages qu'il a dans le dos.

– On a mis tout ce qu'on avait là-dedans. Chacun de nous l'a fait. Même si personne n'en était conscient.

Je hausse les sourcils.

– C'est ça qui te travaille ? Tobias, ils nous *observaient* ! Ils ont vu tout ce qui se passait, tout ce qu'on faisait. Sans intervenir. Ils se sont contentés d'envahir notre intimité en permanence.

Il se masse les tempes.

– Oui, t'as raison. Pourtant, ce n'est pas ce qui me gêne le plus.

Je dois le fixer d'un air incrédule, parce qu'il secoue la tête.

– Tris, je travaillais dans la salle de contrôle des Audacieux. Il y avait des caméras partout, tout le temps. J'ai même essayé de t'avertir qu'on t'observait pendant l'initiation, tu te souviens ?

Je me rappelle son regard glissant vers un coin du plafond. Les avertissements cryptés qu'il me livrait entre ses dents. Je n'ai jamais compris qu'il me parlait des caméras – je n'ai jamais percuté.

– Avant, ça me dérangeait, reprend-il. Mais il y a longtemps que je me suis fait une raison. On a toujours cru qu'on ne pouvait compter que sur nous-mêmes, et en fin de compte, on avait raison ; ils nous ont laissés nous débrouiller tout seuls. C'est comme ça que ça marche.

– Eh bien il faut croire que moi, je ne l'accepte pas. Si tu vois quelqu'un qui a des ennuis, tu dois l'aider. Quelles que soient les circonstances. Et... enfin, dis-je en me crispant, tu te rends compte de tout ce qu'ils ont vu ? Quoi ? fais-je en voyant qu'il ébauche un sourire.

– Désolé, je pensais à certains des trucs qu'ils ont vus, dit-il en me prenant par la taille.

Je lui décoche un regard noir, mais je ne tiens pas très longtemps face à son sourire. Je souris à mon tour, sans chercher à savoir si c'était une ruse de sa part pour me réconforter.

Je m'assieds à côté de lui sur l'appui de fenêtre, les mains passées sous les cuisses.

— En fait, la création des factions par le Bureau, ça n'est pas si différent de ce qu'on s'était imaginé : il y a longtemps, un groupe de gens a pensé que ce système offrirait le meilleur mode de vie possible – ou au moins qu'il donnerait à la population la chance d'accéder à la meilleure vie possible.

Il se mordille pensivement les lèvres en regardant nos chaussures, côte à côte sur le parquet. Je balaie le sol de la pointe des pieds, sans le toucher tout à fait.

— J'avoue que c'est une consolation, déclare-t-il enfin. Mais il y a tant de mensonges dans tout ça que c'est dur d'y démêler la vérité ; ce qui est réel, ce qui a vraiment de l'importance...

Je glisse mes doigts entre les siens et il colle son front sur le mien.

Par habitude, je me surprends à penser : « Je remercie le ciel pour ces instants. » Et je comprends tout à coup ce qui le chiffonne vraiment : et si le dieu de mes parents, tout leur système de croyances, n'était que l'invention d'un paquet de scientifiques dans le seul but de nous maintenir sous leur contrôle ? Et pas seulement leurs croyances en un dieu et un au-delà, mais aussi sur ce qui est bien et mal ? Sur la valeur du dévouement ? Faut-il que tout cela change, maintenant qu'on sait comment notre monde a été créé ?

Cette pensée m'embrouille. Alors je l'embrasse – lentement, pour sentir la chaleur de sa bouche, la douce pression de ses lèvres et son souffle quand on s'écarte.

— Je me demande comment on se débrouille pour qu'il y ait toujours du monde autour de nous, dis-je.

— Bonne question. Il faut croire qu'on n'est pas très doués.

Je ris, et ce rire m'aide à chasser l'obscurité qui m'envahissait, en me rappelant que je suis toujours vivante, même si c'est dans ce drôle d'endroit où tout ce que j'ai toujours connu est en train de partir en fumée. Au moins, j'ai quelques certitudes : je sais que je ne suis pas seule, que j'ai des amis, que je suis amoureuse. Je sais d'où je viens. Je sais que je ne veux pas mourir – et pour moi, ce n'est pas rien, plus que je n'aurais pu dire il y a quelques semaines.

+++

Ce soir-là, on rapproche nos lits et, une fois couchés, on se regarde dans les yeux avant de s'endormir. Quand il se laisse enfin gagner par le sommeil, nos doigts restent noués dans l'espace qui sépare nos lits.

Je souris et je me laisse aller à mon tour.

CHAPITRE SEIZE

TOBIAS

ON S'EST endormis sans même attendre le coucher du soleil ; mais je me réveille aux alentours de minuit, l'esprit bouillonnant de pensées, de questions et de doutes, trop agité pour trouver le repos. Tris m'a lâché la main et ses doigts effleurent le plancher. Elle est étendue de tout son long sur son lit, les cheveux dans les yeux.

Je fourre mes pieds dans mes chaussures sans prendre la peine de nouer mes lacets et je sors dans les couloirs. Je suis surpris par le craquement du parquet sous mes pas, tant je suis habitué à l'enceinte des Audacieux, au raclement et à l'écho de la pierre, au rugissement rythmé de l'eau dans le gouffre.

Une semaine après le début de mon initiation, Amar, craignant que je ne tombe dans l'obsession et l'isolement, m'a invité à jouer à un jeu d'Action ou Vérité avec quelques Audacieux plus âgés.

J'ai reçu pour défi de me rendre dans la Fosse pour m'y faire

faire mon premier tatouage : les flammes des Audacieux qui couvrent mon côté droit. La douleur était atroce. J'en ai savouré chaque seconde.

Au bout du couloir, je débouche dans un jardin couvert où flotte une odeur de terre humide. Partout, des plantes et des arbres poussent dans des réservoirs d'eau en suspension, comme dans les serres des Fraternels. Au milieu de la salle, hissé haut au-dessus du sol, il y a un arbre dans un réservoir géant qui laisse voir l'enchevêtrement de ses racines ; ça ressemble étrangement à un réseau de nerfs.

— Ta vigilance n'est plus ce qu'elle était, lance la voix d'Amar derrière moi. Je te suis depuis le dortoir.

Je toque sur la paroi du réservoir, diffusant des ondes dans l'eau.

— Qu'est-ce que tu veux ?

— Je pensais que tu aimerais peut-être que je t'explique pourquoi je ne suis pas mort.

— J'y ai réfléchi. Ils ne nous ont jamais montré ton corps. Ça ne doit pas être si compliqué de faire passer quelqu'un pour mort quand on n'est pas obligé de montrer son cadavre.

— Je vois que tu as tout compris, me confirme-t-il en frappant dans ses mains en guise de conclusion. Bon… Eh bien, puisque tu n'es pas plus curieux que ça, je vais te laisser…

Je croise les bras. Il passe une main dans ses longs cheveux noirs et les attache avec un élastique.

— Ils m'ont fait passer pour mort parce que j'étais un Divergent et que Jeanine commençait à les assassiner. Ils ont essayé d'en sauver le plus possible, mais ce n'était pas facile. Elle avait toujours une longueur d'avance.

— Il y en a eu d'autres ? demandé-je.

— Quelques-uns.

— Personne du nom de Prior ?

Amar fait non de la tête.

— Natalie Prior est vraiment morte, malheureusement. C'est elle qui m'a aidé à m'enfuir. Elle a aidé un autre gars, aussi... George Wu. Tu le connais ? Il est en patrouille en ce moment, sinon il serait venu vous chercher avec moi. Sa sœur est toujours là-bas, dans la ville.

Ce nom me vrille l'estomac.

— C'est pas vrai... dis-je en m'appuyant contre le réservoir.

— Quoi ? Tu le connais ?

Je secoue la tête.

Je n'arrive pas à intégrer ça. Tori est morte à peine quelques heures avant notre arrivée. Dans une journée normale, quelques heures sont faites de longs pans de moments perdus et de gestes anodins. Mais hier, quelques heures ont dressé une barrière infranchissable entre Tori et son frère.

— Sa sœur s'appelle Tori, dis-je. Elle a essayé de quitter la ville avec nous.

— « Essayé » ? Oh. Bon sang, tu veux dire qu'elle est...

On reste un moment silencieux. George ne reverra jamais sa sœur, et elle est morte en pensant qu'il avait été tué par Jeanine. Il n'y a rien à dire – en tout cas, rien qui apporte quelque chose.

Maintenant que mes yeux se sont accommodés à la pénombre, je m'aperçois que les plantes de cette salle ont été sélectionnées avant tout pour leur beauté – des fleurs, du lierre et des touffes de feuilles rouges et mauves. Les seules fleurs que je connaisse sont les fleurs sauvages et celles des pommiers dans les vergers des Fraternels. Celles-ci sont plus extravagantes, vibrantes et complexes, arborant plusieurs couches de pétales. Visiblement, les gens d'ici n'ont pas besoin d'être aussi pragmatiques que ceux de notre ville.

— Cette femme qui a trouvé ton corps, dis-je, est-ce qu'elle... elle savait que tu n'étais pas mort ?

— On ne peut pas compter sur les gens pour mentir de manière cohérente. Je n'aurais jamais cru employer cette phrase un jour, commente-t-il avec une petite moue, pourtant c'est vrai. Elle a été réinitialisée – sa mémoire a été modifiée pour y inclure une image de moi en train de sauter de la Flèche, et le corps qui a été trouvé n'était pas le mien. Mais il était dans un trop sale état pour que quelqu'un s'en aperçoive.

— « Réinitialisée ». Avec le sérum des Altruistes, tu veux dire.

— En fait, on l'appelle le sérum d'oubli, d'autant que techniquement, il n'appartient pas seulement aux Altruistes. Mais oui, c'est bien celui-là.

En découvrant la supercherie de sa mort, j'ai réagi par la colère. Je ne sais pas trop pourquoi. Peut-être simplement parce que le monde est devenu un endroit trop compliqué pour moi et que je n'ai jamais su même une fraction de la vérité à son sujet. Ou parce que je me suis laissé aller à pleurer sur quelqu'un qui n'était pas mort pour de vrai, comme j'ai pleuré ma mère pour rien pendant toutes ces années. Plonger une personne dans la peine sur la base d'un mensonge est le pire tour qu'on puisse lui jouer, et je l'ai subi deux fois.

Mais, tandis que je le regarde, ma colère reflue comme une marée. Et je souris de joie d'avoir retrouvé mon instructeur et ami.

— Alors, tu es vivant.

— Et encore plus important, réplique-t-il en me montrant du doigt, tu ne m'en veux plus.

Il me prend dans ses bras en me donnant des tapes dans le dos. J'essaie de réagir avec la même chaleur, mais ça ne me vient pas naturellement. Quand on se sépare, mes joues me brûlent. Et à en juger par la façon dont Amar éclate de rire, je suis écarlate.

— Pète-sec un jour, Pète-sec toujours, fait-il.

— C'est ça. Alors, ça te plaît, la vie ici ?

Il hausse les épaules.

— Ce n'est pas comme si j'avais vraiment le choix, mais ouais, c'est sympa. Je travaille dans la sécurité ; logique, vu que c'est tout ce que je sais faire. On adorerait que tu bosses avec nous, d'ailleurs, mais tu es sans doute trop qualifié pour ça.

— Je n'ai pas encore décidé si je restais ici. Mais merci quand même.

— Tu ne trouveras rien de mieux. Toutes les autres villes – les grandes zones urbaines où se concentre la population du pays – sont sales et dangereuses si on ne connaît pas les bonnes personnes. Ici, au moins, l'eau est propre et on n'a rien à craindre.

Je me dandine d'un pied sur l'autre. Je n'ai pas envie de me projeter dans une vie ici. Je me sens trahi par mes espoirs. Ce n'est pas le monde que j'imaginais quand je me voyais fuir mes parents et les mauvais souvenirs. Mais je ne veux pas gâcher ces retrouvailles avec mon ami, et je me contente de dire :

— J'en prends bonne note.

— Écoute, il y a autre chose que tu dois savoir.

— Quoi ? Encore des résurrections ?

— On ne peut pas vraiment dire que j'ai ressuscité puisque je n'étais pas mort. Non, c'est à propos de la ville. Quelqu'un a entendu ça aujourd'hui dans la salle de contrôle : le procès de Marcus aura lieu demain matin.

Je savais que ça arriverait – je savais qu'Evelyn se réservait pour la fin, en dessert, le plaisir de regarder mon père se tordre sous l'emprise du sérum de vérité. Mais, moi qui pensais être enfin délivré d'eux, d'eux tous, une fois pour toutes, je réalise soudain que je peux le voir si j'en ai envie.

— Oh...

Je ne trouve rien d'autre à dire.

Je regagne le dortoir un peu plus tard, encore engourdi et déphasé. Je ne sais pas du tout ce que je vais faire.

CHAPITRE DIX-SEPT

TRIS

JE ME RÉVEILLE la première, juste avant le soleil. Tobias dort, un bras replié sur les yeux – il a ses chaussures aux pieds, comme s'il s'était relevé en pleine nuit. Christina a la tête enfouie sous son oreiller. Je reste allongée quelques minutes à chercher des motifs dans les lézardes du plafond, puis je mets mes chaussures et me peigne avec les doigts.

Les couloirs du complexe sont déserts, à part quelques traînards qui doivent faire partie des équipes de nuit, avachis devant leurs écrans, le menton calé dans une main, ou appuyés sur leur balai en oubliant de balayer. Les mains dans les poches, je suis les panneaux indiquant la sortie. Je veux voir de plus près la sculpture que j'ai aperçue hier.

Ceux qui ont conçu ce bâtiment devaient être des amoureux de la lumière. Il y a des verrières au plafond de chaque couloir et sur tous les murs. Même à cette heure-ci, alors que le soleil est à peine levé, on y voit parfaitement.

Je vérifie dans ma poche arrière la présence du badge que Zoe m'a donné hier soir au dîner et je le brandis en franchissant le check-point. La sculpture est là, à quelques centaines de mètres de la porte par laquelle on est entrés hier. Elle est sombre, massive et mystérieuse, comme dotée d'une vie propre.

C'est une énorme plaque de pierre noire carrée et grossièrement taillée, qui me rappelle les rochers en bas du gouffre. Ses bordures sont veinée de lignes plus claires et une large fissure la traverse par le milieu. Elle est surmontée d'un réservoir d'eau en suspension, à peu près des mêmes dimensions. Une lampe centrée au-dessus se reflète dans l'eau et crée un effet de réfraction sur ses ondulations. J'entends un léger bruit, une goutte d'eau qui frappe la pierre. Je pense d'abord que le réservoir fuit, mais une autre goutte tombe, puis une autre, et encore une autre, toujours à la même cadence. Les gouttes se rassemblent, avant de disparaître dans un étroit tunnel dans la pierre.

— Salut.

Zoe se tient de l'autre côté de la plaque.

— J'allais te chercher dans le dortoir quand je t'ai vue venir par ici. Je me suis dit que tu t'étais peut-être perdue.

— Non. C'est bien ici que je voulais venir.

— Ah.

Elle me rejoint et croise les bras.

Elle mesure à peu près ma taille, mais paraît plus grande parce qu'elle se tient plus droite.

— C'est vrai que ce truc est assez étrange.

Tandis qu'elle parle, je détaille ses taches de rousseur. Ses joues sont piquetées comme par des taches de soleil à travers un feuillage dense.

— Il a un sens particulier ? demandé-je.

— C'est le symbole du Bureau de Bien-Être Génétique. La plaque de pierre représente le problème auquel nous sommes confrontés. Le réservoir d'eau est le potentiel dont on dispose pour le régler. Et la goutte d'eau, c'est ce que nous parvenons à faire effectivement à un instant T.

Je ne peux pas me retenir de rire.

— C'est pas très encourageant.

— C'est une façon de voir les choses, me répond Zoe en souriant. Je préfère l'interpréter autrement, en me disant qu'à force d'insister, même les plus minuscules gouttelettes, au fil du temps, peuvent modifier ce rocher sans retour en arrière possible.

Elle me désigne le centre de la fissure, où se trouve une petite cavité, comme un petit bol creusé dans la roche.

— Ça, par exemple, ça n'y était pas au début.

Je hoche la tête en regardant tomber la goutte suivante. Je me méfie du Bureau et de ses membres, mais je comprends l'espoir modeste qu'ils ont voulu exprimer par cette sculpture. Elle illustre concrètement la patience qui leur a permis de rester ici tout ce temps, à observer et à attendre. Mais j'ai une question.

— Est-ce qu'il ne serait pas plus efficace de déverser tout le contenu du réservoir d'un seul coup ?

J'imagine une cascade d'eau qui frapperait la pierre et se déverserait sur le sol dallé en me trempant les pieds. Certes, on peut finir par avancer en intervenant sur le long terme, par toutes petites touches. Mais il me semble que quand on a affaire à un vrai problème, on s'y jette à corps perdu, avec toute son énergie, parce qu'on ne peut pas s'en empêcher.

— Temporairement, si, admet Zoe. Mais ensuite, il ne nous resterait plus d'eau pour faire autre chose, et les lésions génétiques ne sont pas un problème qui se résout d'un coup de massue.

— Je comprends. Mais je me demande si c'est la meilleure solution de se résigner à progresser millimètre par millimètre quand on peut faire des pas plus grands.

— En faisant quoi, par exemple ?

Je hausse les épaules.

— À vrai dire, je ne sais pas. Mais ça vaudrait le coup d'y réfléchir.

— Peut-être bien.

— Tu disais que tu me cherchais ?

— Ah oui, fait Zoe en se touchant le front. Ça m'était sorti de la tête. David m'a demandé de venir te chercher pour te conduire au labo. Il y a quelque chose là-bas qui appartenait à ta mère.

— À ma mère ? répété-je, d'une voix étranglée et haut perchée.

On rebrousse chemin vers le check-point.

— Autant que tu sois prévenue : les gens risquent de te dévisager, m'avertit Zoe alors qu'on franchit le portique de détection. Il y a plus de monde là-haut que tout à l'heure ; c'est le moment où tout le monde se met au travail. Ton visage est connu, ici. Le personnel du Bureau regarde souvent les écrans et, ces derniers mois, tu as été impliquée dans beaucoup d'événements marquants. Pas mal de jeunes te considèrent carrément comme une héroïne.

— Super, dis-je, avec un goût amer dans la bouche. L'héroïsme, c'était pile mon objectif. Et pas du tout, par exemple, essayer de rester vivante.

Zoe s'arrête.

— Excuse-moi. Je ne voulais pas minimiser tout ce que tu as subi.

L'idée que tout le monde nous observait continue à me mettre mal à l'aise. J'éprouve l'envie de me couvrir ou de me cacher pour qu'on ne puisse plus me regarder. Mais comme Zoe n'y peut pas grand-chose, je ne dis rien.

La plupart des gens qu'on croise sont vêtus du même uniforme, bleu marine ou kaki, et certains portent leur veste ou leur sweat-shirt ouvert sur des tee-shirts aux couleurs très variées, certains avec des motifs.

— Les couleurs des uniformes correspondent à quoi ? demandé-je à Zoe.

— Le bleu marine est la couleur des scientifiques et des chercheurs, et le kaki celle des équipes techniques – ceux qui s'occupent de l'entretien, de la maintenance, tout ça.

— Un peu comme des sans-faction, quoi.

— Non, répond Zoe. Non, la dynamique ici n'est pas la même. Tout le monde participe à la mission dans la mesure de ses capacités. On reconnaît la valeur et l'importance de chacun.

Elle avait raison : les gens me dévisagent. La plupart me regardent juste avec un peu trop d'insistance, mais certains me montrent du doigt et quelques-uns vont jusqu'à prononcer mon nom, comme s'ils avaient des droits sur moi. Je me sens tout à coup à l'étroit, comme si je ne pouvais plus bouger librement.

— Beaucoup de membres des équipes techniques viennent de l'implantation d'Indianapolis – c'est une autre ville, pas très loin d'ici, m'explique Zoe. La transition a été un peu plus facile pour eux qu'elle ne va l'être pour vous, parce qu'Indianapolis ne comportait pas d'agent de modification comportementale comme votre ville. Je veux parler des factions. Au bout de quelques générations, quand le Bureau a constaté que votre ville ne se déchirait pas comme les autres, il a élargi le système des factions aux implantations plus récentes – Saint Louis, Détroit et Minneapolis – qu'on a ensuite pu comparer avec celle d'Indianapolis, relativement nouvelle. Le Bureau a choisi de développer tous ses sites dans cette région, qu'on appelle Midwest, parce que les zones urbaines y sont séparées par des distances importantes. Dans l'Est, tout est plus rapproché.

— Et à Indianapolis, vous avez juste... rectifié les gènes avant de fourrer les gens ensemble ? Sans les factions ?

— Ils avaient un système de règles complexe, mais... oui, c'est à peu près ça.

— Et ça n'a pas marché ?

— Non, m'avoue Zoe en serrant les lèvres. Les personnes à l'ADN abîmé sont très destructrices quand elles ont été conditionnées par la souffrance et qu'elles n'ont pas appris à vivre autrement, comme les factions les y auraient aidées. Cette implantation s'est rapidement révélée un échec ; trois générations ont suffi. Chicago et les autres villes reposant sur des factions s'en sont beaucoup mieux sorties.

Chicago. Ça fait tout drôle d'avoir soudain un nom à mettre sur un endroit qui, jusqu'ici, était simplement « chez moi ». Ça le rapetisse.

— Donc, le Bureau existe depuis longtemps ?

— Un bon moment, oui. Contrairement à la plupart des autres organismes fédéraux, le Bureau a une mission très spécialisée, un fonctionnement autarcique et une situation géographique assez isolée. On transmet notre savoir et notre mission à nos enfants au lieu de procéder par recrutement.

Je me forme à mon travail depuis que je suis toute petite.

À travers les innombrables fenêtres, je repère un curieux véhicule en forme d'oiseau, avec deux éléments semblables à des ailes et un bec pointu, mais aussi des roues, comme une voiture.

— Ça sert à voyager dans le ciel ? demandé-je en tendant le doigt.

Elle sourit.

— Oui. C'est un avion. On pourrait peut-être vous faire faire l'expérience un jour, si ça ne vous paraît pas trop... *audacieux*.

Je ne réagis pas à sa plaisanterie. Il faut encore que je digère l'idée qu'elle m'a reconnue rien qu'en me voyant.

David nous attend devant la porte. Il agite la main pour nous saluer.

— Bonjour, Tris, me dit-il. Merci de me l'avoir amenée, Zoe.

— Pas de quoi. Bon, je vous laisse, j'ai beaucoup de travail.

Elle me sourit et s'en va. Je n'ai pas envie de rester seule avec lui, après mon emportement d'hier. Mais il se contente d'ouvrir la porte avec son badge sans faire la moindre allusion à cet épisode.

On entre dans un bureau dépourvu de fenêtres et meublé de deux postes de travail disposés de chaque côté de la pièce. L'un est vide, et l'autre occupé par un garçon de l'âge de Tobias.

Il lève les yeux à notre arrivée, finit de taper quelque chose sur son ordinateur et se lève.

— Bonjour, David. Je peux vous aider ?

— Bonjour, Matthew. Où est ton superviseur ?

— Parti chercher à manger à la cafétéria.

— Dans ce cas, oui, tu peux peut-être m'aider. Il me faudrait le dossier de Natalie Wright qui se trouve justement sur cet ordinateur. Tu peux me le donner ?

« Wright ? » C'était le vrai nom de ma mère ?

— Bien sûr, répond Matthew en se rasseyant.

Il recommence à taper sur son clavier et fait apparaître une série de documents que je suis trop loin pour bien voir.

— Il me suffit de les exporter.

Puis, se tournant vers moi :

— Tu dois être la fille de Natalie, Beatrice.

Il a des yeux un peu en amande, très sombres, presque noirs. Il me dévisage d'un œil critique, mais ma présence ne semble ni l'impressionner ni le surprendre.

— Tu ne lui ressembles pas beaucoup.

— On m'appelle Tris, rectifié-je par automatisme. Et non, je sais.

Ça me réconforte qu'il ne connaisse pas mon surnom. Ça doit vouloir dire qu'il ne passe pas son temps à fixer les écrans comme si nos vies dans la ville étaient un spectacle.

David approche une chaise en la faisant grincer sur le carrelage et la tapote.

— Assieds-toi, Tris. Je vais te donner une tablette contenant les fichiers de Natalie pour que ton frère et toi puissiez les consulter tranquillement. En attendant, autant en profiter pour te raconter toute l'histoire.

Je m'assieds du bout des fesses et il s'installe au bureau du superviseur de Matthew, en faisant tourner machinalement un gobelet de café à moitié vide.

— Précisons tout d'abord que ta mère a été pour nous une découverte extraordinaire. Nous l'avons repérée presque par hasard dans le monde des déficients. Ses gènes étaient presque parfaits, m'explique David avec un sourire rayonnant. Nous l'avons sortie d'une situation difficile pour l'amener ici. Elle a passé plusieurs années avec nous. Mais quand on a rencontré une crise au sein de votre ville, elle s'est portée volontaire pour s'y installer, afin de nous aider à la résoudre. Enfin, je suis sûr que tu sais déjà tout cela.

Je le fixe pendant quelques secondes, sans voix. Ma mère venait d'un autre endroit que celui-ci ? Mais d'où ?

Soudain, je réalise qu'elle a marché dans ces couloirs, observé la ville sur les écrans de la salle de contrôle. S'est-elle assise sur cette chaise ? Ses pieds ont-ils touché ce carrelage ? Tout à coup, c'est comme si je sentais partout des traces invisibles de ma mère, sur chaque mur, chaque pilier, chaque poignée de porte.

Je m'agrippe à ma chaise et je tente de retrouver mes esprits, suffisamment pour poser une question :

— Non, dis-je, je ne savais pas. Quelle crise ?

— Quand le leader des Érudits s'est mis à tuer les Divergents, bien sûr. Un certain Nor... Norman ?

— Norton, corrige Matthew. Le prédécesseur de Jeanine. Il semble qu'il lui ait transmis son idée juste avant de mourir d'une crise cardiaque.

— Merci, lui dit David. Bref, nous avons envoyé Natalie évaluer la situation et essayer de sauver les Divergents. On n'avait pas imaginé une seconde qu'elle resterait là-bas, bien sûr, mais elle nous a été très utile. Elle a accompli énormément de choses. Tout en y faisant sa vie, puisqu'elle y a même fondé une famille.

Je fronce les sourcils.

— Mais les Divergents continuaient à se faire assassiner quand j'étais novice.

— Tu n'as entendu parler que de ceux qui sont morts, me répond David. Pas des autres. Certains, comme Amar, vivent ici, dans le complexe. D'autres avaient besoin de prendre des distances avec le Bureau – c'était trop dur pour eux de voir des gens qu'ils avaient connus et aimés poursuivre leur vie sur des écrans. On leur a appris à s'intégrer en dehors du complexe. Toujours est-il que ta mère a accompli un travail essentiel.

Elle m'a aussi raconté beaucoup de mensonges, et peu de vérités. Je me demande si mon père savait qui elle était, d'où elle venait. C'était quand même l'un des dirigeants des Altruistes et, à ce titre, l'un des gardiens du secret. Une pensée me vient brusquement, horrible : et si elle ne s'était mariée avec lui que pour mieux remplir sa mission ? Si tout ce qu'il y avait entre eux n'avait été qu'une imposture ?

— Donc, elle n'est pas née chez les Audacieux, dis-je en songeant à tous les autres mensonges que cela sous-entend.

— Quand elle est arrivée dans la ville, c'était en tant qu'Audacieuse. Elle avait seize ans, l'âge de choisir sa faction, mais elle a prétendu n'en avoir que quinze pour se donner le temps de s'adapter. Notre intention était qu'elle... (Il hausse les épaules.) Enfin, tu devrais lire son dossier. Il rendra mieux justice que moi à son point de vue

Comme répondant à un signal, Matthew ouvre un tiroir de son bureau et en sort une tablette en verre. Il la touche du doigt et une image apparaît. C'est l'un des fichiers qu'il a ouverts tout à l'heure sur son ordinateur. Je la prends avec précaution, mais elle semble plus solide que je ne l'aurais cru.

— Ne t'inquiète pas, me précise David, cette tablette est quasiment indestructible. Mais je pense que tu as hâte de retrouver tes amis. Matthew, peux-tu raccompagner Tris à l'hôtel ? J'ai du travail.

— Et pas moi ? lui rétorque Matthew.

Puis, après un clin d'œil :

— Je plaisante. Je m'en occupe.

— Merci, dis-je à David tandis qu'il quitte la pièce.

— Pas de quoi. N'hésite pas à venir me voir si tu as des questions.

— Prête ? me demande Matthew.

Il est grand, environ de la même taille que Caleb, et ses cheveux noirs sont artistiquement ébouriffés sur son front, comme s'il avait passé beaucoup de temps à se donner la tête de quelqu'un qui sort du lit. Il porte un tee-shirt noir uni sous son uniforme bleu marine et un lacet noir autour du cou, qui tressaute sur sa pomme d'Adam quand il déglutit.

Il y a moins de monde que tout à l'heure dans les couloirs. Les gens ont dû se mettre au travail ou aller prendre leur petit-déjeuner. Certains doivent passer toute leur vie dans cet endroit, y dormir, y manger, y mettre au monde des enfants, y mourir. Cet endroit que ma mère a considéré comme son foyer, autrefois.

— Je me demande quand tu vas te mettre à flipper, avec tout ce que tu viens de découvrir, me dit soudain Matthew.

— Je ne vais pas *flipper*, répliqué-je sur la défensive.

Je me dis que c'est déjà fait, mais jamais je ne l'avouerais.

Il hausse les épaules.

— Moi, à ta place, je flipperais. Mais chacun sa manière de réagir.

Je repère devant moi un panneau « Entrée de l'hôtel ». Je serre la tablette contre ma poitrine. Soudain, j'ai hâte de rentrer au dortoir pour tout raconter à Tobias sur ma mère.

— Au fait, reprend Matthew, je fais beaucoup de tests d'ADN avec mon superviseur. Je me demandais si toi et l'autre gars, le fils de Marcus Eaton, ça vous ennuierait de passer pour que je teste les vôtres.

— Pour quoi faire ?

Nouveau haussement d'épaules.

— Par curiosité. On n'a pas encore eu l'occasion d'étudier les gènes de personnes de la dernière génération de l'implantation. Et vous deux, vous m'avez l'air un peu... atypiques.

Je le regarde d'un air interrogateur.

— Toi, par exemple, poursuit-il, tu as fait preuve d'une résistance incroyable au sérum – c'est assez rare à un tel degré, même chez les Divergents. Quant à ton copain, il résiste aux simulations, mais certaines des caractéristiques qu'on s'attend désormais à observer chez les Divergents semblent absentes chez lui. Si tu veux, je t'expliquerai ça plus en détail. Mais plus tard.

J'hésite, ne sachant pas trop si j'ai envie de voir mes gènes, ni ceux de Tobias, ni de les comparer. À quoi ça m'avancerait ? Mais Matthew a une expression avide, presque enfantine, et la curiosité est une motivation que je peux bien comprendre.

— Je lui en parlerai, dis-je. Moi, en tout cas, je suis partante. Quand ?

— Ce matin, ça t'irait ? Je peux venir vous chercher dans une heure, par là. Vous ne pouvez pas accéder au labo sans moi, de toute façon.

J'acquiesce d'un hochement de tête. Ça m'excite, tout à coup, de penser que je vais découvrir des choses sur mes gènes. Ça me fait le même effet que l'idée de lire le journal de ma mère : dans les deux cas, je vais retrouver des morceaux d'elle.

CHAPITRE DIX-HUIT

TOBIAS

C'EST DRÔLE de découvrir la tête de gens avec qui on n'est pas intime à leur réveil, avec les yeux bouffis et la marque de l'oreiller sur les joues ; d'apprendre que Christina est enjouée au saut du lit, que Peter se réveille avec les cheveux tout aplatis, et que Cara ne communique que par grognements en se traînant centimètre par centimètre jusqu'à la cafetière.

Je commence par me doucher et enfiler les vêtements qu'on nous a fournis, qui ne sont pas très différents de ceux que je porte d'habitude. Si ce n'est que toutes les couleurs sont mélangées, comme si elles ne signifiaient rien pour les gens d'ici. Ce qui est certainement le cas. Je mets une chemise noire et un jean en tentant de me convaincre que c'est normal, que je me sens normal, que je suis en train de m'adapter.

Le jugement de mon père a lieu aujourd'hui. Je n'ai pas encore décidé si j'allais le regarder.

À mon retour, Tris est habillée, assise tout au bord d'un lit comme si elle s'apprêtait à bondir. Exactement comme Evelyn.

J'attrape un muffin sur le plateau du petit-déjeuner qu'on nous a apporté et je m'assieds en face d'elle.

— Bonjour. Tu t'es levée tôt.

— Ouais, dit-elle en faisant glisser son pied pour le caler entre les miens. Zoe est venue me chercher devant la fontaine, ce matin. David avait quelque chose à me montrer.

Elle prend la tablette en verre posée sur le lit.

— C'est le dossier de ma mère. Elle a écrit un journal; apparemment, il est assez court, mais c'est déjà ça. Enfin... je ne l'ai pas encore regardé.

— Pourquoi?

— Je ne sais pas.

Elle la repose et elle s'éteint automatiquement.

— Je crois que ça me fait peur.

Il est rare que les enfants d'Altruistes connaissent bien leurs parents, parce que ceux-ci ne se dévoilent jamais comme dans les autres familles quand les enfants atteignent un certain âge. Ils restent drapés dans leur armure de toile grise et leurs actes désintéressés, convaincus que se laisser aller serait une forme de narcissisme.

Ce n'est pas juste un pan de la vie de sa mère que Tris vient de retrouver; c'est l'un des premiers et derniers aperçus qu'elle aura jamais sur qui était Natalie Prior.

Dans ces circonstances, je comprends qu'elle manipule cet écran comme un objet magique qui risque de se volatiliser à tout moment. Et pourquoi elle appréhende de découvrir ce qu'il y a dedans, comme moi avec le procès de mon père. Elle pourrait apprendre des choses qu'elle n'a pas envie de savoir.

Je suis son regard jusqu'à l'autre bout de la pièce, où Caleb mâchonne ses céréales d'un air morose, comme un enfant qui boude.

— Tu vas le lui montrer ? demandé-je à Tris.

Elle ne répond pas.

— D'habitude, je suis plutôt contre le fait de lui donner quoi que ce soit, dis-je. Mais dans le cas présent... ça n'appartient pas qu'à toi.

— Je sais, me réplique-t-elle un peu sèchement. Bien sûr que je vais lui montrer. Mais pour le moment, j'ai envie de le garder un peu pour moi.

Je n'ai rien à lui opposer. J'ai passé une bonne partie de ma vie à garder des informations pour moi, à les tourner et les retourner dans ma tête. Le réflexe de partager est une nouveauté, et celui de se taire aussi naturel que respirer.

Elle soupire, avant de m'arracher un morceau de muffin. Je lui tape sur les doigts.

— Il en reste plein !

— Alors pourquoi tu stresses ? observe-t-elle avec un sourire de triomphe.

— Tu m'énerves, toi.

Elle m'attire à elle et m'embrasse. Je caresse doucement son menton et l'embrasse à mon tour.

Jusqu'à ce que je remarque qu'elle est en train de me voler un autre morceau de muffin. Je la foudroie du regard.

— OK, j'ai compris : je vais t'en chercher un.

Elle sourit toujours.

— Au fait, j'ai un truc à te demander. Ça te dirait, un petit test génétique ce matin ?

Les termes « petit » et « génétique » me paraissent contradictoires.

— Pour quoi faire ?

Qu'on veuille regarder mes gènes me fait la même impression que si on me demandait de me déshabiller.

— J'ai rencontré un gars – Matthew, il s'appelle – qui travaille dans un des labos, et ça l'intéresserait d'observer notre matériel génétique dans le cadre de ses recherches. Le tien, en particulier, parce qu'en fait, tu es une sorte d'anomalie.

— Une anomalie ?

— Il semblerait que tu manifestes une partie des caractéristiques des Divergents, mais pas toutes, précise-t-elle. Je ne sais pas, je crois qu'il est curieux, c'est tout. Tu as le droit de refuser.

Autour de ma tête, l'air me paraît soudain plus chaud, plus lourd. Je me passe la main dans la nuque pour chasser cette sensation désagréable.

Dans une heure, Marcus et Evelyn seront sur les écrans. Je sais maintenant que je ne suis pas capable de voir ça.

Alors, même si je n'ai pas franchement envie de laisser un inconnu fourrer son nez dans les pièces de puzzle qui me constituent, je réponds :

— OK, c'est d'accord.

— Super, dit-elle avant de me chiper un autre bout de muffin.

Je balaie une mèche de cheveux qui lui tombe sur les yeux sans même qu'elle s'en aperçoive.

Elle pose sa main chaude et ferme sur la mienne et les coins de sa bouche remontent dans un sourire.

La porte s'ouvre sur un jeune homme aux cheveux noirs et aux yeux bridés. Je reconnais tout de suite George Wu, le petit frère de Tori, qu'elle surnommait « Georgie ».

Il sourit d'un air un peu sonné, et je dois résister à l'envie de reculer pour mettre une distance entre moi et la douleur qu'on est sur le point de lui infliger.

— Je viens de rentrer, nous annonce-t-il, un peu essoufflé. On m'a dit que ma sœur était partie avec vous et...

J'échange un regard d'appréhension avec Tris. Autour de nous, le silence se fait, le genre de silence qui règne lors des funérailles chez les Altruistes. Même Peter, qui ne perd jamais une occasion de se délecter de la souffrance des autres, met les mains dans ses poches, les ressort, les remet d'un air décontenancé...

— Qu'est-ce que vous avez tous à me regarder comme ça ? demande George.

Cara fait un pas en avant, prête à endosser le rôle de la porteuse de mauvaise nouvelle. Mais je ne lui fais pas confiance pour trouver les mots et je me lève pour lui couper l'herbe sous le pied :

— Ta sœur a quitté la ville avec nous, c'est vrai. Mais on s'est fait attaquer par les sans-faction et... elle ne s'en est pas sortie.

Cette phrase laisse tant de choses de côté : la vitesse à laquelle tout s'est passé, le bruit du corps de Tori heurtant le sol, tout le monde courant dans la nuit et trébuchant dans l'herbe dans la panique générale. Je ne suis pas retourné la chercher. Si quelqu'un dans notre groupe devait le faire, c'était moi. J'étais celui qui la connaissait le mieux, la façon dont elle serrait la main sur l'aiguille de tatouage, son rire rauque, râpeux comme du papier de verre.

— Quoi ?

— Elle a donné sa vie pour nous défendre, dit Tris avec une douceur qui n'est pas dans ses habitudes. Sans elle, aucun d'entre nous ne serait là.

— Elle... elle est morte ? demande George faiblement.

Il se laisse presque tomber contre le mur, les épaules affaissées.

À ce moment-là, Amar arrive, le sourire aux lèvres, une tranche de pain grillé à la main. Son sourire s'efface dès qu'il voit George.

— Je t'ai cherché tout à l'heure pour te le dire, lui dit-il doucement.

La manière dont il m'a parlé de George hier soir ne m'a pas donné l'impression qu'ils étaient particulièrement proches, mais on dirait que si.

Les yeux de George se voilent tandis qu'Amar le serre dans ses bras. Je ne l'entends pas pleurer, et peut-être qu'il ne pleure pas, qu'il a juste besoin de s'accrocher à quelque chose. Je n'ai que des souvenirs flous de mon chagrin quand on m'a appris la mort de ma mère ; je me rappelle surtout le sentiment d'avoir été coupé de tout, et la sensation d'avoir en permanence une boule dans la gorge. Chacun vit ça à sa façon.

Amar entraîne George avec lui et je les regarde s'éloigner côte à côte dans le couloir en se parlant à voix basse.

+++

J'avais quasiment oublié que j'avais accepté de participer à un test génétique, jusqu'à ce que quelqu'un se présente à la porte du dortoir : un garçon, disons même un jeune homme puisqu'il doit avoir à peu près mon âge, qui fait signe à Tris.

— Ah, voilà Matthew, déclare-t-elle. Je crois que c'est l'heure.

Elle me prend par la main et me tire vers la porte. Je devais être distrait quand elle m'a précisé que Matthew n'était pas un vieux scientifique barbu. À moins qu'elle ne l'ait pas précisé.

« Ne sois pas idiot », me raisonné-je.

Il me serre la main.

— Salut. Ravi de te rencontrer. Je suis Matthew.

— Moi, c'est Tobias.

« Quatre » sonnerait bizarre ici, où personne n'aurait l'idée de se définir par le nombre de ses peurs.

— OK, on va au labo ? propose-t-il. C'est par là.

Le complexe est bourré de monde ce matin. Toutes les allées principales débouchent sur des espaces ouverts, comme dans les alvéoles d'un poumon, marqués chacun d'une lettre et d'un chiffre. Et les gens semblent se déplacer de l'un à l'autre, certains munis de tablettes semblables à celle de Tris.

— C'est quoi, ces chiffres ? demande-t-elle. Ça sert à identifier les zones ?

— Autrefois, c'était des portes, répond Matthew. Chacune ouvrait sur un couloir qui menait à un avion en partance. Quand l'aéroport est devenu le Bureau, ils ont enlevé tous les sièges sur lesquels les gens attendaient leur vol pour les remplacer par du matériel de labo, récupéré dans les écoles de la ville. Cette zone-ci est principalement un laboratoire géant.

— Vous travaillez sur quoi ? Je croyais que vous ne faisiez qu'observer les implantations, dis-je en voyant une femme courir avec une tablette posée à plat sur ses deux mains comme une offrande.

Des rayons de lumière tombent de la verrière et s'étirent sur le sol ciré. Vu de l'intérieur, tout paraît paisible dehors, des pelouses bien tondues aux grands arbres touffus qui se balancent au loin. Difficile d'imager qu'ailleurs, des gens se déchirent à cause de leurs « gènes déficients » ou vivent sous la poigne de fer d'Evelyn.

— Certains font surtout ça : observer, me répond Matthew. Tout ce qui est remarqué sur les écrans doit être enregistré et analysé, ce qui demande beaucoup de main-d'œuvre. D'autres font aussi des recherches sur les moyens de soigner les lésions génétiques, ou développent des sérums pour notre propre usage, et pas pour les implantations. Ça représente des dizaines de projets. Il suffit de trouver une idée, de mettre sur pied une équipe et de poser sa candidature au conseil qui gère le complexe sous la direction de David. En général, tout ce qui n'est pas trop risqué est accepté.

— Je vois le genre, marmonne Tris en levant brièvement les yeux au plafond. On ne va pas prendre de risques inutiles, quoi.

— Ces recherches ont leur raison d'être, argumente Matthew. Jusqu'à l'introduction des factions, et des sérums, les implantations étaient soumises presque constamment à des assauts de l'intérieur. Les sérums sont bien utiles pour maintenir la situation sous contrôle, en particulier le sérum d'oubli. Cela dit, je ne pense pas qu'il y ait des études en cours sur celui-ci en ce moment. Il est enfermé dans le Labo d'armement.

« Le Labo d'armement ». Il prononce ces mots comme s'il parlait de quelque chose de sacré.

— Donc, au départ, c'est le Bureau qui nous a fourni les sérums ? demande Tris.

— Oui, et les Érudits ont continué à les perfectionner. C'est à ça que travaillait ton frère, d'ailleurs. À vrai dire, on a même développé certains sérums à partir des observations qu'on a faites sur leur travail. Mais ils ont assez peu travaillé sur le sérum d'oubli – le sérum des Altruistes. C'est surtout nous qui l'avons développé, c'est même notre première arme.

— Une arme ? le relance Tris.

— Eh bien, d'abord, elle permet aux villes de se protéger de toute rébellion. Efface la mémoire des gens et tu n'as plus besoin de les tuer : ils ne savent même plus pourquoi ils se battaient. Le sérum nous sert aussi à nous défendre contre les rebelles de la Marge, qui se trouve à environ une heure d'ici. Ils tentent parfois des raids, et grâce au sérum, on les arrête sans effusion de sang.

— C'est quand même... commencé-je.

— ... assez horrible ? complète Matthew. Oui, c'est vrai. Mais bon, ça donne un sentiment de sécurité à nos grands manitous. Ah, on est arrivés.

Je hausse les sourcils. Il vient de critiquer ses supérieurs si naturellement que je n'en reviens pas. Je me demande si, dans le complexe, on peut dire qu'on n'est pas d'accord en public, au milieu d'une conversation normale, sans être obligé de le faire à voix basse en comité restreint.

Matthew ouvre une porte sur notre gauche avec son badge et on prend un couloir plus petit, à l'éclairage pâle et fluorescent. Il s'arrête devant une porte indiquant « Thérapie génétique ». À l'intérieur, une fille à la peau mate, vêtue d'une combinaison kaki, est en train de remplacer le papier qui recouvre la table d'examen.

— Je vous présente Juanita, la technicienne de labo. Juanita, voici...

— Ouais, je sais qui ils sont, le coupe-t-elle en souriant.

Du coin de l'œil, je vois Tris se raidir face à ce rappel du fait que tous ces gens ont vu nos vies défiler sur des écrans. Mais elle s'abstient de faire un commentaire.

La fille me tend la main.

— Le superviseur de Matthew est la seule personne qui

m'appelle Juanita. Avec Matthew, on dirait. Tous les autres m'appellent Nita. Il vous faut deux tests ?

Matthew fait oui de la tête.

– Je vais les chercher.

Elle va ouvrir une petite armoire et en sort des sachets en papier et en plastique ornés d'étiquettes blanches. La pièce résonne du bruit du papier qu'on froisse et qu'on déchire.

– Ce que vous avez vu ici vous plaît, pour l'instant ? s'informe-t-elle.

– Ça demande un temps d'adaptation, avoué-je.

– Je vois ce que tu veux dire, me répond Nita avec un sourire. Je viens d'une autre implantation – Indianapolis, celle qui a échoué. Ah, c'est vrai, vous ne savez pas où c'est. Ce n'est pas très loin d'ici, à moins d'une heure d'avion... Bon, ça ne vous dira rien non plus. Mais vous savez quoi ? On s'en fiche.

– C'est pour quoi faire, ça ? demande Tris en la voyant déballer une seringue.

– C'est ce qui va nous permettre de lire tes gènes, lui répond Matthew. Ça va aller ?

– Oui, lui assure Tris, toujours tendue. Je... Je n'aime pas trop qu'on m'injecte des produits que je ne connais pas, c'est tout.

– Je te jure que ça ne fait rien d'autre que lire tes gènes. Rien d'autre, lui répète Matthew. Nita peut te le confirmer.

Celle-ci hoche la tête.

– D'accord, dit Tris. Mais... je peux le faire moi-même ?

– Bien sûr, répond Nita.

Elle remplit la seringue de produit et la tend à Tris, puis elle lui frotte le bras avec un antiseptique, dont l'odeur aigre me pique le nez.

– Je vais vous expliquer comment ça marche dans les

grandes lignes, propose Matthew. Ce liquide est chargé de microprocesseurs conçus pour détecter des marqueurs génétiques spécifiques et les transmettre à un ordinateur. Il faut compter à peu près une heure pour qu'ils me fournissent toutes les informations dont j'ai besoin. Pour lire tout votre patrimoine génétique, ce serait plus long, évidemment.

Tris s'injecte le produit dans le bras.

Nita me fait signe de tendre le mien et passe sur ma peau le tampon de gaze teinté d'antiseptique. Le liquide est gris argenté, comme des écailles de poisson, et en le sentant entrer dans mon bras, j'imagine les « microprocesseurs » en train de se frayer un passage en moi, de lire et d'analyser mes données internes. Tris, à côté de moi, presse un coton sur sa peau en m'adressant un faible sourire.

— Et ces... microprocesseurs...

Matthew me confirme d'un signe de tête que c'est le bon terme et je poursuis :

— ... ils cherchent quoi, exactement ?

— Eh bien, quand nos prédécesseurs du Bureau ont inoculé des gènes « rectifiés » à vos ancêtres, cela incluait aussi un traceur génétique ; autrement dit, quelque chose qui nous avertit lorsque les gènes d'un individu sont réparés. Ici, le traceur génétique est la capacité de rester conscient lors d'une simulation – un test facile à effectuer, qui nous montre si, oui ou non, les gènes sont réparés. C'est l'une des raisons pour lesquelles chacun dans la ville doit passer un test d'aptitudes à seize ans. Si la personne reste consciente pendant le test, on peut en déduire que ses gènes sont sans doute guéris.

J'ajoute le test d'aptitudes à la liste des choses qui ont eu tant d'importance pour moi, et qui se révèlent n'être que des moyens de fournir à ces gens les informations ou les résultats qui les intéressent.

Je n'arrive pas à croire que le fait de rester conscient lors des simulations, cette capacité qui m'a donné le sentiment d'être quelqu'un de fort et d'unique, qui a poussé Jeanine et les Érudits à *tuer*, n'est qu'un simple signal permettant de repérer une guérison génétique. Une sorte de code qui leur indique que je fais partie de leur société génétiquement « guérie ».

Matthew poursuit :

— Le seul problème avec le traceur génétique, c'est que le fait de résister aux simulations et aux sérums ne signifie pas toujours qu'on est Divergent. Il s'agit seulement d'une forte corrélation. Il y a aussi des individus aux gènes déficients qui y parviennent. C'est pour ça que je m'intéresse à tes gènes, Tobias. Je suis curieux de voir si tu es vraiment un Divergent, ou si c'est juste ton état conscient lors des simulations qui le laisse croire.

Nita, qui est en train de nettoyer la paillasse, semble se retenir de faire une remarque. J'éprouve un fond d'inquiétude, tout à coup : et si je n'étais pas un *vrai* Divergent ?

— Il n'y a plus qu'à attendre, conclut Matthew. Je vais aller prendre mon petit-déjeuner. Je vous rapporte quelque chose à manger ?

Tris et moi secouons la tête.

— Je n'en ai pas pour très longtemps, ajoute Matthew. Nita, tu veux bien leur tenir compagnie ?

Et il s'en va sans attendre sa réponse. Tris s'assied sur la table d'examen en faisant crisser le papier, qui se déchire là où sa jambe se balance dans le vide.

Nita nous regarde, les mains enfoncées dans les poches

de sa combinaison. Elle a des yeux sombres, aux mêmes reflets changeants qu'une flaque d'essence. Elle me tend un bout de coton que je presse sur la goutte de sang qui perle au creux de mon coude.

— Alors comme ça, toi aussi, tu viens d'une implantation, lui dit Tris. Tu es ici depuis longtemps ?

— Depuis qu'ils ont tout arrêté à Indianapolis. Ça fait huit ans J'aurais pu m'intégrer au reste de la population, à l'extérieur, mais je ne me sentais pas prête, dit-elle en s'appuyant contre la paillasse. Alors, je me suis portée volontaire pour venir ici. Au début, je faisais le ménage. On peut dire que j'ai pris du galon.

Elle a dit ça avec une certaine amertume. Je suppose qu'ici, comme chez les Audacieux, l'ascenseur social a ses limites et qu'elle les a atteintes plus vite qu'elle ne l'espérait. Comme moi, après que j'ai choisi de travailler dans la salle de contrôle.

— Et dans ta ville, il n'y avait pas de factions ? questionne Tris.

— Non, c'était le groupe témoin. C'est ce qui leur a permis d'établir des comparaisons avec le système des factions et de mesurer son efficacité. En revanche, on avait beaucoup de règles – un couvre-feu, une heure pour se lever, des mesures de sécurité... Ce genre de trucs.

— Qu'est-ce qui s'est passé ? demandé-je.

Je regrette aussitôt ma question en voyant retomber les coins de sa bouche, comme si le poids de ses souvenirs les tirait vers le bas.

— Ça n'a pas empêché certaines personnes de fabriquer des armes. Ils ont fait une bombe qu'ils ont utilisée pour faire sauter le siège du gouvernement. Il y a eu beaucoup de morts. Après ça, le Bureau a estimé que l'implantation était un échec. Ils ont réinitialisé les terroristes et déplacé les autres. Je fais partie des rares qui ont voulu venir ici.

— Je suis désolée, murmure Tris.

Il m'arrive encore souvent de me laisser surprendre par sa douceur. Pendant longtemps, je n'ai vu que sa force, qui ressortait comme les muscles de ses bras ou l'envol des oiseaux noirs sur sa clavicule.

— C'est rien, répond Nita. Et puis, vous aussi, vous avez connu ça, avec ce qu'a fait Jeanine Matthews et le reste.

— D'ailleurs, je me demande pourquoi ils n'ont pas tout arrêté chez nous aussi ? remarque Tris.

— Ils le feront peut-être. Mais à mon avis, l'implantation de Chicago a bien fonctionné pendant si longtemps qu'ils auraient du mal à tout abandonner maintenant. C'est la première à s'être appuyée sur le système des factions.

Je retire le coton de mon bras. Il y a un tout petit point rouge à l'endroit de la piqûre, mais ça ne saigne plus.

— J'aime bien me dire que j'aurais choisi les Audacieux, dit Nita. Mais je ne crois pas que j'aurais eu les tripes pour ça.

— Tu serais étonnée de ce qu'on est capable de faire quand on n'a pas le choix, répond Tris.

Ça me fait comme un coup dans la poitrine. Elle a raison. Le désespoir peut nous faire faire des choses dont on ne se serait pas cru capable. On est bien placés pour le savoir.

+++

Matthew revient très exactement au bout d'une heure et reste longtemps assis devant son ordinateur, ses yeux allant et venant sur l'écran. De temps en temps, il laisse échapper un

« hmm ! » ou un « ah ! ». Plus le temps passe, plus je me contracte, jusqu'à ce que mes épaules me paraissent dures comme de la pierre. Enfin, il tourne l'écran vers nous.

— Ce programme nous aide à interpréter les données en termes compréhensibles. Ce que vous voyez ici est la description simplifiée d'une séquence de l'ADN de Tris.

L'image représentée sur l'écran est un fouillis de lignes et de chiffres totalement dénué de sens pour moi, dont certaines parties ressortent en rouge ou en jaune.

— Ces parties-ci montrent des gènes réparés, reprend Matthew. Autrement, elles n'apparaîtraient pas.

Il nous désigne des zones de l'écran, auxquelles je ne comprends rien non plus ; mais il semble trop absorbé par ses propres explications pour s'en apercevoir.

— Celles-là indiquent que le programme a trouvé le traceur génétique, c'est-à-dire le maintien de la conscience sous simulation. La combinaison de ces deux éléments correspond tout à fait à ce que je m'attendais à trouver chez une Divergente. En revanche, il y a un truc curieux.

Il touche de nouveau l'écran. L'image change, mais reste tout aussi confuse pour moi : un enchevêtrement de lignes et de colonnes de chiffres.

— Voilà la carte génétique de Tobias. Comme vous le voyez, il a les bonnes composantes génétiques en ce qui concerne le maintien de conscience sous simulation, mais il ne présente pas les gènes réparés qu'on constate chez Tris.

J'ai la gorge sèche et le sentiment qu'on vient de m'annoncer une mauvaise nouvelle, sans bien saisir en quoi elle l'est.

— Et ça veut dire quoi ? demandé-je.

— Que tu n'es pas un Divergent. Tes gènes sont endommagés,

mais tu présentes une anomalie qui te permet quand même de rester conscient lors des simulations. Autrement dit, tu as l'apparence d'un Divergent sans en être un réellement.

Je digère l'information lentement, morceau par morceau. Je ne suis pas un Divergent. Je ne suis pas comme Tris. Je suis génétiquement déficient.

Le mot « déficient » tombe au fond de moi comme du plomb. Je crois que j'ai toujours dû savoir que quelque chose n'allait pas chez moi ; mais je pensais que c'était à cause de mon père, ou de ma mère, de la souffrance qu'ils m'avaient transmise en héritage, passée de génération en génération. Et ça veut dire aussi que le seul point positif de mon père, sa Divergence, n'est pas parvenu jusqu'à moi.

Je ne regarde pas Tris – je ne peux pas. Je regarde Nita, dont le visage est dur, presque en colère.

— Matthew, dit-elle, tu ne veux pas emporter ces données pour les analyser dans ton labo ?

— En fait, je pensais en discuter avec les sujets, répond-il.

— Je crois que ce n'est pas une bonne idée, réplique Tris d'une voix tranchante comme une lame.

Matthew dit quelque chose que je n'entends pas, parce que mon cœur bat trop fort. Il touche de nouveau l'écran et l'image de mon ADN laisse place à une surface vierge, une simple plaque de verre. Il sort en nous proposant de passer le voir à son labo si on veut des informations supplémentaires. Tris, Nita et moi restons là sans rien dire.

— C'est pas si grave, finit par décréter Tris d'un ton ferme. OK ?

— Ce n'est pas à toi de me dire si c'est grave ou pas ! m'exclamé-je, plus fort que je ne le voudrais.

Nita serre les dents et s'affaire autour de la paillasse, vérifiant que tous les récipients sont bien alignés, même s'ils n'ont pas bougé depuis tout à l'heure.

— Ah non ? insiste Tris. Pourtant, tu es la même personne qu'il y a cinq minutes, et qu'il y a quatre mois, et même dix-huit ans ! Ça ne change strictement rien à qui tu es !

Le fond de son raisonnement paraît logique, mais dans l'immédiat, il ne suffit pas à me convaincre.

— En bref, tu me dis que ça ne change rien. Que la vérité ne change rien !

— Quelle vérité ? Quelqu'un décrète qu'il y a un truc qui cloche dans tes gènes et toi, tu le crois ? Comme ça ?

— C'était là ! riposté-je en montrant l'écran. Tu l'as vu toi-même.

— Oui, et je te vois aussi, toi, dit-elle avec véhémence en me serrant le bras. Et je sais qui tu es.

Je secoue la tête. Je n'arrive toujours pas à la regarder, ni à fixer sur quoi que ce soit.

— Je… J'ai besoin de prendre l'air. On se retrouve plus tard.

— Tobias, attends…

Je sors, et je me sens en partie soulagé dès que je ne suis plus dans la pièce. Je prends le couloir étroit qui m'enserre comme un goulot, puis les grandes allées inondées de soleil. Le ciel est bleu, maintenant. J'entends des pas derrière moi, trop lourds pour être ceux de Tris.

— Dis…

C'est Nita, qui fait crisser ses semelles en dansant d'un pied sur l'autre.

— … sans vouloir te mettre la pression, je voudrais te parler de tout ça… de ces histoires de génétique. Si ça t'intéresse, rendez-vous ici ce soir à neuf heures. Je n'ai rien contre ta copine, mais… ce serait aussi bien que tu viennes sans elle.

— Pourquoi ?

— C'est une GP – une génétiquement pure. Elle ne peut pas comprendre que... Enfin, c'est dur à expliquer. Mais fais-moi confiance, OK ? Il vaut mieux pour elle qu'elle reste en dehors de ça pour l'instant.

— OK.

— Bon, fait Nita en hochant la tête. Faut que j'y retourne.

Je la regarde repartir en courant vers la salle de thérapie génétique et je me remets en route. Je ne sais pas où je vais, mais quand je marche, la grêle d'informations qui m'est tombée dessus ces derniers jours s'apaise un peu et tambourine un peu moins fort dans ma tête.

CHAPITRE DIX-NEUF

TRIS

JE NE PEUX PAS le suivre, parce que je ne sais pas quoi lui dire.

Lorsque j'ai découvert que j'étais une Divergente, j'ai considéré ça comme un pouvoir secret que j'étais seule à posséder, qui me rendait différente, plus forte. Maintenant, après avoir comparé mon ADN avec celui de Tobias sur un écran d'ordinateur, je me rends compte que « Divergente » n'est pas aussi chargé de sens que je l'imaginais. Ce n'est qu'un mot pour qualifier une séquence de mon ADN, comme on a un mot pour désigner les gens aux yeux marron ou aux cheveux blonds.

J'appuie mon front sur mes mains. Ces gens, eux, continuent à penser que ça signifie quelque chose – que je suis « guérie » alors que Tobias ne l'est pas. Et ils voudraient que je prenne ça pour argent comptant.

Eh bien non. Et je ne sais pas bien pourquoi Tobias, lui, le croit. Pourquoi il est si disposé à croire que quelque chose chez lui est abîmé.

Je ne veux plus y penser. Je quitte la salle de thérapie génétique au moment où Nita revient.

— Qu'est-ce que tu lui voulais ? lui demandé-je.

Elle est jolie. Grande mais pas trop, mince mais pas trop non plus, le teint cuivré, lumineux.

— Je voulais juste être sûre qu'il savait où il allait. C'est un peu déroutant, ici.

— Ça, on peut le dire.

Je me mets en route vers... En fait, je n'en sais rien. Je veux surtout m'éloigner de Nita, la jolie fille qui parle à mon petit ami quand je ne suis pas là. Mais bon, leur conversation n'a pas non plus duré des heures.

Je repère Zoe au bout du couloir, qui me fait signe de la rejoindre en agitant la main. Elle paraît plus détendue que ce matin. Son front est moins soucieux et ses cheveux sont lâchés sur ses épaules. Elle fourre les mains dans les poches de sa combinaison.

— Je viens de prévenir les autres qu'on a prévu un tour en avion dans deux heures, pour ceux que ça intéresse, m'informe-t-elle. Ça te tente ?

La peur et l'excitation se mêlent dans mon ventre, exactement comme le jour où j'ai pris la tyrolienne en haut de la tour Hancock. Je me vois précipitée dans les airs dans une voiture ailée, je me figure l'énergie du moteur et la pression du vent s'engouffrant dans toutes les fentes des parois, et la possibilité, aussi minime soit-elle, qu'il y ait un problème technique et que je tombe en chute libre vers la mort.

— Oui, dis-je.

— On se retrouve porte 14. C'est facile, il suffit de suivre les panneaux.

Elle m'adresse un grand sourire en s'éloignant.

Je lève les yeux vers le plafond vitré. Le ciel est d'un bleu pâle, du même ton que mes yeux. J'y lis comme un appel, comme s'il m'attendait depuis toujours, sans doute parce que les hauteurs, si effrayantes pour certains, me fascinent, ou bien parce qu'une fois qu'on a vu ce que j'ai vu, la prochaine frontière à explorer est celle qui se trouve au-dessus de nos têtes.

+++

La passerelle métallique qui descend jusqu'à la piste grince à chacun de mes pas. Je dois pencher la tête en arrière pour voir l'avion, blanc argenté, et plus massif que je ne m'y attendais. Juste en dessous des ailes se trouvent deux énormes cylindres renfermant des lames qui tournent. Je m'imagine qu'elles m'aspirent et me recrachent de l'autre côté, et je frissonne.

— Comment un truc aussi gros peut-il tenir en l'air ? s'interroge Uriah derrière moi.

Je secoue la tête. Aucune idée, et je préfère ne pas y penser. Je suis Zoe sur une deuxième passerelle, reliée au flanc de l'avion. Ma main tremble en agrippant la rampe. Je me retourne une dernière fois pour voir si Tobias nous a rejoints. Il n'est pas là. Je ne l'ai pas vu depuis le test.

Je baisse la tête instinctivement pour entrer dans l'appareil, bien que l'ouverture soit largement assez grande pour moi. À l'intérieur, il y a plusieurs rangées de sièges recouverts d'un tissu bleu élimé et troué. J'en choisis un à l'avant, près d'une fenêtre. Une barre métallique me rentre dans le dos. J'ai l'impression d'être assise sur un squelette de siège avec à peine assez de matière autour pour le soutenir.

Cara s'installe derrière moi. Peter et Caleb vont s'asseoir ensemble au fond près d'une fenêtre. Je ne savais pas qu'ils étaient devenus amis. Ils se sont bien trouvés : aussi méprisables l'un que l'autre.

— De quand date cet engin ? demandé-je à Zoe, debout près de la porte.

— Pas mal d'années. Mais il a été presque entièrement refait. Il a la bonne taille pour ce qu'on en fait.

— C'est-à-dire ?

— Des missions de surveillance, principalement. On préfère garder un œil sur ce qui se passe dans la Marge, au cas où ça mettrait en péril nos activités. La Marge est une grande zone un peu anarchique qui s'étend de Chicago à Milwaukee, la plus proche agglomération sous administration gouvernementale, à trois heures de route d'ici.

Alors que je m'apprête à lui demander des précisions sur la Marge, Uriah et Christina s'assoient à côté de moi, et l'occasion est passée. Uriah rabat l'accoudoir qui sépare nos sièges et se penche devant moi pour regarder dehors.

— Si les Audacieux connaissaient ce truc, ils feraient tous la queue pour apprendre à le piloter, observe-t-il. Moi le premier.

— Ils s'attacheraient aux ailes, oui, rectifie Christina en lui décochant un coup de coude. Tu ne connais plus ta propre faction ?

Il lui pince la joue en guise de réponse et se tourne de nouveau vers la fenêtre.

— L'un de vous deux a vu Tobias, ce matin ?

— Moi non, me dit Christina. Tout va bien ?

Avant que je puisse répondre, une femme avec des rides autour de la bouche surgit dans l'allée centrale et tape dans ses mains.

— Bonjour, je m'appelle Karen et je vais voyager avec vous aujourd'hui, nous annonce-t-elle. Cela peut vous paraître effrayant, mais je vous précise que le pourcentage d'accidents est infiniment plus faible dans les airs que sur la route.

— Pareil pour les chances de survie *en cas* d'accident, marmonne Uriah, un sourire jusqu'aux oreilles.

Des étincelles scintillent dans ses yeux noirs et il a l'air un peu étourdi, comme un gamin sur un manège. Je ne l'ai pas vu comme ça depuis la mort de Marlene. Il a retrouvé sa beauté.

Karen disparaît à l'avant de l'avion et Zoe prend place dans la même rangée que nous, de l'autre côté de l'allée, d'où elle nous lance des instructions comme « Attachez vos ceintures ! » ou « Interdiction de se lever avant qu'on ait atteint notre altitude de croisière ». Je ne sais pas de quoi elle parle, et elle ne songe pas une seconde à nous l'expliquer – c'est du cent pour cent Zoe. C'est presque un miracle qu'elle ait pensé à me donner des infos sur la Marge tout à l'heure.

L'avion se met à reculer et je suis étonnée par l'absence d'à-coups, comme si on flottait déjà dans les airs. Puis il tourne et glisse sur la piste, sur laquelle sont peints toutes sortes de lignes et de symboles. Les battements de mon cœur s'intensifient à mesure qu'on s'éloigne du complexe. Puis la voix de Karen déclare dans un interphone : « Préparez-vous au décollage. »

Je m'agrippe aux accoudoirs tandis que l'avion accélère dans une secousse. La pression me colle contre le dossier-squelette, et la vue par la vitre se mue en une tache de couleur. Puis je les sens : le décollage, l'ascension. La terre s'étire en dessous de nous et tout rapetisse à vue d'œil. Bouche bée, j'en oublie de respirer.

Je distingue le complexe, qui a la forme d'un neurone comme

on en voit dans les manuels scolaires, cerné par sa clôture. Et autour, un réseau de routes entre lesquelles se dressent des immeubles.

Et tout à coup, je ne vois même plus les routes ni les immeubles, rien qu'un patchwork sans relief, gris, marron et vert, et partout, la terre à l'infini, dans toutes les directions.

Je ne sais pas à quoi je m'attendais ; à découvrir l'endroit où le monde s'achève, comme une falaise géante suspendue dans le ciel ?

Ce à quoi je ne m'attendais pas, c'était à réaliser que j'avais grandi dans l'une de ces maisons qu'on ne distingue même plus d'ici, que j'avais marché dans des rues perdues parmi des centaines, des milliers d'autres.

Ce à quoi je ne m'attendais pas, c'était à me sentir aussi minuscule.

— Comme on ne peut pas trop s'approcher de la ville pour ne pas risquer d'attirer l'attention, on va se contenter d'observer les choses à distance, nous précise Zoe. Sur la gauche, vous voyez des destructions causées par la Guerre de Pureté avant que les dissidents ne remplacent les explosifs par des armes biologiques.

En me penchant, je repère ce qui m'apparaît comme des bâtiments peints en noir. Ce n'est qu'au deuxième regard que je me rends compte que ce n'est pas leur couleur d'origine – ils sont calcinés et réduits en ruines. Certains ont été aplatis.

Ça me rappelle certains quartiers de la ville, sauf que là-bas les dégâts ont sans doute été causés par des gens. Ici, ils ne peuvent avoir été provoqués que par quelque chose de beaucoup plus gros.

— Maintenant, vous allez apercevoir Chicago, nous dit Zoe.

Vous verrez qu'une partie du lac Michigan a dû être asséchée afin d'ériger la Clôture ; mais nous l'avons préservé autant qu'il était possible.

À cet instant, je reconnais les contours déchiquetés de la ville au milieu d'une mer de béton et, au loin, la Ruche, de la taille d'un jouet avec ses deux antennes. Et au-delà, une vaste étendue brune – le marais – et juste derrière... du bleu.

Le jour où j'ai pris la tyrolienne de la tour Hancock, j'ai imaginé à quoi pouvait ressembler ce marais au temps où il était rempli d'eau, bleu gris et scintillant sous le soleil. Maintenant, je sais que loin derrière les frontières de notre ville, les choses sont exactement comme je les avais imaginées : le lac est strié de petites zébrures de lumière qui marquent la texture des vagues.

Hormis le rugissement monotone des moteurs, dans l'avion, c'est le silence.

— Wouah... fait enfin Uriah.

— Mais chut ! le rembarre Christina.

— Elle fait quelle taille comparée au reste du monde ? demande la voix hachée de Peter dans le fond. Je veux dire, notre ville. Quel pourcentage en termes de surface ?

— Chicago s'étend sur six cents kilomètres carrés. La superficie de la Terre est d'un peu plus de cinq cent dix millions de kilomètres carrés. Le pourcentage est... si infime qu'il en est négligeable.

Elle énonce ces chiffres calmement, comme s'ils ne représentaient rien. Moi, ils me portent un coup à l'estomac. Je me sens comprimée par un poids énorme. Tant d'espace ! Je me demande à quoi ça ressemble ailleurs ; comment vivent les autres gens.

De nouveau, je regarde par la fenêtre en inspirant lentement, profondément, tout le corps raidi par la tension. Les yeux fixés sur cette étendue, je songe que si une chose corrobore l'idée de l'existence du dieu de mes parents, c'est bien celle-ci ; le fait qu'on vive dans un monde si vaste qu'il nous dépasse totalement et qu'on est forcément plus petits qu'on ne le croit.

« Si infime qu'il en est négligeable. »

C'est curieux, mais quelque chose dans cette idée me donne presque un sentiment de… liberté.

+++

Ce soir-là, une fois que tout le monde est parti manger, je m'assieds sur l'appui de fenêtre du dortoir et j'allume la tablette que David m'a donnée. Ma main tremble lorsque j'ouvre le dossier intitulé « Journal ».

Et je lis :

David insiste pour que je raconte ce qu'a été ma vie. Il doit s'attendre à ce qu'elle ait été affreuse, peut-être même qu'il l'espère. Certaines périodes l'ont été, c'est vrai, mais ça a été dur pour tout le monde. Ça ne fait pas de moi quelqu'un de spécial.

J'ai grandi à Milwaukee, dans le Wisconsin, dans une maison individuelle. Je ne savais pas grand-chose sur la vie à l'extérieur de la ville (dans la zone que tout le monde ici appelle « la Marge »), si ce n'est que je n'avais pas le droit d'y aller. Ma mère travaillait dans les forces de police ; c'était une femme explosive, toujours insatisfaite. Mon père était enseignant ; il était d'un caractère flexible, bienveillant mais totalement effacé. Un jour où mes parents se disputaient dans le salon, les choses ont dégénéré, il l'a secouée et elle lui a tiré dessus. Plus tard, pendant qu'elle enterrait son corps dans le jardin, j'ai rassemblé mes affaires et je suis partie. Je ne l'ai jamais revue.

Là où j'ai grandi, les drames familiaux sont la norme. La plupart des couples d'amis de mes parents buvaient comme des trous, se disputaient et ne s'aimaient plus depuis longtemps. Et c'était comme ça, pas de quoi en faire un plat. Je suis sûre que mon départ n'a été qu'une anecdote de plus dans la longue liste des malheurs qui s'étaient déjà produits dans le quartier cette année-là.

Je savais que si je restais dans le circuit officiel, dans une autre ville par exemple, les autorités me renverraient chez ma mère, et je ne me sentais pas capable de la regarder sans revoir la traînée de sang laissée par la tête de mon père sur la moquette du salon. Alors j'ai quitté le circuit officiel. Je suis allée me réfugier dans la Marge, où les gens vivent dans de petites colonies faites de toile et d'aluminium dans des ruines de l'après-guerre, en subsistant sur des restes de nourriture et en brûlant des vieux papiers pour se réchauffer. Le gouvernement ne peut pas les prendre en charge, puisqu'il consacre déjà toutes ses ressources à essayer de remettre le pays sur pied depuis plus d'un siècle, depuis que la guerre nous a déchirés. À moins qu'il ne veuille pas; je ne sais pas.

Un jour, dans la Marge, j'ai vu un homme qui battait un enfant et je l'ai frappé avec une planche pour qu'il arrête. Et il est mort, là, dans la rue. Je n'avais que treize ans. Je me suis enfuie. Je me suis fait rattraper par un type dans une camionnette, qui ressemblait à un policier. Mais il ne m'a pas emmenée au bord de la route pour me tuer, ni conduite en prison. Il m'a amenée ici, dans cette zone protégée, où il a testé mes gènes. Il m'a parlé des expérimentations dans les villes et m'a dit que j'avais des gènes plus purs que d'autres. Il m'a même montré une carte de mon ADN sur un écran pour me le prouver.

Pourtant, j'ai tué un homme, comme ma mère. David dit que ce n'est pas si grave, parce que c'était un accident et que sinon, il aurait tué ce petit garçon. Mais je suis presque sûre que ma mère non plus ne voulait pas tuer mon père, et puis qu'est-ce que ça change, de le vouloir ou pas ? Même si c'est un accident, le résultat est le même, ça fait toujours une vie en moins sur la Terre.

Voilà ce que j'ai vécu, en gros. Et à en croire David, tout ça serait dû au fait qu'il y a très longtemps, des gens ont voulu intervenir sur la nature humaine et n'ont réussi qu'à l'aggraver.

Ça paraît logique. J'aimerais que ce soit vrai.

Je me rends compte que je me suis mordu la lèvre inférieure jusqu'au sang. Ici, dans le complexe, les gens sont en train de boire, de manger et de rire, et c'est sans doute pareil dans la ville. La vie de tous les jours continue tout autour de moi, et je suis seule avec ces révélations.

Je serre la tablette contre ma poitrine. Cet endroit représente à la fois mon histoire récente et ancienne, puisque ma mère venait d'ici. Je sens sa présence dans les murs, dans l'air. Je la sens qui a pris sa place en moi, pour ne plus jamais en partir. La mort n'a pas réussi à l'effacer ; ma mère est là pour toujours.

La froideur de l'écran traverse ma chemise et me fait frissonner. Uriah et Christina ouvrent la porte et entrent en riant. Le regard clair d'Uriah et sa démarche tranquille me réconfortent, et tout à coup, mes yeux se brouillent de larmes. Alarmés, ils m'entourent tous les deux.

— Ça va ? me demande Christina.

Je fais oui de la tête en chassant mes larmes d'un battement de cils.

— Qu'est-ce que vous avez fait aujourd'hui, vous ? leur demandé-je.

— Après le tour en avion, on est allés regarder les écrans dans la salle de contrôle, me répond Uriah. Ça fait vraiment bizarre d'observer ce qu'ils fabriquent de l'extérieur. Rien vu de neuf - Evelyn est une abrutie et ses sbires ne valent pas mieux.

— Je ne crois pas que j'aie envie de voir ça, dis-je. C'est trop. glauque, trop intrusif.

Uriah hausse les épaules.

— Bah, si ça les a amusés de me regarder me gratter les fesses ou prendre mes repas, je trouve que ça en dit plus long sur eux que sur moi.

Je ris.

— C'est vrai que tu te grattes souvent les fesses.

Il me balance un coup de coude.

— Sans vouloir vous empêcher de parler des fesses d'Uriah, dont personne ne niera l'importance capitale, fait Christina avec un petit sourire, je suis d'accord avec toi, Tris. Rien que de regarder ces écrans, je me sentais super mal, comme si j'étais une voyeuse. À partir de maintenant, je crois que je vais m'abstenir.

Elle pointe le doigt sur l'écran posé sur mes genoux, où la lumière luit toujours autour des mots écrits par ma mère.

— Qu'est-ce que c'est ?

— Eh bien, il s'avère que ma mère venait d'ici. Disons plutôt qu'elle venait du monde extérieur et qu'elle a atterri ici. À quinze ans, elle a été intégrée chez les Audacieux.

— Ta mère venait d'ici ? répète Christina, stupéfaite.

— Oui, confirmé-je avec un hochement de tête. Et encore plus dingue, elle a écrit un journal et elle le leur a laissé. J'étais en train de le lire quand vous êtes entrés.

— Wouah, murmure-t-elle. C'est chouette, non ? Je veux dire, que tu puisses en apprendre plus sur elle

— Ouais, c'est chouette. Et c'est bon, je m'en suis remise, vous pouvez arrêter de me regarder comme ça.

L'expression inquiète qui était en train de gagner le visage d'Uriah s'évanouit.

Je soupire.

— Je me dis que… dans un sens, je viens d'ici, moi aussi. Et que je pourrais peut-être y faire ma vie.

— Peut-être, répond Christina en se pinçant la racine du nez.

Elle n'a pas l'air d'y croire, mais c'est sympa de sa part de le dire quand même.

— Je ne sais pas trop, intervient Uriah d'un ton soudain sérieux. Je ne suis pas certain qu'on soit capables de se sentir chez nous où que ce soit. Même si on retournait dans la ville.

Il a peut-être raison. Peut-être qu'on est désormais des étrangers partout, que ce soit dans le monde extérieur, ici au Bureau, ou dans notre ville. Tout a changé ; rien ne redeviendra jamais comme avant.

Ou peut-être qu'on arrivera à se faire une place quelque part en nous-mêmes, qu'on pourra emporter partout avec nous – comme je porte désormais ma mère.

Caleb entre dans le dortoir. Il a une tache qui ressemble à de la sauce sur sa chemise, mais ne semble pas s'en être aperçu. Il a cet air que je reconnais maintenant comme de la fascination intellectuelle, et pendant quelques secondes, je me demande ce qu'il a lu ou vu pour avoir cette tête-là.

— Salut, dit-il.

Il ébauche un embryon de mouvement dans ma direction, mais doit percevoir mon dégoût, parce qu'il s'arrête avant d'avoir fait un pas.

Je couvre l'écran avec ma main, même s'il ne peut pas le

voir depuis l'autre bout de la pièce, et je le fixe, incapable – ou refusant – de lui répondre.

— Tu crois que tu me reparleras un jour ? me demande-t-il d'un air abattu.

— Si ça arrive, je crois que j'aurai une crise cardiaque, dit platement Christina.

Je détourne les yeux. La vérité, c'est que j'aimerais parfois pouvoir oublier tout ce qui s'est passé et retrouver la relation qu'on avait quand on vivait ensemble chez nos parents. Même s'il n'arrêtait pas de me sermonner, de m'exhorter à plus d'altruisme, c'était toujours mieux que ça – ce réflexe que j'ai de mettre le journal de ma mère à l'abri pour qu'il ne risque pas de l'empoisonner comme il l'a fait de tout le reste. Je me lève en glissant la tablette sous mon oreiller.

— Bon, me lance Uriah, tu viens avec nous chercher des desserts ?

— Tu n'en as pas déjà pris ?

— Et alors ? réplique-t-il en levant les yeux au plafond.

Il passe un bras autour de mes épaules et m'entraîne vers la porte, et on part tous les trois pour la cafétéria en laissant mon frère seul dans le dortoir.

CHAPITRE VINGT

TOBIAS

— JE N'AURAIS PAS parié que tu viendrais, m'avoue Nita.

Quand elle se retourne pour m'emmener je ne sais où, je vois un tatouage dépasser du col de sa chemise. Mais je n'arrive pas à distinguer ce qu'il représente.

— Les gens se font tatouer, ici aussi ? m'étonné-je.

— Certains. Celui-ci représente des tessons de verre, dit-elle en devinant que je l'ai remarqué.

Elle se tait, le genre de pause qu'on s'accorde le temps de décider si oui ou non, on va livrer une information personnelle.

— Je l'ai choisi parce que ça évoque quelque chose de brisé. C'est une sorte de blague.

Revoilà cette histoire de lésion, qui remonte sans cesse comme un bouchon à la surface de mon esprit depuis le test génétique. Si c'est une blague, elle n'a rien de drôle, et n'amuse pas Nita plus que moi. Elle a craché sa phrase presque comme si elle lui brûlait la langue.

On prend l'une des allées carrelées, presque désertes à cette heure-ci, après la journée de travail, et on descend des marches. Des lumières bleues, vertes, violettes et rouges dansent sur les murs en changeant de couleur toutes les secondes. L'escalier débouche sur un large tunnel sombre, avec juste ces drôles de lumières pour nous guider. Le carrelage est ancien et semble grumeleux, incrusté de crasse et de poussière, même à travers l'épaisseur de mes semelles.

— Cette partie de l'aéroport a été entièrement refaite et agrandie quand le Bureau s'est installé ici, m'explique Nita. Pendant la période qui a suivi la Guerre de Pureté, tous les labos étaient souterrains, par sécurité en cas d'attaque. Maintenant, il n'y a plus que les équipes techniques qui viennent ici.

— Ce sont les gens que tu veux me faire rencontrer ?

Elle acquiesce d'un hochement de tête.

— Faire partie des équipes techniques, ce n'est pas uniquement un boulot. On est presque tous des GD – génétiquement déficients –, des anciens des implantations qui ont échoué ou leurs descendants, ou des gens venus de l'extérieur, comme la mère de Tris, mais sans ses avantages génétiques. Alors que tous les chercheurs et les responsables sont des GP – génétiquement purs – dont les ancêtres ont résisté autrefois aux manipulations génétiques. Il y a des exceptions, bien sûr, mais si peu que je peux toutes te les citer.

Je m'apprête à lui demander pourquoi la séparation est aussi stricte, mais la question est superflue. Je peux le deviner. Les prétendus GP ont grandi dans cette communauté, dans un monde saturé d'expériences, d'études et d'observations. Les GD, eux, ont grandi dans les implantations, où ils n'ont appris que ce qui leur était nécessaire pour survivre jusqu'à la génération suivante. Cette séparation est conditionnée par le savoir, les qualifications. Mais comme me l'a appris l'exemple des sans-faction, il n'y a aucune justice dans une société qui s'appuie sur un groupe de gens non éduqués pour faire les basses besognes sans leur donner les moyens d'améliorer leur situation.

— Sincèrement, je suis d'accord avec ta copine, reprend Nita. Pour toi, ça ne change rien ; tu as juste une idée plus précise de tes limites. Tout le monde en a, même les GP.

— Mais... des limites à quoi ? À ma capacité a compatir ? À ma conscience ? C'est comme ça que tu espères me rassurer ?

Ses yeux m'étudient soigneusement, mais elle ne répond pas.

— C'est ridicule, dis-je. Qu'est-ce qui vous permet, à toi, à eux ou à quiconque, de déterminer mes limites ?

— C'est comme ça, c'est tout, Tobias. C'est *génétique.*

— C'est un mensonge. Le problème va bien au-delà d'une histoire de gènes et tu le sais très bien.

Je me demande ce qui me retient de partir en courant. Je bous de colère, et je ne sais même pas trop contre qui. Contre Nita, qui semble s'être résignée à l'idée d'être limitée d'une manière ou d'une autre ? Ou contre ceux qui l'en ont persuadée ? Peut-être bien les deux.

Au bout du tunnel, elle pousse une lourde porte en bois d'un coup d'épaule et je pénètre dans un monde animé, baigné d'une lumière rougeoyante. On est dans une salle éclairée par de petites ampoules aux lumières vives suspendues à des fils, si nombreux qu'ils masquent le plafond d'un lacis blanc et jaune. À un bout de la salle se dresse un bar en bois, derrière lequel luisent des bouteilles surmontées d'une mer de verres. La moitié gauche est occupée par des tables et des chaises, et la droite par un groupe dont la musique envahit la pièce. Les seuls sons que je reconnais sont ceux d'une batterie et d'une guitare.

J'ai l'impression d'être debout face à un projecteur et que tout le monde me dévisage en attendant que je bouge, que je parle, que je fasse quelque chose. Au début, je ne perçois qu'un brouhaha, mais au bout de quelques secondes, je m'habitue et j'entends Nita qui me dit :

— Suis-moi ! Tu veux boire quelque chose ?

Je vais répondre quand quelqu'un déboule en courant. Il est petit et flotte dans un tee-shirt rouge deux fois trop grand pour lui. Il fait un signe aux musiciens, qui s'interrompent juste le temps de le laisser crier :

— C'est l'heure du verdict !

La moitié de la salle se lève pour se ruer vers la porte. Je lance à Nita un regard interrogateur et elle se rembrunit.

— Le verdict pour qui ?

— Marcus, évidemment, répond-elle.

Et là, je me mets à courir.

+++

Je dévale le tunnel en me frayant un passage dans la foule. Nita court sur mes talons en me criant de l'attendre. Mais je ne peux pas ; je suis dans un univers parallèle, séparé de cet endroit, de ces gens et même de mon propre corps. Et j'ai toujours couru plus vite que les autres.

Je remonte l'escalier quatre à quatre en prenant appui sur la rampe. Je ne sais pas ce qui me fait courir comme ça, entre l'espoir de le voir condamné ou disculpé. Qu'est-ce que j'espère, qu'Evelyn va le juger coupable et le faire exécuter, ou qu'elle va l'épargner ? Impossible à dire. Les deux issues me semblent constituées de la même substance. Dans les deux cas, mes parents ne donneront à voir que leur masque ou leur noirceur.

Je n'ai pas besoin de réfléchir pour retrouver la salle de contrôle, je n'ai qu'à suivre la foule. Une fois à l'intérieur, je me fraie un passage jusqu'au premier rang et mes parents sont là, sur la moitié des écrans. Tout le monde s'écarte de moi en murmurant, sauf Nita qui reste à mes côtés, le souffle court.

Quelqu'un monte le volume pour qu'on entende leurs voix. Elles grésillent, déformées par les micros, mais je reconnais bien celle de mon père, ses modulations, ses élévations, toujours placées au bon moment. Je pourrais presque deviner ce qu'il va dire.

— Tu as pris ton temps, dit Marcus avec ironie. Tu savoures bien cet instant, j'espère ?

Je me raidis. Il n'a pas mis son masque. Ce n'est pas l'homme que la ville connaît, le leader des Altruistes calme et patient qui ne ferait jamais de mal à personne, a fortiori pas à son fils ni à sa femme. C'est celui qui défaisait lentement sa ceinture pour l'enrouler autour de son poing. C'est le Marcus que je connais le mieux, et sa simple vue, comme dans mon paysage des peurs, me replonge dans mon enfance.

— Absolument pas, Marcus, répond ma mère. Tu as servi cette ville pendant de nombreuses années, et tu l'as bien fait. Ce n'est pas une décision que moi ou mes conseillers pouvions prendre à la légère.

Si Marcus n'a pas son masque, Evelyn a mis le sien. Elle paraît tellement sincère que j'y croirais presque.

— Les anciens représentants des factions et moi-même

avons eu beaucoup de considérations à prendre en compte : tes années de service, la loyauté que tu as inspirée aux membres de ta faction, les sentiments que je te dois en tant qu'ex-femme...

Je ricane.

— Je suis toujours ton mari, rectifie Marcus. Les Altruistes n'acceptent pas le divorce.

— Sauf dans les cas de violence conjugale, rétorque Evelyn.

Je retrouve en bloc la vieille sensation d'autrefois, un mélange de vide et de poids. Et je n'en reviens pas qu'elle vienne d'avouer cela en public.

Mais elle a besoin de se montrer aux gens de la ville sous un nouveau jour ; plus comme la femme sans cœur qui a pris le contrôle de leurs vies, mais comme celle sur qui Marcus se déchaînait en secret, derrière le rempart des murs de sa maison bien propre et de ses vêtements gris bien repassés.

Et je sais comment ça va finir.

— Elle va le tuer, dis-je à voix haute.

— Il n'en demeure pas moins, reprend Evelyn d'un ton presque doux, que tu as commis contre cette ville des crimes d'une extrême gravité. Tu as manipulé des enfants innocents à qui tu as fait risquer leur vie pour toi. Ton refus d'obéir aux ordres, les miens comme ceux de Tori Wu, l'ex-leader des Audacieux, a provoqué de nombreuses morts lors de l'attaque des Érudits. Tu as trahi tes pairs en refusant de combattre Jeanine Matthews et de te conformer à des mesures sur lesquelles nous étions tous d'accord. Tu as trahi ta propre faction en révélant ce qui était censé rester un secret.

— Je n'ai pas...

— Je n'ai pas terminé. Compte tenu des services que tu as

rendus à cette ville, nous avons tranché pour une peine intermédiaire. Contrairement aux autres anciens dirigeants de factions, il t'est refusé le pardon ainsi que le droit de participer à titre consultatif à la gestion de cette ville. Tu ne seras pas exécuté pour trahison. Mais tu seras conduit à l'extérieur de la Clôture, au-delà du secteur des Fraternels, et définitivement banni.

Marcus a l'air surpris. On le serait à moins.

— Félicitations, conclut Evelyn. Nous t'offrons la chance de prendre un nouveau départ.

Devrais-je être soulagé que mon père ne soit pas exécuté ? Ou déçu qu'il reste dans ce monde comme une menace suspendue au-dessus de ma tête, alors que j'aurais enfin pu être libéré de lui ?

Je ne sais pas. Je ne sens rien. J'ai les mains engourdies, toujours un symptôme de panique chez moi, mais je ne perçois pas cette panique comme je le fais d'habitude. Saisi par un besoin irrépressible d'être ailleurs, je me retourne et je sors en laissant derrière moi mes parents et la ville où j'ai vécu.

CHAPITRE VINGT ET UN

TRIS

UN EXERCICE d'alerte est annoncé pendant que je prends mon petit-déjeuner. Une voix féminine sortie d'un haut-parleur nous enjoint de verrouiller de l'intérieur la porte de la pièce où l'on se trouve, de couvrir les fenêtres et de rester tranquillement assis jusqu'à ce que l'alarme se taise.

— L'exercice débutera à dix heures précises, signale-t-elle.

Tobias a le teint pâle, les traits tirés et les yeux cernés. Il picore un muffin en détachant des petits bouts qu'il grignote machinalement, ou qu'il oublie de manger.

Le gros de notre groupe se réveille tard, un peu avant dix heures, sans doute parce qu'on n'a pas de raisons de se lever plus tôt. En quittant la ville, on a perdu nos factions, nos motivations. Ici, il n'y a rien d'autre à faire qu'attendre qu'il se passe quelque chose. Et loin de me détendre, ça me met les nerfs à vif. Je suis habituée à avoir des choses à faire ou à combattre, tout le temps. J'essaie de me forcer à me relaxer.

— Ils nous ont fait faire un tour en avion, hier, dis-je à Tobias. Tu étais où ?

— Il fallait que je prenne l'air, que je digère les événements, me répond-il d'un ton sec, irrité. C'était comment ?

— Sidérant, en fait.

Je m'assieds sur mon lit en face de lui, de sorte que nos genoux se touchent.

— Le monde est... bien plus grand que je ne l'imaginais.

Il hoche la tête.

— Je ne pense pas que ça m'aurait plu. L'altitude, tout ça.

Je ne sais pas pourquoi, sa réaction me déçoit. Je voudrais l'entendre dire qu'il regrette de ne pas avoir été là-haut avec moi, de ne pas avoir vécu ça avec moi. Ou au moins, qu'il me demande ce que j'entends par « sidérant ». Et tout ce qu'il trouve à dire, c'est que ça ne lui aurait pas plu ?

— Ça va, toi ? lui demandé-je. À voir ta tête, tu n'as pas beaucoup dormi.

— Eh bien, disons qu'hier, j'ai eu ma dose de révélations. Tu ne peux pas me reprocher d'être perturbé par tout ça.

— Tu as le droit d'être perturbé par ce que tu veux, dis-je en fronçant les sourcils. Mais je trouve qu'il n'y a vraiment pas de quoi. Je comprends que ça t'ait fait un choc, mais je te l'ai déjà dit, tu es toujours le même qu'hier, et avant-hier, quoi que ces gens en pensent.

Il secoue la tête.

— Je ne te parle pas de cette histoire de gènes, je te parle de Marcus. Tu vis vraiment sur ta planète, hein ?

Si la remarque est accusatrice, le ton ne l'est pas. Il se lève pour jeter son muffin à la poubelle.

Je suis à cran, énervée. Bien sûr que j'étais au courant pour

Marcus. C'était déjà le sujet de conversation dans le dortoir quand je me suis réveillée hier. Mais je ne pensais pas qu'il serait déstabilisé à ce point par le fait que son père soit gracié. Apparemment, j'avais tort.

Manque de chance, l'alarme retentit pile à ce moment-là, ce qui m'empêche de lui répondre. Elle est bruyante, si péniblement aiguë que j'ai du mal à penser, et encore plus à bouger. Une main plaquée sur une oreille, je prends la tablette qui contient le journal de ma mère.

Tobias verrouille la porte et ferme les rideaux, et chacun s'installe sur son lit. Cara replie un oreiller autour de sa tête. Peter reste immobile, les yeux fermés, le dos collé au mur. Je ne sais pas où est Caleb – sûrement en train de faire des recherches sur ce qui l'intriguait tant hier –, ni où se trouvent Christina et Uriah. Hier, après le dessert, ils avaient l'air bien décidés à explorer tous les recoins du complexe. Quant à moi, je préfère découvrir ce que ma mère avait à en dire. Il y a plusieurs entrées sur ses premières impressions à son arrivée ici, sa surprise devant la propreté des lieux, les gens qui sourient tout le temps, sur le fait qu'elle soit tombée amoureuse de la ville en l'observant depuis la salle de contrôle.

J'allume l'écran en espérant que ça me distraira du bruit.

Aujourd'hui, je me suis portée volontaire pour me rendre dans la ville. David a dit qu'on ne pouvait pas continuer à laisser les Divergents mourir, qu'on gâchait notre meilleur matériel génétique. Je trouve cet argument franchement cynique, mais ce n'est pas vraiment ce qu'il veut dire – il sous-entend juste qu'on mettrait plus de temps à intervenir si la menace ne concernait pas les Divergents. Mais puisque c'est le cas, on doit régler le problème sans tarder.

« Seulement quelques années », a-t-il précisé. Ici, je n'ai que quelques amis, pas de famille, et je suis assez jeune pour m'adapter facilement ; on efface et on remplace la mémoire de quelques personnes et je serai intégrée. Au début, ils vont me mettre chez les Audacieux, à cause de mes tatouages qui seraient difficiles à expliquer autrement aux gens de la ville. Le seul problème est que, lors de la cérémonie du Choix de l'année prochaine, je devrai choisir les Érudits, puisque le tueur se trouve parmi eux, et que je ne suis pas sûre d'être assez intelligente pour passer le cap de l'initiation. David dit que ça n'a pas d'importance, qu'il peut modifier mes résultats, mais ça me gêne. Même si le Bureau estime que les factions ne représentent rien, qu'elles ne sont qu'un outil de modification comportementale pour réparer des altérations génétiques, ces gens y croient, eux, et je trouve que c'est un manque de respect envers leurs valeurs.

Je les observe depuis deux ans, maintenant ; je n'ai plus grand-chose à apprendre pour réussir à m'intégrer. Je parie que je connais mieux la ville qu'eux. Je vais avoir du mal à envoyer mes rapports ; quelqu'un risque de remarquer que je me connecte à un serveur à distance au lieu du serveur interne de la ville, et je devrai sans doute espacer mes messages, voire les arrêter. Ça ne va pas être facile de quitter tout ce que je connais, mais ça peut être une bonne chose pour moi. L'occasion de prendre un nouveau départ.

Ça ne me ferait pas de mal.

Ça fait beaucoup d'informations à digérer. Je me surprends à relire la phrase : « Le seul problème est que, lors de la cérémonie du Choix de l'année prochaine, je devrai choisir les Érudits, puisque le tueur se trouve parmi eux. » Elle doit faire allusion au prédécesseur de Jeanine. Ce qui me déroute, c'est qu'elle n'a *pas* intégré les Érudits.

Qu'est-ce qui a fait qu'elle a finalement rejoint les Altruistes ?

L'alarme s'arrête. Le silence me fait bourdonner les oreilles. Les autres sortent lentement les uns après les autres, mais Tobias s'attarde en tambourinant des doigts sur ses genoux. Je ne suis pas sûre d'avoir envie de l'écouter maintenant, alors qu'on est tous les deux aussi à cran.

Mais tout ce qu'il me dit, c'est :

— Je peux t'embrasser ?

— Oui, dis-je, soulagée.

Il se penche vers moi, m'effleure la joue et m'embrasse doucement.

Au moins, il sait s'y prendre pour me réconforter.

— Je n'ai pas pensé au verdict de Marcus, m'excusé-je. J'aurais dû.

Il hausse les épaules.

— C'est terminé, maintenant.

Je sais que ce n'est pas vrai. Ce ne sera jamais terminé avec Marcus ; il lui a fait trop de mal. Mais je n'insiste pas.

— Tu as lu de nouveaux passages du journal de ta mère ? me demande-t-il.

— Oui. Juste des souvenirs du complexe, jusqu'ici. Mais ça devient intéressant.

— Bien. Je te laisse continuer.

Il a un petit sourire, mais je vois qu'il est fatigué, encore déstabilisé. Je n'essaie pas de le retenir. Dans un sens, c'est comme si chacun laissait l'autre faire son deuil : lui, celui de sa Divergence et de je ne sais quels espoirs qu'il a pu mettre dans le procès de Marcus, et moi, enfin, celui de mes parents.

Je frôle l'écran pour faire apparaître l'entrée suivante.

Cher David,

Je hausse les sourcils. Elle écrit à David, maintenant ?

Cher David,

Je suis désolée, mais les choses ne vont pas se passer comme on l'avait prévu. Je ne peux pas. Je sais ce que tu vas penser, que je ne suis qu'une ado idiote, mais comme c'est de ma vie qu'il s'agit et que je vais passer plusieurs années ici, je dois le faire à ma façon. Je pourrai quand même remplir ma mission sans faire partie des Érudits. Donc demain, à la cérémonie du Choix, Andrew et moi, on choisira tous les deux les Altruistes.

J'espère que tu ne m'en veux pas. Dans le cas contraire, je suppose que je ne le saurai pas.

Natalie

Je relis le passage encore et encore pour laisser les mots faire leur chemin. « Andrew et moi, on choisira tous les deux les Altruistes. »

Je souris en plaquant une main sur ma bouche, j'appuie ma tête contre la vitre et je laisse mes larmes couler.

Mes parents s'aimaient. Assez pour remettre en cause les projets du Bureau. Assez pour défier « la faction avant les liens du sang ». Les liens du sang avant la faction – non, l'amour avant la faction. Toujours.

J'éteins l'écran. Je ne veux pas gâcher ce que j'éprouve à cette minute : la sensation de flotter sur des eaux calmes.

C'est curieux comme, alors même que je devrais pleurer la perte de ma mère, j'ai l'impression très palpable de la retrouver, mot après mot, ligne après ligne.

CHAPITRE VINGT-DEUX

TRIS

IL N'Y A qu'une douzaine d'autres entrées dans le dossier, et elles ne m'apprennent pas tout ce que je voudrais savoir. En revanche, elles soulèvent de nouvelles questions. Et au lieu de simplement décrire des pensées et des impressions, elles sont adressées à quelqu'un.

Cher David,

Je pensais que tu étais mon ami avant d'être mon superviseur, mais je devais me tromper.

Qu'est-ce que tu croyais quand je suis arrivée ici, que je resterais éternellement seule et célibataire ? Que je ne me lierais avec personne ? Que je ne ferais jamais aucun choix personnel ?

J'ai tout abandonné pour venir ici alors que personne n'était disposé à le faire. Tu devrais me remercier au lieu de m'accuser de négliger ma mission. Soyons clairs : je ne vais pas oublier ce que je suis venue faire juste parce que j'ai choisi les Altruistes et que je me marie. Je mérite d'avoir une vie à moi. Une vie que j'aurai choisie, pas celle que toi et le Bureau, vous aurez choisie pour moi. Tu devrais savoir tout cela ; tu devrais être capable de comprendre ce qui m'attire dans cette vie, après tout ce que j'ai vécu et subi.

Sincèrement, je ne crois pas que le fait que j'aie choisi les Altruistes au lieu des Érudits te gêne tant que cela, au fond. Je crois plutôt que tu es jaloux. Et si tu veux que je continue à te tenir au courant, j'attends tes excuses pour avoir douté de moi. Dans le cas contraire, je ne t'adresserai plus mes messages, et il ne sera plus question que je quitte la ville pour venir vous voir. À toi de décider.

Natalie

Ses soupçons sur les sentiments de David me trottent dans la tête. Était-il réellement jaloux de mon père ? Si oui, sa jalousie a-t-elle disparu avec le temps ? Je ne peux voir leur relation qu'à travers les yeux de ma mère, et je ne suis pas sûre qu'elle soit la personne la plus objective sur ce point.

On voit qu'elle mûrit au fil des entrées, son style change à mesure qu'elle s'éloigne de sa vie dans la Marge, ses réactions se tempèrent. Elle grandit.

Je regarde la date de l'entrée suivante. Elle a été rédigée quelques mois plus tard, mais n'est pas adressée à David comme certaines des précédentes. Le ton aussi a changé – moins familier, plus factuel.

Je touche l'écran pour faire défiler les entrées. Je dois taper dix fois pour arriver à un nouveau message destiné à David D'après la date, deux bonnes années se sont écoulées.

Cher David,

J'ai reçu ta lettre. Je comprends que tu ne souhaites plus réceptionner ces messages et je respecterai ta décision, mais tu me manqueras.

Je te souhaite tout le bonheur possible,

Natalie

J'essaie d'avancer encore, mais je suis arrivée à la fin du journal. Le dernier document du dossier est un certificat de décès. La cause indiquée est « multiples blessures par balles au thorax ». Je me berce un instant pour chasser de mon esprit l'image où elle s'effondre dans la rue. Je ne veux pas penser à sa mort. Je veux en savoir plus sur mon père et elle, et sur David. Ou n'importe quoi qui me fasse penser à autre chose qu'aux circonstances de sa mort.

+++

Preuve s'il en est de ma soif d'information – et d'action –, un peu plus tard dans la matinée, j'accompagne Zoe à la salle de contrôle. Elle parle au responsable d'une réunion avec David pendant que je regarde mes pieds, bien décidée à ne pas suivre ce qui se passe sur les écrans. J'ai l'impression que si je m'y autorisais, ne serait-ce qu'un instant, je deviendrais accro, je replongerais dans mon vieux monde à défaut de savoir naviguer dans celui-ci.

Mais tandis que Zoe achève sa conversation, ma curiosité l'emporte. Je regarde le grand écran suspendu au-dessus des bureaux. Evelyn, assise sur un lit, caresse un objet posé sur la table de chevet. Je m'approche pour voir ce que c'est et la femme qui se tient derrière le bureau me dit :

— C'est la chambre d'Evelyn. On la surveille vingt-quatre heures sur vingt-quatre.

— Vous pouvez l'entendre ?

— Seulement si on monte le son. Généralement, il est coupé. C'est pénible d'entendre les gens bavarder toute la journée.

— C'est quoi, ce truc sur sa table de chevet ?

— Je ne sais pas trop, une espèce de statuette, me répond-elle avec un haussement d'épaules. En tout cas, elle la regarde souvent.

J'ai déjà vu cet objet – dans la chambre de Tobias, où j'ai dormi après avoir failli me faire exécuter au siège des Érudits. C'est une petite sculpture abstraite en verre bleu, qui ressemble un peu à une chute d'eau figée dans le temps.

Je fouille ma mémoire. Tobias m'a dit qu'Evelyn la lui avait offerte quand il était petit, en lui recommandant bien de ne pas la montrer à son père, qui, en bon Altruiste, aurait réprouvé la présence chez lui d'un objet « beau mais inutile ». Je n'y ai pas tellement prêté attention, mais cette sculpture doit avoir une signification pour elle, pour qu'elle l'ait transportée du secteur des Altruistes jusqu'à sa chambre au siège des Érudits. Elle y voit peut-être le symbole de sa rébellion, à la fois contre son mari et contre le poids des factions.

Sur l'écran, Evelyn appuie son menton sur sa main et contemple un moment la sculpture. Puis elle se lève, secoue les mains comme pour évacuer une tension et sort de sa chambre.

Non, je ne crois pas que cette sculpture soit le symbole de sa rébellion. Je crois que c'est un souvenir de Tobias. En fait, je n'avais jamais réalisé qu'en quittant la ville clandestinement, Tobias n'était pas seulement un rebelle bravant l'interdiction de son leader, mais aussi un fils abandonnant sa mère. Et visiblement, elle en souffre.

Et lui ?

Aussi difficile que soit leur relation, ce genre de liens ne se brisent jamais tout à fait. C'est impossible.

Zoe pose la main sur mon épaule.

— Tu voulais me demander quelque chose ?

J'acquiesce d'un hochement de tête en me détournant de l'écran. Zoe était petite sur la photo où elle figure avec ma mère, mais elle y était ; elle sait peut-être quelque chose. J'aurais voulu questionner David, mais en tant que directeur du Bureau, il n'est pas très disponible.

— C'est à propos de mes parents, dis-je. Je suis en train de lire le journal de ma mère, et je me pose des questions, y compris sur des choses aussi simples que la manière dont ils se sont rencontrés, ou pourquoi ils ont intégré tous les deux les Altruistes.

Zoe hoche lentement la tête.

— Je vais te dire tout ce que je sais. Ça t'ennuie de m'accompagner aux labos ? Je dois dire un truc à Matthew.

Elle croise les mains dans son dos. J'ai emporté la tablette que m'a donnée David. Elle est couverte d'empreintes de doigts et tiède à force d'être dans mes mains. Je comprends qu'Evelyn n'arrête pas de toucher cette sculpture – c'est tout ce qui lui reste de son fils, comme cette tablette est tout ce qui me reste de ma mère. Je me sens plus proche d'elle quand je l'ai avec moi.

Je crois que c'est pour ça que je ne peux pas la donner à Caleb, même s'il a le droit de lire le journal. Je ne suis pas sûre d'être prête à la lâcher.

— Ils se sont rencontrés au lycée, dit Zoe. Ton père avait beau être quelqu'un de très intelligent, il a toujours eu du mal à comprendre le concept de la psychologie, et le professeur – un Érudit, en toute logique – était très dur avec lui. Alors ta mère a proposé de l'aider après les cours, et il a raconté à ses parents qu'il travaillait sur un projet scolaire. Ça a duré plusieurs semaines, puis ils ont commencé à se voir en cachette – je crois que l'un de leurs lieux de rendez-vous préférés était la fontaine qui se trouve dans Grant Park, pas loin du Millenium Park. La fontaine de Buckingham, c'est ça ? Elle est au bord du marais, je crois.

J'imagine mon père et ma mère assis au bord de cette fontaine, avec le jet d'eau à l'arrière-plan. Je sais que cette fontaine ne fonctionne plus depuis longtemps et qu'il ne pouvait pas y avoir de jet d'eau, mais je trouve l'image plus jolie avec.

— La cérémonie du Choix approchait, et ton père avait hâte de quitter les Érudits parce qu'il pressentait qu'une chose horrible…

— Quoi ? Qu'est-ce qu'il pressentait ?

— Eh bien, il s'entendait bien avec Jeanine Matthews, me répond Zoe. Un jour, il l'a vue faire une expérience sur un sans-faction en échange de vêtements, ou de nourriture… Bref, elle testait le sérum inducteur de peurs qui a été introduit plus tard dans l'initiation des Audacieux. Parce qu'au début, les simulations de peurs n'exploitaient pas les peurs individuelles de la personne, c'était juste des phobies génériques, comme la peur du vide ou des araignées… Et Norton, le dirigeant des Érudits de l'époque, qui assistait à l'expérience, l'a laissée se poursuivre bien au-delà de ce qu'il aurait dû. Le sans-faction en a gardé des séquelles irréversibles. Pour ton père, ça a été la goutte d'eau qui a fait déborder le vase.

Zoe s'arrête devant la porte des labos pour l'ouvrir avec son badge. On entre dans le bureau un peu miteux où David m'a donné le journal de ma mère. Matthew est toujours à son poste, le nez à cinq centimètres de son écran, les yeux plissés, et réagit à peine à notre arrivée.

Je m'assieds sur une chaise à côté du bureau vide, les mains serrées sur mes genoux, avec l'envie de sourire et de pleurer en même temps. Mon père n'était pas quelqu'un de facile. Mais c'était quelqu'un de bien.

— Ton père voulait quitter les Érudits et ta mère ne voulait pas y entrer, mission ou pas mission. Et comme elle voulait rester avec lui, ils ont choisi les Altruistes tous les deux.

Après une pause, Zoe reprend :

— Ça a jeté un froid entre ta mère et David, comme tu as sûrement dû le lire dans son journal. Il a fini par s'excuser, mais en précisant qu'il ne pouvait plus réceptionner ses messages. Je ne sais pas pourquoi ; il n'a pas voulu le dire. À partir de là, les rapports de ta mère sont devenus beaucoup plus courts, plus formels. Raison pour laquelle ils n'ont pas été repris dans son journal.

— Mais elle a quand même pu continuer à remplir sa mission chez les Altruistes ?

— Oui. Et je crois qu'elle y a été bien plus heureuse qu'elle ne l'aurait été chez les Érudits, poursuit Zoe. Bien sûr, il s'est avéré que les Altruistes n'étaient pas meilleurs, sous certains aspects. À croire qu'on se fait toujours rattraper par les déficiences génétiques. Même les dirigeants Altruistes n'y ont pas échappé.

Je fronce les sourcils.

— Tu parles de Marcus ? C'est un Divergent. Les déficiences génétiques n'ont rien à voir là-dedans.

— Un homme cerné par les comportements d'individus génétiquement lésés ne peut pas faire autrement que les imiter, me réplique Zoe. Au fait, Matthew, David veut organiser une réunion avec ton superviseur pour discuter du développement d'un sérum. Comme Alan a complètement oublié la dernière fois, je me demandais si tu pouvais l'accompagner cette fois-ci.

— Pas de problème, répond Matthew sans lever les yeux de son ordinateur. Je lui demanderai de fixer une heure.

— Super. Bon, il faut que j'y aille. J'espère que j'ai répondu à tes questions, Tris.

Elle me sourit et file sans attendre ma réponse.

Je reste assise, le dos voûté, les coudes appuyés sur les genoux. Marcus est un Divergent – génétiquement pur, comme moi. Je n'accepte pas l'idée qu'il soit mauvais parce qu'il a vécu entouré de personnes génétiquement lésées. C'était aussi valable pour moi. Comme pour Uriah ou pour ma mère. Or aucun de nous n'a jamais frappé ceux qu'il aime à coups de ceinture.

— Il y a des failles dans son raisonnement, hein ? remarque Matthew.

Il m'observe de derrière son bureau, en pianotant sur son accoudoir.

— Ouais, on peut dire ça.

— Ici, il y en a qui mettent tout sur le dos des lésions génétiques, reprend-il. C'est plus facile à accepter que la vérité, qui est qu'ils ne savent pas tout sur les gens ni sur les raisons de leurs actes.

— Tout le monde cherche des coupables pour expliquer les problèmes qu'il y a dans le monde. Pour mon père, c'étaient les Érudits.

— Dans ce cas, je ne devrais peut-être pas te dire que j'ai toujours eu un faible pour eux, me glisse-t-il avec un petit sourire.

— C'est vrai ? dis-je en me redressant. Pourquoi ?

— Bah, au fond, je suis assez d'accord avec leur philosophie.

L'idée que les gens auraient beaucoup moins de problèmes s'ils n'arrêtaient jamais d'apprendre des choses.

— Moi, je me suis toujours méfiée d'eux, dis-je en calant mon menton dans une main. Mon père les détestait et j'ai appris à les détester aussi, eux et leurs idées. Mais je pense aujourd'hui qu'il avait tort. Ou du moins qu'il avait des préjugés.

— Sur les Érudits ou sur le savoir ?

Je hausse les épaules.

— Les deux. Beaucoup d'Érudits m'ont aidée alors que je ne leur demandais rien. Will, Fernando, Cara... C'était tous des Érudits, et tous parmi les gens les plus chouettes que j'aie connus, même brièvement. Ils avaient tellement envie de rendre le monde meilleur... Ce que Jeanine a fait n'a rien à voir avec une soif de savoir qui aurait dévié en soif de pouvoir, comme le pensait mon père. Elle était surtout terrifiée par l'immensité du monde et le sentiment d'impuissance que ça lui inspirait. C'est peut-être les Audacieux qui avaient raison...

— Il y a un vieux proverbe qui dit : « Savoir, c'est pouvoir », déclare Matthew. Pouvoir faire le mal, comme Jeanine... ou le bien, comme nous ici. Le pouvoir en lui-même n'est pas nocif. Donc le savoir en lui-même ne l'est pas non plus.

— Je suppose que j'ai grandi avec un sentiment de méfiance vis-à-vis des deux. Pour les Altruistes, le pouvoir ne devrait être donné qu'à ceux qui n'en veulent pas.

— C'est un point de vue intéressant. Mais il est peut-être temps pour toi de dépasser ta méfiance.

Matthew glisse une main sous son bureau et en sort un livre. Un gros livre à la couverture usée et aux coins cornés, intitulé *Biologie humaine*.

— C'est un ouvrage un peu rudimentaire, mais il m'a aidé à comprendre ce qu'est un être humain, m'explique-t-il. C'est-à-dire une machine biologique extrêmement complexe et mystérieuse et, encore plus incroyable, dotée de la capacité de s'analyser elle-même ! C'est un phénomène très particulier, unique dans l'histoire de toute l'évolution. Notre capacité à connaître le monde et à nous connaître nous-mêmes est ce qui nous rend humains.

Il me tend le livre et se retourne vers son ordinateur. Je regarde la couverture usée en passant les doigts sur la tranche. Matthew présente l'acquisition du savoir comme quelque chose de beau, de secret et de très ancien. J'ai l'impression qu'en lisant ce livre, je pourrais accomplir un retour en arrière et remonter toutes les générations de l'humanité jusqu'à la première ; que je pourrais participer à quelque chose d'infiniment plus grand et plus ancien que moi.

— Merci, dis-je.

Et ce n'est pas pour le livre, mais parce qu'il vient de me rendre quelque chose, une chose que j'avais perdue avant même d'avoir pu la posséder.

+++

Le hall de l'hôtel sent l'écorce de citron confite et le détergent, un mélange acide qui me brûle les narines. Je passe à côté d'une plante en pot sur laquelle un bouton s'apprête à éclore, en chemin pour le dortoir qui est devenu notre domicile, du moins temporairement. Tout en marchant, je frotte la tablette en verre avec le bas de ma chemise pour effacer les traces de doigts.

Caleb est seul dans le dortoir, les cheveux ébouriffés, les yeux rouges de sommeil. Il me regarde entrer et jeter le livre sur mon lit en battant des paupières. Un sentiment de révolte me noue l'estomac et je presse l'écran contre moi. « C'est son fils, me raisonné-je. Il a le droit de savoir autant que toi. »

— Si tu as quelque chose à dire, dis-le, me lance-t-il.

— Maman a vécu ici, lâché-je, trop vite et trop fort, comme si j'avouais un secret longtemps enfoui. Ils l'ont trouvée dans la Marge et ils l'ont amenée ici. Elle a vécu environ deux ans dans le complexe avant de s'installer dans la ville pour empêcher les Érudits de tuer les Divergents.

Caleb cligne des yeux. Je lui tends la tablette sans me lais ser le temps de changer d'avis.

— C'est son journal. Il n'est pas très long.

Il se lève et prend la plaque de verre. Il a beaucoup grandi et me dépasse largement. Jusqu'à l'adolescence, c'était moi la plus grande, bien que j'aie presque un an de moins de lui. Ce furent nos meilleures années, avant qu'il ne devienne plus grand, meilleur, plus intelligent, plus altruiste que moi.

— Tu sais tout ça depuis longtemps ? me demande-t-il d'un air suspicieux.

— Peu importe, dis-je en reculant d'un pas. Maintenant, tu le sais aussi, c'est tout ce qui compte. Tu peux garder la tablette, au fait. J'ai tout lu.

Il essuie l'écran avec sa manche et navigue avec des doigts habiles jusqu'à la première entrée du journal de ma mère. Je m'attends à ce qu'il s'assoie pour le lire en mettant un terme à notre échange, mais il soupire.

— Moi aussi, j'ai un truc à te montrer, me dit-il. À propos d'Edith Prior. Suis-moi.

C'est la mention de ce nom, et non ce qui reste de lien entre mon frère et moi, qui me pousse à lui emboîter le pas.

À l'extérieur du dortoir, il prend le couloir, tourne à l'angle et entre dans une pièce située à l'écart de celles que j'ai visitées jusqu'ici. Elle est tout en longueur, avec des murs couverts de bibliothèques chargées de livres bleu gris tous identiques, lourds et épais comme des dictionnaires. Calée contre le mur entre les deux premières étagères, il y a une longue table en bois sous laquelle sont glissées des chaises. Caleb appuie sur l'interrupteur et une lumière pâle éclaire la pièce. Ça me rappelle le siège des Érudits.

—Je passe pas mal de temps ici, me dit-il. C'est la salle des archives. On y trouve des données sur l'implantation de Chicago.

Il longe le mur de droite en faisant courir ses doigts sur le dos des ouvrages et en sort un qu'il pose à plat sur la table. Le livre s'ouvre sur une double page où se côtoient du texte et des images.

—Pourquoi ils ne stockent pas ça sur un ordinateur? demandé-je.

—Sans doute qu'à l'époque, leur réseau informatique n'était pas encore totalement sécurisé, me répond-il sans relever la tête. Les données informatiques laissent toujours des traces, tandis que le papier, ça se détruit. On peut toujours s'en débarrasser si on ne veut pas que ça tombe entre de mauvaises mains. C'est parfois plus sûr de ne garder des infos que sur papier.

Ses yeux verts vont et viennent à la recherche d'un passage tandis qu'il feuillette rapidement le livre d'un œil expert. Je songe à la manière dont il nous a caché cette facette de lui-même en dissimulant des livres derrière sa tête de lit, avant de faire couler son sang dans l'eau des Érudits le jour de la cérémonie du Choix. Ce jour-là, j'aurais dû comprendre que c'était un menteur, qu'il ne connaissait de loyauté qu'envers lui-même.

Ma répulsion de tout à l'heure reprend le dessus. J'ai du mal à supporter de me retrouver seule avec lui, dans cette pièce fermée, avec juste une table entre nous.

— Ah, voilà.

Il pose l'index sur une page et incline le livre pour me permettre de lire.

On dirait la copie d'un contrat, un vieux contrat manuscrit écrit à l'encre :

Je, soussignée Amanda Marie Ritter, de Peoria, Illinois, accepte les conditions ci-après:

• la procédure de traitement génétique telle que définie par le Bureau de Bien-Être Génétique: un traitement de génie génétique conçu pour réparer les gènes définis comme « déficients » en page trois du présent document;

• la procédure de réinitialisation telle que définie par le Bureau de Bien-Être Génétique: un processus d'effacement de la mémoire conçu pour faciliter l'intégration du participant à l'expérience.

Je déclare avoir été pleinement informée des risques et des bénéfices de ces procédures par un membre du Bureau de Bien-Être Génétique. Je comprends qu'elles incluent un nouvel environnement et une nouvelle identité fournis par le Bureau, et que je serai transférée dans l'implantation de Chicago, Illinois, où je passerai le reste de ma vie.

J'accepte de me reproduire au moins deux fois pour donner à mes gènes réparés les meilleures chances de survie. Je comprends que j'y serai incitée une fois rééduquée par la procédure de réinitialisation.

Je donne également mon consentement pour que cette expérience se poursuive sur mes enfants et les enfants de mes enfants, etc., jusqu'à la date où le Bureau de Bien-Être Génétique jugera celle-ci achevée. Mes descendants seront alors informés du passé artificiel qui m'aura été donné suite à la procédure de réinitialisation.

Amanda Marie Ritter

Amanda Marie Ritter. C'est la femme de la vidéo, Edith Prior, mon ancêtre.

Je me tourne vers Caleb. L'exaltation de la découverte allume des étincelles dans ses yeux, au point qu'on les dirait reliés par du courant électrique.

Notre ancêtre.

Je tire une chaise pour m'asseoir.

— C'était l'ancêtre de papa ?

Caleb hoche la tête et s'installe en face de moi.

— En remontant sur sept générations, oui. Une tante. La sœur de notre arrière-arrière-arrière... grand-père.

— Et ça, c'est...

— Un formulaire de consentement pour participer à l'expérience. Les notes de bas de page précisent qu'il s'agit d'un premier jet. Elle faisait partie du Bureau, et des premiers concepteurs du projet. Les membres du Bureau n'ont pas été nombreux à s'y prêter ; la plupart des candidats ne travaillaient pas pour le gouvernement.

Je relis les mots pour essayer de leur donner un sens. Quand j'ai vu Edith sur la vidéo, j'ai trouvé tout à fait logique qu'elle devienne l'une des résidentes de la ville, qu'elle s'immerge dans nos factions, qu'elle se porte volontaire pour quitter tout ce qu'elle a quitté. Mais c'était avant de savoir à quoi ressemblait la vie en dehors de la ville, et elle ne me paraît pas aussi horrible que dans la description qu'elle en fait dans son message.

Elle nous a brillamment manipulés dans cette vidéo, réalisée pour nous maintenir dans la vision véhiculée par le Bureau – « Notre combat contre la violence et la cruauté ne traite que les symptômes d'une maladie. Vous, vous en êtes le remède. Si je vous laisse ces images, c'est pour que vous soyez informés, quand l'heure sera venue pour vous de nous aider. »

On ne peut pas appeler ça un mensonge, le Bureau étant persuadé que des gènes réparés contribueront à arranger les choses, que si l'on s'intègre dans la population générale pour y transmettre nos gènes, le monde deviendra meilleur. Mais ils n'avaient pas besoin que les Divergents quittent la ville telle une armée en marche pour lutter contre l'injustice et sauver le monde, comme Edith le laissait supposer. Je me demande si elle croyait ce qu'elle disait, ou si elle s'est contentée de faire ce qu'on lui demandait.

Il y a une photo d'elle sur la page suivante, la bouche volontaire, des mèches de cheveux bruns flottant autour de son visage. Elle a dû vivre quelque chose de terrible pour être prête à laisser effacer sa mémoire et à se reconstruire en partant de rien.

— Tu sais pourquoi elle s'est portée volontaire ? demandé-je à Caleb.

Il secoue la tête.

— Les archives laissent entendre, bien qu'elles restent assez vagues, que des gens ont accepté de participer à l'expérience pour aider leur famille à sortir d'une extrême pauvreté. On leur offrait un dédommagement mensuel pendant plus de dix ans. Mais ce n'était clairement pas la motivation d'Edith, puisqu'elle travaillait pour le Bureau. Je pense qu'elle a vécu un traumatisme, quelque chose qu'elle voulait absolument oublier.

Je fixe la photo, perplexe. Je ne peux pas imaginer un niveau de pauvreté tel qu'il motive quelqu'un à oublier sa propre vie et tous ceux qu'il a aimés pour permettre aux siens de toucher une allocation. Même si je n'ai guère connu autre chose qu'un régime à base de légumes et de pain Altruiste, et un confort réduit au strict minimum, je n'ai jamais été dans le besoin. La situation de ces gens devait être bien pire que tout ce que j'ai vu dans la ville.

Je n'arrive pas non plus à imaginer ce qui a pu pousser Edith à cette extrémité. Peut-être n'y avait-il simplement personne autour d'elle qui vaille la peine qu'elle s'en souvienne.

— Je me suis penché sur d'autres cas où des gens donnent leur consentement au nom de leurs descendants, me dit Caleb. Je pense que c'est un dérivé de la règle du consentement parental pour les enfants mineurs, mais ça me paraît quand même un peu bizarre.

— Quelque part, chacun influence le destin de ses enfants, ne serait-ce que par ses propres choix de vie, éludé-je. Est-ce qu'on aurait choisi les mêmes factions si papa et maman n'avaient pas choisi les Altruistes ? Va savoir. Peut-être qu'on se serait sentis tout aussi étouffés. Mais on aurait aussi pu évoluer différemment.

Une pensée s'insinue dans ma tête comme un serpent. *On serait peut-être devenus des gens meilleurs. Des gens qui ne trahissent pas leur propre sœur.*

Je garde les yeux rivés sur la table. Pendant quelques instants, je n'ai pas eu de mal à maintenir l'illusion que nous étions des frère et sœur normaux. Mais on ne peut jamais tenir la réalité – et la colère – très longtemps à distance avant qu'elle ne vous saute à la figure. En relevant les yeux vers lui, je me rappelle l'avoir regardé exactement ainsi, alors que j'étais prisonnière au siège des Érudits. Et je me dis que je suis trop fatiguée pour continuer à me battre contre lui ou pour écouter ses excuses ; trop fatiguée pour me soucier que mon frère m'ait abandonnée.

— Edith a bien intégré les Érudits ? demandé-je sèchement. Bien qu'elle ait pris un nom d'Altruiste ?

Il ne semble pas s'apercevoir de mon changement de ton.

— Oui ! En fait, la plupart de nos ancêtres étaient des Érudits. Il y a eu quelques exceptions : des Altruistes et un ou deux Sincères. Mais la lignée est plutôt cohérente.

Un courant glacé me traverse.

— Et je suppose que dans ton esprit tordu, ça te fournit une excuse pour les actes que tu as commis, dis-je d'un ton plat. Pour avoir intégré les Érudits et les avoir soutenus jusqu'au bout. C'est vrai, ça, si tu es censé faire partie de leur faction dès le départ, la formule « la faction avant les liens du sang » devient moralement acceptable...

— Tris...

Ses yeux implorent ma compréhension, mais je ne peux pas, je ne veux pas le comprendre.

Je me lève.

— Bien, maintenant, je suis au courant pour Edith et toi pour maman. Parfait. On peut en rester là.

Parfois, quand je le regarde, ma seule envie est de pouvoir éprouver de la compassion pour lui ; et à d'autres moments, je dois me retenir de l'étrangler. Là, j'ai juste envie de me sauver et d'oublier que ce moment a jamais existé. Je sors de la salle des archives et repars en courant jusqu'à l'hôtel en faisant crisser mes semelles sur le carrelage. Je cours jusqu'à sentir l'odeur d'écorce de citron et, enfin, je m'arrête.

Tobias se tient dans le hall devant le dortoir. Je suis essoufflée, mon pouls bat jusque dans le bout de mes doigts. Je suis submergée par mes émotions et tout se confond, la douleur de la perte, l'incompréhension, la colère et le manque.

– Ça va, Tris ? me demande Tobias en fronçant les sourcils d'un air inquiet.

Toujours le souffle court, je lui fais signe que non et je le plaque contre le mur de tout mon corps, ma bouche sur la sienne. Sa première réaction est de me repousser, puis il doit se dire qu'il se moque de savoir si je vais bien, s'il va bien, qu'il se moque de tout. On n'a pas été seuls tous les deux depuis des jours. Des semaines. Des mois.

Ses doigts se glissent dans mes cheveux, et je me retiens à ses bras pour garder l'équilibre tandis qu'on se presse l'un contre l'autre comme deux lutteurs de force égale. Il est plus fort que tous ceux que je connais, et plus doux aussi que personne ne pourrait le deviner. Tobias, c'est mon secret, que je garderai toute ma vie.

Il se penche pour embrasser ma gorge, avec passion, et ses mains descendent jusqu'à ma taille. J'arrime mes doigts aux passants de sa ceinture en fermant les yeux. À cet instant, je sais exactement ce que je veux : retirer chaque épaisseur de vêtements qui nous sépare, enlever tout ce qui nous sépare, passé, présent et futur.

Des pas et des rires s'élèvent au bout du couloir et l'on s'écarte l'un de l'autre. Quelqu'un – Uriah, sans doute – émet un sifflement, mais il est étouffé par le sang qui bat dans mes oreilles.

Les yeux de Tobias croisent les miens et, comme la première fois que je l'ai vraiment regardé pendant l'initiation, après la simulation de peur, cet échange de regards est trop long, trop insistant.

— La ferme, idiot ! lancé-je à Uriah sans tourner la tête.

Ils entrent dans le dortoir et on les suit comme si de rien n'était.

CHAPITRE VINGT-TROIS

TOBIAS

CE SOIR-LÀ, en posant ma tête lourde de pensées sur l'oreiller, j'entends un bruit de froissement sous ma joue. On a glissé un mot sous mon oreiller.

T.

Retrouve-moi devant l'hôtel à vingt-trois heures. Il faut que je te parle.

Nita

Je me tourne vers le lit de Tris. Elle est étendue de tout son long sur le dos. Une mèche de cheveux retombe sur sa bouche et se soulève à chaque expiration. Je ne veux pas la réveiller, mais ça me fait bizarre d'aller rejoindre une autre fille en pleine nuit sans lui en parler. En particulier en ce moment où on s'efforce d'être honnêtes l'un envers l'autre.

Ma montre indique onze heures moins dix.

Nita est juste une copine, songé-je. *Tu pourras toujours le dire à Tris demain. C'est peut-être urgent.*

Je repousse mes couvertures et j'enfile mes chaussures ; ces temps-ci, je dors tout habillé. Je passe devant le lit de Peter, puis celui d'Uriah. Le bouchon d'une bouteille d'alcool dépasse de sous son oreiller. Je l'attrape entre deux doigts et le glisse en passant sous l'oreiller d'un lit inoccupé. Je n'ai pas veillé sur Uriah aussi bien que je l'avais promis à Zeke.

Dans le couloir, je noue mes lacets et je lisse mes cheveux. J'ai laissé tomber la coupe des Altruistes à l'époque où je voulais que les Audacieux me considèrent comme un leader potentiel, mais ce vieux rituel me manque ; le bourdonnement de la tondeuse et le mouvement appliqué des ciseaux, la concentration sur le toucher plutôt que sur la vue. Quand j'étais petit, c'était mon père qui me coupait les cheveux. Il ne faisait pas attention et m'égratignait souvent la nuque ou m'éraflait les oreilles. Mais il ne se plaignait jamais de devoir me couper les cheveux. C'était déjà ça.

Nita tape nerveusement du pied par terre. Elle a mis une chemise blanche à manches courtes et s'est noué les cheveux en queue de cheval. Elle me sourit, d'un sourire qui ne monte pas jusqu'aux yeux.

— Tu as l'air inquiète, observé-je.

— Parce que je le suis. Viens, j'ai quelque chose à te montrer.

Elle m'entraîne dans des couloirs mal éclairés, vides à l'exception de quelques agents d'entretien. Ils semblent tous la connaître et la saluent d'un signe ou d'un sourire. Elle met les mains dans les poches de son pantalon et détourne soigneusement les yeux chaque fois que nos regards se croisent.

Elle ouvre une porte et on entre dans une grande salle ronde, dont le centre est surmonté d'un lustre. Le sol est en parquet ciré et les murs sont couverts de plaques de bronze luisant sous la lumière, sur lesquelles sont inscrits des dizaines de noms.

Nita va se placer sous le lustre et étend les bras pour englober la pièce.

— Voilà les arbres généalogiques de toutes les familles de Chicago, m'annonce-t-elle. *Vos* arbres généalogiques.

Je m'approche de l'un des murs et je commence à parcourir les colonnes à la recherche de noms familiers. Je finis par en trouver : Uriah et Ezekiel Pedrad. En face de chacun de ces deux noms figure un petit « AUAU » ainsi qu'un point à côté de celui d'Uriah, qui semble fraîchement gravé. Le signe de sa Divergence, probablement.

— Tu sais où se trouve le mien ?

Elle traverse la salle pour aller toucher un autre panneau.

— Les générations sont matrilinéaires. C'est pour ça que le dossier de Jeanine sur Tris indiquait « deuxième génération » : parce que sa mère venait de l'extérieur de la ville. Je ne sais pas comment elle l'a appris, et on ne le saura sans doute jamais.

Je m'approche avec appréhension de la plaque qui porte mon nom, sans trop savoir ce qui m'effraie à l'idée de lire ceux de mes parents et le mien gravés dans le bronze. Une ligne verticale relie Kristin Johnson à Evelyn Johnson, et une ligne horizontale relie Evelyn à Marcus Eaton. Dessous, il n'y a qu'un nom : Tobias Eaton, suivi en petit des lettres « ALAU » et d'un point, bien que je sache maintenant que je ne suis pas un vrai Divergent.

— Les deux premières lettres indiquent ta faction d'origine et les deux suivantes, celle de ton choix. Ils se sont dit qu'il serait plus facile de suivre l'évolution des gènes s'ils gardaient une trace des factions.

Les lettres de ma mère sont : « ERALSF ». SF signifiant « sans-faction », je présume.

Le nom de mon père est suivi de « ALAL » et d'un point.

Je suis des doigts la ligne qui me relie à eux, puis celle qui relie Evelyn à ses parents, et ainsi de suite jusqu'à la huitième génération en comptant la mienne. Cet arbre illustre ce que j'ai toujours su, que je suis lié à eux, rattaché pour toujours à cet héritage vide, même si je fuis à l'infini.

— Je te remercie de m'avoir montré ça, dis-je, gagné par un sentiment d'abattement, mais je ne vois pas trop pourquoi ça devait se faire en pleine nuit.

— J'ai pensé que ça t'intéresserait, mais il y a autre chose dont il faut que je te parle.

— D'autres arguments pour me démontrer que je me définis par mes limites ? dis-je en secouant la tête. Non merci. J'ai ma dose.

— Non, me répond-elle. Mais je suis contente que tu me dises ça.

Elle s'adosse au panneau, masquant le nom d'Evelyn derrière son épaule. Je recule. Je n'ai pas envie d'être près d'elle au point de distinguer l'anneau de brun plus clair autour de ses pupilles.

— La conversation qu'on a eue hier, sur les dégâts génétiques... en fait, c'était un test. Je voulais voir ta réaction, pour savoir si je pouvais te faire confiance. Si tu avais accepté mon discours à propos de tes limites, j'en aurais conclu que non.

Elle se rapproche un peu en glissant le long de la plaque, cachant maintenant les noms de mes deux parents.

— Figure-toi que ça ne m'emballe pas plus que ça d'être catégorisée comme « déficiente ».

Je repense à la manière dont elle a presque craché l'explication du verre brisé tatoué dans son dos, comme si c'était du poison.

Mon cœur s'accélère, au point que je le sens battre dans ma gorge. Son ton enjoué a laissé place à de l'amertume et ses yeux ont perdu leur chaleur. J'ai peur d'elle, peur de ce qu'elle va me dire – et en même temps, je suis excité, parce que ça me libère de l'idée que je suis plus petit que je le croyais.

— J'imagine que ça ne t'emballe pas non plus, reprend-elle.

— Effectivement.

— Il y a plein de secrets, ici. L'un d'eux est qu'aux yeux du Bureau, les GD ont une valeur toute relative. Un autre secret est que quelques-uns d'entre nous refusent de subir ça passivement.

— Qu'est-ce que tu veux dire par « valeur relative » ?

— Des crimes graves ont été commis contre les gens comme nous, m'explique Nita. Et ils ont été cachés. Je pourrai te montrer des preuves si tu veux, mais plus tard. Pour l'instant, je peux juste te dire qu'on travaille contre le Bureau pour la bonne cause, et qu'on voudrait que tu te joignes à nous.

Je plisse les yeux.

— Pourquoi ? Qu'est-ce que vous attendez de moi, exactement ?

— Dans l'immédiat, je te propose juste de voir à quoi ressemble le monde à l'extérieur de l'enceinte.

— Et tu me demandes quoi en échange ?

— Ta protection. Je vais dans un endroit dangereux et je ne peux en parler à personne au Bureau. Je prends moins de risques en faisant confiance à quelqu'un de l'extérieur, et je sais que tu es capable de te défendre. Et en venant avec moi, tu auras la preuve que ce que je dis est vrai, achève-t-elle en posant le bout des doigts sur son cœur comme si elle prêtait serment.

Je suis passablement sceptique, mais ma curiosité l'emporte. Je n'ai pas de mal à croire que le Bureau est capable d'actes répréhensibles ; tous les gouvernements que je connais en ont commis, y compris l'oligarchie des Altruistes, avec mon père à sa tête. Et au-delà de ce doute raisonnable, Nita me redonne l'espoir que je ne suis pas lésé, que je vaux plus que les gènes abîmés que je pourrais transmettre à mes enfants.

Alors je décide de suivre le mouvement. Pour le moment.

— D'accord, dis-je.

— Mais avant que je te montre quoi que ce soit, tu dois accepter de ne parler à personne de ce que tu vas voir, même pas à Tris. Ça te va ?

— Pourquoi est-ce que je ne pourrais pas lui en parler ? Elle est fiable, tu sais.

J'ai promis à Tris de ne plus avoir de secrets pour elle. Je ne devrais pas me mettre dans des situations qui m'obligent à recommencer.

— Je ne dis pas le contraire. C'est juste qu'elle n'a pas les compétences dont on a besoin, et qu'on ne tient pas à faire courir aux gens des risques inutiles. Le Bureau ne veut pas qu'on s'organise, tu comprends ? Refuser l'idée qu'on est « déficients », c'est dire que tout ce qu'ils font – les implantations, les modifications génétiques, tout – est une perte de temps. Et personne n'a envie d'entendre qu'il a travaillé toute sa vie au service d'une imposture.

Je vois très bien de quoi elle parle. C'est comme quand j'ai découvert que le système des factions était artificiel, conçu par des scientifiques pour nous maintenir sous contrôle le plus longtemps possible.

Nita s'écarte du mur et me fournit le seul argument capable de me convaincre :

— Si tu lui parles, tu la prives du choix que je suis en train de te donner. Tu la forces à devenir ta complice. Alors qu'en te taisant, tu la protèges.

Je promène les doigts sur mon nom gravé sur la plaque de bronze, Tobias Eaton. Ce sont mes gènes, c'est mon problème. Je ne veux pas mêler Tris à tout ça.

— OK, c'est d'accord, dis-je. Je te suis.

+++

Je regarde le faisceau de sa lampe torche sautiller au rythme de ses pas. On vient de récupérer un sac dans un placard à balais – Nita avait tout préparé. On s'enfonce dans des couloirs souterrains, au-delà de la salle où se réunissent les GD, jusque dans un couloir dépourvu d'électricité. À un moment, elle s'arrête, s'accroupit et explore le sol à tâtons, jusqu'à ce que ses doigts trouvent un loquet. Elle me tend la lampe torche, tire le loquet et soulève une trappe fondue dans le carrelage.

— C'est une issue de secours, m'explique-t-elle. Ils l'ont creusée à leur arrivée ici, en cas d'urgence.

Elle sort un tube noir de son sac et en dévisse l'extrémité. Une gerbe d'étincelles en jaillit aussitôt et teinte sa peau de rouge. Elle le jette dans l'ouverture et il tombe sur quelques mètres, en laissant une traînée de lumière sur ma rétine. Nita cale son sac sur ses épaules, s'assied au bord du trou et saute.

Je vois bien que ce n'est pas très haut, mais la profondeur paraît démultipliée par le trou qui s'ouvre sous mes pieds. Je m'assieds à mon tour, et je reste ainsi plusieurs secondes, à fixer les ombres noires que dessinent mes chaussures sur la lueur rouge de la fusée éclairante, avant de me jeter dans le vide.

— Intéressant, commente Nita quand j'atterris. J'avais oublié que tu avais le vertige.

— Je n'ai pas peur de grand-chose d'autre ! répliqué-je.

— Pas besoin d'être sur la défensive, répond-elle en souriant.

On avance dans un tunnel, moi avec la lampe torche, elle tenant la fusée lumineuse tendue devant elle. Le passage est juste assez large pour qu'on marche à deux de front, et juste assez haut pour que je me tienne droit. Ça sent la terre, le moisi et l'air confiné.

J'enjambe une flaque. Mes semelles adhèrent au sol graveleux.

— Au fait, reprend-elle, je voulais te demander un truc à propos de tes peurs. Je repense à la troisième, quand tu dois tirer sur cette femme. C'est qui ?

La fusée s'éteint ; il ne reste que la lampe torche pour nous guider. Je m'arrange pour laisser plus d'espace entre nous. Je n'ai pas envie de la frôler dans le noir.

— Personne en particulier, dis-je. La peur, c'est de devoir la tuer.

— Tu as peur de tirer sur des gens ?

— Non. J'ai peur de ma facilité à tuer.

Elle se tait et moi aussi. C'est la première fois que je formule cela tout haut, et je me rends compte à quel point cette phrase est étrange. Combien d'hommes redoutent qu'il y ait un monstre en eux ? On est censé avoir peur des autres, pas de soi-même. On est censé être fier de son père, et non trembler à l'idée de lui ressembler.

— Je me suis toujours demandé ce qu'il y aurait dans mon paysage des peurs, dit Nita dans un chuchotement presque religieux. Quelquefois, j'ai l'impression qu'il y a des milliards de raisons d'avoir peur. Et à d'autres moments, qu'il ne reste plus rien à craindre.

Je hoche la tête dans l'obscurité, même si elle ne peut pas me voir, et on poursuit notre chemin, rythmé par le crissement de nos chaussures. Le faisceau tressautant de la lampe torche nous précède, et un courant d'air vient nous souffler au visage.

+++

Au bout de vingt minutes de marche, le tunnel forme un coude et une grosse bouffée d'air frais, presque froid, me fait frissonner. J'éteins la lampe torche et le clair de lune qui brille au bout du tunnel nous guide jusqu'à la sortie.

Le passage nous a menés quelque part dans la zone à l'abandon qu'on a traversée en voiture le jour de notre arrivée, au milieu de bâtiments en ruine. Des arbres y poussent à leur guise en crevant de leurs racines le bitume des trottoirs. À quelques mètres de nous est garée une vieille camionnette, à l'arrière recouvert d'une bâche élimée et en partie déchiquetée. Nita teste un pneu d'un coup de pied et s'installe au volant. Les clés sont déjà sur le tableau de bord.

— Elle est à qui, cette camionnette ? m'informé-je en m asseyant à côté d'elle.

— Aux gens que je vais te présenter.

— Et qui sont-ils ?

— Des amis.

Je ne sais pas comment elle s'y repère dans le dédale de rues qu'on emprunte, mais elle a l'air de trouver son chemin, esquivant les racines et les lampadaires abattus et faisant des appels de phare quand des animaux surgissent sur notre passage.

Une créature haute sur pattes, au corps brun et nerveux qui atteint à peu près le niveau des phares, avance dans la rue juste devant nous. Nita donne des petits coups de frein pour ne pas la percuter. L'animal dresse les oreilles et ses grands yeux ronds et sombres nous observent avec une curiosité circonspecte, comme un enfant.

— Il est beau, non ? me dit Nita. Je n'avais jamais vu de daims avant de vivre ici.

J'acquiesce d'un hochement de tête. C'est vrai qu'il est élégant, mais un peu hésitant, mal assuré.

Nita klaxonne et le daim s'écarte. Reprenant de la vitesse, on débouche sur une large route ouverte enjambant la voie ferrée qu'on a suivie en venant de la ville. Le complexe est le seul point éclairé dans le paysage dévasté.

On s'en éloigne en piquant vers le nord-est.

+++

On roule longtemps dans le noir avant de retomber sur des lumières électriques. Ce sont des ampoules suspendues à des fils enroulés sur de vieux lampadaires, le long d'une ruelle étroite à la chaussée éventrée.

— On est arrivés, m'annonce Nita en se garant dans une allée entre deux immeubles en brique.

— Je leur ai demandé de nous laisser des armes, dit-elle. Ouvre la boîte à gants.

J'y trouve deux couteaux enveloppés dans de vieux papiers.

— Je crois que tu te débrouilles bien avec ces trucs, non ? me demande-t-elle.

Les novices Audacieux apprenaient déjà à lancer des couteaux avant les changements apportés par Max, bien avant mon arrivée. Mais je n'ai jamais aimé ça ; ça ne pouvait que flatter le penchant des Audacieux pour le spectaculaire au détriment de l'efficacité.

— Pas trop mal, dis-je avec un petit sourire satisfait. Bien que je n'aie jamais cru pouvoir en faire quoi que ce soit.

— Eh bien, il faut croire que les Audacieux ont quand même du bon. N'est-ce pas, *Quatre* ? réplique-t-elle, un peu moqueuse.

Elle prend le plus grand couteau et moi l'autre.

Je la suis dans l'allée, un peu tendu, en faisant tourner l'arme dans ma main. Les fenêtres au-dessus de nous sont éclairées, mais par des lumières vacillantes, pas à l'électricité : des flammes de bougies, ou de lanternes.

À un moment, en levant les yeux, je distingue un rideau de cheveux et deux yeux sombres qui me fixent.

— Des gens vivent ici... dis-je.

— On est tout en bordure de la Marge, me répond Nita. À environ deux heures de route au sud de la zone urbaine de Milwaukee. Oui, des gens vivent ici. Ils n'osent plus s'installer trop loin des villes, même s'ils veulent vivre en dehors de l'influence du gouvernement.

— Pourquoi veulent-ils vivre en dehors de l'influence du gouvernement ?

J'ai assez observé les sans-faction pour savoir à quoi ressemble la vie en dehors du système. Ils avaient toujours faim, souffraient du froid en hiver, de la chaleur en été, devaient toujours lutter pour survivre. Ce n'est pas une vie facile ; on ne la choisit pas sans bonnes raisons.

— Parce qu'ils sont génétiquement déficients, me répond Nita en me jetant un coup d'œil. Théoriquement – légalement –, les GD sont égaux aux GP. Mais ça, c'est sur le papier. Dans les faits, ils sont plus pauvres, plus exposés à des condamnations, moins bien placés pour être recrutés à de bons postes... La liste est longue. C'est un vrai problème, qui remonte à la Guerre de Pureté, il y a presque deux siècles. Certains préfèrent s'installer dans la Marge, parce que c'est plus simple de tourner complètement le dos à la société que d'essayer de changer le système de l'intérieur. Comme je compte le faire.

Je repense au verre brisé tatoué sur sa peau. Je me demande depuis quand elle l'a – je me demande ce qui a allumé cette étincelle dangereuse dans ses yeux, cette exaltation dans son discours, ce qui a fait d'elle une révolutionnaire.

— Et tu vas t'y prendre comment ?

Elle serre les dents et me répond :

— En ôtant au Bureau une partie de son pouvoir.

L'allée débouche sur une avenue. Des gens rôdent le long des murs, d'autres marchent en groupes titubants en plein milieu de la chaussée, une bouteille à la main. Je ne vois que des jeunes – apparemment, il n'y a pas beaucoup d'adultes dans la Marge.

J'entends des cris devant nous et un bruit de verre qui se brise sur le trottoir. Un cercle s'est formé autour de deux silhouettes qui se battent à coups de pied et de poing.

Je m'apprête à me diriger vers eux quand Nita m'attrape par le bras et m'entraîne vers l'un des bâtiments.

— C'est pas le moment de jouer les héros, me dit-elle.

On s'approche de la porte d'un immeuble. Devant l'entrée se tient un homme grand et costaud qui fait tournoyer distraitement un couteau dans sa main. Tandis qu'on monte les marches du perron, il s'arrête pour faire passer le couteau dans son autre main, bardée de cicatrices.

Sa taille, sa dextérité, son allure balafrée et crasseuse, tout ça est censé m'intimider. Mais ses yeux me rappellent ceux du daim, grands, curieux et prudents.

— On vient voir Rafi, lui annonce Nita. On vient du complexe.

— Vous pouvez entrer, mais les armes restent dehors.

Sa voix est plus haut perchée que je ne m'y attendais, plus légère. Il aurait peut-être été quelqu'un de doux dans un environnement différent. Dans ce contexte, il ne l'est pas du tout et ne doit même pas savoir ce que ça signifie.

Moi qui ai toujours rejeté toute forme de douceur comme inutile, je me surprends à penser que quelque chose d'important s'est perdu si cet homme a été contraint de renier sa nature profonde.

— Hors de question, lui répond Nita.

— Nita, c'est toi ? demande une voix à l'intérieur.

C'est une voix expressive, musicale. Elle émane d'un homme de petite taille, très souriant, qui s'avance jusqu'à la porte.

— Je t'ai dit que tu pouvais les laisser entrer avec leurs armes. Venez, venez.

— Salut, Rafi, lui dit Nita, visiblement soulagée. Quatre, je te présente Rafi. C'est quelqu'un d'important, dans la Marge.

— Ravi de te rencontrer, me dit Rafi.

Il nous fait signe de le suivre.

Je me retrouve dans une grande salle ouverte éclairée par plusieurs rangées de bougies et de lanternes. Un peu partout sont disséminés des meubles en bois, notamment plusieurs tables, dont une seule est occupée.

Rafi rejoint la femme assise au fond de la pièce et prend place à côté d'elle. Bien qu'ils ne se ressemblent pas – c'est une rousse au physique assez opulent, lui a la peau mate et il est maigre comme un clou –, ils ont le même genre d'expression, comme deux portraits faits par le même peintre.

— En revanche, toutes les armes sur la table, ordonne Rafi.

Cette fois, Nita obéit et pose son couteau devant elle en s'asseyant en face d'eux, et j'en fais autant. La femme se débarrasse d'un pistolet.

— Qui c'est ? demande-t-elle à Nita en me désignant d'un coup de menton.

— Mon associé. Il s'appelle Quatre.

— Drôle de nom. Ça vient d'où ?

Son ton est dénué du mépris avec lequel on m'a souvent posé la question.

— Ça vient d'une des implantations, réplique Nita. Et du fait de n'avoir que quatre peurs.

Il me vient à l'esprit qu'elle a pu me présenter sous ce nom précisément pour pouvoir mentionner d'où je viens. Peut-être que ça lui donne un avantage ? Que ça me rend plus digne de confiance aux yeux de ces gens ?

— Intéressant, dit la femme en tapotant la table de l'index. Eh bien, *Quatre*, moi, je m'appelle Mary.

— Mary et Rafi dirigent la branche du Midwest d'un groupe de dissidents GD, m'explique Nita.

— Notre action s'étend à travers tout le pays – il y a un groupe pour chaque zone urbaine et des superviseurs régionaux pour le Midwest, le Sud et l'Est.

— Il n'y a rien à l'ouest ? demandé-je.

— Plus maintenant, me répond Nita. Le terrain était trop abrupt et les villes trop étendues pour que ça ait gardé un sens d'y vivre après la guerre. Il n'y a plus que des terres sauvages, là-bas.

— Alors c'est vrai, ce qu'on dit ? s'informe Mary, dont les yeux se posent sur moi en prenant la lumière comme des éclats de verre. Les habitants des implantations ne savent pas vraiment ce qui se passe à l'extérieur ?

— Bien sûr que c'est vrai, comment le sauraient-ils ? rétorque Nita.

Une profonde lassitude s'abat brusquement sur moi, comme un poids derrière mes yeux. J'ai fait partie de trop de soulèvements dans ma courte vie. Les sans-faction, et maintenant ces GD, apparemment.

— Sans vouloir interrompre les politesses, dit Mary, on ne devrait pas trop s'attarder par ici. On ne pourra pas empêcher longtemps les gens de venir fouiner dans les parages.

— C'est vrai, reconnaît Nita. Quatre, tu peux aller vérifier qu'il n'y a pas de problèmes dehors ? J'ai besoin de parler un peu à Mary et Rafi en privé.

Si on était seuls, je lui demanderais pourquoi je ne peux pas rester, pourquoi elle a pris la peine de me faire entrer si mon rôle était juste de faire le chien de garde. Mais à vrai dire, je n'ai pas encore accepté de l'aider, et elle souhaitait peut-être simplement qu'ils me rencontrent, pour une raison ou pour une autre. Alors je me lève en prenant mon couteau et je regagne la porte où le garde du corps de Rafi surveille la rue.

Sur le trottoir d'en face, la bagarre a pris fin et quelqu'un gît sur le macadam. L'espace d'un instant, il me semble qu'il bouge, puis je me rends compte que c'est parce qu'un homme est en train de lui faire les poches. Ce n'est plus une personne ; c'est un cadavre.

— Il est mort ? demandé-je dans un souffle.

— Ouaip. Ici, si on ne sait pas se défendre, on ne passe pas la première nuit.

Je fronce les sourcils.

— Dans ce cas, pourquoi est-ce que les gens viennent ici ? Pourquoi ne vont-ils pas vivre dans les villes ?

Il reste si longtemps silencieux que je me dis qu'il n'a pas dû entendre. Je regarde le voleur finir sa besogne avant de disparaître dans l'un des immeubles voisins. Enfin, l'autre me répond :

— Ici, si on meurt, on a une chance que quelqu'un se souvienne de nous. Quelqu'un comme Rafi ou un des autres chefs. Dans les villes, quand un GD se fait tuer, tout le monde s'en fiche. À ma connaissance, la pire charge qui ait été retenue contre un GP pour avoir tué un GD, c'était « homicide involontaire ». Des conneries, tout ça.

— « Homicide involontaire » ?

— Ça veut dire que le meurtre est considéré comme accidentel, m'explique la voix mélodieuse de Rafi dans mon dos. Ou en tout cas, comme nettement moins grave qu'un meurtre avec préméditation. Officiellement, bien sûr, tout le monde est traité de la même façon. Mais ça se vérifie rarement dans la réalité.

Il se campe à côté de moi, les bras croisés. En le regardant, je vois un roi contemplant son royaume, qui lui paraît beau. J'observe la rue, la chaussée craquelée et le corps sans vie aux poches retournées, les fenêtres scintillant à la lueur des flammes. Et je comprends que la beauté qu'il voit, c'est simplement la liberté, celle d'être considéré comme un homme à part entière et non pas comme quelqu'un de *déficient*.

J'ai déjà vu cette liberté, une fois, quand Evelyn m'a fait signe de la rejoindre dans son monde des sans-faction, qu'elle m'a offert de quitter les Audacieux pour devenir un individu plus complet. Mais ce n'était qu'un leurre.

— Tu viens de Chicago ? me demande Rafi.

J'acquiesce d'un hochement de tête en continuant d'observer la rue sombre.

— Et maintenant que tu en es sorti ? Que penses-tu du vaste monde ?

— Je ne vois pas tant de différence que ça entre les deux, dis-je. À part que les gens ne sont pas divisés par les mêmes choses, qu'ils ne se battent pas pour les mêmes raisons.

Les pas de Nita font grincer le parquet et elle s'arrête juste derrière nous, les mains enfoncées dans les poches.

— Merci d'avoir organisé ça, dit-elle à Rafi. Il est temps qu'on y aille.

On repart, et quand je me retourne dans la rue pour regarder Rafi, il lève la main pour me dire au revoir.

+++

Tandis qu'on regagne la camionnette, de nouveaux cris s'élèvent, des cris d'enfants, cette fois. Je perçois sur mon passage des reniflements, des gémissements, et je me revois petit, m'essuyant le nez sur ma manche, recroquevillé dans un coin de ma chambre. Ma mère nettoyait les poignets de mes chemises avec une éponge avant de les laver. Elle ne m'a jamais fait aucune remarque.

Une fois dans le véhicule, je sens que je reprends de la distance avec cet endroit et ses souffrances, et je suis prêt à me replonger dans la bulle de chaleur, de lumière et de sécurité fabriquée par le Bureau.

— J'ai quand même du mal à comprendre pourquoi des gens préfèrent vivre ici qu'en ville, déclaré-je.

— Je n'en connais qu'une qui ne soit pas une implantation, me répond Nita. Il y a l'électricité, mais elle est rationnée – chaque famille n'y a droit que quelques heures par jour. Pareil pour l'eau. Et le taux de criminalité est très élevé, officiellement à cause des lésions génétiques. Il y a aussi une police, mais ses moyens sont limités.

— Donc, le complexe est de loin le lieu de vie le plus agréable.

— En termes de ressources, oui. Mais il fonctionne sur la base du même système social que les villes. C'est juste un peu moins flagrant.

Je regarde la Marge disparaître dans le rétroviseur. Elle ne se distingue des immeubles abandonnés qui l'entourent que par la guirlande d'ampoules électriques drapée au-dessus de la ruelle.

De l'autre côté de la vitre défilent des maisons plongées dans le noir, aux fenêtres barricadées, et j'essaie de les imaginer propres et entretenues, comme elles ont dû l'être dans un lointain passé. Elles ont des jardins clos qui ont dû être autrefois verts et soignés, des fenêtres qui devaient s'illuminer le soir. Je m'imagine que les gens qui ont habité ici ont eu des vies paisibles et tranquilles.

— De quoi es-tu venue leur parler, exactement ? demandé-je à Nita.

— Il fallait que je verrouille nos plans.

À la lueur du tableau de bord, je remarque qu'elle a les lèvres abîmées, comme si elle avait le tic de les mordiller.

— Je voulais aussi qu'ils te rencontrent, qu'ils puissent mettre un visage sur les habitants des implantations reposant sur le système des factions. Au début, Mary soupçonnait les gens comme toi d'être de mèche avec le gouvernement, ce qui est faux, bien sûr. Rafi, lui... c'est le premier à m'avoir donné la preuve que le Bureau et le gouvernement nous mentaient sur notre passé.

Elle s'interrompt, comme pour me laisser le temps d'absorber le poids de ses paroles, mais je n'ai pas besoin de temps ni de silence pour la croire. Mon « gouvernement » à moi n'a jamais cessé de me mentir.

— Le Bureau nous rebat les oreilles avec un âge d'or qui aurait précédé les manipulations génétiques, un âge où tout le monde était génétiquement pur et où la paix régnait partout. Mais Rafi m'a montré de vieilles photos qui prouvent qu'il y avait des guerres.

Elle ménage une nouvelle pause.

— Et... ? demandé-je.

— Comment ça, *et* ? reprend Nita, incrédule. Si des GP ont pu, par le passé, perpétrer des violences et des destructions aussi graves que celles dont on accuse aujourd'hui les GD, comment peut-on justifier de consacrer autant de ressources et de temps à travailler sur la correction des altérations génétiques ? À quoi servent toutes ces implantations, à part à maintenir les gens dans l'illusion que le gouvernement agit pour améliorer leurs vies ?

La vérité change tout. N'est-ce pas pour cela que Tris a accepté de s'allier à mon père afin que la vidéo d'Edith Prior soit diffusée ? Elle savait que la découverte de la vérité, quelle qu'elle fût, changerait notre combat, déplacerait définitivement nos priorités. Ici, c'est un mensonge qui a tout modifié. Ces gens ont choisi de tout axer sur la réparation des gènes au lieu de lutter contre la pauvreté et la criminalité qui empoisonnent le pays.

— Mais alors pourquoi ? Pourquoi gaspiller autant de temps et d'énergie à se battre contre quelque chose qui n'est pas un vrai problème ?

— Eh bien, ceux qui se battent aujourd'hui le font sans doute parce qu'on leur a appris que c'était *vraiment* un problème. C'est encore une chose que Rafi m'a montrée – des exemples de propagande diffusée par le gouvernement sur les lésions génétiques. Mais les raisons initiales ? Je ne les connais pas. Elles sont sans doute multiples. Les préjugés contre les GD ? La volonté de contrôle, peut-être ? Contrôler les GD en leur mettant dans le crâne qu'il y a quelque chose chez eux qui n'est pas au point, et les GP en leur répétant qu'ils sont sains ? Ce genre de situation ne se met pas en place du jour au lendemain, ni pour une raison unique.

J'appuie la tête contre la vitre froide et je ferme les yeux. Trop d'informations bourdonnent dans mon cerveau pour que j'arrive à me concentrer sur une seule ; je renonce et laisse mon esprit vagabonder.

Le temps qu'on ait repris le tunnel et que j'aie regagné le dortoir, le soleil est sur le point de se lever.

Je m'assieds sur mon lit en face de Tris et je la regarde dormir en pensant à l'accord qu'on a passé, cette nuit-là, dans le Millenium Park : plus de mensonges. On a tous les deux promis. Si je ne lui raconte pas ce que j'ai vu et entendu cette nuit, je trahis cette promesse. Et dans quel but ? La protéger ? Ou juste parce que Nita me l'a demandé, alors que je la connais à peine ?

Je repousse une mèche de cheveux de son visage, doucement, pour ne pas la réveiller.

Elle n'a pas besoin que je la protège. Elle est assez forte pour se protéger tout seule.

CHAPITRE VINGT-QUATRE

TRIS

À L'AUTRE BOUT du dortoir, un stylo rouge entre les dents, Peter empile des livres pour les fourrer dans un sac. Puis il sort et j'entends son sac battre contre sa cuisse dans le couloir. J'attends qu'il se soit éloigné pour me tourner vers Christina.

— J'avais décidé de ne pas te poser de questions, mais je ne peux pas me retenir : il y a un truc entre Uriah et toi ?

Christina, étalée de tout son long sur son lit, une jambe pendant sur le côté, m'envoie balader d'un coup d'œil.

— Ben quoi ? Vous passez beaucoup de temps ensemble, insisté-je. Vraiment beaucoup.

Il fait beau aujourd'hui et le soleil filtre à travers les rideaux blancs. Je trouve que le dortoir sent le sommeil – un mélange d'odeur de lessive, de chaussettes sales, de sueur et de café. Certains ont fait leur lit, d'autres l'ont laissé en désordre, les draps en boule ou repoussés sur le côté. On vient presque tous de chez les Audacieux, mais je suis frappée par nos différences.

A la fois dans nos habitudes, notre caractère et notre conception du monde.

— Tu n'es pas obligée de me croire, mais ce n'est pas du tout ce que tu penses, me répond Christina en se redressant sur un coude. Il fait son deuil. On s'ennuie autant l'un que l'autre. Et puis, c'est *Uriah*.

— Et alors ? Justement, il est beau.

— Peut-être, mais il ne pourrait pas tenir une conversation sérieuse même si sa vie en dépendait. Ne me fais pas dire ce que je n'ai pas dit, j'adore rigoler avec lui. Mais j'ai besoin d'une relation qui ait du sens, tu vois ?

Je hoche la tête. Je vois, oui – mieux que la plupart des gens, peut-être, parce que Tobias et moi ne sommes pas spécialement des joyeux drilles.

— Et puis, poursuit-elle, toutes les amitiés ne sont pas forcées de déboucher sur des histoires d'amour. Je n'ai jamais essayé de t'embrasser, que je sache.

— C'est pas faux, dis-je en riant.

— Et toi, tu en es où avec Quatre ? me demande-t-elle d'un air malicieux. Vous vous êtes *additionnés* ?

J'enfouis mon visage dans mes mains avec un air désespéré.

— C'est la pire blague que j'aie jamais entendue.

— Tu te défiles.

— Pas d'*addition* en ce qui nous concerne, assuré-je. Du moins pas encore. Il est trop perturbé par toute cette histoire de « déficience génétique ».

— Ah, OK.

Elle s'assied sur son lit.

— Justement, qu'est-ce que tu en penses, toi, de cette histoire ? lui demandé-je.

— Je n'en sais rien, fait-elle d'un air perplexe. Je crois que ça me met en colère. Personne n'a envie de s'entendre dire qu'il a un truc qui cloche. Et encore moins au niveau génétique, vu qu'on n'y peut rien.

— Tu penses vraiment qu'il y a un truc qui cloche chez toi ?

— Quelque part, oui. C'est comme une sorte de maladie. S'ils l'observent dans nos gènes, c'est que c'est vrai, non ?

— Je ne dis pas qu'il n'y a pas de différence entre tes gènes et les miens, dis-je. Mais ça n'implique pas qu'un ADN est *abîmé* et l'autre pas. Le gène des yeux bleus n'est pas le même que celui des yeux marron, et ce n'est pas pour autant qu'il est déficient. On dirait qu'ils ont décrété arbitrairement qu'il y avait un bon type d'ADN et un mauvais.

— Seulement après avoir constaté que les comportements des GD posaient plus de problèmes, me rappelle Christina.

— Ça, ça peut s'expliquer par toutes sortes de choses.

— Je me demande pourquoi je me fais l'avocat du diable alors qu'en fait, je préférerais de loin que tu aies raison, observe-t-elle en riant. Mais tu ne crois pas que des chercheurs aussi intelligents que ceux du Bureau soient capables de déterminer les causes de comportements déviants ?

— Si, certainement. Mais je crois aussi que les gens, aussi intelligents soient-ils, ne trouvent généralement que ce qu'ils cherchent. C'est tout.

— Avoue que tu n'es pas très objective, réplique Christina. Tu as des amis – et un petit ami – concernés par le problème.

— Admettons.

Je bricole un nouvel argument qui ne me convainc pas moi-même à cent pour cent, mais que je formule quand même :

— Disons que je ne vois pas ce qu'on gagne à croire aux

déficiences génétiques. Le but serait de mieux traiter les gens ? C'est plutôt le contraire qui se passe, non ?

En outre, je constate l'effet que ça a sur Tobias, la façon dont ça le fait douter de lui-même, et je ne vois pas comment ça pourrait avoir des conséquences positives.

— On ne peut pas choisir de croire uniquement en ce qui va améliorer notre vie, m'objecte Christina. On croit à quelque chose parce que c'est vrai.

— Mais, dis-je lentement, en réfléchissant en même temps que je parle, considérer une croyance du point de vue de ses conséquences, ça peut aussi être un bon moyen de mesurer sa véracité ?

— C'est bien un raisonnement de Pète-sec, ça, commente-t-elle.

Puis, après une pause :

— Cela dit, le mien est carrément un raisonnement de Sincère. C'est dingue, où qu'on aille, pas moyen d'échapper à nos factions.

— Bah, ce n'est peut-être pas si important d'y échapper.

Tobias entre dans le dortoir, avec l'air pâle et épuisé qui ne le quitte plus ces jours-ci. Ses cheveux sont tout aplatis d'un côté à cause de l'oreiller et il porte les mêmes vêtements qu'hier.

— Bon, j'y vais, annonce Christina en se levant. Je vous laisse... *tout cet espace* rien que pour vous.

Elle englobe les lits vides d'un geste et sort du dortoir en me décochant un clin d'œil appuyé.

Tobias ébauche un sourire, trop léger pour me persuader qu'il est vraiment joyeux. Au lieu de s'asseoir à côté de moi, il s'attarde au pied de mon lit en triturant le bas de sa chemise.

— Il y a un truc dont je voudrais te parler, déclare-t-il.

— OK

Je sens une pointe d'appréhension dans ma poitrine, comme un pic sur un électrocardiogramme.

— Tu dois me promettre de ne pas te mettre en colère, reprend-il. Mais...

— Mais tu sais que je ne fais jamais de promesses que je ne suis pas sûre de pouvoir tenir, dis-je, la gorge sèche.

— C'est ça.

Il s'assied dans un creux dans les couvertures de son lit défait, sans croiser mon regard.

— Nita a laissé un mot sous mon oreiller où elle me demandait de la retrouver hier soir. Alors j'y suis allé.

Je me redresse et une vague de colère brûlante m'envahit tandis que je visualise le joli visage de Nita, les longues jambes de Nita, s'avançant vers mon petit ami.

— Une jolie fille te donne rendez-vous le soir et toi, tu y vas ? m'écrié-je. Et tu me demandes de ne pas me mettre en *colère* ?

— Il ne s'agit pas du tout de Nita et moi ! s'empresse-t-il de me détromper en me regardant enfin. Elle voulait juste me montrer quelque chose. Elle ne croit pas aux déficiences génétiques, contrairement à ce qu'elle m'avait laissé entendre. Elle a un plan pour enlever au Bureau une partie de son pouvoir et donner plus d'égalité aux GD. On est allés dans la Marge.

Il me parle du tunnel souterrain qui mène à l'extérieur, de la ville délabrée dans la Marge, de sa conversation avec Rafi et Mary. Il me parle de la guerre que le gouvernement a gardée secrète pour que personne ne sache que les GP étaient eux aussi capables d'une grande violence, et me raconte les conditions de vie des GD dans les zones urbaines sous la responsabilité du gouvernement.

À mesure qu'il me raconte tout ça, j'éprouve une méfiance

grandissante vis-à-vis de Nita, sans pouvoir déterminer d'où elle vient – de mon instinct, auquel je me fie le plus souvent, ou de la jalousie. Quand il a fini, il me regarde d'un air interrogateur et je pince les lèvres en m'efforçant de trancher.

— Qu'est-ce qui t'assure qu'elle te dit la vérité ?

— Rien. Elle a promis de me montrer des preuves ce soir. J'aimerais que tu viennes avec moi, ajoute-t-il en me prenant la main.

— Et elle est d'accord ?

Ses doigts se faufilent entre les miens.

— Ce n'est pas mon problème. Si elle a vraiment besoin de mon aide, elle sera bien obligée de faire avec.

Je baisse les yeux sur nos doigts entrelacés, sur le poignet élimé de sa chemise et le genou usé de son jean. Je n'ai aucune envie de passer du temps avec Tobias et Nita, sachant que leurs soi-disant gènes déficients leur donnent un point commun que je n'aurai jamais avec lui. Mais c'est important pour lui, et moi aussi, j'ai très envie de savoir s'il existe des preuves des méfaits du Bureau.

— OK, dis-je. Je viendrai. Mais n'imagine pas une seconde me faire avaler que son intérêt pour toi se limite à ton code génétique.

— Bien. Et toi, n'imagine pas non plus que je m'intéresse à qui que ce soit d'autre que toi.

Il passe la main derrière ma tête et m'attire à lui pour m'embrasser.

Ces paroles et ce baiser me rassurent un peu, mais mon malaise ne disparaît pas totalement.

CHAPITRE VINGT-CINQ

TOBIAS

TRIS ET MOI retrouvons Nita dans le hall de l'hôtel après minuit, au milieu des plantes en pot ornées de boutons de fleurs, dans une végétation à l'aspect sauvage savamment orchestré.

Quand Nita me voit arriver avec Tris, ses traits se crispent comme si elle venait de mordre dans un citron.

— Tu m'avais promis de ne pas en parler, me rappelle-t-elle d'un ton accusateur. Ça ne t'intéresse plus de la protéger ?

— J'ai changé d'avis.

Tris a un rire dur.

— C'est ce que tu lui as dit, que c'était pour me protéger ? Tu t'y connais, toi, en manipulation. Bien joué.

Je la regarde en ouvrant de grands yeux. Pas une seconde je n'avais envisagé que Nita puisse me manipuler, et ça m'inquiète. Il est rare que mon instinct me trompe. Mais je tiens tellement à protéger Tris, surtout depuis que j'ai failli la perdre, que je n'ai pas pris le moindre recul.

Ou alors, j'ai tellement l'habitude de mentir quand la vérité me gêne que j'ai sauté sur cette bonne excuse pour ne pas la mettre dans le coup.

— Ce n'était pas du tout de la manipulation, réplique Nita. C'est la vérité.

Elle passe une main sur son visage et lisse ses cheveux d'un air fatigué. Maintenant, elle n'a plus du tout l'air fâchée. J'aurais tendance à en conclure qu'elle ne m'a pas menti.

— Tu peux te faire arrêter rien que pour avoir appris des choses et ne pas les avoir signalées aux autorités, répond-elle. J'aurais préféré éviter ça.

— Eh bien c'est trop tard, dis-je. Tris vient avec nous. Ça te pose un problème ?

— À choisir, je préfère encore que vous veniez tous les deux plutôt que ni l'un ni l'autre, me répond-elle avec résignation. Et j'imagine que c'est ça ou rien. Alors allons-y.

+++

On traverse le complexe plongé dans le silence jusqu'aux laboratoires où travaille Nita. On ne parle pas, et chaque crissement de mes chaussures, chaque voix au loin, chaque claquement de porte me parvient décuplé. J'ai l'impression de commettre un délit, bien que théoriquement ce ne soit pas le cas. Du moins, pas encore.

Nita ouvre la porte des labos avec son badge. On longe la salle de thérapie génétique où j'ai vu le schéma de mon ADN et on s'enfonce au cœur du complexe, dans une partie que je ne connais pas. C'est sombre et sinistre, et des moutons de poussière volètent sur notre passage.

D'un coup d'épaule, Nita ouvre une deuxième porte qui donne sur une réserve. Le long des murs s'alignent des tiroirs en métal terni, dont les étiquettes portent des numéros à l'encre pâlie.

Au milieu de la pièce, un jeune homme aux cheveux blonds plaqués en arrière se tient devant une paillasse sur laquelle sont posés un ordinateur et un microscope.

— Tobias, Tris, je vous présente Reggie. C'est un ami, et c'est aussi un GD.

— Enchanté, nous dit-il en souriant.

Il nous gratifie d'une poignée de main énergique.

— Commençons par leur montrer les images, propose Nita.

Reggie touche l'écran de son ordinateur et nous fait signe d'approcher.

— Vous pouvez venir, ça ne mord pas.

Tris et moi échangeons un coup d'œil avant de nous avancer. Des images commencent à se succéder. Elles sont dans un noir et blanc déformé et granuleux. Quelques secondes me suffisent pour comprendre de quel genre d'images il s'agit : des enfants maigres aux traits tirés et aux yeux immenses, des fossés remplis de cadavres...

Les photos défilent à toute vitesse, comme les pages d'un livre tournées par le vent, et je ressens une impression d'horreur. Je finis par détourner les yeux, incapable d'en supporter davantage. Un grand silence m'emplit tout entier.

Quand je regarde Tris, son expression ressemble à la surface d'un étang ; comme si les images n'y avaient provoqué aucune vague. Puis son menton se met à trembler et elle semble faire des efforts pour le cacher.

— Regardez leurs armes, nous dit Reggie en faisant apparaître l'image d'un homme en uniforme armé d'un fusil. Ce genre d'équipement est extrêmement vieux. Les armes utilisées pendant la Guerre de Pureté étaient bien plus évoluées. Même le Bureau ne pourrait pas dire le contraire. C'est forcément un conflit très ancien, qui n'a pu être déclenché que par des gens génétiquement *purs*, puisque les manipulations génétiques n'avaient pas commencé.

— Mais comment peut-on réussir à cacher une guerre ? demandé-je.

— Les gens sont isolés, ils ont faim, répond Nita dans un murmure. Ils ne savent que ce qu'on leur dit, ils ne disposent que des informations qu'on leur donne. Et ça, c'est contrôlé par qui ? Le gouvernement.

— OK, donc le gouvernement ment sur votre... notre passé, dit Tris d'un ton nerveux, rapide et saccadé. Ça ne veut pas dire que ses intentions sont mauvaises, simplement qu'il réécrit l'histoire pour essayer de... d'améliorer le monde. Ce n'est pas très judicieux, c'est sûr.

Nita et Reggie échangent un petit regard.

— Non seulement ça, mais c'est nuisible, dit Nita.

Elle se penche vers nous en s'appuyant d'une main sur la table, et je vois la révolutionnaire reprendre le dessus sur la jeune femme, la GD sur la laborantine.

— Quand les Altruistes ont voulu révéler la vérité sur leur monde plus tôt que prévu, reprend-elle lentement, et que Jeanine a tout fait pour les en empêcher, le Bureau s'est empressé de lui fournir un sérum de simulation extrêmement sophistiqué – je parle de la simulation d'attaque qui a réduit les Audacieux à l'état d'esclaves et causé la mort des Altruistes.

Il me faut un moment pour absorber l'information.

— Ça n'a pas de sens, objecté-je enfin. Jeanine m'a expliqué que le plus gros pourcentage de Divergents – et donc, de GP – se trouvait parmi les Altruistes. Si les GP étaient assez précieux aux yeux du Bureau pour qu'il envoie quelqu'un les sauver, pourquoi aurait-il aidé Jeanine à les tuer ?

— Jeanine se trompait, intervient Tris d'une voix lointaine. Evelyn nous l'a dit. Le plus fort taux de Divergents se trouvait chez les sans-faction, pas chez les Altruistes.

Je me tourne vers Nita.

— Je ne comprends toujours pas pourquoi le Bureau aurait mis en danger autant de Divergents. Il me faudrait des preuves.

— Pourquoi crois-tu que je vous ai amenés ici ? réplique-t-elle.

Elle allume les lampes qui éclairent les rangées de tiroirs et arpente le mur de gauche.

— Il m'a fallu du temps pour réussir à accéder à cette salle, nous précise-t-elle. Et encore plus pour comprendre ce que je voyais. À vrai dire, j'ai reçu l'aide d'un GP, un sympathisant.

Sa main plane devant l'un des tiroirs du bas, dont elle sort un flacon de liquide orangé.

— Ça te dit quelque chose ? me demande-t-elle.

J'essaie de me souvenir du produit qui m'a été injecté avant le début de la simulation d'attaque, juste avant les dernières épreuves de l'initiation de Tris. C'est Max qui s'en est chargé, qui m'a piqué dans le cou comme je l'avais fait moi-même des dizaines de fois. Pendant quelques secondes, la seringue a capté la lumière, et le liquide était du même orange que celui que me montre Nita.

— Je reconnais la couleur, dis-je. Et alors ?

Nita porte le flacon jusqu'au microscope. Reggie prend une lamelle sur un plateau, y dépose deux gouttes de produit à l'aide d'une pipette et le recouvre d'une deuxième lamelle. Puis il pose l'échantillon sous le microscope, avec les gestes sûrs et précis de quelqu'un qui a répété cette action des centaines de fois.

Appuyant plusieurs fois sur l'écran, il ouvre un programme intitulé « MicroScan ».

— Ces informations sont libres d'accès, consultables par toute personne sachant se servir du matériel et connaissant le mot de passe du système – mot de passe que le sympathisant GP m'a aimablement communiqué, précise Nita. Autrement dit, elles ne sont pas très difficiles à trouver, mais personne n'a songé à les regarder de près. Et comme les GD n'ont pas le mot de passe, ils ne risquent pas de les découvrir. On archive dans cette réserve les expériences passées, les échecs, les essais périmés, tout ce qui ne sert plus.

Elle se penche sur le microscope et règle la lentille.

— Allez-y, regardez.

Reggie appuie sur une touche de l'ordinateur et des paragraphes apparaissent sous la barre MicroScan qui chapeaute l'écran. Il nous désigne un passage situé au milieu.

« Sérum de simulation v4.2. Coordonne un grand nombre de cibles. Transmet des signaux sur de longues distances. N'inclut pas l'hallucinogène de la formule originale – réalité simulée prédéterminée par le programme. »

C'est bien ça.

Le sérum de simulation d'attaque.

— Pourquoi le Bureau détiendrait-il ces informations s'il n'avait pas développé lui-même le sérum ? demande Nita. À l'origine, c'est lui qui a introduit les sérums dans les implantations. Mais en règle générale, à partir de là, il a laissé les factions les développer elles-mêmes. Si ce sérum avait été créé par Jeanine, le Bureau n'aurait pas pris la peine de le lui voler. S'il est ici, c'est qu'il a été créé ici.

Je fixe la lamelle éclairée dans le microscope, la petite tache orange qui flotte dans l'oculaire, et je lâche une expiration hachée

— Mais pourquoi ? dit Tris dans un souffle.

— Les Altruistes allaient révéler la vérité à tous les habitants de la ville. Et vous avez vu ce que ça a provoqué. Evelyn a instauré une dictature. Les sans-faction oppriment les membres des factions, qui ne manqueront pas de se soulever un jour ou l'autre. Il va y avoir beaucoup de morts. La découverte de la vérité a mis en danger l'implantation, ça, c'est incontestable. Alors il y a quelques mois, au moment où les Altruistes ont décidé de diffuser la vidéo d'Edith Prior, le Bureau a dû estimer qu'il valait mieux frapper un grand coup dans leur faction – même au prix de la vie de plusieurs Divergents – que risquer des pertes bien plus importantes dans toute la ville. Que la protection de l'implantation valait bien quelques morts chez les Altruistes. Et ils ont contacté quelqu'un qui ne pouvait qu'être d'accord avec eux : Jeanine Matthews.

Ses paroles voltigent tout autour de moi, entrent dans ma tête, y font leur chemin.

Je pose les mains à plat sur la paillasse, dont la fraîcheur me réconforte, et je fixe mon reflet déformé dans le métal brossé. J'ai beau haïr mon père depuis toujours, je n'ai jamais haï sa faction. J'ai toujours apprécié la réserve tranquille des Altruistes, leur communauté, leurs rituels. Et aujourd'hui, la plupart de ces gens doux et généreux sont morts. Assassinés par les Audacieux sur ordre de Jeanine avec le soutien du Bureau.

Et parmi eux, il y avait les parents de Tris.

Elle est parfaitement immobile, les bras ballants, le visage empourpré.

– Le voilà, le problème, avec leur croyance aveugle dans le principe des implantations, reprend Nita en s'asseyant près de nous, comme pour glisser ses paroles directement dans notre esprit. Le Bureau place la survie des implantations au-dessus de celle des GD. C'est assez évident. Et les choses pourraient encore s'aggraver.

– S'aggraver ? dis-je. Après avoir tué presque tous les Altruistes ? Comment ?

– Ça fait plus d'un an que le gouvernement menace de mettre un terme aux implantations. Elles se délitent parce que les communautés ne parviennent pas à vivre en paix. Mais David trouve toujours des solutions pour apaiser les choses in extremis. S'il y a encore un incident à Chicago, il peut recommencer. Il peut réinitialiser toutes les implantations à n'importe quel moment.

– Les *réinitialiser* ?

– Avec le sérum d'oubli des Altruistes, nous explique Reggie. En réalité, il s'agit du sérum d'oubli du Bureau. Tout le monde, hommes, femmes et enfants, devrait repartir de zéro.

– Toute leur vie serait *effacée* à leur insu, enchaîne Nita d'un ton dur, tout ça dans le but de résoudre un « problème » de déficience génétique qui n'a même pas d'existence réelle. Voilà ce que ces gens ont le moyen de faire. Personne ne devrait disposer d'un tel pouvoir.

Je me rappelle la réflexion que je me suis faite quand Johanna m'a raconté que les Fraternels inoculaient un sérum d'oubli aux patrouilles d'Audacieux : qu'en ôtant ses souvenirs à quelqu'un, on changeait son identité.

Tout à coup, je me moque de ce que peut être le plan de Nita, du moment qu'on frappe le Bureau, et fort. Ce que j'ai appris ces derniers jours m'a amené à la conclusion qu'il n'y avait rien ici qui vaille la peine d'être sauvé.

— En quoi consiste votre plan ? demande Tris d'une voix presque mécanique.

— Je vais faire entrer des amis de la Marge par le tunnel, explique Nita. Tobias, ton rôle sera de débrancher le système de sécurité pour qu'on ne se fasse pas repérer ; c'est quasiment la même technologie que celle avec laquelle tu travaillais chez les Audacieux, ça ne devrait pas te poser de problème. Ensuite, Rafi, Mary et moi, on volera le sérum d'oubli dans le Labo d'armement pour empêcher le Bureau de s'en servir. Reggie nous aide déjà en coulisses, mais il ouvrira le tunnel le jour de l'attaque.

— Et vous comptez faire quoi de ces stocks de sérum ? demandé-je.

— Les détruire, me répond Nita sans hésitation.

J'ai la sensation de me dégonfler comme une baudruche. Je ne sais pas ce que je m'étais imaginé sur les plans de Nita, mais pas ça ; pas cette timide riposte, si infime, si passive contre ces gens qui ont orchestré la simulation d'attaque et qui m'expliquent ensuite que quelque chose ne va pas dans mon code génétique, dans ce que je suis.

— C'est tout ce que vous comptez faire ? commente Tris en se détachant enfin du microscope.

Elle regarde Nita droit dans les yeux.

— Tu sais que le Bureau est coupable des meurtres de centaines de personnes, et ton plan, c'est… de leur voler du sérum ?

— Je ne t'ai pas demandé ton avis. Tes critiques, tu peux te les garder.

— Ce n'était pas une critique, rétorque Tris. Je ne te crois pas, c'est tout. Tu hais ces gens. Ça se voit à la façon dont tu parles d'eux. Quoi que tu aies l'intention de faire, je suis sûre que ça va bien au-delà de ce que tu nous racontes.

— C'est grâce à ce sérum qu'ils peuvent poursuivre leurs expériences. C'est ce qui leur permet de contrôler votre ville. S'ils ne l'ont plus, ce sera déjà pas mal.

Nita parle avec douceur, comme si elle expliquait quelque chose à un enfant.

— Je n'ai jamais dit que je comptais en rester là, reprend-elle. Mais ce ne serait pas prudent d'engager toutes les forces dès la première frappe. Il s'agit d'une course de fond, pas d'un sprint. Tobias, tu es partant ?

Mes yeux vont de Tris, rigide et tendue, à Nita, qui attend ma réponse avec décontraction. Je ne vois ni n'entends rien de ce que ressent Tris. Et dès que je considère l'hypothèse de refuser, j'ai l'impression que mon corps se ratatine sur lui-même. Je dois agir. Même si ce n'est pas grand-chose, je dois le faire, et je ne comprends pas que Tris n'éprouve pas cette nécessité comme moi.

— Oui, dis-je.

J'ignore Tris qui s'est tournée vers moi en écarquillant les yeux, incrédule.

— Je peux neutraliser le système de sécurité, mais il me faudrait un peu du sérum de paix des Fraternels. C'est possible ?

— Bien sûr, me répond Nita en souriant. Je t'enverrai un message pour te donner le timing. Allez, viens, Reggie. On va les laisser... discuter.

Reggie nous salue d'un signe de tête, d'abord moi, puis Tris, et ils quittent la pièce en refermant la porte sans bruit.

Tris me fait face, les bras croisés comme deux barres devant son corps, dans une attitude de rejet.

— Je n'arrive pas à te comprendre. Elle *ment*. Tu ne le vois pas, ça ?

— Je ne le vois pas parce qu'il n'y a *rien* à voir. Quand quelqu'un ment, je m'en rends compte aussi bien que toi. Et dans ce cas précis, je pense que ton jugement est brouillé par autre chose. La jalousie, par exemple.

— Je ne suis *pas* jalouse ! s'exclame-t-elle, furieuse. Je suis juste plus maligne que toi. Cette fille mijote quelque chose de plus gros. Et à ta place, je fuirais en courant quelqu'un qui me ment sur une action à laquelle il me demande de participer.

— Eh bien tu n'es pas à ma place. Enfin, Tris, ces gens ont tué tes parents et toi, tu ne vas rien faire ?

— Je n'ai jamais dit ça, objecte-t-elle sèchement. Mais ça ne m'oblige pas à tomber dans le premier panneau venu.

— Écoute, je t'ai mise au courant parce que je voulais être sincère avec toi, pas pour que tu me balances des jugements hâtifs sur les gens et que tu me dises ce que j'ai à faire !

— Tu as oublié la dernière fois que tu as refusé d'écouter mes « jugements hâtifs » ? me rétorque-t-elle avec froideur. Tu as fini par découvrir que j'avais raison. J'avais raison sur le fait que la vidéo d'Edith Prior allait tout changer, j'avais raison sur Evelyn et tu verras que j'ai raison pour Nita.

— Ouais, bien sûr, tu as toujours raison. Et tu avais raison aussi quand tu t'es précipitée sans armes au-devant du danger ? Quand tu m'as menti en marchant droit sur ta mort au siège des Érudits en plein milieu de la nuit ? Et à propos de Peter, tu avais raison, aussi ?

— Ne commence pas à me jeter mes erreurs à la figure.

Elle me pointe du doigt, et je me sens comme un gamin qu'on rabroue.

— Je n'ai jamais dit que j'étais parfaite, poursuit-elle. Mais toi, tu ne vois pas plus loin que le bout de ton nez. Tu as suivi Evelyn parce que tu avais désespérément besoin d'une maman, et maintenant, tu cours derrière ce truc parce que tu as désespérément besoin de te dire que tu n'es pas déficient…

Ce mot me fait frissonner.

— Je ne suis pas *déficient*, dis-je d'une voix sourde. C'est dingue que tu manques de confiance en moi au point de me dire que je ne peux pas me faire confiance moi-même. Et je n'ai pas besoin de ta permission.

Je me dirige vers la porte. Alors que ma main se referme sur la poignée, elle me lance :

— Partir pour avoir le dernier mot, ça c'est très adulte, bravo !

— Et remettre en cause les motivations d'une fille juste parce qu'elle est jolie, tu appelles ça comment ? Je crois qu'on est à égalité.

Je quitte la pièce.

Je ne suis pas un gamin désespéré et instable prêt à accorder sa confiance au premier venu. Je ne suis pas *déficient*.

CHAPITRE VINGT-SIX

TRIS

JE CALE mon front sur le microscope. Le sérum brun orangé flotte sous mes yeux.

J'étais tellement à l'affût des mensonges de Nita que j'ai à peine analysé les faits : effectivement, si les gens du Bureau ont ce sérum sous la main, ils ont sûrement dû le fabriquer et se débrouiller ensuite pour le donner à Jeanine. Je me redresse. Pourquoi Jeanine aurait-elle collaboré avec le Bureau alors qu'elle était prête à tout pour rester loin d'eux, bien à l'abri dans l'enceinte de la ville ?

Je suppose que Jeanine et le Bureau partageaient un même objectif : protéger l'implantation. Et une même terreur, celle de ce qu'il adviendrait si le projet s'interrompait. Et l'un comme l'autre étaient prêts à sacrifier des vies innocentes pour éviter ça.

J'avais espéré pouvoir m'installer ici. Mais le Bureau est un véritable nid d'assassins. Comme poussée en arrière par une force invisible, je quitte la pièce, le cœur battant la chamade.

Sans me préoccuper des quelques personnes qui traînent dans les allées, je m'enfonce dans le complexe, le « ventre de la bête », de plus en plus profondément.

« Je pourrais peut-être y faire ma vie », m'entends-je dire à Christina.

Les paroles de Tobias résonnent dans ma tête : « Ces gens ont tué tes parents. »

J'erre sans but ; j'ai juste besoin d'air et d'espace. En serrant mon badge, j'accélère en direction de la fontaine et je passe le check-point presque en courant.

Le réservoir n'est plus illuminé à cette heure-ci, mais l'eau en coule toujours, une goutte par seconde. Je suis là depuis un petit moment quand je m'aperçois que mon frère est là, de l'autre côté de la plaque de pierre noire.

— Ça va ? me demande-t-il prudemment.

Non, ça ne va pas. Je commençais à me dire que j'avais enfin trouvé un endroit où me poser, un endroit assez stable, assez intègre, assez libre pour que je puisse m'y sentir chez moi. Depuis le temps, j'aurais dû comprendre qu'un tel endroit n'existe pas.

— Non.

Il fait un pas pour contourner la fontaine dans ma direction

— Qu'est-ce qu'il y a ?

— Ce qu'il y a ? fais-je avec un petit rire. On va dire ça comme ça : je viens de découvrir que tu n'es pas la pire personne que je connaisse.

— Oh, fait Caleb. Je suis... *désolé* ?

Je réussis juste à émettre un petit grognement. Je m'accrou pis et je passe une main dans mes cheveux. Je me sens comme engourdie, et cet engourdissement me terrifie. Le Bureau est responsable de la mort de mes parents. Pourquoi ai-je besoin de me répéter cette information pour me l'enfoncer dans la tête ? Je suis idiote à ce point ?

— Tu sais ce que maman m'a dit un jour ? me dit-il, avec une façon de prononcer « maman » qui me fait grincer des dents – comme s'il ne l'avait pas trahie ! Elle m'a dit qu'on avait tous en nous quelque chose de mauvais, et que la première étape pour aimer les gens, c'était de reconnaître ce mal en soi pour pouvoir le pardonner aux autres.

— C'est ce que tu voudrais que je fasse ? dis-je d'une voix atone en me relevant. J'ai fait des trucs moches, Caleb, mais jamais je ne participerais à ton exécution si ça arrivait.

— Tu ne peux pas dire ça, répond-il d'un ton suppliant, comme s'il avait besoin de m'entendre dire que je ne vaux pas mieux que lui. Tu n'as pas été soumise au pouvoir de persuasion de Jeanine.

Quelque chose en moi se rompt comme un élastique et je lui envoie mon poing dans la figure.

Les seules images qui me viennent, ce sont celles où on m'a conduite sur la table où les Érudits devaient m'exécuter. Une table que Caleb aurait tout aussi bien pu préparer lui-même.

Je pensais avoir dépassé ma rage, mais en le voyant reculer d'un pas chancelant, les mains sur le visage, je l'attrape par un pan de sa chemise et je le pousse contre la plaque de pierre, en hurlant qu'il n'est qu'un lâche et un traître et que je vais le tuer. Je vais le tuer.

Une garde s'approche et il suffit qu'elle pose une main sur mon bras pour que je retrouve mes esprits. Je lâche Caleb, je secoue ma main douloureuse, je me retourne et je m'en vais.

+++

Dans le labo de Matthew, sur la chaise vide de son superviseur, il y a un pull beige dont la manche traîne par terre. Je n'ai jamais rencontré ce supérieur et je commence à me dire que c'est Matthew qui fait tout le travail.

Je m'assieds sur le pull et j'inspecte ma main. Je me suis blessée en frappant Caleb. Dans un sens, il y a une logique à ce que ce coup nous ait laissé des traces à tous les deux. C'est souvent comme ça que ça se passe dans la vie.

Quand je suis retournée au dortoir hier soir, Tobias n'y était pas et j'étais trop en colère pour dormir. Au cours des heures que j'ai passées à fixer le plafond, j'ai décidé que si je refusais de participer au plan de Nita, je ne ferais rien pour l'empêcher. Savoir que le Bureau est responsable de la simulation d'attaque m'a remplie de haine contre lui. Je veux le voir se détruire de l'intérieur.

Matthew me parle de science. J'ai du mal à rester attentive à ce qu'il dit.

— ... fait surtout des analyses génétiques, et je n'ai rien contre. Mais avant, on travaillait sur le moyen d'utiliser le sérum d'oubli comme un virus, avec la même rapidité de propagation et la même capacité à se répandre dans l'air. Ensuite, on a créé un vaccin contre le sérum. Un vaccin temporaire, qui ne dure que quarante-huit heures, mais quand même...

— Et... le but était de créer de nouvelles implantations plus performantes, c'est ça ? demandé-je. Plus besoin d'inoculer le sérum par piqûres, il suffit de le diffuser dans l'air ?

— Tout à fait !

Il a l'air enchanté que je m'intéresse à ce qu'il raconte.

— Mais cette méthode permet quand même de cibler ceux

qu'on veut toucher. Si on décide de laisser une partie de la population en marge de l'opération, on la vaccine juste avant de répandre le virus et il reste sans effet sur elle.

Je hoche la tête.

— Et toi, ça va ? me demande-t-il en immobilisant sa tasse de café à quelques centimètres de ses lèvres. J'ai entendu dire qu'un garde avait dû te séparer de quelqu'un, hier.

— C'était Caleb. Mon frère.

— Ah, fait Matthew en haussant un sourcil. Qu'est-ce qu'il a fait, cette fois ?

— Bah, rien de spécial.

Je frotte la manche du pull entre mes doigts. La laine est élimée, usée par le temps.

— J'étais déjà sur le point d'exploser et il est tombé au mauvais moment.

En regardant Matthew, je sais déjà ce qu'il va me demander et j'ai envie de tout lui raconter, tout ce que Nita nous a dit et montré. Mais je ne sais pas si je peux lui faire confiance.

— J'ai entendu des choses hier, dis-je, pour tâter le terrain. À propos du Bureau. À propos de ma ville et des simulations.

Il se redresse en me regardant bizarrement.

— Qu'est-ce qu'il y a ? dis-je.

— C'est Nita qui t'a raconté ces choses ?

— Oui. Comment tu le sais ?

— Je l'ai aidée une fois ou deux, notamment en la laissant entrer dans la salle d'archivage. Elle a dit quoi, exactement ?

Matthew, l'informateur de Nita ? Je le dévisage. Je n'aurais jamais imaginé que Matthew, si pressé de me montrer la différence entre mes « gènes purs » et ceux, « déficients », de Tobias, pouvait aider Nita.

— Elle m'a parlé d'une histoire de « projet », dis-je lentement.

Il se lève et s'avance vers moi, soudain étrangement crispé. J'ai un mouvement de recul instinctif.

— C'est pour maintenant ? me demande-t-il. Tu sais quand, exactement ?

— Qu'est-ce qui se passe ? Pourquoi as-tu aidé Nita ?

— Parce que tout ce blabla sur les « déficiences génétiques » n'est qu'une absurdité. Réponds à ma question, c'est très important.

— C'est pour maintenant, oui. Je ne sais pas quand précisément, mais ça ne devrait pas tarder.

— Oh non, fait Matthew en plaquant les mains sur ses joues. Il ne peut rien sortir de bon de ce truc.

— Si tu continues à parler en langage crypté, je te préviens, je t'en colle une, dis-je en me levant.

— J'ai aidé Nita jusqu'à ce qu'elle m'explique ce qu'elle projetait de faire avec sa bande de barges. Ils veulent entrer dans le Labo d'armement et...

— ... je sais, elle m'a dit. Voler le sérum d'oubli.

— Non ! s'exclame-t-il en secouant la tête. Ce n'est pas le sérum d'oubli qui les intéresse, c'est le sérum de mort ! Le même que celui des Érudits, celui qu'ils comptaient t'injecter. Ils veulent s'en servir pour tuer, tuer beaucoup de monde. Tu balances un coup d'aérosol, et hop, le tour est joué. Mets ça entre les mains de certaines personnes et tout plonge dans la violence et le chaos. Ce qui est exactement le but recherché par ces groupes de la Marge.

Je vois très bien. Je vois un flacon qu'on penche, une petite pression sur une bombe aérosol. Je vois des corps d'Altruistes et d'Érudits étendus dans les rues et sur les perrons. Je vois les petites pièces du puzzle de ce monde qu'on a réussi à agencer de telle sorte que tout est sur le point de s'embraser.

— Je croyais l'aider à faire quelque chose de plus intelligent, reprend Matthew. Si j'avais su que son objectif était de déclencher une nouvelle guerre, je n'aurais jamais fait ça. Il faut qu'on intervienne.

— Je lui avais dit, murmuré-je pour moi-même. Je lui avais dit qu'elle mentait.

— Même si la façon dont on traite les GD dans ce pays est inacceptable, on ne réglera pas le problème en tuant des gens, poursuit Matthew. Viens avec moi, on fonce voir David.

Je ne sais pas ce qui est bien ou mal. Je ne sais rien sur ce pays ni sur son fonctionnement, ni sur ce qui doit y changer. Mais je sais que laisser des flacons de sérum de mort tomber entre les mains de Nita et ses amis de la Marge ne serait pas mieux que les laisser là où ils sont, dans le Labo d'armement du Bureau. Alors je me précipite derrière Matthew et on presse le pas en direction de l'entrée principale.

Alors qu'on franchit le check-point, j'aperçois Uriah en face de la fontaine, appuyé contre un mur. Il lève la main pour me faire signe, la bouche étirée dans ce qui pourrait devenir un sourire s'il faisait un effort. Au-dessus de sa tête, la lumière se réfracte à travers le réservoir d'eau qui symbolise la lutte absurde du complexe.

Au moment même où je passe entre les parois du détecteur, le mur explose.

On dirait une boule de feu émergeant d'un bourgeon. Des éclats de verre et de métal jaillissent du centre de la fleur, et le corps d'Uriah vole avec eux comme un grand projectile mou. Une sorte de vibration se répercute en moi comme un violent frisson. J'ouvre la bouche ; je crie son nom, mais je n'entends pas ma voix dans le bourdonnement de mes oreilles.

Autour de moi, Les gens se sont couchés par terre, les bras repliés sur la tête. Je reste debout, les yeux rivés sur les gravats, dont personne ne se relève.

Quelques secondes plus tard, tout le monde s'enfuit en courant et je me lance à contre-courant vers Uriah. Un coude s'enfonce dans mes côtes et je tombe. Je me cogne contre quelque chose de dur et de métallique – un coin de table. Je me relève en essuyant avec ma manche le sang qui coule de mon arcade sourcilière. Je sens des pans de vêtements qui me frôlent et je ne vois que des bras, des cheveux et des yeux écarquillés, et un panneau portant le mot « Sortie ».

— Déclenchez l'alarme ! crie l'un des gardes du check-point.

Je plonge pour esquiver quelqu'un et je glisse.

— C'est fait ! lui répond un autre. Elle ne marche pas !

Matthew me saisit par l'épaule pour me hurler dans l'oreille :

— Qu'est-ce que tu fais ? Tu pars dans le mauvais sens !

J'accélère, trouvant un passage vide où personne ne me bloque le chemin. Matthew me rattrape.

— On s'en fiche, de l'explosion ! me dit-il. Ceux qui l'ont déclenchée sont déjà dans le bâtiment ! Au Labo d'armement, vite ! Suis-moi !

Le Labo d'armement. Le lieu sacré.

Je pense à Uriah allongé par terre au milieu des éclats de verre et de métal. Tout mon corps, tous mes muscles aspirent à le rejoindre, mais je sais que je ne peux rien pour lui pour l'instant. Tout ce que je peux faire, c'est utiliser mon aptitude au combat et mon sang-froid pour empêcher Nita et ses amis de voler le sérum de mort.

Matthew avait raison. Il ne peut rien sortir de bon de tout ça.

Il me double en plongeant à nouveau dans la foule. J'essaie de me concentrer sur sa nuque pour ne pas le perdre de vue, mais le flot de visages que l'on croise me distrait, avec ces bouches et ces yeux figés de terreur. Je le perds de vue plusieurs secondes avant de le repérer de nouveau quelques mètres devant moi, en train de tourner à droite dans le couloir.

— Matthew ! crié-je en bousculant des gens pour passer.

Je finis par le rattraper. Je m'accroche à sa chemise et il se retourne pour me prendre par la main.

— Ça va ? me demande-t-il en fixant un point juste au-dessus de mon sourcil.

Dans la mêlée, j'avais presque oublié que je m'étais blessée. J'appuie ma manche sur la plaie. Elle est rouge de sang, mais je fais signe que oui.

— Tout va bien ! Allons-y !

On prend le couloir à toute vitesse – celui-ci est moins bondé, mais ceux qui ont infiltré l'immeuble y ont laissé des traces de leur passage : des gardes gisent au sol, morts ou blessés. Je ramasse un de leurs pistolets par terre et le tends à Matthew, mais il secoue la tête.

— Je ne sais pas tirer.

— Oh, c'est pas vrai...

Mon index se replie sur la gâchette. Ce n'est pas un revolver, comme ceux qu'on avait en ville : il n'a pas de barillet, ni la même tension dans la gâchette, ni la même répartition du poids. Je l'ai mieux en main, sans doute parce qu'il ne réveille pas les mêmes souvenirs.

Matthew reprend son souffle. Moi aussi, mais je le remarque moins, parce que j'ai effectué ce genre de sprint au milieu du chaos des tas de fois. Le couloir suivant est désert, à part un garde qui gît par terre, inerte.

— On y est presque, me dit Matthew.

Je pose un doigt sur mes lèvres pour lui faire signe de se taire.

On cesse de courir et je raffermis ma prise sur la crosse du pistolet, qui glisse dans ma main moite. Je ne sais ni combien de balles il contient, ni comment le vérifier. Arrivée au niveau du garde, je m'arrête pour le fouiller. Je trouve un deuxième pistolet sous sa hanche. Matthew le regarde avec des yeux écarquillés tandis que je prends son arme.

— Psst, lui dis-je doucement. Avance. Maintenant. Tu penseras plus tard.

Je le devance dans le couloir. Dans cette partie du bâtiment, les lumières sont en veilleuse et les plafonds sont parcourus de poutrelles et de tuyaux. On entend des voix, et je n'ai pas besoin des indications que me chuchote Matthew pour les localiser.

En atteignant l'angle du couloir, je me plaque contre le mur pour regarder ce qui se passe derrière en évitant au maximum de me montrer.

Je vois une porte à double battant, faite d'un verre épais qui semble aussi résistant que du métal. Mais peu importe, elle est déjà ouverte.

Derrière, dans un couloir étroit, se tiennent un homme et deux femmes. Ils sont habillés de treillis noirs et équipés d'armes si énormes que je ne sais pas comment ils font pour les porter. Leurs visages sont à moitié dissimulés par des foulards.

David est avec eux, à genoux devant la porte, le canon d'un pistolet pressé sur la tempe, le visage en sang. Parmi les trois autres, il y a une fille avec une queue de cheval qui ne peut être que Nita.

CHAPITRE VINGT-SEPT

TRIS

— FAIS-NOUS ENTRER, David, dit Nita d'une voix étouffée.

Les yeux de David se déplacent lentement vers l'homme qui le braque avec son arme.

— Vous n'oserez pas tirer, déclare-t-il. Je suis le seul dans cet immeuble à savoir où se trouve le sérum.

— Je ne suis pas obligé de te tirer dans la tête, réplique l'homme. Il y a plein d'autres possibilités.

Après un échange de coups d'œil avec Nita, il pointe son arme sur le pied de David et tire. Je ferme les yeux tandis que les hurlements de David emplissent le couloir. Même s'il fait partie des criminels qui ont fourni le sérum à Jeanine Matthews, ses cris de douleur ne me procurent aucun plaisir.

Je regarde les deux armes que je tiens à la main, les doigts crispés sur les gâchettes. Je me figure que j'élague toutes les branches secondaires de mes pensées pour me concentrer sur un point précis, à cet instant précis.

Je colle ma bouche contre l'oreille de Matthew pour lui murmurer :

— Va chercher de l'aide. Vite.

Il acquiesce d'un signe de tête et rebrousse chemin dans le couloir. Ses pieds foulent le carrelage sans un bruit. Il se retourne pour me regarder avant de disparaître au bout du couloir.

— Bon, j'en ai marre de ces conneries, déclare le troisième membre du trio, une rousse qui n'a rien dit jusqu'ici. Faites sauter les portes et qu'on en finisse.

— Une explosion déclencherait la sécurité de secours, objecte Nita. Il nous faut le mot de passe.

Je jette un nouveau coup d'œil et, cette fois, David m'aperçoit. Son visage est pâle et luisant de sueur et une flaque de sang se répand autour de ses chevilles. Les autres regardent Nita, qui sort une boîte noire de sa poche et l'ouvre pour y prendre une seringue et une aiguille.

— Je croyais que ce truc ne marchait pas sur lui, remarque l'homme au pistolet.

— J'ai dit qu'il était capable d'y résister, pas que ça ne marchait pas du tout. David, ceci est un mélange de sérum de vérité et de sérum de peur. Si tu ne nous donnes pas le mot de passe, je te l'injecte.

— Je t'ai reconue, Nita. Je sais que tout ça n'est que la faute de tes gènes, lui répond-il d'une voix faible. Si tu en restes là, je pourrai t'aider. Je pourrai...

Nita l'interrompt d'un petit ricanement. Avec délectation, elle lui enfonce l'aiguille dans le cou. David s'affale, puis son corps est pris de spasmes violents.

Il ouvre des yeux démesurés et fixe le vide en hurlant. Je sais ce qu'il voit parce que je l'ai vu moi-même, au siège des

Érudits, sous l'influence du sérum de peur. J'ai regardé mes pires cauchemars se matérialiser.

Nita s'accroupit devant lui et le force à la regarder.

— David, dit-elle d'un ton pressant. Je peux tout faire arrêter si tu me dis comment entrer dans cette pièce. Tu m'entends ?

Il halète, les yeux posés sur un point derrière l'épaule de Nita.

— Ne fais pas ça ! crie-t-il en se jetant en avant, vers je ne sais quel spectre que lui montre le sérum.

Nita le plaque au sol tandis qu'il hurle :

— Nooon !

— Je les arrêterai si tu me dis comment entrer !

— Elle ! lance David, les yeux brouillés de larmes. Le... le nom...

— Quel nom ?

— On perd du temps ! signale l'homme au pistolet. Soit il nous dit où trouver le sérum, soit on le tue !

— *Elle*, répète David en pointant le doigt.

Dans ma direction.

Tous les regards se tournent vers moi. Je tends le bras et je tire deux fois. La première balle se fiche dans le mur. La seconde atteint l'homme au bras et son arme énorme tombe par terre avec fracas. La rousse me vise et Nita s'écrie :

— Ne tire pas !

Puis elle s'adresse à moi :

— Tris, tu ne te rends pas compte de ce que tu fais...

— Tu as sans doute raison, dis-je avant de faire feu de nouveau.

Cette fois, ma main est plus stable, mon geste plus sûr ; la balle l'atteint juste au-dessus de la hanche. Elle hurle sous son masque, porte une main à sa blessure et tombe à genoux, les doigts couverts de sang.

David fonce vers moi en grimaçant de douleur chaque fois

qu'il porte son poids sur son pied blessé. Glissant un bras autour de sa taille, je lui fais faire volte-face pour le prendre comme bouclier et je lui colle un de mes pistolets sur la tempe.

Les autres se figent. Je sens mon sang battre dans ma gorge, dans mes mains, dans mon crâne.

— Si vous tirez, je lui mets une balle dans la tête, dis-je.

— Tu ne tuerais pas ton chef, hasarde la rousse.

— Ce n'est pas mon chef. Je me fiche qu'il vive ou qu'il meure. Mais si vous croyez que je vais vous laisser mettre la main sur ce sérum, vous me connaissez mal.

Je me mets en marche à reculons sans lâcher David, qui geint, toujours sous l'influence du cocktail de sérums. Je baisse la tête et me place de profil pour qu'il me masque entièrement. Le canon de mon pistolet est toujours braqué sur sa tempe.

Alors qu'on arrive au fond du couloir, la rousse tente le tout pour le tout et tire. Elle touche David juste en dessous du genou de sa jambe valide. Il s'effondre en criant de douleur et je me retrouve à découvert. Je plonge par terre tandis qu'une balle me frôle en sifflant.

Quelque chose de chaud coule sur mon bras gauche ; du sang. Je tire au hasard puis, attrapant David par le col, je le traîne derrière l'angle du couloir.

Je gémis de douleur. J'entends des gens accourir vers moi mais ils viennent d'en face, et non de derrière. Matthew est avec eux. Aussitôt, ils soulèvent David et l'emportent en courant. Matthew me tend la main pour m'aider à me relever.

J'ai les oreilles qui bourdonnent. Je n'arrive pas à croire que j'ai réussi.

CHAPITRE VINGT-HUIT

TRIS

L'HÔPITAL EST plein de gens qui crient, courent dans tous les sens ou tirent des rideaux d'un coup sec. Avant de m'asseoir, j'ai cherché Tobias dans tous les lits. Il n'y était pas. J'en tremble de soulagement.

Uriah n'est pas là non plus. Il est dans l'une des autres salles, dont la porte reste fermée. Mauvais signe.

L'infirmière qui me tamponne le bras avec de l'antiseptique a le souffle court et a du mal à se concentrer sur ma plaie. On m'a dit que c'était juste une éraflure, pas de quoi s'inquiéter.

— Je peux attendre, si vous avez autre chose à faire, lui assuré-je. Je dois absolument retrouver quelqu'un, en plus.

Elle pince les lèvres avant de me répondre :

— Il faut faire des points de suture.

— Ce n'est qu'une éraflure !

— Je parle de ça, pas de votre bras, dit-elle en désignant ma figure.

Toute cette pagaille m'avait presque fait oublier mon arcade sourcilière, qui saigne toujours.

— D'accord.

— Je vais devoir vous injecter un anesthésiant local, précise-t-elle en brandissant une seringue.

J'ai tellement l'habitude des piqûres que je ne réagis même pas. Elle me met de l'antiseptique sur le front – ils ont vraiment la phobie des microbes, ici – et je sens la piqûre de l'aiguille, qui diminue de seconde en seconde à mesure que le produit agit.

Pendant qu'elle me recoud, je regarde les gens passer et repasser en courant ; un médecin retire une paire de gants chirurgicaux tachés de sang ; une infirmière transporte de la gaze sur un plateau, si vite qu'elle manque glisser sur le carrelage ; la parente d'un blessé se tord les mains. Ça sent les produits chimiques, les vieux papiers et la sueur.

— Des nouvelles de David ? demandé-je.

— Il s'en remettra, mais il ne remarchera pas de sitôt. Ça aurait pu être bien plus grave si vous n'aviez pas été là. Ça y est, j'ai fini.

J'acquiesce d'un hochement de tête. Je voudrais pouvoir lui dire que je n'ai rien d'une héroïne, que je me suis servie de lui pour me protéger, le réduisant à un bouclier de viande. Je voudrais pouvoir lui avouer que je suis remplie de haine pour le Bureau et pour David, que je suis capable de laisser un autre se faire cribler de balles pour sauver ma peau. Mes parents auraient honte de moi.

Elle met un pansement sur ma plaie suturée et rassemble les emballages et les compresses tachées pour les jeter.

Avant que j'aie eu le temps de la remercier, elle est déjà passée au lit suivant, au patient suivant, à la blessure suivante.

Devant la salle, les blessés attendent sur des chaises alignées dans le couloir. Apparemment, il y a eu deux explosions simultanées, toutes deux des diversions. Les attaquants se sont introduits par le tunnel souterrain, comme l'avait dit Nita. Mais elle n'avait pas parlé de faire sauter des murs.

La porte du bout du couloir s'ouvre et quelques personnes entrent à la hâte en transportant une jeune femme. C'est Nita. Ils la déposent sur une civière contre le mur. Elle gémit en pressant la main sur le rouleau de gaze qui recouvre sa blessure. Curieusement, je ne me sens pas du tout responsable de sa douleur. Je lui ai tiré dessus. Je devais le faire. Point.

En marchant, je remarque les tenues des blessés. Ils sont tous en kaki. En grande majorité, ce sont des membres des équipes techniques qui ont été touchés : des GD. Ils pressent une main sur un bras ou une jambe, ou sur leur tête ensanglantée, et leurs blessures sont largement plus sérieuses que les miennes.

Je surprends mon reflet dans une vitre : mes cheveux ressemblent à de la paille et mon pansement me mange le front. Mes vêtements sont tachés de sang, celui de David et le mien. J'ai besoin de me doucher et de me changer, mais je dois d'abord retrouver Tobias et Christina. Je n'ai aperçu ni l'un ni l'autre depuis l'attaque.

Pour ce qui est de Christina, je tombe sur elle à la sortie des urgences, en train d'attendre sur une chaise. Son genou tressaute à un tel rythme que son voisin lui lance des regards exaspérés. Elle lève les yeux vers moi, mais son regard se repose aussitôt sur la porte qui se trouve en face de moi.

— Ça va ? me demande-t-elle.

— Ouais. Toujours pas de nouvelles d'Uriah. Je n'ai pas eu le droit d'entrer là-dedans.

— Tu sais que ces gens me rendent dingues ? Ils ne disent rien à personne ! Ils refusent de nous laisser le voir. À croire qu'ils ont des droits exclusifs sur lui et sur tout ce qui le concerne !

— Ce n'est pas comme chez nous, ici, dis-je. Je suis sûre qu'ils viendront te voir dès qu'ils auront du concret.

— À toi, ils parleraient ! grogne-t-elle. Moi, je ne suis pas convaincue qu'ils se fatigueront à me répondre !

Il y a encore quelques jours, j'aurais protesté. Mais c'était avant de mesurer à quel point les croyances de ces gens en la génétique influent sur leur comportement. Je ne sais pas trop quelle attitude adopter ni quel discours lui tenir. Ici, je suis privilégiée par rapport à elle, que je le veuille ou non. Tout ce que je peux faire, c'est rester avec elle.

— Il faut que je retrouve Tobias, lui dis-je, mais je reviens attendre avec toi tout de suite après, OK ?

Elle me regarde enfin, et son genou s'immobilise.

— Tu n'es pas au courant ?

La peur me noue le ventre, tout à coup.

— De quoi ?

— Il s'est fait arrêter, me répond-elle à voix basse. Je l'ai vu avec les terroristes en arrivant ici. Des témoins l'ont aperçu dans la salle de contrôle juste avant les explosions. Ils disent qu'il était en train de neutraliser le système de sécurité.

Elle a un air attristé, comme si elle éprouvait de la compassion pour moi. Mais elle ne m'apprend rien sur ce qu'a fait Tobias.

— Où sont-ils ? demandé-je.

Il faut que je parle à Tobias. Et je sais ce que j'ai besoin de lui dire.

CHAPITRE VINGT-NEUF

TOBIAS

MES POIGNETS me brûlent à cause du lien en plastique qui les entrave. J'effleure ma mâchoire du bout des doigts pour voir si je saigne.

— Ça va ? me demande Reggie.

Je réponds oui d'un signe de tête. J'ai connu pire – on m'a déjà frappé plus fort que le soldat qui m'a balancé un coup de crosse dans la mâchoire quand on m'a arrêté. Il avait l'air fou de rage.

Mary et Rafi sont assis à quelques mètres de moi. Rafi maintient un tampon de gaze sur son bras en sang. Un garde nous sépare. Quand je tourne la tête vers eux, Rafi croise mon regard et hoche la tête comme pour me dire : « Bien joué. »

Si c'est le cas, pourquoi ai-je vaguement mal au cœur ?

— Écoute, me dit Reggie en bougeant pour se rapprocher de moi. Nita et ses amis de la Marge vont prendre sur eux toute la responsabilité et nous disculper. Ça va bien se passer.

J'acquiesce de nouveau, sans conviction. On avait prévu quoi faire dans le cas, probable, où on se ferait prendre, et je ne doute pas que ça fonctionne. Ce qui m'inquiète, c'est qu'ils semblent se désintéresser totalement de nous. Depuis notre capture il y a plus d'une heure, on reste assis contre un mur dans un couloir vide. Personne n'est venu nous dire ce qui allait nous arriver, ni nous poser une seule question. Et je n'ai pas revu Nita.

J'ai un goût acide dans la bouche. Quoi qu'on ait fait, ça a l'air de les avoir secoués, et je ne connais rien qui secoue autant les gens que des vies perdues.

Combien de morts ai-je sur la conscience pour avoir participé à ça ?

— Nita m'a dit qu'ils voulaient voler le sérum d'oubli, dis-je à Reggie sans oser le regarder. C'est vrai ?

Il jette un regard en coin vers le garde, une femme, qui se tient à quelques mètres de nous. On s'est déjà fait hurler dessus dès qu'on s'est mis à parler.

De toute façon, je connais déjà la réponse.

— Ce n'était pas ça, hein ? insisté-je.

Tris avait raison : Nita m'a menti.

— Hé, vous !

Le garde s'approche d'un air furieux et fourre le canon de son arme entre nous.

— Écartez-vous. Vous n'avez pas le droit de parler.

Reggie s'éloigne un peu de moi et je croise le regard de la femme.

— Qu'est-ce qui se passe ? lui demandé-je. Qu'est-ce qui est arrivé ?

— Comme si vous ne le saviez pas. Maintenant taisez-vous.

Tandis que je la regarde s'éloigner, mes yeux se posent sur

une fille blonde et menue qui apparaît au bout du couloir. Tris. Un pansement lui couvre le front et des traces de sang maculent ses vêtements. Elle serre un bout de papier dans son poing.

— Qu'est-ce que vous faites là, vous ? aboie la garde.

— Shelly, intervient son collègue. Calme-toi. C'est la fille qui a sauvé David.

La fille qui a sauvé David – de quoi, au juste ?

— OK, fait Shelly en baissant son arme. N'empêche, je repose ma question.

— On m'a demandé de vous apporter les dernières nouvelles, lui répond Tris. David est en salle de réveil. Il est hors de danger. Mais ils ne savent pas s'il pourra remarcher. Presque tous les blessés ont été pris en charge.

Le goût acide que j'ai dans la bouche s'intensifie. David ne peut plus marcher. Et ce qui les a tenus occupés pendant tout ce temps, c'étaient les soins aux blessés. Tous ces dégâts, et pourquoi ? Je ne le sais même pas.

Qu'est-ce que j'ai fait ?

— On connaît le nombre de victimes ? lui demande Shelly.

— Pas encore.

— Merci d'être venue nous informer.

— Écoutez, reprend Tris en se dandinant d'un pied sur l'autre. J'ai besoin de lui parler.

Elle me désigne du menton.

— On n'a pas le droit... commence Shelly.

— Rien qu'une seconde, c'est promis, l'implore Tris. S'il vous plaît.

— Laisse-la, intervient l'autre garde. Qu'est-ce que ça change ?

— Entendu, cède Shelly. Je vous donne deux minutes

Elle me fait un signe de tête et je me lève en prenant appui sur le mur avec mon dos, car j'ai toujours les mains liées. Tris s'approche de moi, mais pas trop. Ses bras croisés et l'espace qui nous sépare forment une barrière qui pourrait aussi bien être une muraille entre nous. Elle pose les yeux quelque part en dessous des miens.

— Tris, je...

— Tu veux savoir ce qu'ont fait tes amis ?

Sa voix tremble et je ne commets pas l'erreur de croire que c'est de tristesse. C'est de colère.

— Ce n'est pas le sérum d'oubli qu'ils voulaient. Ils voulaient le sérum de mort. Un poison. Pour tuer des membres importants du gouvernement et provoquer une guerre.

Je baisse les yeux sur mes mains, sur le carrelage, sur le bout des chaussures de Tris. Une guerre.

— Je ne savais pas...

— Je te l'avais dit, reprend-elle à voix basse. Je te l'avais dit et tu ne m'as pas écoutée. Pour changer.

Cette fois, ses yeux fixent les miens et je me rends compte que je ne veux pas de ce contact que j'espérais, parce qu'il me déchire, morceau par morceau.

— Uriah était pile devant l'un des explosifs qu'ils ont déclenchés pour faire diversion, poursuit-elle. Il est toujours inconscient, on ne sait même pas s'il va se réveiller.

C'est étonnant comme un mot, une expression, une phrase peuvent être aussi violents qu'un coup sur la tête.

— Quoi ?

Je vois défiler des images d'Uriah. Son expression quand il a atterri dans le filet de sécurité après la cérémonie du Choix, son sourire sonné tandis qu'on l'aidait, Zeke et moi, à passer du filet à la plateforme voisine. Uriah au studio de tatouage, la tête inclinée sur le côté pendant que Tori lui dessinait un serpent autour de l'oreille. Uriah pourrait ne pas se réveiller ? Uriah, parti pour toujours ?

Et j'avais promis. J'avais promis à Zeke de m'occuper de son frère, j'avais *promis*...

— C'est l'un des derniers amis qui me restent, dit Tris d'une voix qui se brise. Je ne sais pas si je pourrai un jour te regarder comme avant.

Elle s'en va. Dans un brouillard, j'entends Shelly me dire de me rasseoir et je tombe à genoux, les poings serrés. Je me débats pour trouver une porte de sortie à cette horreur que j'ai commise, mais aucune logique ne peut me libérer, aussi tortueuse soit-elle. Il n'y a pas de porte de sortie.

J'enfouis mon visage dans mes mains et j'essaie de ne plus penser, de ne plus voir les images.

+++

Le plafonnier de la salle d'interrogatoire projette une ombre floue au milieu de la table. Je garde les yeux sur cette tache tandis que je répète la version mise au point avec Nita, si proche de la vérité que je n'ai pas de mal à m'y tenir. Quand j'ai terminé, l'homme qui enregistre mes déclarations tape la dernière phrase sur sa tablette, où les lettres s'illuminent sous ses doigts. L'assistante de David, une certaine Angela, me demande :

— Ainsi, vous ignoriez la vraie raison pour laquelle Juanita vous a fait neutraliser le système de sécurité ?

— Oui.

Et c'est vrai. J'ai agi sur la base d'un mensonge.

Ils ont passé tout le groupe au sérum de vérité sauf moi.

L'anomalie génétique qui me permet de rester conscient pendant les simulations laisse supposer que je peux aussi résister aux sérums, et mon témoignage ne serait pas fiable. Tant que mon récit est cohérent avec celui des autres, ils n'ont pas de raison de le mettre en doute. Ils ignorent qu'il y a quelques heures, on s'est tous protégés contre le sérum de vérité avec un antidote fourni par l'informateur GP de Nita.

— Dans ce cas, comment vous a-t-elle persuadé de l'aider ?

— On est amis, dis-je. Elle est... était l'une des seules personnes dont j'étais proche, ici. Elle m'a demandé de lui faire confiance en m'assurant que c'était pour une bonne cause, et j'ai accepté.

— Et qu'en pensez-vous, maintenant ?

Je me décide enfin à lever les yeux.

— Je n'ai jamais eu autant de remords de toute ma vie.

Le regard bleu acier d'Angela s'adoucit un peu. Elle hoche la tête.

— Bon, votre version s'accorde avec celle des autres. Votre arrivée récente dans notre communauté, votre ignorance du projet réel des dissidents et vos déficiences génétiques nous incitent à la clémence. Vous êtes condamné à des travaux d'intérêt général pendant un an, en liberté conditionnelle. Aucun écart de conduite ne sera toléré. Tout accès aux laboratoires vous est formellement interdit. Vous ne pouvez pas quitter l'enceinte du complexe sans autorisation préalable. Vous aurez rendez-vous une fois par mois avec l'officier de probation qui vous sera assigné à l'issue de cette procédure. Tout cela est-il parfaitement clair pour vous ?

J'acquiesce, sans relever l'expression « déficiences génétiques ».

— Dans ce cas, nous en avons terminé. Vous êtes libre.

Elle se lève et repousse sa chaise. Le greffier l'imite en glissant sa tablette sous son bras. Angela suspend son mouvement en posant une main sur la table et je la regarde.

— Ne soyez pas trop dur avec vous-même. Vous êtes encore très jeune.

Je ne vois pas en quoi ma jeunesse est une excuse, mais j'accepte sa remarque bienveillante sans rien dire.

— Je peux vous demander ce qui va arriver à Nita ? questionné-je.

Angela serre les lèvres.

— Une fois remise de ses blessures, elle sera transférée en prison où elle purgera une peine à perpétuité.

— Elle ne va pas être exécutée ?

— Non. Nous n'appliquons pas la peine de mort. De toute façon, les GD ne peuvent être considérés comme pleinement responsables de leurs actes.

Elle quitte la pièce avec un sourire attristé, sans refermer la porte. Je reste assis, le temps d'absorber le poison contenu dans ses paroles. J'ai voulu croire qu'ils se trompaient sur moi, que je n'étais pas limité par mes gènes, que je n'étais pas plus déficient qu'un autre. Mais comment puis-je continuer à le croire alors que mes actes ont envoyé Uriah à l'hôpital, que Tris ne peut plus me regarder dans les yeux et que tous ces gens sont morts ?

Assommé par une vague de désespoir, j'enfouis mon visage dans mes mains et je laisse les larmes couler, les dents serrées. Quand je me lève enfin pour partir, les poignets de ma chemise sont trempés et ma mâchoire me fait mal.

CHAPITRE TRENTE

TRIS

— TU ES DÉJÀ entrée le voir ?

Cara vient de se camper à côté de moi, les bras croisés. Uriah a été transféré hier de sa chambre close dans un box doté d'une paroi en verre, sans doute parce que les infirmières en avaient assez qu'on demande tout le temps à le voir. Christina, assise à son chevet, tient sa main inerte.

Je m'attendais à le trouver en piteux état, comme une vieille poupée de chiffon, mais il n'a pas l'air si différent de d'habitude, à part quelques pansements et des écorchures ici et là. J'ai l'impression qu'il pourrait se réveiller d'une minute à l'autre en souriant et en se demandant ce qu'on fait tous là autour de lui.

— Je suis venue cette nuit, dis-je à Cara. Je ne voulais pas qu'il reste tout seul.

— Apparemment, il peut nous entendre et sentir notre présence, à un niveau plus ou moins enfoui du subconscient, selon la gravité de ses lésions cérébrales, m'explique Cara. Mais le pronostic n'est pas bon.

J'ai envie de la gifler. Comme si j'avais besoin qu'on me rappelle qu'il a peu de chances de s'en sortir.

— Hmm..

Après avoir quitté le chevet d'Uriah hier soir, j'ai erré au hasard dans le complexe. Mes pensées auraient dû être occupées par mon ami, marchant sur le fil du rasoir entre ce monde-ci et l'autre. Au lieu de ça, je pensais à ce que j'avais dit à Tobias. Et à la sensation que j'avais eue en le regardant que quelque chose se brisait.

Je ne lui ai pas annoncé que c'était fini entre nous. Je voulais le faire, mais je n'ai pas pu le lui dire en face. Je ravale les larmes qui me montent aux yeux pour la énième fois depuis hier.

— Alors, comme ça, tu as sauvé le Bureau, reprend Cara. Tu as le chic pour te retrouver impliquée dans les conflits, on dirait. C'est sans doute une chance pour nous que tu gardes toujours ton sang-froid dans les moments critiques.

— Non, je n'ai pas sauvé le Bureau, répliqué-je. Je n'ai aucun intérêt à sauver le Bureau. J'ai juste empêché une arme de tomber entre des mains dangereuses.

Puis, après une pause :

— Ce ne serait pas un compliment que tu viens de me faire ?

— Je suis capable de reconnaître les points forts d'un individu, me répond-elle en souriant. Par ailleurs, je pense qu'on a réglé nos différends personnels, maintenant, tant sur le plan rationnel qu'affectif.

Elle s'éclaircit la gorge. Je me demande si c'est le fait d'avouer enfin sa sensibilité qui l'embarrasse, ou s'il y a autre chose.

— À la façon dont tu présentes la situation, reprend-elle,

tu as appris quelque chose à propos du Bureau qui t'a mise en colère. Je me demandais si tu pourrais m'en parler.

Christina pose la tête sur le matelas du lit d'Uriah et son torse menu roule sur le côté.

— Je me le demande aussi, ironisé-je. Va savoir.

— Hmm.

Quand Cara est songeuse, un pli se creuse entre ses sourcils, et elle ressemble tellement à Will dans ces moments-là que je détourne les yeux à chaque fois.

— Je devrais peut-être dire « s'il te plaît », ajoute-t-elle.

— D'accord. Tu te souviens du sérum de simulation de Jeanine ? Eh bien en fait, ce n'était pas *son* sérum.

Puis je soupire.

— Bon, je vais te montrer, ce sera plus simple.

En fait, il serait tout aussi simple de lui raconter ce que j'ai vu dans la vieille salle d'archivage nichée au milieu des laboratoires. Mais j'ai surtout envie de m'occuper pour ne pas penser à Uriah. Ni à Tobias.

— À croire qu'on ne verra jamais le bout de tous ces mensonges, commente Cara tandis qu'on se dirige vers la salle. Les factions, la vidéo que nous a laissée Edith Prior… rien que de la désinformation pour nous manipuler.

— C'est vraiment ce que tu penses à propos des factions ? demandé-je. Je croyais que tu adorais être une Érudite.

Elle se gratte la nuque, imprimant de fines traînées rouges sur sa peau.

— C'était le cas. Mais depuis les révélations du Bureau, je me sens idiote de m'être battue pour tout ça et d'avoir monté le mouvement des Loyalistes. Et j'ai horreur de me sentir idiote.

— Donc, tu penses que rien de tout ça n'en valait la peine, résumé-je.

— Toi si ?

— Ça nous a décidés à quitter la ville et ça nous a permis d'apprendre la vérité. Et c'était toujours mieux que la communauté de sans-faction d'Evelyn, où personne n'a son mot à dire sur rien.

— Ce n'est pas faux. Mais je m'enorgueillis d'être quelqu'un de lucide, y compris au sujet des factions.

— Tu sais ce que les Altruistes disaient de l'orgueil ?

— Rien de bon, je parie.

Je ris.

— C'est clair. Ils disaient que l'orgueil aveugle les gens sur leur propre vérité.

On arrive devant la porte des laboratoires et je frappe plusieurs fois pour que Matthew vienne nous ouvrir. Entre-temps, Cara me glisse un drôle de regard.

— Les vieux écrits des Érudits disaient à peu près la même chose, me répond-elle.

Je n'aurais jamais cru que les Érudits avaient des choses à dire sur l'orgueil – ni même qu'ils se souciaient des questions de morale. Comme quoi, tout le monde peut se tromper. J'aimerais creuser la question, mais Matthew nous ouvre en rongeant un trognon de pomme.

— Tu peux nous faire entrer dans la salle d'archivage ? lui demandé-je. Je voudrais montrer quelque chose à Cara

Il croque dans son trognon en hochant la tête.

— Pas de problème.

Je grimace en imaginant le goût acide des pépins de pomme et je lui emboîte le pas.

CHAPITRE TRENTE ET UN

TOBIAS

JE N'AI PAS la force d'affronter les regards gênés et les questions muettes des autres dans le dortoir. Je sais que je ne devrais pas retourner sur la scène de mon crime indigne, même si elle ne fait pas partie des zones sécurisées qui me sont interdites. Mais je ressens le besoin de voir ce qui se passe dans la ville, de retrouver un monde en dehors de celui-ci, un monde où on ne me hait pas.

Je vais m'asseoir dans la salle de contrôle. Chaque écran du réseau me montre un lieu différent de la ville : le Marché des Médisants, l'entrée du siège des Érudits, le Millenium Park, la tour Hancock.

Je reste là longtemps à regarder ceux qui vont et viennent telles des fourmis dans le siège des Érudits, le bras ceint du brassard des sans-faction, le pistolet sur la hanche, échangeant de brèves conversations ou se passant des boîtes de conserve en guise de dîner. Une vieille habitude des sans-faction.

Puis j'entends une femme qui travaille dans la salle de contrôle dire à un de ses collègues : « Le voilà », et je scrute l'écran pour savoir de qui il s'agit. Soudain, je le vois, devant les portes de la tour Hancock : Marcus, en train de consulter sa montre.

Je me lève et je pose mon index sur l'écran pour monter le son. Je n'entends d'abord que le mugissement du vent dans les haut-parleurs, puis un bruit de pas, et je vois apparaître Johanna Reyes. Mon père lui tend la main pour la saluer, mais elle ne la prend pas et le geste de Marcus reste en suspens, comme un appât auquel elle n'a pas mordu.

— Je savais que tu n'avais pas quitté la ville, déclare-t-elle. Ils te cherchent partout.

Parmi les gens qui se déplacent dans la salle de contrôle, quelques-uns se sont arrêtés derrière moi pour suivre la scène. Je ne me préoccupe pas d'eux. Je regarde le bras de mon père retomber le long de son corps, le poing fermé.

— Ai-je fait quelque chose qui t'ait blessée ? lui demande-t-il. Si je t'ai contactée, c'est parce que je croyais que nous étions amis.

— Et moi je pense que tu m'as contactée parce que tu sais que je suis toujours à la tête des Loyalistes et que tu cherches une alliée, réplique Johanna en inclinant la tête, ce qui fait tomber ses cheveux sur son œil aveugle. Si c'est au leader Loyaliste que tu veux t'adresser, je le suis toujours. En revanche, je dirais que notre amitié est terminée.

Marcus fronce les sourcils. Mon père a le visage de quelqu'un qui a été beau, mais avec l'âge, ses joues se sont creusées et ses traits, durcis. Ses cheveux, coupés ras à la mode des Altruistes, ne font rien pour adoucir cette impression.

— Je ne comprends pas, lui dit-il.

— J'ai parlé avec quelques-uns de mes amis Sincères. Ils m'ont confirmé ce qu'a dit ton fils sous l'effet du sérum de vérité. Cette sale rumeur que Jeanine Matthews a propagée à propos de votre vie de famille... c'est vrai ?

J'ai les joues en feu et je rentre la tête dans les épaules pour me faire tout petit.

Marcus secoue la tête.

— Non. Tobias est...

Johanna lève une main pour l'interrompre et ferme les yeux, comme si elle ne supportait plus sa vue.

— Je t'en prie. J'ai bien observé ton fils et ta femme. Je sais reconnaître les gens victimes de violences.

Elle écarte la mèche qui lui couvre l'œil.

— Je sais reconnaître mes semblables, conclut-elle.

— Mais enfin, tu ne vas pas croire... commence Marcus. Bon, je crois à la discipline, c'est vrai, mais j'ai toujours agi pour le bien de...

— Un mari n'est pas censé *discipliner* sa famille, le coupe Johanna. Même chez les Altruistes. Encore moins avec des coups... Mais je t'en crois capable.

Ses doigts effleurent sa joue balafrée. Mon cœur bat à tout rompre. Elle sait. Pas à cause de la confession que j'ai faite à ma grande honte au siège des Sincères, mais parce qu'elle a connu ça, qu'elle l'a vécu personnellement. J'en suis certain. Je me demande qui était le coupable dans son cas. Sa mère ? Son père ? Quelqu'un d'autre ?

Dans un coin de ma tête, je me suis toujours demandé comment réagirait mon père si quelqu'un le mettait face à ses torts. Je me disais qu'il passerait peut-être tout à coup du leader

Altruiste plein d'abnégation au monstre que je connais, moi ; qu'il pourrait se mettre à éructer et se révéler sous son vrai jour. Cette réaction-là m'aurait bien arrangé.

Mais il n'en fait rien. Il reste là, désorienté, et l'espace d'un instant, je me demande s'il l'est vraiment, si, dans son cœur malade, il croit à ses propres mensonges sur la « discipline ». Cette pensée soulève une tornade en moi, comme un grondement de tonnerre accompagné d'une violente bourrasque.

— Maintenant que j'ai été honnête avec toi, reprend Johanna un peu plus calmement, tu peux me dire pourquoi tu m'as donné rendez-vous ici ?

Marcus change de sujet comme si le précédent n'avait jamais été évoqué. Je le vois comme quelqu'un qui est divisé en compartiments étanches et qui peut passer sur commande de l'un à l'autre. L'un d'entre eux est réservé à ma mère et moi.

Les employés du Bureau effectuent un zoom, de sorte que la tour Hancock n'est plus qu'un fond sombre derrière les torses de Marcus et de Johanna. Je fixe une poutre qui traverse l'image en diagonale pour ne pas avoir à le regarder.

— Evelyn et les sans-faction sont des tyrans, dit Marcus. La paix que nous avons connue au sein des factions avant la première attaque de Jeanine peut être restaurée, j'en ai la conviction. Et je veux essayer de le faire. Je pense que c'est aussi ce que tu souhaites.

— En effet, acquiesce Johanna. Quels sont les moyens que tu envisages ?

— Ils risquent de ne pas te plaire, mais je te demande de les considérer avec un esprit ouvert. Evelyn contrôle la ville parce qu'elle détient les armes. Si nous les lui prenons, elle perdra une bonne partie de son pouvoir et on pourra la défier.

Johanna hoche la tête en grattant le sol de la pointe de sa chaussure. Je ne vois que la moitié indemne de son visage, les cheveux mous et bouclés, les lèvres pleines.

— Que voudrais-tu que je fasse ?

— Que tu me laisses assumer la direction des Loyalistes avec toi. J'étais un leader Altruiste, c'est-à-dire, concrètement, l'un des dirigeants de l'ensemble de la ville. Les gens se rallieront à moi.

— Ils se sont déjà ralliés, lui répond Johanna. Et pas autour d'une personne, mais autour du désir de rétablir les factions. Qu'est-ce qui te fait penser que j'ai besoin de toi ?

— Sans vouloir minimiser tes succès, les Loyalistes ne sont pas encore assez nombreux pour provoquer un vrai soulèvement. Il y a bien plus de sans-faction qu'aucun de nous ne l'avait imaginé. Tu as besoin de moi, et tu le sais.

Mon père a un don pour persuader les gens sans avoir recours au charme qui m'a toujours sidéré. Il assène ses opinions comme des faits établis et, je ne sais trop comment, cette totale absence de doutes fait qu'on le croit. Cette capacité m'effraie aujourd'hui, parce qu'il n'a pas cessé de me répéter que j'étais un incapable, que je n'étais rien. Jusqu'où a-t-il réussi à m'en persuader ?

Je vois bien à l'attitude de Johanna qu'il commence à la persuader elle aussi. Elle pense au petit noyau de personnes qu'elle a rassemblées sous la bannière des Loyalistes. Au groupe qu'elle a envoyé avec Cara à l'extérieur de la ville, et dont elle n'a jamais eu de nouvelles. À sa solitude, et au poids du passé de Marcus en tant que leader. Je voudrais lui crier à travers l'écran de ne pas lui faire confiance, qu'il veut ressusciter les factions dans le seul but de retrouver sa place de chef. Mais ma voix ne peut pas l'atteindre, et ne le pourrait sans doute pas même si je me tenais en face d'elle.

Elle lui demande prudemment :

— Peux-tu me promettre que tu ferais tout ton possible pour limiter les violences ?

— Cela va de soi.

Elle hoche de nouveau la tête, mais plutôt pour elle-même.

— Il est parfois nécessaire de se battre pour obtenir la paix, dit-elle, semblant s'adresser au trottoir plutôt qu'à Marcus. Je pense que c'est le cas actuellement. Et je crois en effet que tu peux nous aider à rallier du monde.

Voilà, c'est le début du soulèvement auquel je m'attendais depuis que j'ai appris l'existence des Loyalistes. Bien qu'il m'ait semblé inéluctable compte tenu du mode de gouvernement d'Evelyn, mon estomac se soulève. On dirait qu'il n'y aura jamais de fin aux conflits, dans la ville, dans le complexe, nulle part. Il n'y a que des pauses de respiration entre l'un et le suivant, et naïvement, on appelle ces respirations « la paix ».

J'ai besoin de sortir, de prendre l'air.

Mais alors que je me dirige vers la sortie, mes yeux tombent sur un autre écran, qui montre une femme brune faisant les cent pas dans un bureau du siège des Érudits. Evelyn. Évidemment, il est parfaitement logique qu'ils la suivent sur l'un des écrans principaux.

Elle se passe les mains dans les cheveux en s'accrochant les doigts dans ses boucles épaisses. Puis elle se laisse tomber sur un canapé au milieu des papiers qui jonchent le sol. Je ne vois pas son visage, mais il me semble qu'elle pleure. Pourtant ses épaules ne tremblent pas.

Dans les haut-parleurs de l'écran, j'entends frapper à la porte de son bureau. Evelyn se redresse, se lisse les cheveux, s'essuie le visage et lance :

— Entrez !

C'est Therese.

— On a le dernier rapport des patrouilles. Aucune trace de lui.

— Super, commente Evelyn en secouant la tête. Je le bannis et il reste dans la ville. Il fait ça pour me défier.

— Peut-être qu'il a rejoint les Loyalistes et qu'ils le cachent, suggère Therese.

Elle s'assied à califourchon sur une chaise en piétinant les papiers sous ses bottes.

Evelyn s'accoude à l'appui de fenêtre et regarde la ville et le marais qui s'étend au-delà.

— C'est aussi ce que je crois. Merci pour ton rapport.

— On va le retrouver, lui assure Therese. Il n'a pas pu aller bien loin. Je te jure qu'on va le retrouver.

— Tout ce que je veux, c'est qu'il disparaisse, reprend Evelyn d'une petite voix tendue, presque enfantine.

Je me demande si elle a toujours peur de lui comme moi, j'ai peur de lui, comme d'un cauchemar qui referait surface n'importe quand sans crier gare. Je me demande à quel point elle et moi sommes semblables au fond de nous, là où ça compte.

— Je sais, lui répond Therese avant de sortir.

Je reste longtemps devant l'écran, à observer Evelyn toujours accoudée à la fenêtre, les doigts agités de tics nerveux.

J'ai l'impression que l'être que je suis devenu est à mi-chemin entre mon père et ma mère, violent et impulsif, prisonnier du désespoir et de la peur. J'ai l'impression d'avoir perdu le contrôle de ma personnalité.

CHAPITRE TRENTE-DEUX

TRIS

LE LENDEMAIN, David me convoque dans son bureau. Je redoute qu'il se souvienne de ce qui s'est passé la veille : la façon dont je l'ai utilisé comme bouclier devant le Labo d'armement et dont j'ai braqué une arme sur sa tempe en disant que je me fichais qu'il meure.

Zoe me retrouve dans l'entrée de l'hôtel. Je la suis dans l'allée principale, puis dans une deuxième, longue et étroite, dont les vitres donnent sur une piste occupée par plusieurs avions. Des petits flocons de neige épars viennent frapper les vitres dans un avant-goût de l'hiver, et fondent aussitôt.

Je jette des coups d'œil vers Zoe tout en marchant, dans l'espoir de découvrir qui elle est vraiment quand elle croit que personne ne la regarde. Enjouée mais efficace. Comme si l'attentat n'avait jamais eu lieu.

— Il est dans un fauteuil, me prévient-elle. Autant ne pas en faire tout un plat. Il n'aime pas qu'on le plaigne.

— Je ne le plains pas, dis-je, en m'efforçant de chasser la colère de ma voix pour ne pas éveiller ses soupçons. Ce n'est pas le premier à recevoir une balle.

— J'oublie toujours que tu es plus habituée à la violence que nous.

Tandis qu'elle présente son badge au check-point, j'observe les gardes qui se tiennent derrière la barrière vitrée, bien droits, le fusil à l'épaule, le regard fixé devant eux. Apparemment, ils sont censés rester comme ça toute la journée.

Je me sens lourde, courbatue, comme si mes muscles me transmettaient une douleur plus profonde, psychologique. Uriah est toujours dans le coma. Quand je croise Tobias dans le dortoir, à la cafétéria, dans le couloir, je n'arrive toujours pas à le regarder sans voir le mur exploser à côté d'Uriah. Je ne sais pas quand, ni même si ça va s'arranger, si ces blessures sont de celles qui peuvent guérir.

On dépasse le check-point et le carrelage fait place à du parquet. Des petits tableaux sont accrochés aux murs dans des cadres dorés, et un bouquet de fleurs trône dans un vase posé sur une colonne devant la porte du bureau de David. Ce ne sont que des détails, mais j'ai soudain l'impression de faire tache dans ce décor délicat.

Zoe frappe à la porte et une voix répond :

— Entrez !

Elle ouvre en restant à l'extérieur. Le bureau de David est spacieux, bien chauffé, éclairé par de grandes fenêtres. Les murs sont tapissés de bibliothèques. Sur la gauche se trouve un bureau au-dessus duquel sont suspendus des écrans en verre, et sur la droite, un petit laboratoire équipé de modules en bois et non en métal.

David est dans un fauteuil roulant, les jambes couvertes d'une matière rigide – sans doute pour maintenir les os en place le temps qu'ils se ressoudent. Hormis sa pâleur et son air affaibli, ça a l'air d'aller. J'ai beau savoir qu'il est impliqué dans la simulation d'attaque de la ville, j'ai du mal à associer ces actes avec l'homme que j'ai en face de moi. Je me demande si tous les gens nuisibles ont des proches qui continuent à les voir comme des personnes à l'attitude, au discours, à la gentillesse d'hommes estimables.

— Tris !

Il avance son fauteuil et prend ma main entre les siennes. Je la lui abandonne, bien que sa peau soit sèche comme du papier de verre et que son contact me dégoûte.

— Tu as fait preuve d'un grand courage. Comment vont tes blessures ?

Je hausse les épaules.

— J'ai vu pire. Et vous ?

— Je ne remarcherai pas tout de suite, mais ils ont bon espoir. En outre, l'une de nos équipes est en train de mettre au point un système d'attelles plutôt perfectionné ; je pourrai toujours leur servir de cobaye, si besoin, précise-t-il avec un petit sourire qui lui plisse les yeux. Pourrais-tu m'aider à m'installer à mon bureau ? J'ai encore du mal à me débrouiller tout seul.

Je m'exécute, en calant ses jambes raides sous le bureau et en laissant le reste de son corps suivre le mouvement. Après m'être assurée qu'il est bien installé, je m'assieds en face de lui et j'essaie de sourire. Si je veux trouver un moyen de venger mes parents, je dois cultiver sa confiance et sa bienveillance. Et j'ai peu de chances d'y arriver en faisant la tête.

— Je t'ai demandé de venir avant tout pour te remercier, me

dit-il. Je connais peu de jeunes gens qui auraient pris sur eux pour venir me secourir au lieu de filer se mettre à couvert, et qui auraient réussi à sauver le complexe comme tu l'as fait.

Je me revois en train de le prendre en otage en lui collant un canon de pistolet sur la tête, et je déglutis avec difficulté.

— Toi et tes compagnons, vous vivez dans une situation de transit regrettable depuis votre arrivée ici. Pour être franc, nous ne savons pas trop quoi faire de vous, et je suppose que vous ne savez pas très bien quoi faire non plus. Mais j'ai pensé à une chose que *tu* pourrais faire pour moi. Je suis le dirigeant officiel de ce complexe, mais nous avons un système de gouvernement semblable à celui des Altruistes et je suis entouré d'un petit groupe de conseillers. Je souhaite que tu suives une formation pour occuper cette position.

Je me contracte.

— Vois-tu, il va nous falloir prendre certaines mesures, maintenant que nous avons subi une attaque, poursuit-il. Nous allons devoir apprendre à nous défendre. Et je pense que tu as des compétences en la matière.

Ça, je ne peux pas le nier.

— Que... (Je m'éclaircis la voix.) Qu'impliquerait cette formation ?

— De participer à nos réunions, pour commencer, et de t'imprégner de la vie du complexe : comment nous fonctionnons, notre histoire, nos valeurs, etc. Je ne peux pas te nommer officiellement membre du conseil à ton âge, et de toute façon il y a un parcours à respecter, en devenant assistant d'un membre en place. Mais je t'invite à te lancer dans l'aventure, si cela te tente.

La question n'est pas dans sa voix, mais dans ses yeux.

Ses conseillers sont sans doute ceux-là mêmes qui ont décidé de fournir le sérum à Jeanine pour la simulation d'attaque. Et il me demande de m'asseoir parmi eux, d'apprendre à devenir comme eux. J'ai un goût de bile dans la bouche. Mais je réponds sans hésitation, en souriant :

— Bien sûr. Ce serait un honneur pour moi.

On ne refuse jamais une bonne occasion de se rapprocher de son ennemi. Je n'ai pas eu besoin qu'on me l'apprenne pour le savoir.

Mon sourire est sans doute crédible car il sourit à son tour.

— J'étais sûr que tu accepterais. C'est quelque chose que j'aurais voulu pour ta mère, si elle ne s'était pas portée volontaire pour intégrer l'implantation. Mais je crois qu'elle était tombée amoureuse de la ville en l'observant de loin et qu'elle n'a pas pu résister.

— Tombée amoureuse… de la ville ? répété-je. Comme quoi tous les goûts sont dans la nature.

Ce n'est qu'une plaisanterie, mais le cœur n'y est pas. Ça n'empêche pas David de rire et je comprends que j'ai dit ce qu'il fallait.

— Vous étiez… proche de ma mère quand elle vivait ici ? demandé-je. J'ai lu son journal, mais elle n'était pas très bavarde, apparemment.

— Effectivement, ce n'était pas tellement dans son caractère. Natalie allait toujours droit au but. Oui, nous étions proches.

Sa voix s'adoucit quand il parle d'elle ; il cesse alors d'être le chef endurci du complexe pour devenir un homme d'un certain âge qui se replonge avec attendrissement dans les souvenirs de son passé.

Au temps d'avant qu'il ne la fasse tuer.

— On avait une histoire assez similaire, poursuit-il. On m'a tiré du monde des déficients quand j'étais enfant... Je viens d'une famille gravement dysfonctionnelle et mes parents ont été tous les deux envoyés en prison quand j'étais jeune. Plutôt que de tomber dans un système d'adoption déjà surchargé d'orphelins, mes frères et moi, on s'est enfuis dans la Marge – là où ta mère a aussi trouvé refuge des années plus tard. Je suis le seul à en être sorti vivant.

Je sens monter en moi de la compassion pour cet homme que je sais coupable d'actes horribles, et elle m'encombre.

Je me contente de fixer mes mains en m'imaginant que mes organes internes sont en train de durcir comme de l'acier.

— Il faudrait que tu accompagnes une patrouille dans la Marge dès demain, reprend-il. C'est important qu'un futur membre du conseil voie cela.

— Ça m'intéresserait beaucoup.

— Parfait ! Bien, je regrette de devoir mettre un terme à notre conversation, mais le temps file, et j'ai pas mal de travail à rattraper. On te tiendra au courant concernant la patrouille. La prochaine réunion du conseil a lieu vendredi à dix heures. Donc, à très bientôt.

Je panique. Je ne lui ai pas posé les questions que je voulais. Je pense qu'il ne m'en a pas laissé l'occasion. Et maintenant, il est trop tard. Je me lève et me dirige vers la sortie, quand il ajoute :

— Tris, je crois que je dois être sincère avec toi, pour que nous puissions établir une vraie relation de confiance.

Pour la première fois depuis que je l'ai rencontré, il semble presque... effrayé, les yeux écarquillés, comme un enfant. Une seconde plus tard, il a repris son expression normale.

— Même si j'étais drogué, je sais ce que tu leur as dit pour les empêcher de nous tirer dessus. Que tu étais prête à me tuer pour protéger le Labo d'armement.

J'ai une boule dans la gorge qui m'empêche de respirer.

— Inutile de t'inquiéter, me rassure-t-il. C'est l'une des raisons pour lesquelles je t'ai fait cette proposition.

— P-Pourquoi ?

— Tu as fait preuve de la qualité qui m'est la plus indispensable chez mes conseillers : la capacité de faire des sacrifices au nom de l'intérêt général. Si nous voulons gagner le combat contre les déficiences génétiques, si nous voulons éviter la fermeture des implantations, il nous faut faire des sacrifices. Tu comprends cela, n'est-ce pas ?

Je me force à surmonter ma colère pour acquiescer d'un signe de tête. Nita m'a déjà dit que les implantations étaient menacées de fermeture, et David ne fait que me le confirmer. Mais son obstination à sauver l'œuvre de sa vie ne justifie en aucun cas la destruction de toute une faction, de *ma* faction.

Je reste un instant immobile, la main sur la poignée de la porte, essayant de retrouver mon sang-froid ; et je décide de prendre un risque.

— Qu'est-ce qui se serait passé s'ils avaient provoqué une autre explosion pour entrer dans le Labo d'armement ? questionné-je. Nita a parlé d'une mesure de sécurité d'urgence qui se déclencherait s'ils tentaient de forcer l'entrée. Pourtant, à mon avis, c'était la solution la plus évidente pour eux.

— Un sérum aurait été émis dans l'air... Un sérum contre lequel les masques ne peuvent rien, parce qu'il est absorbé par la peau. Même les GP ne peuvent pas y résister. J'ignore comment Nita l'a appris car c'est une information confidentielle. Mais je suppose qu'on finira par le savoir.

— Quel est l'effet de ce sérum ?

Son sourire se change en une grimace.

— Disons qu'il est assez sérieux pour qu'on préfère encourir la prison à vie que de s'y exposer.

Il a raison, inutile de m'en dire plus.

CHAPITRE TRENTE-TROIS

TOBIAS

— REGARDEZ QUI VOILÀ, chantonne Peter en me voyant entrer dans le dortoir. Le traître.

Des cartes blanches, bleu pâle et vert clair sont étalées sur son lit et sur le lit voisin. Elles m'attirent comme par un étrange magnétisme. Sur chacune d'elles, il a dessiné un cercle un peu tremblé autour de notre ville, autour de Chicago. Il a matérialisé les limites des lieux qu'il a connus.

Je regarde ce cercle rapetisser d'une carte à l'autre, jusqu'à n'être plus qu'un rond rouge vif, comme une tache de sang.

Je reçois un choc à l'idée de mon insignifiance mesurée à cette échelle.

— Parce que tu crois que tu vaux mieux que moi ? répliqué-je. Tu fais quoi avec toutes ces cartes ?

— J'ai du mal à me mettre dans le crâne les dimensions du monde, mais des gens d'ici m'aident à m'y retrouver. À propos des planètes, des étoiles, des océans, ce genre de trucs...

Il me présente ça sur un ton nonchalant, mais ses gribouillis frénétiques sur les cartes montrent que son intérêt n'a rien de nonchalant ; c'est une obsession. J'ai été obsédé par mes peurs, à une période, comme lui, acharné à leur trouver un sens, encore et encore.

— Et tu y vois plus clair ? lui demandé-je.

Je me rends compte soudain que c'est la première fois que je parle à Peter sans le houspiller. Non pas qu'il ne l'ait pas mérité, mais le résultat est que je ne sais strictement rien de lui. C'est tout juste si j'arrive à retrouver son nom de famille en visualisant le tableau de service des novices. Hayes. Peter Hayes.

— Si on veut.

Il prend l'une des cartes, qui représente l'ensemble du globe, mis à plat comme une pâte à tarte. Je la scrute en me laissant le temps d'identifier les formes : les étendues d'eau en bleu, les surfaces de terre de toutes les couleurs. Sur l'une de ces surfaces, il me désigne un point rouge.

— Ce point représente tout ce qu'on connaît, toi et moi. Notre ville pourrait être engloutie au fond de l'océan et personne ne verrait la différence.

De nouveau, l'idée de ma petitesse m'effraie.

— Bon. Et donc ?

— Donc ? Donc, toutes les questions que je me suis posées, tout ce qui m'a préoccupé, tout ce que j'ai pu dire ou faire, quelle importance ça peut bien avoir ? Aucune, conclut-il en secouant la tête.

— Bien sûr que si, argumenté-je. Partout sur cette Terre, il y a des gens, tous différents les uns des autres, et tout ce qu'ils font aux autres a de l'importance.

Il secoue de nouveau la tête et je me demande soudain si ça le rassure de se dire que tout ce qu'il a fait de moche est sans conséquences. Je comprends que cette planète colossale, qui me terrifie, moi, puisse lui apparaître comme un refuge, un endroit où il peut se fondre dans l'immensité sans jamais se distinguer ni être tenu responsable de ses actes.

Il se penche pour refaire ses lacets.

— Alors, ton petit groupe d'adeptes ne veut plus de toi ?

— Si, dis-je machinalement.

Puis j'ajoute :

— Enfin, peut-être que non. Mais ce ne sont pas mes *adeptes*.

— Allez, ne me dis pas que tu ne connais pas la secte des adorateurs de Quatre !

Je ne peux pas m'empêcher de rire.

— Et alors, t'es jaloux ? Tu voudrais qu'il y ait une secte des psychopathes pour te porter aux nues ?

— Si j'étais un psychopathe, je t'aurais tué dans ton sommeil, depuis le temps, réplique-t-il en prenant un air démoniaque.

— Histoire d'ajouter mes globes oculaires à ta collection, j'imagine.

On rit tous les deux, et je réalise que j'échange des blagues avec le novice qui a crevé un œil à Edward et tenté de tuer ma petite amie – si elle l'est toujours. Mais bon, c'est aussi lui qui nous a aidés à mettre fin à la simulation d'attaque et qui a sauvé Tris d'une mort atroce. Je me demande laquelle de ces actions devrait primer dans mon esprit. Peut-être que je devrais les oublier toutes et lui donner une chance de repartir de zéro.

— Tu pourrais te joindre à notre petit groupe de parias, me suggère-t-il. Jusqu'ici, il ne comprend que Caleb et moi, mais vu la vitesse à laquelle on peut se retrouver dans *son* collimateur, il devrait s'agrandir rapidement.

Je me raidis en comprenant de qui il parle.

— C'est vrai, on a vite fait de se retrouver dans son collimateur. Il suffit d'essayer de la tuer.

Mon ventre se noue. Moi aussi, j'ai failli tuer Tris. Si elle s'était tenue plus près de l'explosion, elle serait reliée à des tubes à l'hôpital, comme Uriah.

Pas étonnant qu'elle ne sache pas si elle veut continuer avec moi.

La décontraction d'il y a cinq minutes s'est évaporée. Je ne peux pas oublier ce qu'a fait Peter, parce qu'il n'a pas changé. Il est resté celui qui était prêt à tuer, à mutiler, à détruire pour gagner la première place dans sa classe de novices. Et je ne peux pas davantage oublier ce que j'ai fait, moi. Je me lève.

Peter s'adosse au mur et croise les doigts sur son ventre.

— Tout ce que je dis, c'est que si elle déclare que quelqu'un ne vaut rien, tout le monde la suit. C'est un talent surprenant, pour une fille qui n'était au départ qu'une Pète-sec totalement anonyme, non ? Ça fait peut-être un peu trop de pouvoir pour une seule personne, tu ne crois pas ?

— Son talent n'est pas de contrôler l'opinion des autres, rectifié-je, mais d'avoir souvent raison.

Peter ferme les yeux.

— Si tu le dis, Quatre.

Les nerfs hérissés, je m'éloigne du dortoir et des cartes avec leurs ronds rouges, sans savoir où je vais.

Tris a toujours eu à mes yeux un magnétisme que j'aurais du mal à décrire et dont elle n'a pas conscience. Cela ne m'a jamais inspiré ni peur ni haine, contrairement à Peter. Mais jusqu'ici, j'étais dans une position de force qui me mettait à l'abri de tout sentiment de menace. Maintenant que j'ai perdu cette position, moi aussi, je sens ce tiraillement qui me pousse à l'amertume, aussi clairement que si on me tirait par le bras.

Je me retrouve de nouveau dans la serre. Aujourd'hui, la lumière brille derrière les vitres. Les fleurs sont magnifiques et sauvages sous le soleil, comme des créatures figées, suspendues dans le temps.

Cara entre presque en courant, les cheveux en bataille.

—Enfin, je t'ai trouvé. C'est dingue comme on a vite fait de perdre quelqu'un, ici.

—Qu'est-ce qui se passe ?

—Toi d'abord, . Comment ça va ?

Je me mords la lèvre si fort que je me fais mal.

—Ça va. Alors, qu'est-ce qu'il y a ?

—On a une réunion et ta présence est requise.

—Qui ça, « on » ?

—Des GD et des GP sympathisants qui ne veulent pas laisser le Bureau s'en tirer à si bon compte, me répond-elle.

Puis, en penchant la tête sur le côté :

—Mais qui sont plus doués en organisation que ta petite bande de la Marge.

—Tu es au courant pour l'histoire de la simulation d'attaque ?

—Mieux, j'ai identifié le sérum au microscope quand Tris me l'a montré.

—Je ne me mêle plus de cette histoire, dis-je en secouant la tête.

—Ne sois pas ridicule. La vérité que tu as découverte reste la vérité. Ces gens sont toujours responsables de la mort de beaucoup d'Altruistes et de l'asservissement des Audacieux, et de la destruction de notre mode de vie. Il faut faire quelque chose.

Je n'ai pas très envie de me retrouver dans la même pièce que Tris alors qu'on est au bord de la rupture, comme au bord d'une falaise. C'est plus facile à oublier quand je ne la vois pas. Mais les arguments de Cara sont si convaincants que je ne peux qu'acquiescer : oui, il faut faire quelque chose.

Elle me prend par la main et m'entraîne dans le hall de l'hôtel. Je sais qu'elle a raison, mais la perspective de me lancer dans une nouvelle tentative de résistance me dérange. Pourtant, je suis déjà en train de la suivre et une partie de moi ne demande qu'à se remettre en mouvement, plutôt que de rester pétrifié devant les images de surveillance de notre ville, comme tout à l'heure.

Une fois sûre que je ne vais pas rebrousser chemin, elle me lâche la main et rabat une mèche derrière son oreille.

– Ça me fait toujours bizarre de ne plus te voir habillée en bleu, lui dis-je.

– Il est peut-être temps qu'on passe à autre chose, me répond-elle. Même si je le pouvais, je ne voudrais plus revenir en arrière.

– Les factions ne te manquent pas ?

Elle me glisse un coup d'œil. Il s'est écoulé assez de temps depuis la mort de Will pour que je puisse la regarder sans penser à lui ; je ne vois plus que Cara. Je la connais mieux que je ne l'ai connu, lui. Et je retrouve chez elle juste assez du caractère enjoué de son frère pour me permettre de la taquiner sans avoir peur de la vexer.

– En fait, si, me dit-elle. J'étais comme un poisson dans l'eau chez les Érudits. Tous ces gens qui se consacraient aux découvertes et à l'innovation, c'était un vrai plaisir. Mais maintenant que je sais que le monde est si vaste... Disons que j'ai l'impression d'avoir grandi aussi, et que je me sentirais à l'étroit dans ma faction.

Elle fronce les sourcils.

— Désolée, ça manque un peu de modestie.

— On s'en fiche, non ?

— Pas tout le monde. Mais c'est bon de savoir que toi, oui.

Je suis bien forcé de remarquer que certaines des personnes que l'on croise me regardent d'un sale œil ou s'écartent sur mon passage. J'ai déjà été détesté et évité, en tant que fils d'Evelyn Johnson, la sans-faction tyrannique, mais ça me gêne davantage aujourd'hui. Cette fois, je sais que j'ai fait quelque chose pour m'attirer cette haine ; je les ai tous trahis.

— Ignore-les, me conseille Cara. Ils ne savent pas ce que c'est, d'avoir une décision difficile à prendre.

— Je parie que toi, tu ne l'aurais pas fait.

— C'est vrai, mais c'est seulement parce qu'on m'a appris à rester prudente quand je ne dispose pas de toutes les informations. Toi, on t'a appris que c'est en prenant des risques qu'on peut récolter le plus de bénéfices.

Elle me glisse un regard en coin avant d'ajouter :

— Ou pas.

Elle frappe à la porte du labo de Matthew, qui vient nous ouvrir en croquant dans une pomme.

Tris est là. À côté d'elle, Christina, assise sur la table d'examen, me regarde comme si j'étais un fruit pourri, bon à jeter. Dans le coin près de la porte se trouve Caleb, le visage couvert d'hématomes. Alors que je m'apprête à lui demander ce qui lui est arrivé, je remarque que les mains de Tris ne sont pas mieux et qu'elle évite ostensiblement de croiser son regard.

Ainsi que le mien.

— Je crois que tout le monde est là, déclare Matthew. Bien… alors… euh… Tris, je suis vraiment nul pour ça.

— Ça, c'est sûr, lui dit-elle avec un sourire.

Une piqûre de jalousie m'aiguillonne. Elle s'éclaircit la voix.

— Bon, on sait que ces gens sont responsables du massacre des Altruistes et qu'on ne peut pas compter sur eux pour protéger les habitants de notre ville. On sait qu'on veut agir, et que la dernière tentative en la matière a été…

Ses yeux glissent vers moi, et je me sens rapetisser dans son regard.

— … mal avisée, achève-t-elle. On peut faire mieux.

— Qu'est-ce que tu proposes ? demande Cara.

— Tout ce que je sais, c'est que je veux dénoncer leurs actions, répond Tris. Je suis sûre qu'une partie des gens du complexe ignorent ce qu'ont fait leurs chefs, et on doit le leur montrer. Peut-être qu'alors, ils éliront de nouveaux chefs, qui ne traiteront pas la population des implantations comme du bétail. Je me demandais si une « épidémie » de sérum de vérité, si l'on peut dire…

Je repense au poids du sérum, à la façon dont il a envahi tous les espaces vides en moi, dans mon visage, mon ventre, mes poumons. Je me rappelle comme il m'a paru impossible que Tris parvienne à se défaire de ce poids pour mentir.

— Ça ne marchera pas, dis-je. Ce sont des GP ! Les GP résistent au sérum de vérité.

— Pas du tout, intervient Matthew en tortillant le lacet qu'il a autour du cou. Ce n'est pas si fréquent que ça, les Divergents qui résistent au sérum. Seulement Tris, récemment. La capacite de résistance est juste variable d'un individu à l'autre – regarde, toi, par exemple. Bref, c'est pour ça que je t'ai fait venir, Caleb. Tu as déjà travaillé sur les sérums. Tu dois les connaître aussi bien que moi. On peut peut-être mettre au point un sérum de vérité plus puissant.

– Je ne veux plus travailler sur ce genre de truc, lui répond Caleb.

– Oh, la fer... commence Tris.

Matthew l'interrompt d'un geste.

– S'il te plaît, Caleb, insiste-t-il.

Caleb et Tris échangent un regard. Son visage à lui et ses doigts à elle sont presque de la même couleur, un mélange dilué de mauve, de bleu et de vert. Voilà ce qui arrive quand des frères et sœurs se battent : ils s'infligent les mêmes blessures. Caleb reprend appui sur le bord de la paillasse, la tête contre les étagères métalliques.

– Très bien, entendu, dit-il. Tant que tu promets de ne pas t'en servir contre moi, Beatrice.

– Je n'ai aucune raison de faire ça.

– Je peux t'aider, annonce Cara en levant la main. Moi aussi, j'ai travaillé sur les sérums chez les Érudits.

– Super, dit Matthew en tapant dans ses mains. Et maintenant que Tris a été « recrutée » par David – pour ceux qui ne le savent pas –, elle pourra jouer les espionnes.

– Et moi ? demande Christina.

– J'espérais que toi et Tobias, vous pourriez essayer de cuisiner Reggie, dit Tris. David n'a pas voulu me donner de précisions sur les mesures de sécurité d'urgence du Labo d'armement. Mais Nita ne doit pas être la seule à être au courant.

— Tu me demandes de coopérer avec le mec qui a déclenché les bombes qui a mis Uriah dans le coma ? dit Christina.

— Je ne te demande pas d'être copine avec lui, répond Tris. Juste de le questionner. Tobias pourra t'aider.

— Je n'ai pas besoin de Quatre, réplique Christina.

Elle déchire le papier de protection de la table d'examen en se tortillant dessus et me jette un coup d'œil acide. Je sais qu'en me regardant, elle doit voir le visage sans expression d'Uriah. Ma gorge se noue.

— En fait, si, dis-je, parce que Reggie me fait confiance. Et ces gens sont très secrets, ce qui demande un peu de subtilité.

— Je peux tout à fait être subtile !

— Ça, je ne crois pas.

— Là-dessus, il n'a pas tort, enchérit Tris avec un sourire.

Christina lui donne une tape sur le bras et Tris riposte.

— Bon, dans ce cas, tout est réglé, résume Matthew. Le mieux serait de se revoir vendredi après que Tris aura participé à la réunion du conseil. Disons à dix-sept heures.

Il s'approche de Cara et de Caleb pour leur parler d'une histoire de composants chimiques qui m'échappe totalement. Christina sort en me bousculant d'un coup d'épaule. Tris lève les yeux vers moi.

— Il faudrait qu'on parle, lui dis-je.

— Très bien.

Je la suis dans le couloir.

On attend près de la porte que tout le monde soit parti. Elle se tient voûtée, comme si elle essayait de se faire encore plus petite, de disparaître sur place, et il y a bien trop d'espace entre nous, toute la largeur du couloir qui nous sépare. J'essaie de me rappeler la dernière fois que je l'ai embrassée, et je n'y arrive pas.

Enfin, on est seuls dans le couloir silencieux. J'ai des fourmis dans les doigts, comme toujours quand je me mets à paniquer.

— Tu crois que tu pourras me pardonner un jour ?

Elle secoue la tête mais me répond :

— Je ne sais pas. Je crois que j'ai besoin d'un peu de temps pour le découvrir.

— Tu sais... Tu *sais* que je n'ai jamais voulu faire de mal à Uriah.

Je regarde les points de suture de son arcade sourcilière.

— Ni à toi. Je n'ai jamais voulu te faire de mal à toi non plus.

Elle déplace son poids d'une jambe sur l'autre et hoche la tête.

— Oui, je le sais.

— Il fallait que je fasse quelque chose. Il le *fallait*.

— Des tas de gens ont été blessés, dit-elle. Tout ça parce que tu n'as pas voulu m'écouter, parce que – et c'est ça, le pire, Tobias – tu as pris ça pour une réaction mesquine de jalousie. Une réaction de gamine stupide, quoi.

— Je ne te traiterais jamais ni de mesquine ni de stupide, protesté-je d'un ton grave. C'est vrai, je me suis dit que tu n'étais pas objective. Mais c'est tout !

— C'est déjà trop.

Elle passe une main dans ses cheveux et enroule une mèche autour de ses doigts.

— C'est toujours pareil, au fond, reprend-elle. Tu n'as pas autant de respect pour moi que tu le dis. Tu restes persuadé que je ne sais pas réfléchir rationnellement...

— Ce n'est pas du tout ce qui s'est passé ! protesté-je avec véhémence. J'ai plus de respect pour toi que pour n'importe qui. Mais là, je suis en train de me demander ce qui te gêne le plus, que j'aie pris la mauvaise décision ou que je n'aie pas choisi la *tienne*

— Qu'est-ce que ça veut dire, ça ?

— Tu peux toujours soutenir que le plus important, c'est qu'on soit honnêtes l'un envers l'autre, en fait, ce que tu me demandes, c'est d'être toujours d'accord avec toi.

— C'est dingue que tu dises ça ! Tu avais *tort*...

— Ouais, j'avais tort !

Je crie, maintenant, et j'ignore d'où vient cette violence, mais je la sens qui monte en vrille, vicieuse, plus forte que tout ce que j'ai éprouvé ces derniers jours.

— J'avais tort ! J'ai commis une énorme erreur ! Le frère de mon meilleur ami est à moitié mort ! Et toi, tu te comportes comme une mère qui me punit parce que je n'ai pas obéi ! Mais tu n'es pas ma mère, Tris, ce n'est pas à toi de me dire ce que je dois faire ou choisir !

— Arrête de me crier dessus, me coupe-t-elle à voix basse.

Elle me regarde enfin, et moi qui, avant, voyais toutes sortes de choses dans ses yeux, de l'amour, du désir, de la curiosité, je n'y lis plus que de la colère.

— Arrête.

Son murmure sape ma propre colère et je me laisse aller en arrière contre le mur en enfonçant les mains dans mes poches. Je n'avais pas l'intention de m'énerver, et certainement pas de crier.

Choqué, je regarde les larmes couler sur ses joues. Je ne l'avais pas vue pleurer depuis longtemps. Elle renifle, avale sa salive et essaie en vain de parler normalement :

— J'ai juste besoin d'un peu de temps, me dit-elle en butant sur chaque mot. D'accord ?

— D'accord.

Elle essuie ses larmes du plat de la main et s'éloigne. Je regarde sa tête blonde disparaître à l'angle du couloir et je me sens nu, comme si j'avais perdu toutes mes protections contre la douleur. Son absence est ce qui me fait le plus mal.

CHAPITRE TRENTE-QUATRE

TRIS

— LA VOILÀ, dit Amar en me voyant approcher. Attends, Tris, je vais te trouver un gilet.

— Un gilet ?

Comme David me l'a promis hier, cet après-midi, je vais dans la Marge avec une patrouille. Je ne sais pas à quoi m'attendre, ce qui, en général, me rend nerveuse. Mais ces derniers jours m'ont tellement épuisée que je n'éprouve plus grand-chose.

— Un gilet pare-balles. La Marge n'est pas très sûre, m'explique-t-il.

Il se penche sur une caisse posée près de la porte, fouille dans une pile de grosses vestes noires à la recherche de la bonne taille et en extirpe une visiblement trop grande pour moi.

— Désolé, le choix est limité. Mais ça fera l'affaire. Lève les bras.

Il m'aide à enfiler le gilet et à l'ajuster.

— Je ne savais pas que tu serais là, dis-je.

— Tu croyais que je faisais quoi, au Bureau ? Le blagueur

de service ? me répond-il d'un ton enjoué. Ils ont mis à profit mes compétences d'Audacieux. Je fais partie de l'équipe de sécurité. George aussi. D'habitude, on se cantonne à la sécurité du complexe, mais dès que quelqu'un doit aller dans la Marge, je suis volontaire.

— On parle de moi ? demande George en nous rejoignant. Salut, Tris. Il n'est pas en train de griller ma réputation, j'espère ?

Il passe un bras autour des épaules d'Amar et ils se regardent avec un sourire complice. George a l'air d'aller mieux que la première fois que je l'ai vu, mais le chagrin a laissé sa marque sur son visage et éteint son regard.

— Je me disais qu'elle devrait porter une arme, dit Amar.

Il se tourne vers moi :

— En principe, on ne donne pas d'armes aux apprentis membres du conseil parce qu'ils sont incapables de s'en servir. Mais avec toi, ce n'est clairement pas un problème.

— C'est bon, tu sais, commencé-je. Je n'ai pas besoin...

— Il a raison, dit George, tu tires sans doute mieux que la plupart des gars de l'équipe. Une Audacieuse de plus à bord, ça ne nous fera pas de mal. Je vais te chercher un pistolet.

Quelques minutes plus tard, je me dirige vers le camion avec Amar, équipée d'un pistolet. On s'installe tout au fond tandis que George et une certaine Ann prennent place au milieu, et deux autres gardes, Jack et Violet, à l'avant. L'arrière du camion est recouvert d'une coque noire et rigide. Les vitres sont opaques de l'extérieur, mais transparentes de l'intérieur, ce qui nous permet de voir au-dehors. Je me cale entre Amar et la pile de matériel qui nous masque l'avant. George se retourne pour nous sourire quand on démarre, puis je me retrouve seule avec Amar.

Je regarde le complexe rapetisser derrière nous. On traverse une zone de jardins et de dépendances, derrière laquelle je distingue les avions, blancs et immobiles. On arrive à la clôture, dont la porte s'ouvre pour nous. Jack informe le garde du but de notre sortie et du contenu du véhicule, dans des termes que je ne comprends pas. Et on nous lâche dans le vaste monde.

— Quel est l'objectif de cette patrouille ? À part me montrer comment les choses fonctionnent ? demandé-je à Amar.

— On garde toujours un œil sur la Marge, qui est la zone de population GD la plus proche du complexe. Principalement dans un but scientifique, pour observer leur comportement. Mais depuis l'attentat, David et le conseil ont décidé de mettre en place une surveillance accrue pour éviter que ça ne se reproduise.

On passe devant des ruines semblables à celles que j'ai vues en quittant la ville – des bâtiments croulant sous leur propre poids et une végétation sauvage qui a repris ses droits et jaillit à travers le béton.

Ne connaissant pas Amar, je ne dirais pas que je lui fais confiance, mais je ne peux pas m'empêcher de lui demander :

— Et toi, tu y crois ? Au fait que les dégâts génétiques sont la cause de... *tout ça* ?

Tous les amis d'Amar dans l'implantation étaient des GD. Peut-il réellement croire qu'ils étaient déficients, qu'il y avait quelque chose d'anormal chez eux ?

— Pas toi ? me répond-il. Ce que je me dis, c'est que la Terre existe depuis très, très longtemps. Bien plus longtemps qu'on ne peut l'imaginer. Et pourtant, avant la Guerre de Pureté, personne n'avait jamais fait ça.

Il agite la main pour désigner la désolation qui nous entoure.

— Je ne sais pas, dis-je. J'ai du mal à croire que non.

— Tu as vraiment une vision noire de la nature humaine.

Je ne réagis pas.

— En plus, reprend-il, si quelque chose du même genre s'était déjà produit avant, le Bureau le saurait.

Je suis surprise par la naïveté de ce raisonnement de la part de quelqu'un qui a vécu dans notre ville, et qui a vu ensuite sur les écrans la quantité de secrets qu'on avait les uns pour les autres. Evelyn essaie de contrôler les gens en accaparant les armes, mais Jeanine était plus ambitieuse ; elle savait qu'en contrôlant l'information, ou en la manipulant, on n'a plus besoin de garder les gens sous sa botte ; ils se tiennent tranquilles de leur propre chef.

C'est ce que fait le Bureau – et sans doute l'ensemble du gouvernement : conditionner les gens dans l'idée qu'ils sont heureux sous son autorité.

On roule un moment en silence, avec pour seuls bruits le tintement de l'équipement et le ronronnement du moteur. Au début, je regarde chaque immeuble qu'on croise en me demandant qui y habitait, puis tous commencent à se confondre dans ma tête. Combien de sortes de ruines faut-il avoir vues pour se résigner à les englober toutes sous le même nom ?

— On n'est plus très loin de la Marge, lance George. On va s'arrêter ici et continuer à pied. Chacun prend une partie du matériel et se charge de le monter. Sauf Amar, qui doit juste veiller sur Tris. Tris, tu es libre de sortir découvrir tout ça, mais ne t'éloigne pas d'Amar.

J'ai la sensation que mes nerfs sont à fleur de peau et qu'il suffirait d'un rien pour que j'implose. C'est ici, dans la Marge, que ma mère s'est réfugiée après avoir assisté au meurtre de son père ; ici que le Bureau l'a trouvée et recueillie parce que son code génétique était « pur ». Et voilà que j'y suis à mon tour, là où tout a commencé.

Le camion s'arrête. Son arme à la main, Amar ouvre les portières et me fait signe de descendre. Je saute derrière lui.

Il y a des immeubles ici aussi, mais beaucoup moins nombreux que les abris de fortune faits de plaques de métal et de bâches en plastique qui se serrent les uns contre les autres. Dans les ruelles, des gens, surtout des enfants, vendent des bricoles sur des plateaux, portent des seaux d'eau ou font la cuisine sur des feux improvisés.

Quand les plus proches remarquent notre présence, un jeune garçon se sauve en criant :

— Un raid ! Un raid !

— Ne t'inquiète pas pour ça, me dit Amar. Ils nous prennent pour des soldats. Ils viennent parfois ramasser des gamins pour les emmener à l'orphelinat.

J'ébauche un vague geste pour accuser réception de l'information en m'engageant dans une ruelle. La plupart des gens ont pris la fuite ou se sont réfugiés dans leur appentis de toile ou de carton. Je les vois dans les fissures entre les cloisons. Les intérieurs se résument à des matelas et à quelques réserves de nourriture. Je me demande comment ils se débrouillent l'hiver. Ou pour aller aux toilettes.

Je pense aux fleurs qui poussent dans le complexe, aux sols parquetés et à tous les lits vides de l'hôtel, et je demande ·

— Vous les aidez, quelquefois ?

— On estime que le meilleur moyen d'améliorer les conditions de vie est de réparer les déficiences génétiques, m'explique Amar comme s'il récitait une leçon. Nourrir les gens, ça revient à coller un pansement sur une plaie ouverte. Ça peut arrêter l'hémorragie pour un temps, mais au final, ça ne soigne pas la blessure.

Je secoue la tête en poursuivant mon chemin, la gorge trop nouée pour parler. Je commence à comprendre pourquoi ma mère a choisi les Altruistes et pas les Érudits. Si elle avait juste cherché à fuir la corruption qui gagnait la faction des Érudits, elle aurait pu intégrer celles des Fraternels ou des Sincères. Mais elle a choisi celle qui lui permettait d'aider les démunis, et elle a consacré le reste de sa vie à s'assurer que les sans-faction puissent manger à leur faim.

Ils devaient lui rappeler cet endroit.

Je détourne la tête pour cacher à Amar que j'ai les larmes aux yeux.

— Retournons au camion, dis-je.

— Ça va ?

— Oui. Ça va.

À l'instant où on fait demi-tour, des coups de feu retentissent. Et tout de suite après, un cri : « À l'aide ! »

Autour de nous, tout le monde se disperse.

— C'est George, dit Amar.

Il s'enfonce en courant dans une ruelle et je le suis au milieu des baraques en tôle. Mais il est trop rapide pour moi et cet endroit est un vrai dédale. En quelques secondes, je l'ai perdu et je me retrouve seule.

Malgré toute la compassion que j'éprouve spontanément, en bonne Altruiste, pour ceux qui vivent ici, je n'en ai pas moins peur d'eux. S'ils sont comme les sans-faction, ils doivent être aux abois. Et je me méfie des gens aux abois.

Une main se replie sur mon bras et me tire en arrière dans

l'un des appentis en aluminium. Tout l'intérieur est teinté de bleu par la bâche qui recouvre les cloisons pour isoler la pièce du froid. Le sol est tapissé de contreplaqué, et devant moi se tient une petite femme maigre au visage crasseux.

— Faut pas rester dehors comme ça, me dit-elle. Ils se vengent sur tout le monde, même sur les petites jeunes.

— Qui ça, ils ?

— Il y a des tas de gens en colère, ici. À cause de cette colère, il y en a qui sont prêts à tuer tous ceux qu'ils voient comme des ennemis. Heureusement, il y en a d'autres que ça rend plus constructifs.

— En tout cas, merci pour votre aide. Je m'appelle Tris.

— Moi, c'est Amy. Asseyez-vous.

— Je ne peux pas. Mes amis sont dehors.

— Alors, vous feriez mieux d'attendre. S'ils ont des ennuis, vous pourrez toujours les aider en arrivant par-derrière.

Sa suggestion me paraît pleine de bon sens.

Je m'assieds par terre. Mon pistolet me rentre dans la jambe et mon gilet pare-balles est trop raide pour que je me sente à l'aise, mais j'essaie de me détendre. Dehors, des gens passent en courant et en criant. Amy soulève un pan de bâche pour jeter un coup d'œil.

— Donc vos amis et vous, vous n'êtes pas des soldats, dit-elle sans se retourner. Ça veut dire que vous devez être du Bien-Être Génétique, c'est ça ?

— Non. Enfin, eux, oui. Moi, je viens de la ville. Je veux dire, de Chicago.

Amy écarquille les yeux.

— Mince. Ça a été fermé ?

— Pas encore.

— C'est bien dommage.

— Dommage ? fais-je, piquée au vif. C'est de ma ville dont vous parlez.

— Eh bien, votre ville renforce l'idée que les GD ont besoin d'être soignés – qu'ils sont *déficients*, point. Alors qu'ils... qu'on ne l'est pas. Alors oui, c'est bien dommage que ces implantations existent encore. Je ne retire pas ce que j'ai dit.

Je n'avais pas envisagé les choses sous cet angle. Pour moi, Chicago doit continuer à exister parce que ceux que j'ai perdus y ont vécu, parce qu'un mode de vie que j'ai aimé s'y perpétue, bien qu'il ait été mis à mal. Je n'ai jamais songé que l'existence même de Chicago pouvait nuire à d'autres qui demandaient juste qu'on les considère comme des êtres humains à part entière.

— Il est temps que vous y alliez, me signale Amy en laissant retomber la bâche. Ils doivent être dans une des zones de rassemblement, vers le nord-ouest.

— Merci encore, lui dis-je.

Elle me répond par un hochement de tête et je me baisse pour sortir de sa maison de fortune, en faisant craquer le contreplaqué sous mes pieds.

Je pars en courant dans les ruelles, en me félicitant que tout le monde se soit éparpillé à notre arrivée et qu'il n'y ait plus personne pour me ralentir. Je saute par-dessus une flaque de... – je ne veux pas savoir de quoi – et je débouche dans une sorte de cour, où un adolescent dégingandé pointe une arme sur George.

Un petit attroupement s'est formé autour d'eux. Les gens se sont répartis l'équipement de surveillance que transportait George et sont en train de le détruire, à coups de chaussure, de pierre et de marteau.

George pose les yeux sur moi et je mets un doigt sur ma

bouche. Les autres me tournent le dos ; le garçon armé ne sait pas que je suis là.

— Baisse cette arme, lui dit George.

— Non ! Je ne vais pas te la rendre après la peine que je me suis donnée pour l'avoir.

Les yeux du garçon font des allers-retours incessants entre George et les gens qui l'entourent.

— Dans ce cas... garde-la et laisse-moi partir.

— Quand tu nous auras dit où vous emmenez les nôtres, réplique le garçon.

— On n'a emmené personne. On n'est pas des soldats, on est juste en mission d'observation pour le Bureau.

— Ouais, c'est ça. Et le gilet pare-balles ? Si c'est pas un truc de soldat, moi, je suis milliardaire ! Allez, réponds !

Je recule pour m'abriter derrière un appentis, je me déporte pour viser et je crie :

— Hé !

Tout le monde se retourne en bloc. Mais contrairement à ce que j'avais espéré, le garçon garde George en joue.

— À cette distance, je ne peux pas te rater, lui dis-je. Si tu pars maintenant, je te laisse tranquille.

— Je vais lui tirer dessus ! menace-t-il.

— C'est moi qui vais te tirer dessus. On travaille pour le gouvernement, mais on n'est pas des soldats. On ne sait pas où sont les vôtres. Si tu le relâches, vous pouvez tous partir tranquillement. Mais si tu le tues, je peux te garantir que ça grouillera bientôt de soldats ici, et qu'ils ne seront pas aussi compréhensifs que nous.

À cet instant, Amar déboule dans la cour derrière George et quelqu'un dans la foule crie d'une voix aiguë :

— Il y en a d'autres !

Tout le monde déguerpit. Le garçon qui a pris le pistolet plonge dans une ruelle en nous laissant seuls, George, Amar et moi. Je garde quand même mon arme levée au niveau du visage, au cas où ils décideraient de revenir.

Amar passe un bras autour des épaules de son ami, qui lui donne des tapes dans le dos. Il me regarde par-dessus la tête de George :

— Alors ? Tu ne crois toujours pas que les déficiences génétiques sont responsables des problèmes ?

En les rejoignant, j'entrevois une petite fille accroupie derrière la porte d'un appentis, les bras autour des genoux. En me voyant à travers les fentes de la bâche, elle lâche un petit gémissement. Je me demande qui a enseigné à ces gens une telle terreur des soldats. Quel désespoir a pu pousser un jeune garçon à en menacer un avec un pistolet.

— Non, dis-je. Toujours pas.

Je connais des coupables plus plausibles.

+++

Quand on regagne le camion, Jack et Violet sont en train d'installer une caméra de surveillance qui a échappé au pillage. Violet lit une longue liste de numéros sur une tablette, dont Jack se sert pour programmer la sienne.

— Où est-ce que vous étiez passés ? nous demande-t-il.

— On s'est fait attaquer, l'informe George. Il faut partir.

— Coup de chance, c'était la dernière série de coordonnées, dit Violet. On a fini.

On s'entasse de nouveau dans le camion. Amar ferme les portières et je pose mon pistolet par terre après avoir remis le cran de sécurité. Je suis soulagée de m'en débarrasser. En me réveillant ce matin, je ne pensais pas pointer une arme sur quelqu'un aujourd'hui. Mais je ne pensais pas non plus découvrir des conditions de vie aussi sordides.

— C'est ton côté Altruiste qui te fait détester cet endroit, me dit Amar. Ça se voit.

— Ça et beaucoup d'autres côtés chez moi.

— J'ai remarqué ça chez Quatre, aussi. La faction des Altruistes génère des gens profondément investis, qui sont tout de suite sensibles aux besoins des autres. C'est drôle, je me suis aperçu qu'on pouvait diviser les Audacieux en catégories, en fonction de leur faction d'origine. Les natifs des Érudits ont tendance à devenir cruels et brutaux. Les natifs des Sincères deviennent souvent accros à l'adrénaline et cherchent la bagarre. Et les natifs des Altruistes... Ils deviennent, je ne sais pas, des sortes de soldats. Des révolutionnaires. D'ailleurs, je me suis toujours dit que si Quatre ne se laissait pas bouffer par ses doutes, il pourrait faire un sacré leader.

— D'accord avec toi, approuvé-je. C'est quand il suit les autres qu'il se fourre dans le pétrin. Comme avec Nita. Ou Evelyn.

Amar hoche la tête en signe d'assentiment.

« Et moi, alors ? me demandé-je soudain. Moi aussi, j'ai essayé d'en faire un suiveur. »

« Pas du tout », m'objecté-je à moi-même. Mais je manque un peu de conviction.

Des images de la Marge ressurgissent sans cesse dans mon esprit, comme des hoquets. J'imagine ma mère adolescente accroupie dans l'un de ces taudis, essayant de se procurer des armes pour s'assurer un minimum de sécurité, toussant dans la fumée des feux allumés pour se tenir chaud en hiver. Ça me surprend qu'elle ait rayé cet endroit de son esprit après avoir été recueillie dans le complexe. Elle s'est absorbée dans sa nouvelle vie et a travaillé pour le Bureau tout le reste de sa vie. Avait-elle oublié d'où elle venait ?

Non. Elle a passé sa vie à essayer d'aider les sans-faction. Sans doute qu'au-delà de son devoir d'Altruiste, c'était sa manière d'aider les gens semblables à ceux qu'elle avait laissés derrière elle.

Soudain, je ne supporte plus de penser à elle, ni à la Marge et à tout ce que j'y ai vu. Je me raccroche à la première pensée qui me vient pour détourner le cours de mes réflexions.

— Tobias et toi, vous étiez amis ? demandé-je à Amar.

— Tu connais des gens qui soient amis avec lui ? réplique-t-il en secouant la tête. En revanche, c'est moi qui lui ai trouvé son surnom. En le regardant affronter ses peurs, j'ai vu à quel point il était perturbé. Et je me suis dit que ce qu'il lui fallait, c'était un nouveau départ. Alors j'ai commencé à l'appeler « Quatre ». Mais je ne dirais pas qu'on était amis. Pas autant que j'aurais aimé.

Amar appuie la tête contre la paroi du camion et ferme les yeux. Un petit sourire lui retrousse les lèvres.

— Oh, fais-je. Tu... Il te plaisait ?

— Qu'est-ce qui te fait penser ça ?

Je hausse les épaules.

— Juste ta façon de parler de lui.

— Plus maintenant, si c'est ça la question. Mais à une époque, oui, effectivement. Cela dit, ce n'était clairement pas réciproque et j'ai vite laissé tomber.

Puis, après une pause :

— J'aimerais autant que ça reste entre nous.

— Ne t'inquiète pas, je ne lui dirai rien.

— Non, je veux dire, ni à lui ni à personne.

Il fixe le crâne de George, maintenant tout à fait visible au-dessus de la pile de matériel qui a considérablement diminué.

Je le regarde en haussant un sourcil. Au fond, ce n'est pas si étonnant que George et lui soient ensemble. Ce sont tous les deux des Divergents qui ont dû se faire passer pour morts pour survivre. Deux étrangers dans un monde inconnu.

— Je t'explique, reprend Amar. Le Bureau est obsédé par la procréation, la transmission des gènes... Et George et moi étant des GP, une relation qui exclut la possibilité de perpétuer un ADN sain, pour eux, ce serait... du gâchis, quoi.

— Ah, d'accord. En tout cas, dis-je avec un sourire ironique, pas besoin de t'inquiéter en ce qui me concerne. La production de gènes sains n'est pas une obsession pour moi.

— Ça me rassure !

On roule en silence pendant quelques minutes, en regardant les ruines se brouiller à mesure que le camion prend de la vitesse.

— En tout cas, je pense que tu fais du bien à Quatre, me déclare Amar

Je fixe mes mains posées sur mes genoux. Je n'ai aucune envie de lui expliquer qu'on est au bord de la rupture – je ne le connais pas, et même dans le cas contraire, je ne tiendrais pas à en discuter. Tout ce qui me vient, c'est :

— Ah ?

— Ouais. Je vois très bien ce que tu lui apportes. Tu ne peux pas le savoir puisque tu ne l'as pas connu avant, mais avant toi, Quatre était quelqu'un de très différent. Il était... obsessionnel, explosif, instable...

— Obsessionnel ?

— Comment qualifies-tu quelqu'un qui retourne sans cesse dans son paysage des peurs ?

— Je ne sais pas... Déterminé. Courageux.

— Oui, d'accord. Mais aussi un peu dingue, non ? Franchement, la plupart des Audacieux préféreraient sauter dans le gouffre que traverser leur paysage des peurs. Il y a le courage, et il y a le masochisme. Chez lui, la frontière est un peu floue.

— Je connais ça.

— C'est vrai, dit Amar en riant. Bref, ce que je veux dire, c'est que dès qu'on essaie de faire prendre la mayonnaise entre deux personnes, ça fait des étincelles. Mais pour vous deux, c'est clair que le jeu en vaut la chandelle.

— Faire prendre la *mayonnaise* ?

Je ris, mais ça ne me fait pas oublier le poids qui pèse sur ma poitrine.

CHAPITRE TRENTE-CINQ

TOBIAS

JE VAIS m'installer sur une chaise près des fenêtres de la salle de contrôle et je fais défiler un par un les enregistrements des caméras de la ville, à la recherche d'images de mes parents. Je tombe d'abord sur Evelyn ; elle est dans le hall du siège des Érudits, en train de parler en aparté avec Therese et un autre sans-faction – ses premier et deuxième assistants, maintenant que je suis parti. Je monte le son, mais je n'entends que des marmonnements.

Par les fenêtres, je vois le même ciel sans étoiles que celui des images de la ville, seulement interrompu par de petites lumières bleues et rouges qui signalent les pistes de décollage. C'est étrange de songer qu'on a ça en commun, alors que tout le reste est si différent.

Maintenant, les gens qui travaillent dans la salle de contrôle savent que c'est moi qui ai neutralisé le système de sécurité la nuit qui a précédé l'attentat, même si je n'ai pas versé du sérum de paix dans le gobelet de leur collègue pour pouvoir le faire –

c'était Nita. Mais globalement, ils m'ignorent, du moins tant que je ne m'approche pas de leurs bureaux.

Sur un autre écran, je me repasse les images à la recherche de Marcus ou de Johanna, ou de quoi que ce soit qui me montrerait ce qui se passe chez les Loyalistes. Je vois passer tous les quartiers de la ville : le pont près du Marché des Médisants, la Flèche, l'avenue principale du secteur des Altruistes, la Ruche, la grande roue et les champs des Fraternels, désormais cultivés par toutes les factions. Mais aucune des caméras ne m'apprend quoi que ce soit.

— Décidément, tu es toujours fourré ici, me dit Cara en arrivant derrière moi. Aurais-tu peur du reste du complexe ? Ou d'autre chose ?

Elle a raison, je passe beaucoup de temps dans la salle de contrôle. C'est une manière de m'occuper en attendant que Tris me donne son verdict, que notre plan pour frapper le Bureau prenne forme, en attendant qu'il se passe quelque chose, n'importe quoi.

— Non, dis-je. Je garde un œil sur mes parents.

— Tes parents que tu détestes ? me demande-t-elle en croisant les bras. Oui, je comprends que tu aies envie de passer tes journées à observer des gens à qui tu ne veux absolument pas avoir affaire. C'est parfaitement logique.

— Ils sont dangereux, expliqué-je. D'autant plus dangereux que personne d'autre que moi ne mesure à quel point.

— Et tu comptes faire quoi s'ils font quelque chose d'horrible ? Envoyer des signaux de fumée ?

Je la foudroie du regard.

— OK, OK, dit-elle en levant les mains pour me signifier qu'elle laisse tomber. J'essaie juste de te rappeler que tu ne vis plus dans leur monde mais dans celui-ci. Rien de plus.

— C'est noté.

Je n'ai jamais considéré les Érudits comme particulièrement doués pour analyser les relations entre les gens ou leurs émotions, mais les yeux perspicaces de Cara voient beaucoup de choses. Ma peur. Ma tentative de fuir dans le passé. C'en est presque inquiétant.

Soudain, je mets un enregistrement sur pause et je reviens en arrière. La scène est sombre parce qu'il est tard, mais des gens sont en train d'encercler un immeuble dans un ensemble aussi synchronisé qu'un vol d'oiseaux. Je n'arrive pas à situer les lieux.

— Ça y est, ils le font ! s'écrie Cara avec excitation. Les Loyalistes attaquent !

— Hé ! lancé-je aux techniciens derrière les bureaux.

Une femme, qui me regarde toujours de travers quand je viens, lève la tête.

— Caméra vingt-quatre ! Vite !

Elle tape sur son clavier et tous ceux qui traînent dans la salle se rassemblent autour d'elle. Des gens qui passaient dans l'allée s'arrêtent pour venir regarder. Je me tourne vers Cara.

— Tu peux aller chercher les autres ?

Elle hoche la tête, les yeux agrandis par l'excitation, et sort en courant.

Ceux qui entrent dans l'immeuble inconnu, sur l'écran, ne portent pas d'uniforme qui permette de les identifier, mais ils n'ont pas de brassards de sans-faction et ils sont armés. J'essaie de me concentrer sur un visage, un détail qui me serait familier, mais les images sont trop floues. Je les regarde se mettre en ordre et communiquer par signes.

L'ongle du pouce vissé entre les dents, j'attends en trépignant qu'il se produise quelque chose. Quelques minutes plus tard, Cara revient avec les autres sur les talons. Peter lance un « Excusez-moi ! » et les gens s'écartent en reconnaissant les anciens de l'implantation.

— Qu'est-ce qui se passe ? me demande-t-il.

— Les Loyalistes ont formé une armée, dis-je en désignant l'écran de gauche. Elle rassemble des membres de toutes les factions, même des Fraternels et des Érudits. J'ai suivi les événements d'assez près ces derniers jours.

— Des Érudits ? s'étonne Caleb.

— Ils ont un ennemi en commun avec les Loyalistes : les sans-faction, résume Cara. Ce qui leur donne un but commun : faire tomber Evelyn.

— Tu as bien dit qu'il y avait des *Fraternels* dans une armée ? me demande Christina.

— Ils ne se mêlent pas activement aux combats, mais ils participent au mouvement.

— Les Loyalistes ont lancé leur premier raid il y a quelques nuits, nous informe la jeune femme du bureau le plus proche par-dessus son épaule. C'est leur deuxième opération. C'est comme ça qu'ils se procurent des armes. Evelyn a fait déplacer le gros des stocks après le premier raid, mais ils n'ont pas eu le temps de s'occuper de celui-ci.

Marcus est arrivé à la même conclusion qu'Evelyn, que le seul pouvoir nécessaire est celui d'inspirer la peur. Et pour cela, il suffit de mettre la main sur les armes.

— Quel est leur objectif ? demande Caleb.

— Le but des Loyalistes est de redonner à la ville sa raison d'être initiale, lui répond Cara. Que cela implique d'envoyer un groupe à l'extérieur, comme le demandait Edith Prior – bien qu'on ait découvert depuis que ses instructions ne rimaient pas à grand-chose –, ou de réinstaurer le système des factions par la force. Ils préparent une attaque sur le bastion des sans-faction. J'en avais discuté avec Johanna avant notre départ. Il n'avait pas été question de s'allier avec ton père, Tobias, mais je suppose qu'elle sait ce qu'elle fait.

J'avais presque oublié que Cara était l'une des meneuses des Loyalistes, avant qu'on quitte la ville. J'ignore si elle accorde encore de l'importance aux factions aujourd'hui, mais elle en accorde aux individus. Ça se voit à sa façon de regarder l'écran, avec un mélange d'angoisse et de fébrilité.

Quand les premiers coups de feu éclatent, je les entends distinctement par-dessus les bruits de bavardage qui m'entourent, comme des crépitements dans les micros. Je tapote plusieurs fois l'écran qui est devant moi pour basculer sur des images de l'intérieur du bâtiment investi par les Loyalistes. Sur une table du hall d'entrée se trouve une pile de petites boîtes – des munitions – et quelques pistolets. Ce n'est rien comparé aux armes dont disposent les gens du complexe, qui vivent dans l'abondance. Mais pour la ville, je sais que c'est précieux.

Plusieurs sans-faction montent la garde autour du matériel, mais ils sont vite neutralisés, dépassés par les Loyalistes. Parmi ces derniers, je repère un visage connu, Zeke, qui balance la crosse de son arme dans la mâchoire d'un garde. En deux minutes, les sans-faction sont tous tombés sous les balles. Les Loyalistes se déploient en enjambant les corps comme des débris et ramassent tout ce qu'ils peuvent. Zeke empile tous les pistolets rassemblés sur la table, avec une expression de dureté que je ne lui ai vue qu'en de rares circonstances.

Je tressaille en réalisant qu'il ne sait même pas ce qui est arrivé à Uriah.

La femme assise derrière le bureau fait apparaître une image sur l'un des écrans secondaires – une image arrêtée extraite de l'enregistrement de surveillance qu'on vient de regarder. D'une pression des doigts, elle zoome sur les personnes qui y figurent : un homme aux cheveux ras et une femme à la longue chevelure brune qui lui cache la moitié du visage.

Marcus, bien sûr. Et Johanna, armée d'un pistolet.

– À eux deux, ils ont réussi à rallier à leur cause presque tous les partisans des factions, commente-t-elle. Mais les Loyalistes restent moins nombreux que les sans-faction.

Elle s'adosse à son siège en secouant la tête.

– Il y avait bien plus de sans-faction qu'on ne l'avait estimé. C'est vrai qu'il est difficile de tenir le compte exact d'une population aussi éparpillée.

– Johanna à la tête d'une rébellion ? Et avec une arme, en plus ? C'est absurde, dit Caleb.

Johanna m'a confié un jour que si cela n'avait tenu qu'à elle, elle aurait soutenu une action contre les Érudits au lieu de la passivité préconisée par la majorité de sa faction. Mais elle était liée par leur décision – et par leur peur. Maintenant que les factions ont été dissoutes, il semble qu'elle ne soit plus la porte-parole des Fraternels, ni même la dirigeante des Loyalistes. Elle est devenue un soldat.

– Moins absurde que tu ne le crois, dis-je.

Cara acquiesce d'un signe de tête.

Je regarde les Loyalistes vider la salle de ses armes et de ses munitions et repartir aussi vite qu'ils sont venus en se dispersant comme des graines dans le vent. Je me sens lourd, tout à coup, comme si un nouveau fardeau pesait sur moi. Je me demande si les autres – Cara, Christina, Peter, et même Caleb – ressentent la même chose. La ville, notre ville, s'est encore rapprochée d'un cran de la destruction totale.

On peut toujours se raconter que ce n'est plus chez nous, maintenant qu'on jouit d'une relative sécurité ici, mais c'est un leurre. Ce sera toujours chez nous.

CHAPITRE TRENTE-SIX

TRIS

IL NEIGE et la nuit est tombée quand notre camion regagne le complexe. Les flocons balayent le pare-brise, légers comme du sucre glace. Ce n'est qu'une petite neige d'automne ; elle aura cessé demain matin. À peine sortie du véhicule, je retire mon gilet pare-balles que je tends à Amar ainsi que mon pistolet. Le malaise que j'éprouve quand j'en tiens un ne semble pas s'atténuer. Peut-être que ça ne passera jamais ; et c'est peut-être bien comme ça.

L'air chaud m'enveloppe dès que j'entre à l'intérieur. Le complexe me semble plus propre que jamais, après avoir vu la Marge. La comparaison est perturbante. Comment puis-je me promener sur ces parquets cirés et porter ces vêtements bien repassés en sachant que tous ces gens vivent là, dehors, et doivent emmailloter leurs abris de bâches pour se tenir chaud ?

Mais le temps que j'arrive au dortoir, je me sens mieux. Je cherche des yeux Christina et Tobias, qui ne sont pas là. Il y a juste Peter et Caleb, le premier en train de griffonner des notes sur un carnet, un gros livre sur les genoux, le second occupé à lire sur la tablette le journal de notre mère. Je m'efforce d'ignorer qu'il a les yeux embués.

— L'un de vous aurait-il vu...

À qui est-ce que je veux parler, au fait, à Christina ou à Tobias ?

— Quatre ? dit Caleb en décidant pour moi. Je l'ai vu dans la salle de généalogie tout à l'heure.

— La... quoi ?

— Une salle dans laquelle ils ont gravé les noms de nos ancêtres. Tu me passes une feuille ? demande-t-il à Peter.

Celui-ci déchire une feuille de son carnet et la donne à mon frère, qui gribouille quelque chose dessus – un itinéraire.

— J'y ai trouvé les noms de nos parents, reprend-il à mon adresse. Mur de droite, deuxième panneau après la porte.

Sans relever les yeux, il me tend la feuille, couverte de son écriture soignée et régulière. Avant que je ne le frappe, il aurait insisté pour m'accompagner, sautant sur l'occasion de pouvoir se justifier. Mais ces derniers jours, il garde ses distances, soit parce qu'il a peur de moi, soit parce qu'il a fini par renoncer.

Aucune des deux hypothèses ne me convient.

— Merci, dis-je. Euh... ça va, ton nez ?

— Très bien. Je trouve que le bleu fait bien ressortir mes yeux, pas toi ?

Il a un sourire timide et je l'imite. Mais il est clair que ni lui ni moi ne savons comment saisir la perche, et on se trouve tous les deux à court de répliques.

— Attends, c'est vrai que tu n'étais pas là aujourd'hui, me dit-il au bout d'une seconde. Parce qu'il s'est passé un truc dans la ville. Les Loyalistes se sont soulevés contre Evelyn, ils ont attaqué l'une de ses caches d'armes.

Je le regarde fixement. Ça fait plusieurs jours que je ne me suis pas posé de questions sur la situation dans la ville, trop absorbée par ce qui se passait ici.

— Les Loyalistes ? Tu veux dire... que le mouvement dirigé par *Johanna Reyes* a attaqué un entrepôt ?

Avant de quitter la ville, j'étais convaincue qu'elle ne tarderait pas à être la proie d'un nouveau conflit. Apparemment, c'est ce qui est en train de se produire. Mais je ne me sens plus très concernée – presque toutes les personnes qui comptent pour moi sont ici.

— Dirigé par Johanna Reyes et Marcus Eaton, complète Caleb. Johanna y a participé, et elle avait une *arme*. C'était incroyable. Les gars du Bureau avaient l'air vraiment perturbés.

— Ben dis donc... fais-je. On aura tout vu.

Le silence retombe et on s'éloigne l'un de l'autre au même moment, lui vers son lit et moi vers le couloir, où je suis ses indications.

Je trouve la salle de généalogie sans difficulté. En ouvrant la porte, j'ai soudain l'impression de débarquer dans l'éclat du soleil couchant. Les murs de la pièce sont recouverts de panneaux de bronze qui illuminent tout d'une lumière chaude Tobias est là, suivant des doigts les lignes de son arbre généalogique – du moins, je le suppose – d'un geste machinal, comme s'il avait l'esprit ailleurs.

Finalement, il me semble que j'identifie chez lui ce côté obsessionnel dont parlait Amar. Je sais que Tobias passe son temps à observer ses parents dans la salle de contrôle, et voilà qu'il est là, devant leurs noms, bien qu'il n'y ait rien dans cette salle qu'il ne sache déjà. J'avais raison de dire qu'il avait un besoin viscéral de retisser un lien avec Evelyn et d'être rassuré sur ses gènes. Mais je n'avais pas connecté ces deux points. J'ignore ce qu'on peut ressentir quand on hait sa propre histoire, tout en recherchant désespérément l'amour de ceux qui nous l'ont donnée. Comment ai-je pu ne pas m'apercevoir qu'à côté de tout ce qu'il y a de fort et de bon en lui, il y a aussi des choses brisées et douloureuses ?

D'après Caleb, ma mère a dit qu'il y avait du mauvais en chacun de nous, et que la première étape à franchir pour pouvoir aimer les autres et leur pardonner, c'était de le reconnaître.

Comment se fait-il alors que je reproche ses faiblesses à Tobias, comme si je valais mieux que lui, comme si je ne m'étais jamais laissé aveugler par mes déchirures personnelles ?

— Salut, dis-je en fourrant la feuille de Caleb dans ma poche.

Il se retourne avec une expression grave, familière ; celle qu'il avait les premières semaines où je l'ai connu, celle d'une sentinelle montant la garde sur ses pensées intimes.

— Écoute, je pensais que j'avais besoin de temps pour savoir si je pouvais te pardonner. Mais ce que je pense maintenant, c'est que tu ne m'as rien fait qui exige mon pardon, si ce n'est peut-être m'avoir accusée d'être jalouse de Nita...

Il ouvre la bouche pour intervenir, mais je l'arrête en levant la main :

— Si on reste ensemble, je vais devoir passer mon temps à te pardonner, et si tu restes dans le même état d'esprit, tu devras passer ton temps à me pardonner, toi aussi. Donc le pardon n'est pas vraiment la question. Celle que j'aurais dû me poser, c'est si on peut encore être bénéfiques l'un pour l'autre.

Sur toute la fin du chemin du retour, en revenant de la

Marge, j'ai réfléchi à ce que m'a dit Amar sur le fait que chaque couple a ses problèmes. J'ai pensé à mes parents, qui se disputaient plus souvent que n'importe quel autre couple d'Altruistes de ma connaissance, et qui n'en ont pas moins passé chaque jour de leur vie ensemble jusqu'à leur mort.

Puis, j'ai pensé à la personne que je suis devenue, à la solidité qu'il me semble avoir acquise, et à la façon dont Tobias me répète depuis le début que je suis quelqu'un de courageux, respecté, aimé et digne de l'être.

— Et ? me demande-t-il, la voix, le regard et les mains mal assurés.

— Et, dis-je, je crois que tu restes la seule personne à l'esprit assez affûté pour affûter quelqu'un comme moi.

— Ça c'est clair, commente-il d'un ton bourru.

Et je l'embrasse.

Ses bras m'enveloppent, m'emprisonnent et me hissent sur mes orteils. J'enfouis mon visage au creux de son cou et je ferme les yeux, absorbée tout entière dans son odeur de propre, son odeur de vent.

Avant, je pensais que quand on tombait amoureux, on atterrissait quelque part au hasard et qu'on n'avait plus qu'à faire avec. C'était peut-être vrai au début, mais ce n'est certainement pas ce qu'on vit là, maintenant.

Je suis tombée amoureuse de lui. Mais je ne reste pas avec lui par défaut, juste parce qu'il est là et qu'il n'y a personne d'autre. Je reste avec lui parce que je le choisis, chaque matin où je me réveille, chaque matin où on se dispute, où on se ment, où on se déçoit. Je le choisis chaque jour, et lui aussi me choisit.

CHAPITRE TRENTE-SEPT

TRIS

JE ME PRÉSENTE à ma première réunion du conseil dans le bureau de David à l'instant où ma montre passe de neuf heures cinquante-neuf à dix heures. Il arrive peu après dans le couloir, en fauteuil roulant. Il est encore plus pâle que la dernière fois que je l'ai vu, avec des cernes sous les yeux qui ressemblent à des cocards.

— Bonjour, Tris, me dit-il. Alors, pressée de te mettre au travail ? Tu es pile à l'heure.

J'ai encore le bras un peu alourdi par le sérum de vérité que Cara, Caleb et Matthew ont testé sur moi ce matin dans le cadre de notre plan. Ils essaient d'en développer une version concentrée, à laquelle même des GP aussi immunisés que moi ne pourraient pas résister. Je tâche de penser à autre chose et je réponds :

— Bien sûr que je suis pressée. C'est ma première réunion. Vous voulez de l'aide ? Vous avez l'air fatigué.

— Bon, d'accord...

Je passe derrière lui pour pousser son fauteuil.

— Je dois être fatigué, oui, reprend-il. J'ai passé la nuit à m'occuper du dernier problème qui nous est tombé dessus. Prends à gauche, là.

— Ah bon ? Quel problème ?

— Oh, tu le découvriras bien assez tôt. Chaque chose en son temps.

Je manœuvre dans les couloirs sombres du Terminal 5, comme l'indique le panneau – un nom d'autrefois, me précise David –, sans fenêtres, coupés du monde extérieur. La sensation de paranoïa qui émane de ces murs est presque palpable, comme si le terminal lui-même était terrifié à l'idée des regards extérieurs. S'ils savaient ce que le *mien* cherche...

Tandis que je marche, mes yeux tombent sur les mains de David, cramponnées aux accoudoirs de son fauteuil. Ses ongles sont à vif, comme s'il avait passé la nuit à les ronger. Je me rappelle le temps où les miens avaient cet aspect-là, où les souvenirs des simulations de peurs se glissaient dans chacun de mes rêves et chaque moment d'inattention. Ce sont peut-être les souvenirs qu'il a gardés de sa prise d'otage qui mettent David dans cet état-là.

« Je m'en fiche, songé-je. Rappelle-toi ce qu'il a fait. Ce qu'il est prêt à refaire. »

— Nous y sommes, dit-il.

Je pousse son fauteuil entre deux portes battantes maintenues ouvertes par des cales. La plupart des membres du conseil semblent être déjà là, en train de remuer des bâtonnets dans de tout petits gobelets de café. La majorité sont de la même génération que David. Il y a quelques personnes plus jeunes, dont Zoe. Elle m'adresse un sourire tendu mais poli en me voyant entrer.

— Bien, un peu de silence, je vous prie, demande David en avançant son fauteuil au bout de la table de conférence.

Je m'assieds vers le fond, à côté de Zoe. Il est clair que nous n'avons pas le même statut que tous ces gens importants, mais ça ne me dérange pas. Je pourrai toujours m'assoupir si la réunion devient rasoir. Ce dont je doute, si la situation est assez grave pour empêcher David de dormir.

— J'ai reçu hier soir un appel paniqué de la salle de contrôle, commence-t-il. De toute évidence, des violences sont de nouveau sur le point d'exploser à Chicago. Les défenseurs des factions qui se font appeler les Loyalistes se sont soulevés contre la domination des sans-faction en attaquant leurs caches d'armes. Ce qu'ils ignorent, c'est qu'Evelyn Johnson dispose d'une nouvelle arme – des réserves de sérum de mort détenues en secret au siège des Érudits. Comme nous le savons, personne ne peut y résister, pas même les Divergents. Si les Loyalistes attaquent le gouvernement des sans-faction et qu'Evelyn Johnson riposte, le nombre de victimes sera inévitablement très élevé.

Je fixe mes pieds, tandis que l'assistance se répand en commentaires.

— Silence, s'il vous plaît, reprend David. Les implantations sont déjà menacées de fermeture si nous n'apportons pas à nos supérieurs la preuve que nous maîtrisons la situation. Une nouvelle révolution à Chicago achèverait de les convaincre que cette entreprise n'a plus son utilité – ce que nous ne pouvons permettre si nous voulons continuer à lutter contre les déficiences génétiques.

Sous l'expression épuisée et hagarde de David, il y a quelque chose de fort, de dur. Je le crois. Je crois sans peine qu'il ne laissera pas cela se produire.

— Il est temps de recourir au virus du sérum d'oubli pour effectuer une réinitialisation massive, conclut-il. Et je pense qu'on devrait le mettre en œuvre dans les quatre implantations en même temps.

— Une *réinitialisation* ? dis-je.

C'est sorti tout seul. Aussitôt, tout le monde me dévisage. Les autres semblent avoir oublié qu'un membre de l'implantation en question était présent dans la salle.

— « Réinitialiser », c'est le terme qu'on emploie pour parler d'un effacement de la mémoire, m'explique David. C'est ce que nous faisons à grande échelle quand les implantations qui exploitent les agents de modification comportementale menacent de se désagréger. On a appliqué cette technique dans chaque implantation au moment de sa création. La dernière qui a été opérée à Chicago remonte à plusieurs générations.

Puis, avec un drôle de petit sourire :

— Pourquoi crois-tu qu'il y a autant de dégâts matériels dans le secteur des sans-faction ? Il y a eu un soulèvement, qu'il a fallu étouffer le plus proprement possible.

Effarée, je revois les chaussées éventrées, les fenêtres brisées et les lampadaires renversés du secteur des sans-faction, ravages qu'on n'observe nulle part ailleurs dans la ville – pas même au nord du pont, où les immeubles sont abandonnés mais semblent avoir été évacués dans le calme. Je ne me suis jamais posé de questions sur les quartiers dévastés de Chicago ; ce n'était pour moi que la conséquence logique d'un mode de vie coupé de la communauté. Pas une seconde je n'ai imaginé qu'il pouvait s'agir des conséquences d'une émeute – suivie d'une « réinitialisation ».

Je suis blême de colère. Que leur préoccupation soit d'empêcher une révolution, pour sauver non pas des vies, mais leur précieuse implantation, aurait déjà de quoi me révolter. Mais comment peuvent-ils de surcroît s'arroger le droit d'arracher aux gens leur mémoire, leur identité, pour la seule raison que ça les arrange ?

Évidemment, je connais la réponse. Les habitants de notre ville ne sont à leurs yeux que des porteurs de matériau génétique, rien que des GD, dont l'unique valeur réside dans les gènes rectifiés qu'ils transmettent ; en aucun cas dans leur cerveau ni dans le cœur qui bat dans leur poitrine.

— Quand ? interroge l'un des membres du conseil.

— Dans les prochaines quarante-huit heures.

Tout le monde acquiesce d'un hochement de tête, comme si c'était le bon sens même.

Je repense à ce que David m'a dit dans son bureau : « Si nous voulons gagner le combat contre les déficiences génétiques, si nous voulons éviter la fermeture des implantations, il nous faut faire des sacrifices. »

J'aurais dû comprendre à ce moment-là qu'il n'hésiterait pas à sacrifier des milliers de mémoires – donc, de vies – de GD pour garder la maîtrise sur les implantations. Qu'il les sacrifierait sans prendre la peine d'envisager une alternative – sans être effleuré par l'idée qu'il pourrait se soucier de les sauver.

Ce ne sont que des GD, après tout.

CHAPITRE TRENTE-HUIT

TOBIAS

JE NOUE mes lacets, le pied posé sur le bord du lit de Tris. Derrière les grandes fenêtres, la lumière de l'après-midi cligne de l'œil sur les flancs des avions garés sur la piste d'atterrissage. Des GD en combinaison kaki effectuent les contrôles avant le décollage, faisant la navette d'une aile à l'autre en se glissant sous le nez des engins.

Je n'ai pas vu Tris depuis ce matin, quand elle est partie rejoindre Cara, Caleb et Matthew pour tester leur nouveau sérum.

— Comment avance ton projet avec Matthew ? demandé-je à Cara, en train de se brosser les cheveux, assise deux lits plus loin.

Elle me répond après s'être assurée d'un coup d'œil circulaire que le dortoir est vide :

— Pas très bien. Tris résiste au sérum qu'on a fabriqué – il n'a eu strictement aucun effet sur elle. C'est quand même très étrange que les gènes d'un individu puissent l'immuniser à ce point contre toute manipulation mentale.

Je hausse les épaules.

— Rien ne dit que ça vient de ses gènes, signalé-je en changeant de pied. C'est peut-être une espèce d'entêtement surhumain.

— Oh, on en est à la phase insultes de la rupture ? Parce que je me suis beaucoup entraînée après ce qui est arrivé à Will et j'ai plusieurs commentaires bien sentis à faire sur son nez.

— On n'a pas rompu, rectifié-je avec un sourire enjoué. Mais je suis ravi d'apprendre que tu as autant de sympathie pour ma petite amie.

Cara pique un fard.

— Excuse-moi, je ne sais pas pourquoi j'ai cru ça. Bon, j'admets que j'ai des sentiments mitigés vis-à-vis de ta copine, mais avant toute chose, j'ai beaucoup de respect pour elle.

— Je sais, je blaguais. Ça change un peu de te voir perdre les pédales, pour une fois.

Cara me foudroie du regard.

— Et d'ailleurs, qu'est-ce que tu reproches à son nez ?

La porte s'ouvre et Tris entre, échevelée, l'air affolé. Ça me déstabilise de la voir aussi agitée, comme si le sol devenait mouvant sous mes pieds. Je me lève et je glisse une main dans ses cheveux pour la recoiffer.

— Qu'est-ce qu'il y a ? demandé-je en laissant retomber ma main sur son épaule.

— Je sors de la réunion du conseil.

Elle pose brièvement une main sur la mienne puis s'assied sur un lit en laissant pendre ses mains entre ses genoux.

— Sans vouloir faire le perroquet, dit Cara, qu'est-ce qu'il y a ?

Tris secoue la tête comme pour s'éclaircir les idées.

— Le conseil a des projets. C'est du lourd.

Par à-coups, elle nous raconte le plan du conseil. Tandis qu'elle parle, elle glisse les mains à plat sous ses cuisses et s'appuie dessus jusqu'à ce que ses poignets deviennent tout rouges.

Quand elle a fini, je vais m'asseoir à côté d'elle et je glisse un bras autour de ses épaules. Je regarde par la fenêtre les avions étincelants posés sur la piste, semblant prêts à décoller. Dans moins de deux jours, ils auront sans doute lâché le sérum d'oubli sur les implantations.

— Qu'est-ce que tu comptes faire ? demande Cara à Tris.

— Je n'en sais rien. J'ai l'impression que je ne sais même plus ce qui est bien ou mal.

Elles se ressemblent, Cara et Tris : deux personnes aguerries par l'épreuve du deuil. La différence, c'est que le chagrin a rendu Cara pleine de certitudes tandis que Tris a conservé ses doutes, les a protégés, malgré tout ce qu'elle a traversé. Elle continue à tout aborder avec des questions plutôt qu'avec des réponses. C'est une chose que j'admire chez elle – et sans doute pas à sa juste valeur.

Pendant quelques secondes, on cogite chacun de son côté et je suis l'écheveau de mes pensées, qui tournent et s'enroulent les unes sur les autres.

Finalement, je romps le silence :

— Ils ne peuvent pas faire ça. Ils ne peuvent pas effacer tout le monde comme ça. Ils n'ont pas le droit.

Puis, après une pause :

— La seule conclusion à laquelle j'arrive, c'est qu'on aurait peut-être eu une chance si on avait eu affaire à d'autres gens, des gens qui seraient capables d'entendre raison. Là, on aurait peut-être pu trouver un compromis entre la protection des implantations et celle de ses habitants.

— Oui, acquiesce Cara avec un soupir. Il faudrait pouvoir virer ces chercheurs-ci et en embaucher d'autres.

Tris se masse le front avec une grimace, comme pour chasser un début de migraine.

— En fait, déclare-t-elle, on n'a pas besoin de faire ça.

Elle lève les yeux et capte mon attention de son regard lumineux.

— Matthew et son superviseur ont trouvé le moyen de faire fonctionner le sérum d'oubli comme un virus pour pouvoir toucher toute une population sans passer par des injections, poursuit-elle. C'est comme ça qu'ils comptent procéder. Et si on faisait pareil ? Si on réinitialisait tout le Bureau ?

Son débit s'accélère à mesure que son idée se précise dans son esprit et son excitation est contagieuse ; elle bouillonne en moi comme si j'avais trouvé l'idée moi-même. Mais je n'ai pas le sentiment qu'elle propose une solution à notre problème ; plutôt un problème supplémentaire.

— On réinitialise les membres du Bureau et on les reprogramme sans la propagande, sans leur mépris pour les GD. Comme ça, ils cesseront de s'en prendre a la mémoire de ceux des implantations et on sera débarrassés de ce danger-là une fois pour toutes.

— Mais, demande Cara en haussant les sourcils, en effaçant leur mémoire, on n'effacerait pas aussi toutes leurs connaissances ? Auquel cas on perdrait du même coup toutes leurs compétences.

— Je ne sais pas, admet Tris. Je pense qu'il est possible de sélectionner le type de mémoire qu'on efface en préservant le siège des connaissances. Autrement, les premiers membres des factions n'auraient plus été capables de faire leurs lacets, ni même de parler.

Elle se lève.

— C'est à Matthew qu'il faut poser la question. Il connaît le fonctionnement de tout ça bien mieux que moi.

Je me lève à mon tour et me dresse en face d'elle. Je ne distingue pas son expression, ébloui par les reflets du soleil sur les ailes des avions.

— Tris, attends. Tu veux vraiment effacer la mémoire de tous ces gens à leur insu ? C'est *précisément* ce qu'on leur reproche de vouloir faire à nos amis et à nos familles.

Portant une main en visière au-dessus de mes yeux, je découvre son air impassible – exactement celui que j'anticipais avant de voir son visage. Elle me paraît soudain plus âgée, grave, endurcie et usée par les épreuves. C'est ce que je ressens, moi aussi.

— Ils n'ont aucune considération pour la vie humaine, réplique-t-elle. Ils sont sur le point de voler leur identité à tous ceux qu'on connaît. Ils sont responsables de la mort d'une grande majorité des membres de notre ancienne faction.

Elle fait un pas pour me contourner et se dirige vers la porte.

— Ils peuvent s'estimer heureux que je n'aie pas décidé de les tuer.

CHAPITRE TRENTE-NEUF

TRIS

MATTHEW CROISE les mains dans son dos.

— Non, le sérum n'efface pas la totalité des souvenirs d'un individu, nous explique-t-il. Franchement, vous imaginez, si on avait conçu un produit qui fasse oublier aux gens comment marcher ? Non, il cible la mémoire explicite, qui recouvre des choses comme ton nom, celui de tes professeurs, l'endroit où tu as grandi... mais il ne touche pas à la mémoire implicite, qui permet de parler ou de s'habiller.

— C'est intéressant, commente Cara. Et ça marche vraiment ?

Tobias et moi échangeons un petit regard. Rien ne ressemble à une conversation entre un Érudit et quelqu'un qui pourrait tout à fait en être un. Ils se tiennent trop près l'un de l'autre, et plus ils parlent, plus ils font des gestes avec les mains.

— Il y a inévitablement des choses qui se perdent, répond Matthew. Mais on garde les dossiers des biographies et des découvertes scientifiques des chercheurs, ce qui leur laisse la possibilité de les réapprendre au cours de la période de flou qui suit l'effacement. L'esprit des gens est très malléable au cours de cette phase.

Je m'adosse au mur.

— Une question : si le Bureau charge tous ces avions de sérum sous forme virale pour la réinitialisation, est-ce qu'il nous en restera assez ici pour les gens du complexe ?

— Il faudrait qu'on mette la main dessus avant, me répond Matthew. Et dans moins de quarante-huit heures.

Mais Cara reste sur sa lancée.

— Une fois que leurs souvenirs sont effacés, vous n'avez pas besoin de les reprogrammer pour leur en donner de nouveaux ? s'enquiert-elle. Comment ça se passe ?

— Il suffit de leur réapprendre les choses. Comme je l'ai dit, les gens sont un peu désorientés les premiers jours, ce qui les rend plus flexibles.

Matthew s'assied et fait un tour sur lui-même sur son siège.

— On pourrait leur faire suivre un cours d'histoire. Ça leur enseignerait les faits, et plus de la propagande.

— On pourrait se servir des diapositives des rebelles de la Marge pour illustrer un cours de base, dis-je. Ils ont des photos d'une guerre causée par des GP.

— Parfait, approuve Matthew. Mais on a un gros problème. Le virus du sérum d'oubli se trouve dans le Labo d'armement. Celui dans lequel Nita a essayé d'entrer. On a vu le résultat.

— J'étais censée parler à Reggie avec Christina, dit Tobias. Mais compte tenu du nouveau plan, je pense qu'on devrait plutôt essayer de parler à Nita.

— Je pense aussi, acquiescé-je. On doit savoir pourquoi ça a dérapé.

+++

À mon arrivée ici, il me paraissait impossible d'arriver un jour à m'y retrouver dans l'immensité du complexe. Maintenant, je n'ai même plus à lire les panneaux pour me rendre à l'hôpital ; c'est pareil pour Tobias, qui avance à côté de moi d'un pas assuré. C'est curieux comme le temps peut faire rétrécir un endroit, rendre son étrangeté ordinaire.

On ne se parle pas, mais je sens une discussion sourdre entre nous. Je finis par céder :

— Qu'est-ce qu'il y a ? Tu n'as pratiquement pas ouvert le bouche de toute la réunion.

— C'est juste que... désolé d'insister, mais je ne suis pas sûr qu'on ait le droit de faire ça. Ils veulent effacer la mémoire de nos amis, alors on décide de leur faire la même chose ?

Je me tourne vers lui en posant doucement une main sur son bras.

— Tobias, on a quarante-huit heures pour les arrêter. Si tu as une autre idée, n'importe quoi qui puisse sauver la ville, je suis preneuse.

— Je n'en ai pas, avoue-t-il d'un air triste, vaincu. Mais on agit sous le coup de la panique pour sauver quelque chose qui est important pour nous, ce qui est exactement ce qu'ils font. Où est la différence ?

— La différence, c'est la justice, dis-je fermement. La population de la ville est innocente. Le Bureau, qui a fourni le sérum de simulation à Jeanine, est tout sauf innocent.

Il pince les lèvres ; je ne l'ai visiblement pas convaincu.

— On n'est pas dans une situation idéale, avoué-je avec un soupir. Mais quand on a le choix entre deux mauvaises solutions, on prend celle qui sauve ceux qu'on aime et qui ont notre confiance. C'est comme ça. Non ?

Il prend ma main dans la sienne, chaude et puissante.

– OK.

– Tris !

Christina vient de franchir les portes battantes de l'hôpital et arrive vers nous au pas de course. Peter est sur ses talons, ses cheveux bruns bien lissés, avec une raie sur le côté.

Ma première impression est qu'elle est excitée et une vague d'espoir monte en moi – et si Uriah s'était réveillé ?

Mais plus elle approche, plus il est évident que ce que j'ai pris pour de l'excitation est en fait de l'affolement. Peter reste derrière elle, les bras croisés.

– Je viens de parler à l'un des médecins, nous annonce-t-elle, haletante. Il dit qu'Uriah ne se réveillera pas. Une histoire d'absence de… d'ondes cérébrales.

Un poids s'abat sur mes épaules. Bien sûr, je savais que ça pouvait arriver. Mais l'espoir qui maintenait le chagrin à distance s'amenuise, s'éloigne à chacune des paroles de Christina.

– Ils voulaient même arrêter l'assistance respiratoire tout de suite, mais j'ai réussi à négocier.

D'un geste brusque, elle s'essuie les yeux avec le poignet, attrapant une larme avant qu'elle ne coule.

– Finalement, le médecin a accepté de nous donner quatre jours. Le temps de prévenir sa famille.

Sa famille. Zeke est toujours dans la ville ainsi que leur mère, une Audacieuse. Il ne m'a même pas traversé l'esprit qu'ils n'étaient pas au courant de ce qui s'était passé, et on n'a jamais pensé à les prévenir, tellement on était concentrés sur…

– Ils veulent réinitialiser la ville d'ici quarante-huit heures, lâché-je en saisissant le bras de Tobias, qui paraît foudroyé. Si on ne les arrête pas, Zeke et sa mère vont *l'oublier*.

Ils l'oublieront avant d'avoir eu une chance de lui dire au revoir. Comme s'il n'avait jamais existé.

— Quoi ? s'exclame Christina d'un air horrifié. Il y a ma famille, là-bas. Ils n'ont pas le droit de faire ça ! Comment c'est possible, d'ailleurs ?

— C'est assez facile, en fait, intervient Peter, dont j'avais oublié la présence.

— Qu'est-ce que tu fais là, toi ? lui lancé-je.

— Je suis venu voir Uriah. C'est interdit par la loi ?

— Tu te fiches complètement de lui, craché-je. Qu'est-ce qui te permet de...

— Tris, m'interrompt Christina. Pas maintenant, s'il te plaît.

Tobias ouvre la bouche, puis semble hésiter, les mots sur le bout de la langue.

— Il faut qu'on retourne dans la ville, déclare-t-il enfin. Matthew a bien dit qu'on pouvait vacciner les gens contre le sérum d'oubli, non ? On y va, on vaccine Zeke et sa mère par sécurité et on les ramène ici pour qu'ils lui fassent leurs adieux. Mais ça ne nous laisse que demain. Après, ce sera trop tard.

Puis, après une pause :

— Et toi, Christina, tu en profites pour vacciner ta famille. Pour Uriah, c'est à moi de l'annoncer à Zeke et à Hana.

Christina acquiesce d'un hochement de tête.

— Je viens avec vous, déclare Peter. Sauf si vous tenez à ce que je raconte à David ce que vous manigancez.

On le dévisage tous les trois. Je ne vois pas quelle peut être sa motivation, mais ça n'annonce rien de bon. Cela dit, il n'est pas question que David découvre ce qu'on projette, pas maintenant, alors qu'on entame une course contre la montre.

— Très bien, répond Tobias. Mais si tu nous crées le moindre ennui, je me réserve le droit de te démolir et de te boucler dans une baraque abandonnée je ne sais où.

Peter lève les yeux au ciel.

— Comment on y va ? demande Christina. Ils ne sont pas du genre à nous prêter une voiture.

— Je suis sûre qu'on peut persuader Amar de vous conduire, dis-je. Il m'a dit qu'il se portait toujours volontaire pour les patrouilles. Il doit pouvoir nous trouver un véhicule et nous aider à passer les check-points. Et il serait certainement d'accord pour aider Uriah et sa famille.

— Je vais le voir tout de suite, décide Tobias. Et il vaudrait mieux que quelqu'un reste auprès d'Uriah... histoire de s'assurer que le médecin ne change pas d'avis. Toi, Christina. Pas Peter.

Tobias s'étrille la nuque à l'endroit de son tatouage d'Audacieux comme s'il voulait l'effacer.

— Et après, achève-t-il, je n'ai plus qu'à trouver comment annoncer à sa famille qu'il s'est fait tuer alors que j'étais censé veiller sur lui.

— Tobias...

Il m'arrête d'un geste et commence à s'éloigner.

— De toute façon, ils ne me laisseraient sans doute pas voir Nita, conclut-il.

Ce n'est pas toujours facile de savoir comment faire du bien aux autres. En le regardant partir, je songe qu'il aurait peut-être besoin que quelqu'un le retienne, parce que toute sa vie, les gens l'ont toujours laissé partir, se retirer en lui-même. Mais il a raison : il doit faire ça pour Zeke. Et moi, il faut que je parle à Nita.

— Viens, me dit Christina. C'est bientôt la fin des heures de visite. Je retourne auprès d'Uriah.

+++

Avant d'aller voir Nita – dont la chambre se distingue par la présence d'un garde devant sa porte –, je suis Christina dans la chambre d'Uriah. Elle s'installe près de son lit, sur un siège dont le rembourrage a gardé en creux la forme de ses cuisses.

Ça fait longtemps que je ne lui ai pas parlé comme à une amie, que nous n'avons pas ri ensemble. À mon arrivée, je me suis laissé étourdir par la nébuleuse du Bureau et par l'espoir d'un nouveau chez moi.

Je me penche sur Uriah pour regarder le serpent tatoué autour de son oreille. Je sais bien que c'est lui, mais j'ai du mal à le reconnaître sans son regard vif et alerte et le grand sourire qui lui fend toujours le visage.

— On n'était même pas particulièrement proches, me dit Christina. Seulement... tout à la fin. Parce qu'on avait tous les deux perdu quelqu'un...

— Je sais. Tu l'as beaucoup aidé.

Je tire une chaise pour m'asseoir à côté d'elle. Elle lui prend la main, qui repose sans vie sur les draps.

— Parfois, j'ai l'impression d'avoir perdu tous mes amis, reprend-elle.

— Tu n'as pas perdu Cara. Ni Tobias. Et, Christina, tu m'as aussi, moi. Tu ne me perdras jamais.

Elle se tourne vers moi et, perdues dans notre brume de chagrin, on s'étreint, cramponnées l'une à l'autre comme le jour où elle m'a pardonné pour Will. Notre amitié a résisté malgré une pression incroyable : le fait que j'aie tué quelqu'un qu'elle aimait, et toutes les autres pertes qu'on a subies. D'autres liens n'y auraient pas survécu. Le nôtre, je ne sais comment, si.

On reste ainsi longtemps, jusqu'à ce que notre tristesse s'allège enfin.

— Merci, me dit-elle. Toi non plus, tu ne me perdras pas.

Je souris.

— Je pense que si ça avait dû arriver, ce serait déjà fait. Dis, je dois te mettre au courant des derniers plans.

Je lui détaille notre projet pour empêcher le Bureau de réinitialiser les implantations. Tout en parlant, je pense à ceux qu'elle risque de perdre – sa mère, sa sœur –, à tous ces liens menacés de destruction au nom de la pureté génétique.

— Je sais que tu aurais sûrement voulu m'aider ici, dis-je quand j'ai fini, mais...

— N'aie pas de regrets, me rassure-t-elle, les yeux rivés sur Uriah. Je suis contente de retourner là-bas.

Elle hoche la tête à plusieurs reprises.

— Tu réussiras à les arrêter. Je le sais.

J'espère qu'elle a raison.

+++

Il ne reste que dix minutes avant la fin des heures de visite quand j'arrive devant la chambre de Nita. Le garde lève le nez de son livre et me regarde d'un air interrogateur.

— Je peux la voir ? demandé-je.

— Personne n'a le droit d'entrer ici.

— C'est moi qui lui ai tiré dessus. On peut faire une exception ?

Il hausse les épaules.

— Bon. Tant que vous me promettez de ne pas recommencer. Et vous n'avez que dix minutes.

— Ça marche.

Il me fait enlever ma veste pour vérifier que je ne porte pas d'arme et m'ouvre la porte. Nita tressaille à mon arrivée – du moins, autant qu'il lui est possible. Tout le haut de son corps est pris dans un plâtre et l'une de ses mains est menottée au lit, comme si elle risquait de s'évader. Elle a les cheveux en bataille, ce qui, évidemment, ne l'empêche pas d'être jolie.

— Qu'est-ce que tu fais là ?

Sans répondre, j'inspecte le plafond à la recherche d'une caméra. J'en repère une en face de moi, orientée vers le lit.

— Il n'y a pas de micros, me rassure Nita. Ce n'est pas tellement dans les habitudes, ici.

— Parfait.

J'approche une chaise et m'assieds à côté d'elle.

— Je viens te voir parce que j'ai besoin d'informations.

— Je leur ai déjà dit tout ce que j'avais envie de dire, me réplique-t-elle avec un regard noir. Je n'ai rien à ajouter. Encore moins à la fille qui m'a tiré dessus.

— Si je ne t'avais pas tiré dessus, je ne serais pas la chouchoute de David et je ne saurais pas tout ce que je sais.

Je jette un coup d'œil vers la porte, plus par paranoïa que par crainte réelle qu'on nous écoute.

— On a un nouveau plan, Matthew et moi. Et Tobias. On a besoin d'entrer dans le Labo d'armement.

— Et tu t'imagines que je peux vous aider ? Je te rappelle que j'ai échoué.

— J'ai besoin d'en savoir plus sur les dispositfs de sécurité. David est-il le seul à connaître le code d'accès ?

— Il n'est pas… la seule personne sur terre. Ce serait idiot. Ses supérieurs le connaissent aussi. Mais la seule personne du complexe, oui.

— Bon. Et qu'est-ce que c'est que cette mesure de sécurité d'urgence ? Celle qui s'active si on fait sauter la porte ?

Elle serre les lèvres au point qu'elles disparaissent et fixe le plâtre qui l'enserre jusqu'à la taille.

— C'est le sérum de mort. Sous forme d'aérosol, c'est pratiquement imparable. Même avec une combinaison de protection ou je ne sais quoi, ça finit par pénétrer dans le corps. Ça prend juste un peu plus de temps. En tout cas, c'est ce que disent les dossiers du labo.

— Donc, il tue automatiquement toute personne qui entre dans le labo sans code d'accès ?

— Ça t'étonne ?

— Pas vraiment.

— Et il n'y a pas d'autre moyen d'accès que le code de David.

— Qu'il n'a aucune intention de partager, comme tu as dû t'en apercevoir, complète-t-elle.

— Même un GP n'aurait aucune chance de résister au sérum ?

— Non. Oublie.

— La plupart des GP ne résistent pas non plus au sérum de vérité, observé-je. Mais moi, oui.

— Si ça t'amuse de risquer ta vie, ne te gêne pas. Moi, j'ai déjà donné.

— Une dernière question. Admettons que je décide de risquer ma vie. Où est-ce que je peux trouver des explosifs pour faire sauter la porte ?

— Comme si j'allais te le dire.

— Je crois que tu n'as pas bien saisi. Si notre plan réussit, ça annule ta condamnation à perpétuité. Tu te remets sur pied et tu es libre. Tu as tout intérêt à nous aider.

Elle me dévisage, comme pour évaluer ma taille et mon poids. Son poignet tire sur la menotte, juste assez pour que le métal imprime une ligne rouge sur sa peau.

— C'est Reggie qui a les explosifs, me répond-elle enfin. Il peut te montrer comment t'en servir, mais il ne vaut rien sur le terrain. Par pitié, ne l'emmène pas avec toi, sauf si tu as envie de faire du baby-sitting.

— C'est noté.

— Précise-lui qu'il faut deux fois plus de puissance que pour une porte classique, ajoute-t-elle. Celle-ci est extrêmement épaisse.

J'acquiesce d'un signe de tête. Le bip de ma montre me signale que les dix minutes sont écoulées. Je vais remettre ma chaise à sa place.

— Merci pour ton aide, dis-je.

— C'est quoi, le plan ? me demande-t-elle. Si ça ne t'ennuie pas de me le dire ?

Je prends le temps de réfléchir à la façon de formuler ma réponse :

— Eh bien, disons qu'il effacerait l'expression « génétiquement déficient » de toutes les mémoires.

Le garde ouvre la porte, prêt à me brailler dessus pour avoir dépassé mon temps, mais je suis déjà en train de sortir. Je jette un dernier coup d'œil par-dessus mon épaule et je vois que Nita a un petit sourire.

CHAPITRE QUARANTE

TOBIAS

JE N'AI PAS beaucoup de mal à persuader Amar de nous aider à regagner la ville. Je sais qu'il ne peut pas résister à l'appel de l'aventure. On se fixe rendez-vous pour le dîner avec Christina, Peter et George, qui doit nous trouver un véhicule.

Après lui avoir parlé, je retourne au dortoir où je reste longtemps allongé, un oreiller sur la tête, à me repasser le scénario de ce que je vais dire à Zeke. « Je suis désolé. Je me suis senti obligé de participer à l'action. J'ai fait ce que j'avais le sentiment de devoir faire. Tous les autres étaient là pour s'occuper d'Uriah, et je n'aurais jamais imaginé... »

Les autres entrent et sortent du dortoir, le chauffage s'allume, entre par la soufflerie, s'éteint. Pendant tout ce temps, je me repasse le scénario, concoctant des excuses avant de les rejeter, cherchant le bon ton, les bons gestes. Je finis par m'énerver et par balancer mon oreiller sur le mur d'en face. Cara, occupée à défroisser sa chemise, sursaute.

— Je croyais que tu dormais, me dit-elle.

— Pardon.

Elle passe lentement les mains dans ses cheveux pour vérifier que chaque mèche est bien en place, avec une application, une précision qui me rappellent les Fraternels quand ils jouaient du banjo.

— J'ai une question à te poser, dis-je. Genre personnelle.

— D'accord, me répond-elle en s'asseyant en face de moi sur le lit de Tris. Je t'écoute.

— Comment as-tu réussi à pardonner à Tris, après ce qu'elle a fait à ton frère ? *Si* tu lui as pardonné.

— Hmm... fait Cara en croisant les bras dans un geste de protection. Parfois je me dis que je lui ai pardonné. À d'autres moments, j'en suis moins sûre. Mais je ne peux pas t'expliquer le processus ; c'est comme si tu me demandais comment on continue à vivre après la mort de quelqu'un. On le fait, c'est tout, et on recommence le lendemain.

— Est-ce qu'il y a... des choses qu'elle aurait pu faire pour t'aider ? Ou qu'elle a faites ?

— Pourquoi tu me demandes ça ? s'enquiert-elle en posant sa main sur mon genou. C'est à cause d'Uriah ?

— Oui, dis-je d'un ton ferme en déplaçant un peu ma jambe pour esquiver son geste.

Je n'ai pas besoin de petites tapes amicales ni de réconfort ; je ne suis pas un enfant. Je n'ai pas besoin de sa sollicitude ni de sa voix douce, pas besoin qu'elle me pousse à libérer une émotion que je préfère contenir.

— Bien.

Elle se redresse et reprend, d'un ton détaché à présent, celui qu'elle a d'habitude.

— Je pense que la chose la plus importante qu'elle ait faite, et sans le vouloir, d'ailleurs, ça a été d'avouer. À ne pas confondre avec admettre. Admettre, ça implique d'essayer d'amadouer l'autre, de se trouver des excuses pour des actes qui ne sont pas excusables. Avouer, c'est nommer ses fautes dans toute leur gravité. C'est quelque chose dont j'avais besoin.

Je hoche la tête pour montrer que je comprends.

— Et quand tu auras avoué tes actes à Zeke, poursuit-elle, le mieux serait sans doute que tu le laisses tranquille aussi longtemps qu'il le souhaitera. C'est tout ce que tu peux faire pour lui.

Je hoche la tête une nouvelle fois.

— Mais, Quatre, ajoute-t-elle, tu n'as pas tué Uriah. Tu n'as pas posé la bombe qui l'a blessé. Ni élaboré le plan qui prévoyait cette explosion.

— Mais j'y ai participé.

— Arrête, s'il te plaît, me dit-elle doucement. C'est arrivé. C'est horrible. Tu n'es pas parfait. Ça ne va pas plus loin. Ne confonds pas ton chagrin avec de la culpabilité.

On reste encore quelques minutes dans le silence et la solitude du dortoir vide, tandis que j'essaie de laisser ses paroles se frayer un chemin en moi.

+++

Je dîne avec Amar, George, Christina et Peter à la cafétéria, entre le comptoir et une rangée de poubelles. Mon bol de soupe a refroidi avant que j'aie eu le temps de le finir et il y a encore des croûtons qui nagent dedans.

Amar nous précise le lieu et l'heure du rendez-vous, puis nous emmène dans le couloir qui se trouve près des cuisines, à l'abri des yeux indiscrets. Il sort de sa poche une petite boîte noire contenant des seringues qu'il nous distribue, à Peter, Christina et moi, ainsi que des lingettes antibactériennes dans leur emballage individuel. Un truc dont, à mon avis, il est le seul parmi nous à se soucier.

— C'est quoi ? demande Christina. Je ne m'injecte pas ça sans savoir ce que c'est.

— Très bien, lui concède Amar en croisant les mains. Il y a un risque qu'on soit toujours dans la ville quand le virus du sérum d'oubli sera disséminé. C'est le produit avec lequel tu vas vacciner ta famille. Il te protégera toi aussi contre le sérum.

Christina tourne le bras et se frappe le creux du coude pour faire saillir une veine. Par habitude, je me pique dans le cou, comme je l'ai toujours fait pour entrer dans mon paysage des peurs – jusqu'à plusieurs fois par semaine, à une époque. Amar m'imite.

En revanche, je remarque que Peter fait semblant de se piquer. Lorsqu'il appuie sur le piston, le liquide coule le long de son cou et il l'essuie discrètement sur sa manche.

Je me demande quel effet ça fait d'être candidat à l'oubli.

+++

Un peu plus tard dans la soirée, Christina vient m'annoncer qu'elle doit me parler.

On descend le grand escalier qui mène à l'espace souterrain des GD, pliant les genoux en rythme à chaque marche, et on suit le couloir aux lumières multicolores. Christina s'arrête au bout et croise les bras. L'éclairage projette des taches violettes sur son visage.

— Amar ne sait pas qu'on veut empêcher la réinitialisation ? me demande-t-elle.

— Non. Il est loyal envers le Bureau. Je préfère ne pas trop l'impliquer.

— La ville est encore au bord de la révolution, tu sais, me dit-elle tandis que la lumière vire au bleu. Si le Bureau veut réinitialiser nos amis et nos familles, c'est pour éviter qu'ils s'entretuent. Si on l'en empêche, les Loyalistes attaqueront les troupes d'Evelyn, qui lâchera le sérum de mort, et des tas de gens mourront. J'ai beau t'en vouloir, je ne crois pas que ce soit ce que tu souhaites. Pour tes parents, en particulier.

Je soupire.

— Franchement, je n'en ai rien à faire d'eux.

— Tu n'es pas sérieux, réplique-t-elle en me regardant de travers. On parle de tes *parents*.

— Je suis tout à fait sérieux. Je veux dire moi-même à Zeke et à sa mère ce que j'ai fait à Uriah. Mais je me moque bien de ce qui peut arriver à Evelyn et à Marcus.

— Si tu te fiches de ta famille de dingues, tu pourrais au moins te soucier de tous les autres !

Elle agrippe mon bras et me secoue pour me forcer à la regarder.

— Quatre, ma petite sœur vit là-bas. Si Evelyn et les Loyalistes se déchirent, il peut lui arriver quelque chose et je ne serai pas là pour la protéger.

J'ai vu Christina avec sa famille le jour des Visites, alors qu'elle n'était encore pour moi qu'une transfert des Sincères piailleuse. J'ai vu sa mère lui remettre une mèche de cheveux en place avec un sourire plein de fierté. Si le Bureau se sert du sérum d'oubli, sa mère aura perdu ce souvenir. S'il ne le fait pas, elle et la petite sœur de Christina se retrouveront prises dans une nouvelle lutte à mort pour le pouvoir.

— Qu'est-ce que tu proposes ? demandé-je.

Elle ôte sa main de mon bras.

— Il doit quand même exister un moyen d'éviter un conflit sans effacer la mémoire de tout le monde.

Je n'y ai pas réfléchi parce que ça ne m'avait pas paru s'imposer. Mais Christina a tout à fait raison, ça s'impose.

— Peut-être, concédé-je. Tu as une idée ?

— Eh bien, en caricaturant, on peut dire que tout se résume à l'affrontement entre tes parents. Il n'y a rien que tu puisses leur dire pour les empêcher de s'entretuer ?

— Que je puisse leur dire ? Tu plaisantes ? Ils n'écoutent personne. Ils ne font jamais rien qui ne soit pas dans leur intérêt.

— Bref, tu ne peux rien faire. Tu vas laisser les nôtres se massacrer.

Je réfléchis, les yeux sur mes chaussures baignées de lumière verte. Si j'avais d'autres parents – des parents raisonnables, moins conditionnés par la souffrance, la colère et le désir de vengeance –, ça pourrait marcher. Ils pourraient se sentir obligés d'écouter leur fils. Mais je ne peux pas les changer.

En fait, si. Je pourrais. Quelques gouttes de sérum d'oubli dans du café ou un verre d'eau et ils deviendraient d'autres personnes, des ardoises vierges, laissées intactes par l'histoire. Il faudrait leur réapprendre jusqu'à l'existence de leur fils ; il faudrait leur réapprendre comment je m'appelle. La technique qui doit nous permettre de guérir le complexe pourrait me permettre de les guérir aussi.

Je relève les yeux.

— Trouve-moi du sérum d'oubli, dis-je. Pendant qu'Amar,

Peter et toi, vous vous occuperez de ta famille et de celle d'Uriah, je m'occuperai de la mienne. Je n'aurai sans doute pas assez de temps pour aller les voir tous les deux, mais un seul suffira.

— Quel prétexte vas-tu trouver pour partir de ton côté ?

— Il va me falloir... Je ne sais pas, il va falloir créer une complication. Un truc qui exige que l'un de nous quitte le groupe.

— Une crevaison ? suggère Christina. On voyage de nuit, non ? Je peux demander à Amar de s'arrêter pour que je fasse pipi, un truc comme ça, et crever les pneus. Et toi, tu pars en disant que tu vas essayer de trouver un véhicule.

J'étudie le scénario. Je pourrais dire la vérité à Amar, mais ça nécessiterait de démêler le gros nœud de propagande et de loyauté que le Bureau lui a mis dans la tête. Même si c'était faisable, je n'ai pas le temps.

En revanche, on peut lui servir un mensonge bien ficelé. Amar sait que mon père m'a appris à faire démarrer une voiture avec les fils quand j'étais plus jeune. Il ne s'étonnerait pas que je me porte volontaire pour nous en trouver une.

— Ça marchera, tranché-je.

— Parfait, dit-elle.

Puis, en penchant la tête sur le côté :

— Alors, tu es vraiment prêt à effacer la mémoire de l'un de tes parents ?

— Qu'est-ce que tu peux faire quand tu as des parents nuisibles, à part les changer ? Si l'un des deux est débarrassé de son passif, ça leur permettra peut-être de négocier un accord de paix, quelque chose comme ça.

Elle m'observe quelques secondes en fronçant les sourcils, comme si elle allait dire quelque chose, mais se contente de hocher la tête.

CHAPITRE QUARANTE ET UN

TRIS

UNE ODEUR d'eau de Javel me picote le nez. Je suis dans un débarras du sous-sol, où je viens d'expliquer aux autres qu'entrer par effraction dans le Labo d'armement est une mission suicide. Le sérum de mort frappe à coup sûr.

— La question est : est-on prêts à sacrifier une vie pour ça ? résume Matthew.

C'est dans cette pièce qu'il a travaillé avec Caleb et Cara sur leur nouveau sérum, avant que nos plans ne changent. La paillasse devant laquelle il se tient est encombrée de flacons, d'éprouvettes et de carnets gribouillés de notes. Il mâchonne d'un air absent le lacet qu'il porte autour du cou.

Tobias est adossé à la porte, les bras croisés. Je le revois dans la même posture pendant l'initiation tandis qu'il nous regardait nous battre, si grand et si fort que je n'aurais jamais rêvé d'attirer son attention.

— Ce n'est pas seulement une question de vengeance, dis-je

Ce n'est pas juste à cause de ce qu'ils ont fait aux Altruistes. Notre but est de les arrêter avant qu'ils ne recommencent à s'en prendre à l'ensemble des implantations, de leur retirer le pouvoir de contrôler des milliers de vies.

— Alors, ça vaut la peine, intervient Cara. Une mort pour sauver des milliers de personnes d'un sort horrible ? Et traiter le mal à la racine, si je puis dire ? La question ne se pose même pas.

Je sais ce qu'elle est en train de faire : elle compare la valeur d'une vie à celle de toutes ces histoires, de toutes ces mémoires, et en tire la conclusion la plus rationnelle. C'est ainsi que fonctionne un cerveau d'Érudit ou d'Altruiste ; mais je ne suis pas certaine que ce soit ce qu'il nous faut dans le cas présent. Une vie contre des milliers de mémoires. Bien sûr, le choix est clair, mais faut-il vraiment que ce soit l'une de *nos* vies ? Faut-il que ce soit nous qui agissions ?

Comme je connais déjà la réponse, je passe mentalement à la question suivante : s'il faut que ce soit l'un d'entre nous, lequel ?

Mon regard passe de Matthew et Cara, qui se tiennent derrière la paillasse, à Tobias, puis à Christina, appuyée sur un balai à franges, et se pose sur Caleb.

Lui.

Cette pensée me donne la nausée.

— Dis-le, qu'est-ce que tu attends ? déclare mon frère en me regardant droit dans les yeux. Tu veux que ce soit moi. Et c'est ce que vous pensez tous.

— Personne n'a dit ça, proteste Matthew en recrachant son lacet.

— Vous êtes tous en train de me dévisager, réplique Caleb.

Vous croyez que je n'ai pas compris ? Je suis celui qui a choisi le mauvais camp, qui a travaillé avec Jeanine Matthews, celui dont personne ici n'a rien à faire. Donc, c'est moi qui dois mourir.

— Pourquoi crois-tu que Tobias a proposé de te faire évader de la ville avant qu'on t'exécute ? demandé-je à mi-voix, sèchement. Parce que je me fiche que tu vives ou que tu meures ? Parce que je me fiche complètement de toi ?

Encore cette odeur d'eau de Javel qui me chatouille le nez.

« C'est lui qui doit mourir », me dit une petite voix intérieure.

« Je ne veux pas le perdre », objecte une autre voix.

Je ne sais pas à laquelle me fier, laquelle croire.

— Tu penses que je ne suis pas capable de reconnaître la haine ? me demande-t-il en secouant la tête. Je la vois chaque fois que tu me regardes. Les rares fois où tu me regardes.

Ses yeux sont brillants de larmes. C'est la première fois depuis que j'ai failli me faire exécuter que je le vois exprimer du remords au lieu de se défendre ou de se trouver des excuses. C'est peut-être aussi la première fois que je le considère à nouveau comme mon frère, et non comme le lâche qui m'a vendue à Jeanine Matthews. Soudain, j'ai du mal à avaler ma salive.

— Si je le fais... reprend-il.

Je fais non de la tête, mais il m'arrête en levant la main.

— Attends. Beatrice, si je le fais... tu arriveras à me pardonner ?

À mes yeux, quand une personne vous nuit, on est deux à porter le poids de la souffrance. On porte tous les deux la trahison de Caleb. Et comme c'est lui le coupable, j'aurais voulu qu'il puisse m'en décharger. Accorder son pardon, c'est le contraire, c'est accepter de prendre tout le poids sur soi. Je ne suis pas sûre d'en être capable, d'être assez forte, assez généreuse pour cela.

Mais en le voyant s'armer de courage pour affronter son

destin, prêt à se sacrifier pour nous tous, je sais que je dois être assez forte et assez généreuse.

Je hoche la tête.

— Oui, dis-je d'une voix étranglée. Mais ce n'est pas une bonne raison pour le faire.

— Ce ne sont pas les raisons qui me manquent, me répond-il. Je le ferai. C'est décidé.

+++

Je crois que je n'ai pas bien compris ce qui vient de se passer.

Matthew reste avec Caleb pour lui faire essayer la combinaison, censée le maintenir en vie assez longtemps pour qu'il déclenche le virus de sérum d'oubli dans le labo.

Je sors la dernière. J'ai besoin de rentrer au dortoir avec mes seules pensées pour compagnes.

Il y a quelques semaines, je me serais portée volontaire pour une mission suicide, et d'ailleurs je l'ai fait. Je me suis proposée pour me rendre au siège des Érudits en sachant que la mort m'y attendait. Mais ce n'était pas par abnégation, ni par courage. C'était parce que je me sentais coupable et qu'une partie de moi désirait tout perdre. Une partie de moi qui était souffrante, mal en point, voulait mourir. Est-ce aussi ce qui motive Caleb aujourd'hui ? Dois-je le laisser mourir pour qu'il ait le sentiment d'avoir payé sa dette envers moi ?

Je remonte le couloir aux lumières arc-en-ciel et je prends l'escalier. Je n'arrive même pas à envisager une autre solution. Serais-je plus disposée à perdre Christina, Cara ou Matthew ? Non. La vérité est que ça me serait plus difficile, parce que ce sont mes amis et que Caleb n'en fait pas partie, que nos liens sont distendus depuis longtemps. Déjà avant de me trahir, il m'avait abandonnée sans un regard en arrière pour se joindre aux Érudits. C'est moi qui suis allée le voir pendant mon initiation, et il n'a pas cessé de se demander ce que je faisais là.

Et puis je ne veux plus mourir. Je me sens désormais de taille à porter mon chagrin et ma culpabilité, à affronter les difficultés que la vie a placées sur mon chemin. Certains jours sont plus durs que d'autres, mais je suis prête à vivre chacun d'eux. Cette fois-ci, je ne peux pas me sacrifier.

Dans le recoin le plus honnête de ma tête, je dois admettre que j'ai été soulagée quand Caleb s'est porté volontaire.

Brusquement, je n'arrive plus à y penser. J'entre dans l'hôtel et je regagne le dortoir, en espérant que je vais pouvoir m'affaler sur mon lit et m'endormir comme une masse. Mais Tobias m'attend dans le couloir.

— Ça va ? s'enquiert-il.

— Oui. Mais ça ne devrait pas aller.

Je me touche le front.

— C'est comme si je portais déjà son deuil depuis longtemps. Comme s'il était mort à la minute où je l'ai vu avec Jeanine au siège des Érudits. Tu comprends ?

Peu après cet épisode, j'ai dit à Tobias que j'avais perdu toute ma famille. Et il m'a assuré que désormais, c'était lui, ma famille. Et c'est précisément l'effet que ça me fait. Que tout se confond entre nous, l'amitié, l'amour, la fraternité, et que je n'arrive plus à démêler ces sentiments les uns des autres.

— Les Altruistes avaient une ligne de conduite à ce propos, me répond-il. Sur le moment où l'on doit laisser les autres se sacrifier pour nous, même si c'est égoïste. Ils disaient que si ce sacrifice est le moyen ultime pour quelqu'un de nous montrer son amour, il faut le laisser faire. Que dans ce cas-là, c'est le plus grand cadeau que cette personne puisse nous faire. Comme tes parents quand ils se sont sacrifiés pour toi.

— Justement, dis-je, je ne suis pas sûre que Caleb soit motivé par l'amour. Plutôt par la culpabilité.

— Possible. Mais pourquoi se sentirait-il coupable de t'avoir trahie s'il ne t'aimait pas ?

J'admets son argument d'un hochement de tête. Je sais que Caleb m'aime, qu'il m'a toujours aimée, même quand il m'a fait du mal. Je sais que je l'aime aussi. Mais tout ça ne me paraît pas juste pour autant.

Dans l'immédiat, les paroles de Tobias me réconfortent quand même un peu. Je peux au moins me dire que mes parents, s'ils étaient là, comprendraient sans doute la décision de mon frère.

— Le moment est peut-être mal choisi, reprend Tobias, mais il y a une chose que je voudrais te dire.

Je me raidis aussitôt, redoutant qu'il n'aborde je ne sais quel nouveau reproche à mon égard, ou un aveu qui le ronge, ou autre chose de tout aussi pénible. Je n'arrive pas à décoder son expression.

— Je voulais juste te remercier, poursuit-il à voix basse. Une bande de scientifiques t'ont assuré que mes gènes étaient déficients, qu'il y avait un truc anormal chez moi, résultats de tests à l'appui. Même moi, je commençais à les croire.

Son pouce effleure ma pommette et son regard accroche le mien, avec intensité et insistance.

— Mais toi, tu ne les as jamais crus. Pas une seconde. Tu as toujours soutenu que j'étais... je ne sais pas, complet.

Je pose une main sur la sienne.

— Parce que tu l'es.

— Personne ne m'a jamais dit ça avant toi, me répond-il doucement.

— Pourtant, tu mérites de l'entendre, dis-je d'un ton énergique, les yeux embués de larmes. Tu es quelqu'un de complet, tu mérites qu'on t'aime, et tu es la meilleure personne que je connaisse.

Au moment où j'achève ma phrase, il m'embrasse.

Les doigts agrippés à son tee-shirt, je lui rends son baiser, avec tant de fougue que c'en est presque douloureux. Je le pousse dans le couloir jusque dans une pièce proche du dortoir au mobilier spartiate. Je referme la porte d'un coup de talon.

Tout comme j'insiste sur sa valeur, il a toujours insisté sur ma force, sur le fait que j'ai plus de potentiel que je ne le crois. Et je sais d'instinct que c'est ce que fait l'amour vrai : il nous élève au-delà de ce qu'on est, au-delà de ce qu'on pensait pouvoir devenir.

C'est ce que le nôtre arrive à faire.

Ses doigts s'emmêlent dans mes cheveux. J'ai les mains qui tremblent, et tant pis s'il s'en aperçoit. Je me moque qu'il sache que l'intensité de ce que j'éprouve me fait peur. Je l'attire contre moi et je prononce son nom dans un soupir tout contre sa bouche.

J'ai oublié qu'il était un autre ; c'est comme s'il faisait partie de moi, de façon aussi vitale que mon cœur, mes yeux ou mes bras. Je lui retire son tee-shirt. Mes mains glissent sur sa peau nue comme si c'était la mienne.

Puis j'ôte le mien et soudain, je me rappelle. Je me rappelle que je suis petite, que je n'ai pas de poitrine et que ma peau est d'une blancheur maladive, et j'ai un mouvement de recul.

Il me regarde, non comme s'il attendait une explication mais comme si j'étais la seule chose dans cette pièce qui méritait d'être regardée.

Je le regarde aussi, mais tout ce que je vois aggrave ma gêne : il est si beau que les motifs tatoués sur sa peau font de lui une œuvre d'art. Il y a une minute, je nous trouvais parfaitement assortis, et c'est peut-être vrai ; mais seulement lorsque nous sommes habillés.

Il n'en continue pas moins à me regarder.

Et il me sourit, d'un petit sourire timide. Il me prend par la taille et m'attire à lui. Il se penche, embrasse ma peau entre ses doigts et murmure « Tu es belle » sur mon ventre.

Et je le crois.

Il se redresse et presse ses lèvres sur les miennes, la bouche ouverte, les mains sur mes hanches, les pouces dans la ceinture de mon jean. Je caresse son torse, je m'appuie contre lui et je sens son soupir chanter dans tout mon corps.

— Tu sais que je t'aime, lui dis-je.

— Oui, je le sais.

Avec un petit haussement de sourcils, il se penche pour passer un bras sous mes jambes et me jette sur son épaule. Un rire fuse de ma bouche, dans lequel se mêlent la joie et la nervosité, et il me porte à travers la pièce pour aller me lâcher sans ménagement sur le canapé.

Il s'allonge à côté de moi et je suis des doigts la flamme tatouée sur ses côtes. Il est fort, et souple, et sûr de lui.

Et il est à moi.

Je colle ma bouche sur la sienne.

+++

Avant, j'étais terrifiée à l'idée qu'on continue à se heurter encore et encore si on restait ensemble, et que ces chocs finissent par me briser. Maintenant, je sais que je suis une lame et lui la pierre sur laquelle je m'aiguise.

Je suis trop solide pour me briser aussi facilement, et je m'améliore et m'affûte un peu plus chaque fois que je le touche.

CHAPITRE QUARANTE-DEUX

TOBIAS

LA PREMIÈRE CHOSE que je vois en me réveillant sur le canapé dans cette chambre d'hôtel, ce sont les trois oiseaux qui s'envolent sur sa clavicule. Son tee-shirt, récupéré par terre au milieu de la nuit parce qu'elle avait froid, est tout froissé.

On a déjà dormi côte à côte, mais cette nuit, c'était différent. Toutes les autres fois, on était là pour se réconforter ou se protéger ; cette fois-ci, on l'a fait par choix ; et aussi parce qu'on s'est endormis avant d'avoir pu retourner dans le dortoir.

Je tends la main pour effleurer son tatouage et elle ouvre les yeux.

Elle passe un bras dans mon dos et se glisse sur les coussins pour venir se coller à moi, tiède et douce et souple.

— Bonjour, dis-je.

— Chut. Si tu fais semblant de rien, le jour va peut-être s'en aller.

Je la serre contre moi, une main sur sa hanche. Elle a les yeux grands ouverts, déjà tout éveillés. Je dépose des baisers sur sa joue, puis son cou, où je m'attarde quelques secondes. Ses mains se contractent sur ma taille et elle soupire dans mon oreille.

Mon self-control est sur le point de se volatiliser, dans cinq, quatre, trois...

— Tobias, murmure-t-elle. Désolée de te dire ça mais... je crois qu'on a quelques bricoles à faire aujourd'hui.

— Elles attendront, dis-je en posant mes lèvres sur son épaule.

J'embrasse son premier tatouage, lentement.

— J'ai bien peur que non ! réplique-t-elle.

Je me laisse retomber sur les coussins, et je sens le froid tout à coup, sans son corps contre le mien.

— Ouais, d'accord. À ce propos... je me disais que ton frère devrait s'exercer un peu au tir. Au cas où.

— Ce n'est pas une mauvaise idée, approuve-t-elle à mi-voix. Il a dû se servir d'une arme, quoi... une fois ? Deux ?

— Je peux lui apprendre. S'il y a une chose que je sais faire, c'est viser. Et ça lui fera peut-être du bien de rester occupé.

— Merci, me dit-elle.

Elle s'assied et se coiffe avec les doigts. Ses cheveux sont plus lumineux que d'habitude dans le soleil du matin, comme parsemés de fils d'or.

— Je sais que tu ne l'aimes pas, mais...

— ... mais si tu es prête à lui pardonner pour ce qu'il a fait, complété-je en lui prenant la main, je vais tâcher d'en faire autant.

Elle sourit et dépose un baiser sur ma joue.

+++

J'essuie du plat de la main ma nuque encore humide de l'eau de la douche. Tris, Caleb, Christina et moi nous sommes retrouvés dans la salle d'entraînement de la zone souterraine des GD. Elle est froide, mal éclairée et remplie de matériel : armes, tapis, casques et cibles, tout le nécessaire. Je choisis le pistolet d'entraînement le plus adapté, juste un peu plus massif que celui que Caleb aura à utiliser, et je le lui tends.

Tris glisse ses doigts entre les miens. Tout paraît simple ce matin, chaque sourire, chaque rire, chaque parole et chaque mouvement.

Si notre tentative de ce soir réussit, demain, Chicago sera à l'abri, le Bureau sera définitivement changé et Tris et moi pourrons nous construire une nouvelle vie quelque part. Peut-être même que j'échangerai mes armes contre des outils plus « productifs », des tournevis, des clous et des truelles. Ce matin, j'ai le sentiment que je pourrais accéder à ce bonheur-là. Peut-être.

— Ça ne tire que des balles à blanc, dis-je à Caleb, mais ça m'a l'air conçu pour ressembler le plus possible au type d'arme que tu vas utiliser. On dirait un vrai, en tout cas.

Caleb prend le pistolet du bout des doigts, comme s'il avait peur qu'il ne lui expose à la figure.

Je ris.

— Leçon numéro un : tu ne risques rien. Tiens-le bien. Tu as déjà tenu une arme, je te rappelle. C'est même grâce à toi qu'on a pu sortir du secteur des Fraternels.

— J'ai eu de la chance, rien à voir avec mes capacités, nuance Caleb en tournant le pistolet dans ses mains pour l'observer sous tous les angles.

Il se mord les joues comme s'il se concentrait sur un problème à résoudre.

— La chance, c'est toujours mieux que la malchance, commenté-je. Quant à tes capacités, on va justement s'en occuper maintenant.

Je jette un petit coup d'œil à Tris, qui me sourit jusqu'aux oreilles avant de se pencher pour murmurer quelque chose à l'oreille de Christina.

— Tu es venue ici pour te remuer ou pour jacasser, Pète-sec ? lui lancé-je, de la voix que je cultivais quand j'étais instructeur. Un peu d'exercice avec ce bras droit ne te ferait pas mal, si je me souviens bien. Pareil pour toi, Christina.

Tris me fait une grimace et elles traversent la salle pour aller se chercher une arme.

— Bien, dis-je à Caleb. Maintenant, place-toi bien face à la cible et enlève le cran de sûreté.

La cible qui trône à l'autre bout de la salle est plus sophistiquée que celles en bois qu'on avait dans les salles d'entraînement des Audacieux. Elle comprend trois cercles de différentes couleurs, vert, jaune et rouge, ce qui permet de bien repérer le centre.

— Montre-moi comment tu t'y prendrais spontanément.

Il lève son arme d'une main, se campe sur ses jambes, cale ses épaules face à la cible comme s'il s'apprêtait à soulever une lourde charge et tire. Le pistolet recule brusquement et le canon, déviant vers le haut, envoie la balle dans le plafond. Je couvre ma bouche avec ma main pour dissimuler un sourire.

— Pas la peine de glousser, grommelle Caleb.

— Comme quoi, on n'apprend pas tout dans les livres, commente Christina. Tu dois tenir ton arme avec les *deux* mains. On a l'air moins cool, mais c'est toujours mieux que de faire des trous dans le plafond.

— Je n'essayais pas d'avoir l'air *cool*, rétorque Caleb.

Christina, une jambe placée un peu devant l'autre, lève son pistolet à deux mains. Elle fixe la cible un moment et fait feu. La balle à blanc atteint le cercle extérieur avant de rebondir et de tomber par terre. Un rond lumineux s'allume sur la cible pour marquer l'impact. J'aurais bien aimé avoir ce genre de matériel quand j'entraînais les novices.

— Bravo, Christina, dis-je ironiquement. Tu as failli la toucher.

— Je suis un peu rouillée, admet-elle avec un sourire jovial.

— À mon avis, le meilleur moyen pour toi d'apprendre, c'est de m'imiter, dis-je à Caleb.

Je me tiens comme je le fais toujours, détendu, naturel, je tends les deux bras en serrant le pistolet d'une main et en le stabilisant de l'autre.

Caleb s'applique à reproduire ma pose, méthodiquement, en partant des pieds. Christina peut bien se moquer de lui, mais sa capacité d'analyse lui est très utile ; je le vois régler les angles, les distances, la tension et le relâchement, tout en m'observant, s'efforçant de tout saisir avec précision.

— Bien, dis-je quand il a fini. Maintenant, concentre-toi sur l'endroit précis que tu veux atteindre et sur rien d'autre.

Je fixe le centre de la cible et j'essaie de le laisser m'avaler. La distance n'est pas un problème – la trajectoire de la balle est rectiligne, comme elle le serait si j'étais plus près. J'inspire, je me prépare, j'expire et je tire. La balle touche pile la zone que je visais : l'intérieur du cercle rouge.

Je recule pour céder ma place à Caleb. Il a la bonne position, la bonne manière de tenir son arme, mais il est tellement raide qu'on dirait une statue. Il inspire et bloque sa respiration en tirant. Cette fois, il se laisse moins surprendre par le recul et la balle rase le haut de la cible.

— Bien, répété-je. Je crois que le plus important, maintenant, ce serait que tu arrives à te détendre un peu. Tu es plutôt crispé.

— Tu trouves que je n'ai pas de raison de l'être ?

Sa voix tremble, mais seulement à la fin de chaque mot. Il a l'expression de quelqu'un qui contient sa terreur. J'ai vu passer deux classes de novices avec cette expression, mais aucun d'eux n'a jamais eu à affronter ce qui l'attend aujourd'hui.

Je réponds doucement :

— Bien sûr que si. Je voudrais juste te faire comprendre que si tu n'arrives pas à te débarrasser de toute cette tension ce soir, tu risques de ne jamais arriver au Labo d'armement.

Il soupire.

— La technique est importante, dis-je. Mais il s'agit avant tout d'un exercice mental ; ça tombe bien, c'est ton rayon. Il ne s'agit pas tant de s'entraîner que d'apprendre à se concentrer. Comme ça, quand on doit se battre pour sauver sa peau, on a déjà les automatismes.

— J'ignorais que les Audacieux s'intéressaient autant à leur cerveau, dit Caleb. Tu peux me montrer ce que tu sais faire, Tris ? Je crois que je ne t'ai jamais vue tirer sans ta blessure à l'épaule.

Tris lâche un sourire et se positionne en face de la cible. La première fois que je l'ai vue se servir d'une arme pendant l'entraînement des Audacieux, elle avait une allure empruntée, une raideur d'échassier. Mais sa silhouette fragile et menue s'est musclée depuis, et quand elle brandit le pistolet, ça a l'air facile. Elle plisse un œil, déplace son poids et tire. La balle atteint la cible à quelques centimètres du centre. Caleb hausse les sourcils, visiblement impressionné.

— Ne fais pas cette tête ! s'exclame-t-elle.

— Pardon, dit-il. C'est juste que… tu as toujours été super maladroite ! Je n'avais pas réalisé que ça avait changé.

Tris hausse les épaules, mais lorsqu'elle se détourne, elle a les joues roses et l'air flattée. Christina tire de nouveau et, cette fois, sa balle atteint la cible plus près du centre.

Je m'écarte pour laisser Caleb s'entraîner et j'observe Tris qui continue à s'exercer, les lignes droites que forme son corps quand elle lève son arme et sa stabilité quand elle appuie sur la détente. Je pose ma main sur son épaule en me penchant vers son oreille :

— Tu te souviens de la fois où tu as failli te prendre ton pistolet dans la figure à cause du recul ?

Elle fait oui de la tête en riant.

— Et tu te souviens de celle où j'ai fait ça ?

En parlant, je passe un bras autour de sa taille pour poser ma main sur son ventre. Elle saute une respiration.

— Je ne suis pas près de l'oublier, marmonne-t-elle entre ses dents.

Elle se tourne vers moi et m'attire à elle. On s'embrasse. J'entends Christina faire un commentaire, mais, pour la première fois, ça m'est totalement égal.

+++

Après l'entraînement au tir, il ne reste plus grand-chose d'autre à faire qu'attendre. Tris et Christina vont chercher les explosifs et montrent à Caleb comment s'en servir. Matthew et Cara inspectent une carte et étudient les différents trajets possibles pour se rendre au labo. Christina et moi retrouvons Amar, George et Peter pour déterminer notre itinéraire ce soir-là dans la ville. Tris est convoquée à une réunion du conseil de dernière minute. Matthew s'occupe de vacciner contre le sérum d'oubli ceux d'entre nous qui ne l'ont pas été par Amar.

On n'a pas de temps pour réfléchir à la portée de ce qu'on va tenter d'accomplir : arrêter une révolution, sauver les habitants des implantations, changer définitivement le fonctionnement du Bureau.

Pendant que Tris est à sa réunion, je vais voir Uriah à l'hôpital une dernière fois avant de partir.

Arrivé sur place, je ne trouve pas la force d'entrer dans sa chambre. En restant derrière la vitre, je peux m'imaginer qu'il est juste endormi et qu'il suffirait que je le touche pour qu'il se réveille et me sourie en me lançant une de ses blagues. Si j'entrais, je ne pourrais plus ignorer que la vie l'a quitté, que le choc qu'il a reçu au cerveau a emporté tout ce qu'il était.

Je serre les poings pour m'empêcher de trembler.

Matthew arrive dans le couloir avec décontraction, les mains dans les poches de son uniforme bleu.

— Salut, me dit-il.

— Salut.

— Je viens de vacciner Nita. Elle a l'air moins déprimée, aujourd'hui.

— Tant mieux.

Il tape des petits coups sur la vitre.

— Alors comme ça... Tris m'a dit que tu allais chercher sa famille ?

— Oui. Son frère et sa mère.

Je connais un peu la mère d'Uriah. C'est une femme de petite taille qui dégage une grande force de caractère et vaque à ses occupations sans bruit ni cérémonie, chose rare chez les

Audacieux. Je l'aime bien, même si elle m'a toujours intimidé.

— Pas de père ? me demande Matthew.

— Il est mort quand ils étaient petits. Ça n'a rien d'exceptionnel chez les Audacieux.

— C'est sûr.

On reste là sans parler, et sa présence me fait du bien. Elle m'empêche de me laisser submerger par le chagrin. Je sais que Cara avait raison, hier, en me disant que je n'avais pas tué Uriah. C'est pourtant ce que je ressens pour l'instant, et je ne suis pas sûr que ça change un jour.

— Je voulais te demander, dis-je au bout d'un moment. Pourquoi est-ce que tu nous aides ? C'est prendre beaucoup de risques, pour quelqu'un qui n'a pas d'intérêt personnel dans l'issue de l'opération.

— J'en ai un. Mais c'est une longue histoire.

Il croise les bras et tire avec son pouce sur le lacet qu'il porte autour du cou.

— C'est à cause d'une fille, reprend-il. Elle était GD, ce qui voulait dire que je n'étais pas censé sortir avec elle. En principe, on doit s'arranger pour fréquenter des partenaires « optimaux », pour produire des descendants génétiquement supérieurs. Enfin, tu vois le genre. Mais j'étais plutôt du style rebelle, et il y avait l'attrait de l'interdit. Bref, on a commencé à sortir ensemble. Je n'avais pas du tout prévu que ça deviendrait sérieux, mais...

— Mais ça l'est devenu.

— Oui. C'est elle, plus que tout le reste, qui m'a convaincu que la position du Bureau sur les déficiences génétiques était tordue. Elle valait mieux que moi, plus que je ne vaudrai jamais. Un jour, elle s'est fait agresser, tabasser par une bande de GP. Elle n'avait pas peur de dire ce qu'elle pensait, elle ne s'est jamais contentée de rester à la place qu'on lui avait désignée, et je pense qu'ils ont voulu lui donner une leçon. Mais peut-être pas, peut-être que ça n'avait rien à voir. Parfois, les gens font ce genre de trucs gratuitement, sans se fatiguer à se demander pourquoi.

J'observe le lacet qu'il triture entre ses doigts. J'étais persuadé qu'il était noir mais en le regardant de plus près, je m'aperçois qu'il est kaki, comme l'uniforme des équipes techniques.

— Toujours est-il qu'ils l'ont bien amochée. Or l'un de ses agresseurs était le fils d'un membre du conseil. Il a soutenu qu'elle les avait provoqués et ça a suffi pour qu'ils s'en tirent avec des travaux d'intérêt général, lui et les autres GP. Mais je ne suis pas idiot. Je savais parfaitement qu'aux yeux des juges, elle comptait moins que ses agresseurs. Un peu comme si les GP s'en étaient pris à un animal.

Un frisson me saisit la nuque et descend le long de ma colonne vertébrale.

— Et qu'est-ce que...

— Qu'est-ce qu'elle est devenue ? achève Matthew en me jetant un coup d'œil. Elle est morte un an plus tard, au cours d'une opération réparatrice. Un coup de malchance, elle a eu une infection.

Il laisse retomber ses bras le long de son corps.

— Le jour où elle est morte, j'ai commencé à aider Nita. Cela dit, je n'étais pas d'accord avec son dernier plan. C'est pour ça que je n'y ai pas participé. Mais je n'ai pas fait grand-chose non plus pour l'arrêter.

Je passe en revue les formules d'usage dans ces cas-là, les expressions de regret et de compassion, sans en trouver une seule qui me semble appropriée. Alors je laisse le silence s'étirer entre nous. C'est la seule réponse adéquate au récit qu'il vient de me faire, la seule qui puisse rendre justice à cette tragédie, au lieu d'y coller un pansement et de passer à la suite comme si de rien n'était.

— Je ne le montre pas, reprend Matthew, mais je les hais.

Je vois les muscles de ses mâchoires se contracter. Il ne m'a jamais paru être quelqu'un de particulièrement chaleureux, mais pas non plus quelqu'un de dur. Il l'est, à cet instant ; un jeune homme pris dans un bloc de glace, au regard et à la voix froids comme du givre.

— J'aurais même pu me porter volontaire pour mourir à la place de Caleb, ajoute-t-il, si je n'avais pas tenu à être là pour les voir subir les conséquences de leurs actes. Je veux les voir tâtonner sous l'effet du sérum en ayant oublié qui ils sont, parce que c'est ce que j'ai vécu quand elle est morte.

— La punition me paraît adaptée, acquiescé-je.

— Plus adaptée que la mort. Et je ne suis pas un meurtrier.

Je ne suis pas très à l'aise. On n'a pas si souvent l'occasion d'être confronté à la vraie personne qui se cache derrière un masque souriant ; à ses côtés les plus sombres. Quand ça se produit, c'est déstabilisant.

— Je suis désolé pour ce qui est arrivé à Uriah, reprend-il. Je te laisse avec lui.

Il renfourne ses mains dans ses poches et repart dans le couloir en sifflotant.

CHAPITRE QUARANTE-TROIS

TRIS

LA RÉUNION d'urgence du conseil est la suite de la précédente : la confirmation que le virus sera lâché sur les villes ce soir, des discussions pour décider quels avions partiront et à quelle heure. David et moi échangeons quelques phrases cordiales à la fin, puis je m'esquive pour regagner le dortoir en laissant les autres siroter un café.

Tobias m'emmène au jardin couvert, qui se trouve à proximité. On s'y attarde un moment, à parler, à s'embrasser, à se montrer les plantes les plus étranges. On fait ce que font les gens normaux : se retrouver tous les deux, parler de choses et d'autres, rire. On n'a pas connu beaucoup de ces moments-là. Jusqu'ici, le temps qu'on a passé ensemble a surtout été employé à courir pour fuir divers dangers ou se précipiter au-devant d'autres. Mais je commence à discerner une vie où on pourra cesser de le faire. Les gens du Bureau vont être réinitialisés et on reconstruira cet endroit ensemble. Ce sera l'occasion de découvrir si on se débrouille aussi bien dans un contexte paisible que dans la tourmente.

Je suis pressée d'y être.

Arrive l'heure où Tobias doit partir. Je me tiens sur une marche du petit escalier qui mène au jardin, de sorte qu'on fait la même taille.

— Ça me dérange vraiment de ne pas être avec toi ce soir, me dit-il. Ce n'est pas normal de te laisser seule avec un truc aussi énorme sur les bras.

— Quoi, tu crois que je ne suis pas à la hauteur ? questionné je, un peu sur la défensive.

— Ce n'est clairement pas ce que je crois, non.

Il prend mon visage entre ses mains et pose son front contre le mien.

— J'aurais voulu être là pour que tu n'aies pas à porter ça toute seule.

— Et moi, j'aurais voulu être là pour que tu n'aies pas à porter tout seul la peine de la famille d'Uriah, murmuré-je. Mais il y a des choses qu'on est obligés de faire séparément. Je suis heureuse de passer du temps avec Caleb avant... tu sais quoi. C'est aussi bien que je n'aie pas à m'inquiéter pour toi en même temps.

— Ouais, répond-il en fermant les yeux. Vivement demain, quand je serai rentré et que tu auras fait ce que tu as à faire et qu'on pourra penser à la suite.

— Je peux déjà te dire comment on en profitera, dis-je en collant ma bouche sur la sienne.

Ses mains glissent sur mes épaules, puis, lentement, le long de mon dos. Ses doigts s'arrêtent au bord de mon tee-shirt et se faufilent dessous, chaudes et insistantes.

Je perçois des milliers de choses à la fois : la pression de ses lèvres et le goût de notre baiser, la texture de sa peau, la lueur orangée derrière mes paupières fermées et l'odeur de la chlorophylle, une odeur verte, une odeur de choses qui poussent. Quand je m'écarte et qu'il rouvre les yeux, j'en distingue chaque détail, la flèche de bleu plus clair dans son œil gauche, et ce bleu sombre qui me donne une sensation d'enveloppement et de sécurité.

— Je t'aime, dis-je.

— Moi aussi, je t'aime. À bientôt.

Il m'embrasse de nouveau, doucement, et il s'en va. Je reste là dans les rayons du soleil jusqu'à ce qu'il se couche.

C'est le moment pour moi d'aller retrouver mon frère.

CHAPITRE QUARANTE-QUATRE

TOBIAS

JE JETTE un coup d'œil aux écrans avant d'aller retrouver Amar et George. Evelyn se terre au siège des Érudits avec ses partisans, penchée sur une carte de la ville. Marcus et Johanna tiennent une réunion dans un immeuble de Michigan Avenue, au nord de la tour Hancock.

J'espère qu'ils n'auront pas bougé d'ici quelques heures, quand j'aurai décidé lequel de mes parents réinitialiser. Amar nous a donné un peu plus d'une heure sur place pour trouver et vacciner la famille d'Uriah et revenir au complexe sans qu'on ait remarqué notre absence. Cela ne me laisse le temps que pour un seul des deux.

+++

Dehors, de gros flocons de neige voltigent sur le trottoir. George me tend un pistolet.

— La ville est dangereuse, en ce moment, commente-t-il. Avec toutes ces histoires de Loyalistes...

Je prends l'arme sans même la regarder.

— Le plan est bien clair pour tout le monde ? demande George. Je vais vous suivre d'ici, depuis la petite salle de contrôle. Mais je ne sais pas si je vous serai d'une grande utilité, avec toute cette neige qui tombe devant les caméras.

— Où seront les autres gars de la sécurité ?

George hausse les épaules.

— Sans doute en train de boire un coup. Je leur ai dit de prendre leur soirée. Personne ne verra que le camion a disparu. Tout va bien se passer, comptez sur moi.

— OK, alors tout le monde à bord ! nous lance Amar avec un sourire jovial.

George lui serre le bras et salue le reste du groupe. Tandis que les autres sortent pour gagner le camion, je prends George à part. Il me regarde d'un drôle d'air.

— Ne me pose pas de questions parce que je n'y répondrais pas, dis-je. Mais vaccine-toi contre le sérum d'oubli, OK ? Le plus tôt possible. Matthew te fournira ça.

Il me fixe d'un air soupçonneux.

— Fais-le, point, répété-je en me dirigeant vers la sortie.

Des flocons s'accrochent dans mes cheveux et des volutes de vapeur sortent de ma bouche à chaque expiration. Christina me heurte sur le chemin du camion et glisse quelque chose dans ma poche. Un flacon.

Je vois que Peter nous observe tandis que je monte sur le siège passager. Je ne sais toujours pas pourquoi il a autant insisté pour nous accompagner, mais je suis sûr que je dois me méfier de lui.

Il fait bon dans la cabine et les flocons de neige collés à nos vêtements fondent aussitôt.

— C'est ton jour de chance, c'est toi le copilote, m'annonce Amar.

Il me passe un écran sur lequel un réseau lumineux m'évoque des veines. En regardant de plus près, j'identifie des rues, et des lignes colorées qui figurent notre trajet.

— Tu as besoin d'une carte ? m'étonné-je. Ça ne t'est pas venu à l'idée d'aller... droit sur les tours les plus hautes ?

Il me regarde comme si j'avais dit une bêtise.

— On ne fonce pas droit sur la ville, on prend des chemins détournés, histoire d'être discrets. Maintenant, tais-toi et guide-moi.

Je repère sur la carte un point bleu qui marque notre position. Amar manœuvre le camion dans la neige. Elle est si dense qu'on ne voit pas à plus de trois mètres.

Le long des routes, les bâtiments ressemblent à de hautes silhouettes qui se pencheraient sur notre passage à travers un voile blanc. Amar conduit vite, comptant sur le poids du camion pour nous éviter de déraper. Entre les flocons, je distingue les lumières de la ville droit devant nous. J'avais oublié qu'elle était si proche, tellement tout est différent dès qu'on en franchit les limites.

— Je n'arrive pas à croire qu'on y retourne, murmure Peter, comme s'il se parlait à lui-même.

— Moi non plus, dis-je, et ça me fait tout drôle à moi aussi.

Le non-interventionnisme du Bureau envers les implantations est un crime indépendant de la guerre qu'il compte mener contre notre mémoire ; plus subtil mais, à sa manière, tout aussi grave. Il a laissé les factions se désintégrer alors qu'il avait les moyens de nous aider. Il nous a laissés mourir. Nous entretuer. Il a fallu qu'on soit sur le point de détruire du patrimoine génétique pour qu'il se décide à s'en mêler.

Le camion brinquebale sur la voie ferrée tandis qu'on roule dans l'ombre du haut mur de ciment qui s'élève sur notre droite.

Je jette un coup d'œil à Christina, dont le genou droit tressaute frénétiquement.

+++

Je ne sais toujours pas quelle mémoire je vais effacer, celle de Marcus ou celle d'Evelyn.

D'habitude, j'essaie de choisir la solution la moins égoïste. Mais dans le cas présent, elles me semblent l'être autant l'une que l'autre. Réinitialiser Marcus revient à faire disparaître l'homme que je hais et que je crains le plus. À me libérer de son influence. Réinitialiser Evelyn revient à faire d'elle une autre mère – une mère qui ne m'aurait pas abandonné, dont les décisions ne seraient pas motivées par le désir de vengeance, qui ne chercherait pas à contrôler tout le monde à cause de son incapacité à faire confiance aux autres.

L'un dans l'autre, les deux m'arrangeraient. Mais quel choix serait le plus utile pour la ville ?

Je ne sais plus.

+++

Je tends les mains devant la grille d'aération pour les réchauffer. Amar traverse la voie ferrée, passe devant le train abandonné qu'on a vu à l'aller, et dont la paroi métallique nous renvoie le reflet de nos phares. On atteint la ligne où prend fin le monde extérieur et où commence l'implantation, dans une rupture aussi abrupte que si cette ligne était tracée sur le sol.

Amar la franchit comme si elle n'existait pas. Pour lui, je suppose que le temps l'a effacée à mesure qu'il s'est habitué à son nouveau monde. Pour moi, c'est comme si le camion nous faisait passer de la vérité au mensonge, de l'âge adulte à l'enfance. Je regarde un paysage de bitume, de verre et de métal se muer en un terrain vague. Il neige moins fort, et je distingue vaguement les contours des immeubles de la ville devant nous, un ton plus sombres que les nuages.

— Où a-t-on une chance de trouver Zeke ? me demande Amar.

— Il est entré dans la rébellion avec sa mère, dis-je. Je miserais sur l'endroit où les Loyalistes ont l'habitude de se rassembler.

— D'après le personnel de la salle de contrôle, la plupart d'entre eux se sont installés au nord du canal, du côté de la tour Hancock. Un petit tour de tyrolienne, Quatre ?

— Dans tes rêves.

Ça le fait rire.

On met encore une heure pour atteindre la frontière de la ville. Ce n'est qu'en apercevant la tour Hancock au loin que je me sens gagné par la nervosité.

— Euh... Amar ? dit soudain Christina. Désolée de te demander ça, mais il faut vraiment qu'on s'arrête. Tu sais... pause pipi.

— Maintenant ? s'exclame-t-il.

— Ouais. Ça m'a pris tout à coup.

Il soupire mais se gare au bord de la route.

— Vous, vous ne bougez pas. Et interdiction de regarder ! nous lance Christina en sortant du camion.

Je la suis des yeux jusqu'à l'arrière, et j'attends. Je ne sens qu'un léger rebond au moment où elle crève les pneus, si ténu que je ne l'aurais sûrement pas perçu si je ne m'y étais pas attendu. Un petit sourire lui échappe quand elle remonte en balayant les flocons sur sa veste.

Pour sauver des gens d'un sort horrible, il suffit parfois d'une seule personne disposée à faire quelque chose. Même si ce « quelque chose » est une pseudo-pause pipi.

On roule encore quelques minutes normalement. Puis le camion frémit et se met à tressauter comme si on passait sur des nids-de-poule.

— Bon sang, grommelle Amar en regardant le compteur de vitesse. J'y crois pas.

— On a crevé ? dis-je.

— On dirait.

Avec un nouveau soupir, il appuie prudemment sur la pédale de frein et arrête le camion en douceur sur le bas-côté.

— Je vais voir, proposé-je.

Sautant du siège passager, je me dirige vers l'arrière. Les deux pneus sont complètement à plat, lacérés par le couteau de Christina. D'un coup d'œil à l'intérieur par la vitre arrière, je vérifie qu'on n'a qu'une roue de secours, et je reviens annoncer la nouvelle :

— Les deux pneus sont à plat et on n'en a qu'un de rechange. On va devoir abandonner le camion et en trouver un autre.

— C'est pas vrai ! s'écrie Amar en frappant le volant. On n'a pas le temps ! On doit vacciner Zeke, sa mère et la famille de Christina avant que le sérum d'oubli ne soit dispersé, ou c'est fichu pour eux !

— Du calme, dis-je. Je sais où trouver un autre véhicule. Vous n'avez qu'à continuer à pied pendant que je vais le chercher.

Le visage d'Amar s'illumine.

— Bonne idée !

Avant de m'éloigner, je m'assure à tout hasard que mon arme est chargée. Tout le monde descend du camion. Amar, frigorifié, tape du pied par terre pour se réchauffer.

Je consulte ma montre.

— Il nous reste combien de temps, exactement ?

— D'après le timing de George, dans soixante minutes, ils réinitialisent la ville, me répond Amar en regardant sa montre à son tour. Mais si tu préfères qu'on épargne un deuil à la famille d'Uriah et qu'on les laisse se faire réinitialiser, je comprendrai.

Je secoue la tête.

— Non, on ne peut pas faire ça. Ça leur épargnerait la souffrance mais ce serait une forme de mensonge.

— Comme j'ai toujours dit, me réplique Amar en souriant : Pète-sec un jour, Pète-sec toujours.

— Tu peux... ne pas leur dire, pour Uriah ? Juste le temps que j'arrive. Simplement les vacciner. Je tiens à leur annoncer ça moi-même.

Je me suis trempé les pieds en vérifiant les pneus et le froid qui transperce mes semelles me brûle les orteils. Je m'apprête à m'éloigner quand Peter me lance :

— Je t'accompagne.

— Quoi ? Pourquoi ? rétorqué-je en lui jetant un regard noir.

— Tu auras peut-être besoin d'aide pour trouver un autre camion. C'est une grande ville.

Je me tourne vers Amar, qui hausse les épaules.

— Ce gars-là n'a pas tort.

Peter s'approche de moi et me dit en baissant la voix :

— Si tu ne veux pas que je lui dise que tu mijotes un truc, je te conseille de laisser tomber.

Son regard descend vers la poche de ma veste, où se trouve le flacon de sérum.

— Entendu, fais-je en soupirant. Mais tu fais ce que je te dis.

Amar et Christina se mettent en route en direction de la tour Hancock. Quand ils ne peuvent plus nous voir, je recule de quelques pas en glissant la main dans ma poche pour protéger le flacon.

— Autant que tu le saches tout de suite, déclaré-je, je ne vais pas chercher un camion. Tu m'aides à faire ce que j'ai à faire ou je dois te tirer dessus ?

— Ça dépend de ce que tu as à faire.

J'ai du mal à formuler la réponse, ne le sachant pas trop moi-même. Je me tiens en face de la tour Hancock. À ma droite, il y a les sans-faction, Evelyn et son stock de sérum de mort. À ma gauche, les Loyalistes, Marcus et leur plan d'insurrection.

De quel côté ai-je le plus d'influence ? De quel côté puis-je avoir le plus gros impact ? Voilà les questions que je devrais me poser. Au lieu de quoi je me demande lequel de mes deux parents j'ai le plus envie de détruire.

— Je vais arrêter une révolution, dis-je.

Je prends à droite et Peter m'emboîte le pas.

CHAPITRE QUARANTE-CINQ

TRIS

MON FRÈRE se tient derrière le microscope, l'œil vissé à l'oculaire. La lumière qui éclaire la paillasse projette sur son visage de drôles de reflets qui le vieillissent.

— C'est bien le sérum de simulation d'attaque, confirme-t-il. Aucun doute là-dessus.

— Il vaut toujours mieux avoir un avis supplémentaire, dit Matthew.

Je suis avec mon frère, qui va mourir dans quelques heures, et il analyse des sérums. C'est absurde.

Je sais pourquoi il a tenu à venir ici : pour s'assurer que son sacrifice était vraiment utile. C'est légitime. Pour autant que je sache, quand on donne sa vie pour quelque chose, il n'y a pas de seconde chance.

— Redonne-moi le code, lui dit Matthew.

Il parle du code qui doit libérer le sérum d'oubli ; ensuite, il n'y a plus qu'à appuyer sur un bouton pour qu'il se répande.

Matthew fait répéter la procédure à Caleb toutes les trois minutes depuis qu'on est entrés.

– Je n'ai pas de difficultés à mémoriser les séquences de chiffres, bougonne Caleb.

– Je n'en doute pas, réplique Matthew, mais on ne sait pas dans quel état mental tu seras quand le sérum de mort commencera à agir. Tu dois acquérir des automatismes.

Caleb tressaille aux mots « sérum de mort ». Je fixe le bout de mes chaussures.

– 080712, récite-t-il. Et j'appuie sur le bouton vert.

À l'heure qu'il est, Cara est dans la salle de contrôle, en train de verser du sérum de paix dans les boissons du personnel. Quand ils seront tous trop drogués pour s'en apercevoir, elle éteindra les lumières, comme l'ont fait Nita et Tobias il y a quelques semaines. À ce moment-là, on foncera au Labo d'armement dans le noir, sans risquer d'être repérés par les caméras.

Posés en face de moi sur la paillasse, il y a les explosifs fournis par Reggie. Ils ont l'air bien inoffensifs, rangés dans leur boîte noire munie de clips métalliques et d'un détonateur à distance. Les clips permettront de fixer la boîte à la porte intérieure du laboratoire. La porte extérieure, endommagée dans l'attaque, n'a pas encore été réparée.

– Je crois qu'on a fait le tour, conclut Matthew. Il n'y a plus qu'à attendre.

– Matthew, dis-je, tu pourrais nous laisser seuls un moment ?

– Bien sûr, me répond-il avec un sourire. Je reviendrai quand ce sera l'heure.

Il sort en refermant la porte derrière lui. Caleb passe une main sur la combinaison de protection, les explosifs et le sac à dos prévu pour les transporter. Il dispose le tout en rang bien aligné, arrangeant ici et là un angle qui dépasse.

— Je n'arrête pas de repenser à quand on jouait aux Sincères, quand on était petits, me déclare-t-il. Tu te souviens quand je te faisais asseoir sur une chaise du salon et que je te posais des questions ?

— Oui, dis-je en m'appuyant contre la paillasse. Tu me prenais le pouls et tu disais que si je mentais, tu le saurais, parce que les Sincères devinent toujours quand on ment. Ça n'était pas très sympa.

Caleb éclate de rire.

— Une fois, tu as avoué avoir volé un livre à la bibliothèque de l'école pile au moment où maman rentrait à la maison...

— ... et j'ai dû aller m'excuser auprès de la bibliothécaire ! achevé-je en riant à mon tour. Elle était horrible, cette femme. Elle nous appelait tous « jeune fille » ou « jeune homme ».

— Oh, moi, elle m'adorait. Tu savais que, quand je travaillais là-bas comme bénévole pendant l'heure du déjeuner, je lisais dans les allées au lieu de remettre les livres en rayons ? Elle m'a surpris plusieurs fois et elle n'a jamais rien dit.

Un poids m'oppresse la poitrine.

— C'est vrai ? Non, je ne savais pas.

— Il y a sûrement des tas de choses qu'on ignore l'un sur l'autre, observe-t-il en tambourinant des doigts sur la table. Je regrette qu'on n'ait pas pu être plus honnêtes.

— Moi aussi.

— Mais il est trop tard, maintenant, dit-il en me regardant droit dans les yeux.

— Pas pour tout, rectifié-je en tirant une chaise de sous la paillasse pour m'y asseoir. Tu sais quoi ? On va jouer au jeu des

Sincères. Tu me poses une question et ensuite, c'est mon tour. Et on dit la vérité, bien sûr.

Ma proposition l'agace, mais il cède.

— Bon, d'accord. Qu'est-ce qui s'était réellement passé quand tu as cassé des verres à la cuisine, la fois où tu as prétendu que tu les avais pris pour les nettoyer ?

Je lève les yeux au ciel.

— C'est ça, la question à laquelle tu veux que je réponde honnêtement ? Franchement, Caleb...

— D'accord, d'accord.

Il se racle la gorge et ses yeux verts se fixent sur moi, sérieux.

— Est-ce que tu m'as vraiment pardonné ou est-ce que tu fais semblant parce que je vais mourir ?

Je garde les yeux rivés sur mes mains, posées bien à plat sur mes genoux. Si je réussis à être gentille et agréable avec lui, c'est parce que chaque fois que je me rappelle ce qui s'est passé au siège des Érudits, j'en chasse aussitôt l'idée. Le pardon, c'est autre chose. Si je lui avais pardonné, j'arriverais à y repenser sans éprouver cette haine qui me ronge les tripes, non ?

Ou alors, peut-être que le pardon, c'est justement le fait de repousser systématiquement ces souvenirs amers, jusqu'à ce que le temps ait apaisé la douleur et la colère, et que le tort qu'on nous a fait soit oublié.

Par compassion envers mon frère, je choisis la deuxième hypothèse.

— Oui, je t'ai pardonné.

Puis, après une pause :

— Ou du moins, j'essaie de toutes mes forces. Je crois que ça doit revenir au même.

Il paraît soulagé. Je me lève pour lui laisser ma place sur

la chaise. Je sais quelle question je veux lui poser ; elle m'habite depuis qu'il s'est porté volontaire pour se sacrifier.

— Quelle est la première raison pour laquelle tu fais ça ? La plus importante ?

— Ne me demande pas ça, Beatrice.

— Ce n'est pas une question piège. Ça ne me fera pas revenir sur mon pardon. Mais j'ai besoin de savoir.

Entre nous, sur la paillasse, se trouvent la combinaison de protection, les explosifs et le sac à dos, bien alignés sur le métal poli. Les bagages dont il a besoin pour son aller sans retour.

— C'est sans doute le seul moyen que j'aie trouvé pour ne plus me sentir coupable de tout ce que j'ai fait. Je n'ai jamais voulu quelque chose aussi fort que me libérer de ça.

Ses mots me font mal. C'est ce que je redoutais d'entendre. Je sais depuis le début qu'il va me dire ça. Je regrette qu'il l'ait fait.

Une voix s'élève dans l'interphone fixé dans un coin de la pièce :

— À tous les résidents du complexe : appliquez la procédure de confinement, effective jusqu'à cinq heures du matin. Je répète : appliquez la procédure de confinement, effective jusqu'à cinq heures du matin.

On échange un regard inquiet. Matthew entre en poussant la porte à la volée.

— Merde, dit-il. Merde ! répète-t-il plus fort.

— Une procédure de confinement ? dis-je. C'est comme un exercice d'alerte ?

— Schématiquement, oui. Ça veut dire qu'on doit agir maintenant, tant qu'il y a la pagaille dans les couloirs.

— Pourquoi ils font ça ? demande Caleb.

— Peut-être simplement pour renforcer la sécurité avant de disperser le virus, répond Matthew. Il se peut aussi qu'ils aient compris qu'on avait prévu une action – sauf que s'ils savaient ça, ils seraient sans doute déjà venus nous arrêter.

Je regarde mon frère. Les minutes qu'il me reste à passer avec lui s'envolent comme des feuilles mortes arrachées à un arbre.

Je vais prendre nos armes. Mais une chose que Tobias m'a dite hier me taraude : le fait que pour les Altruistes, le sacrifice d'un autre n'est acceptable que si c'est pour lui le moyen suprême de montrer son amour.

Et pour Caleb, ce n'est pas le cas.

CHAPITRE QUARANTE-SIX

TOBIAS

MES PIEDS dérapent sur le trottoir enneigé.

— Tu ne t'es pas vacciné, hier ? dis-je à Peter.

— Non.

— Pourquoi ? demandé-je en promenant le pouce sur le flacon. Tu m'as suivi parce que tu savais que j'avais le sérum d'oubli, je me trompe ? Si tu le veux vraiment, je vais avoir besoin d'une bonne raison.

Il jette un coup d'œil sur ma poche, comme il l'a fait tout à l'heure. Il a dû voir Christina me le donner.

— Je n'ai pas à me justifier, me rétorque-t-il.

Mon regard est attiré par un tas de neige qui se détache d'un toit. Il fait nuit, mais le ciel est clair.

— Tu te crois costaud, dis-je, mais je peux te garantir que tu ne l'es pas assez pour me le prendre de force.

Il me bouscule sans crier gare ; je glisse sur une plaque de verglas et je tombe. Mon pistolet heurte le sol avec un bruit sourd et s'enfonce à moitié dans la neige. « Ça m'apprendra à faire le malin », me dis-je en me relevant. Il m'attrape par le col et me projette violemment en avant, et je dérape de nouveau. Mais cette fois, je ne perds pas l'équilibre et je lui balance mon coude dans l'estomac. Il me donne un coup de pied dans le tibia et me tire vers lui en agrippant ma veste.

Il essaie d'atteindre ma poche. Je tente de le repousser, mais il est bien campé sur ses jambes et la mienne est tout ankylosée. Avec un grognement de frustration, je lui assène un nouveau coup de coude dans la figure. L'onde de choc se répercute dans tout mon bras – ça fait mal de frapper quelqu'un dans les dents, mais c'est efficace. Il pousse un cri et recule.

— Tu sais pourquoi tu gagnais les combats pendant l'initiation ? demandé-je. Parce que tu es cruel. Parce que tu aimes faire mal aux gens. Tu te prends pour quelqu'un de spécial et tu crois que tous les autres sont des mauviettes parce qu'ils ne sont pas capables de se conduire comme toi.

Il commence à se relever et je lui bourre les côtes de coups de pied jusqu'à ce qu'il s'écroule de nouveau. J'appuie un pied sur sa poitrine, juste sous la gorge, et nos regards se croisent. Le sien est rempli d'innocence, sans aucun rapport avec ce qu'il est.

— Tu n'as rien de spécial. Moi aussi, j'aime faire mal. Moi aussi, je peux être cruel. La seule différence entre nous, c'est que je ne le suis pas toujours, alors que toi si. C'est ce qui fait de toi un salaud.

Je l'enjambe pour repartir dans Michigan Avenue. Au bout de quelques pas, je l'entends me lancer d'une voix qui tremble :

— C'est bien pour ça que je veux le sérum.

Je m'arrête sans me retourner. Je ne veux pas voir son visage, pas maintenant.

— Parce que j'en ai marre d'être comme je suis, poursuit-il. J'en ai marre de faire des saloperies et d'y prendre plaisir, et de me demander ensuite ce qui ne va pas chez moi. Je veux que ça s'arrête. Je veux repartir de zéro.

— Tu ne trouves pas que c'est de la lâcheté ? demandé-je par-dessus mon épaule, en faisant tourner le flacon entre mes doigts dans ma poche.

— Je crois que je m'en fous.

Ma colère commence à retomber. Je l'entends se relever et faire tomber la neige de ses vêtements.

— Ne me fais pas de coups tordus et je te promets que je te laisserai te *réinitialiser* quand tout sera fini, dis-je. Je n'ai aucune raison de te refuser ça.

Sans un mot, on reprend notre chemin dans la neige vierge vers l'immeuble où j'ai vu ma mère pour la dernière fois.

CHAPITRE QUARANTE-SEPT

TRIS

MALGRÉ LA FOULE qui emplit les couloirs, il règne une sorte de calme. Une femme me bouscule et marmonne une excuse, et je me rapproche de Caleb pour ne pas le perdre de vue. Il y a des moments où j'aimerais mesurer dix centimètres de plus que les autres, pour que le monde ne ressemble plus à une jungle de poitrines.

On marche vite, mais pas trop. Plus je vois de gardes, plus je sens monter la pression. Le sac à dos de Caleb, qui contient les explosifs et la combinaison de protection, rebondit sur sa hanche à chacun de ses pas. Ici, il y a des gens qui vont dans tous les sens, mais on arrivera bientôt dans un couloir que personne n'a de raison d'emprunter.

— Cara a dû avoir un problème, dit Matthew. Les lumières devraient déjà être éteintes.

J'acquiesce d'un signe de tête. Je sens le contact de mon arme dans mon dos, cachée sous mon tee-shirt trop grand. J'espère ne pas avoir à m'en servir, mais ça risque d'être le cas. Et encore, ça ne suffira peut-être pas à nous faire entrer dans le labo.

— J'ai une idée, dis-je en m'arrêtant. On se sépare. Caleb et moi, on fonce au labo, et toi, Matthew, tu crées une diversion.

— Une diversion ?

— Tu es armé, non ? Tire en l'air.

Il hésite.

— Allez, vas-y, dis-je entre mes dents.

Il sort son pistolet. J'attrape Caleb par le bras et on commence à s'éloigner. Par-dessus mon épaule, je vois Matthew lever son arme et tirer dans le plafond vitré. Dès que le coup retentit, je pique un sprint en entraînant Caleb derrière moi. Le fracas du verre brisé est vite remplacé par des cris. Des gardes passent en courant sans s'apercevoir qu'on fonce dans la direction opposée aux dortoirs, vers une zone où nous n'avons rien à faire.

À ma grande surprise, mes instincts et mon entraînement d'Audacieuse me reviennent en bloc. Tandis qu'on suit le trajet défini dans la matinée, mon souffle se stabilise. Mon esprit s'aiguise, s'éclaircit. Je regarde Caleb en m'attendant à ce que ce soit pareil pour lui, mais il est d'une pâleur mortelle et respire avec peine. Je resserre mon étreinte sur son bras pour le calmer.

On tourne dans un couloir en faisant crisser nos semelles. Il est désert et le plafond est tapissé de miroirs. J'éprouve un sentiment de triomphe. Je connais cet endroit. On y est presque. On va réussir.

— Stop ! crie une voix derrière nous.

Les gardes. Ils nous ont repérés.

— Halte ou on tire !

On s'arrête. Caleb frémit et lève les mains en l'air. Je l'imite.

Et tout ralentit : le bouillonnement de mes pensées et les battements de mon cœur.

Je regarde mon frère et je ne vois plus le lâche qui m'a trahie auprès de Jeanine Matthews, je n'entends plus les excuses qu'il s'est trouvées ensuite.

En le regardant, je vois le petit garçon qui me tenait la main à l'hôpital en me disant que tout allait bien, quand notre mère s'est fracturé le poignet. Je vois le frère qui, la veille de la cérémonie du Choix, m'a conseillé de décider ce qui était le mieux pour moi. Je pense à toutes les qualités remarquables qu'il a, son intelligence et son enthousiasme, son sens de l'observation, son calme, son sérieux.

Il fait partie de moi, pour toujours, comme je fais partie de lui. Je n'appartiens ni aux Altruistes, ni aux Audacieux, ni même aux Divergents. Je n'appartiens pas au Bureau ni à la ville, ni à la Marge. J'appartiens à ceux que j'aime, et ils m'appartiennent. Ce sont eux, et l'amour et la loyauté que j'ai pour eux, qui font de moi ce que je suis, bien plus qu'aucun groupe ne pourra jamais le faire.

J'aime mon frère. Je l'aime et il tremble de terreur à l'idée de mourir. Je l'aime et tout ce qui me vient en tête, tout ce que j'entends, ce sont les mots que je lui ai dits il y a quelques jours : « Jamais je ne participerais à ton exécution. »

— Caleb. Donne-moi le sac à dos.

— Quoi ?

Je sors mon pistolet et je le braque sur lui.

— Donne-moi le sac !

— Tris, non, me répond-il en secouant la tête. Non, je ne peux pas te laisser faire ça.

— Pose ton arme ! rugit l'un des gardes au bout du couloir. Pose-la ou je tire !

— Je suis très résistante aux sérums, dis-je à mon frère. J'ai une chance de survivre à celui-ci. Toi, tu n'en as aucune. Donne-moi le sac à dos ou je te tire une balle dans la jambe et je le prends moi-même.

Puis je hausse la voix à l'adresse des gardes :

— C'est mon otage ! Si vous approchez, je le tue !

À cet instant, Caleb me rappelle mon père. Son regard est triste et fatigué. Son menton est bleui par une barbe d'un jour. Il me tend le sac avec des mains tremblantes.

Je le balance sur mon épaule et je mets mon frère entre moi et les gardes sans cesser de le viser.

— Caleb, je t'aime.

Ses yeux brillent de larmes tandis qu'il me répond :

— Moi aussi, je t'aime, Beatrice.

— À terre ! crié-je pour être entendue des gardes.

Caleb tombe à genoux.

— Si je ne m'en sors pas, dis à Tobias que j'aurais vraiment voulu rester avec lui.

Je pars à reculons en visant l'un des gardes par-dessus l'épaule de mon frère. J'inspire en stabilisant ma main. J'expire en tirant. L'homme pousse un cri de douleur et je me mets à courir. Le coup de feu résonne dans mes oreilles. Je fonce en zigzag, puis je plonge dans un tournant. Une balle se fiche dans le mur juste à côté de moi.

Sans ralentir, j'ouvre le sac à dos et je sors les explosifs et le détonateur. J'entends les cris de gens qui arrivent en courant derrière moi.

Vite. Vite.

J'accélère à une vitesse dont je ne me savais pas capable et mes pas vibrent dans tout mon corps. Encore un tournant ; deux hommes gardent la porte détruite par Nita et son groupe. Tout en serrant les explosifs contre moi, je tire dans la jambe de l'un et dans la poitrine de l'autre.

Le premier fait mine de prendre son arme. Je vise de nouveau et tire en fermant les yeux. Il ne bouge plus.

Je tourne dans le petit couloir et je fonce à la porte intérieure du labo. À toute vitesse, je plaque le boîtier d'explosifs sur la barre en métal qui relie les battants. Je retourne m'abriter derrière le mur, j'appuie sur le détonateur et je me couvre les oreilles.

La déflagration me projette en avant. Mon pistolet glisse par terre. Des éclats de verre et de métal jaillissent dans l'air et pleuvent sur moi. J'entends toujours l'explosion quand je retire mes mains et je me relève tout étourdie, les jambes en coton.

Les gardes surgissent en tirant. Je reçois une balle dans le bras. Je hurle en plaquant une main sur ma blessure. La vision brouillée, je me précipite en titubant vers la porte béante.

Au-delà se trouve un petit vestibule et, au fond, une porte vitrée à double battant, sans système de fermeture. À travers les vitres, je vois le Labo d'armement, avec ses rangées de machines, d'appareils aux couleurs sombres et de flacons de sérum, éclairés par en dessous comme des objets de collection. J'entends une sorte de chuintement, et je sais que le sérum de mort a commencé à se disperser dans l'air. Mais les gardes sont sur mes talons, je n'ai pas le temps d'enfiler la combinaison de protection pour en retarder l'effet.

Je sais aussi, au fond de moi, que je peux survivre à ça.

J'entre dans le vestibule.

CHAPITRE QUARANTE-HUIT

TOBIAS

LE SIÈGE des sans-faction – bien que cet immeuble, quoi que j'y fasse, soit voué à rester pour moi le siège des Érudits – se dresse silencieusement dans la neige, sans autre signe de présence humaine que des lueurs aux fenêtres.

Je m'arrête devant la porte en lâchant un grognement irrité.

— Qu'est-ce qu'il y a ? me demande Peter.

— Rien. Je déteste cet endroit.

Il écarte de ses yeux une mèche trempée par la neige.

— Et tu entres comment ? En cassant un carreau ? Par une porte de service ?

— Par la porte d'entrée. Je suis son fils, je te rappelle.

— Mais tu l'as trahie, et tu as quitté la ville alors qu'elle l'avait interdit. Je te rappelle qu'elle a envoyé des gars à nos trousses.

— Tu peux rester là, si tu veux.

— Là où ira le sérum, j'irai, me réplique-t-il. Si tu te fais tirer dessus, je le prends et je dégage.

— Je n'en attends pas moins de toi.

Ce Peter est vraiment un mec bizarre.

J'entre dans le hall. Le portrait de Jeanine Matthews a été remis en place, mais quelqu'un a dessiné une croix sur chaque œil et écrit « factions = racaille » en légende.

Des gardes portant le brassard des sans-faction s'avancent aussitôt vers nous en brandissant leurs armes. J'en ai déjà vu certains, autour des feux de camp qui brûlaient dans les refuges, ou à l'époque où j'ai collaboré avec Evelyn en tant que leader des Audacieux. D'autres me sont totalement inconnus, ce qui confirme que les sans-faction sont bien plus nombreux qu'on l'imaginait.

On lève les mains en l'air.

— Je viens voir Evelyn.

— Ben voyons, réplique l'un des gardes. Il suffit de demander.

— J'ai un message pour elle de la part de ceux de l'extérieur. Je pense qu'elle serait intéressée de l'entendre.

— Tobias ? intervient une sans-faction.

Je la reconnais ; elle vient du secteur des Altruistes. C'était ma voisine. Elle s'appelle Grace.

— Salut, Grace. Je veux juste parler à ma mère.

Elle m'examine en se mordant les joues d'un air hésitant et relâche sa prise sur son arme.

— En principe, personne n'a le droit d'entrer.

— Mais bon sang, allez la prévenir qu'on est là ! s'exclame Peter. Vous verrez bien ce qu'elle dit ! On attend.

Grace traverse à reculons le petit groupe qui s'est formé autour de nous, baisse son arme et disparaît dans un couloir.

J'ai l'impression d'attendre des heures, au point d'avoir mal aux épaules à force de rester les bras en l'air. Enfin, elle revient et nous fait signe de la suivre. Je baisse les mains tandis que les autres baissent leurs armes et je traverse le petit groupe, comme un fil dans le chas d'une aiguille. On arrive à l'ascenseur.

— Qu'est-ce que tu fabriques avec ce pistolet, Grace ? demandé-je.

C'est la première fois que je vois un Altruiste avec une arme.

— On n'est plus liés par le fonctionnement des factions, ici, me répond-elle. Maintenant, j'ai le droit de me défendre, d'assumer mon instinct de conservation.

— C'est bien, dis-je.

Quelque part, la faction des Altruistes m'a toujours paru aussi malsaine que les autres ; ses effets pervers étaient juste moins visibles, masqués par son apparence d'abnégation. Au fond, exiger des gens qu'ils refoulent leurs instincts pour se fondre dans la masse partout où ils vont, ne vaut sans doute pas mieux que les encourager à se taper dessus.

On monte à l'étage du bureau de Jeanine, mais ce n'est pas là que Grace nous emmène. Elle nous fait entrer dans une grande salle de réunion, meublée de tables, de canapés et de chaises disposés en carrés. Sur le mur du fond, d'énormes baies vitrées laissent entrer le clair de lune. Evelyn est assise à l'une des tables, le regard perdu au dehors.

— Tu peux nous laisser, Grace, lui dit-elle. Alors, Tobias, il paraît que tu as un message pour moi ?

Elle ne me regarde pas. Son épaisse chevelure est nouée en chignon dans sa nuque et elle porte une chemise grise avec un brassard de sans-faction. Elle a l'air épuisée.

— Attends-moi dans le couloir, dis-je à Peter.

À ma surprise, il ne discute pas et sort docilement en refermant la porte derrière lui.

Je suis seul avec ma mère.

— Ceux de l'extérieur n'ont aucun message pour nous, dis-je en m'approchant. Ils veulent effacer la mémoire de toute la population de cette ville. Ils sont persuadés qu'il est inutile de chercher à raisonner avec nous et de faire appel à nos bons sentiments. Ils ont décidé qu'il était plus simple de nous effacer que de discuter avec nous.

— Ils n'ont peut-être pas tort.

Elle se tourne enfin vers moi et appuie sa tête sur ses mains croisées. Je remarque qu'elle s'est fait tatouer un cercle autour d'un doigt, comme une alliance.

— Dans ce cas, qu'es-tu venu faire ici ?

J'hésite, la main sur le flacon de sérum. En l'observant, je vois les marques que le temps a laissées sur elle, comme sur un morceau de tissu, aux fibres apparentes et aux bords effilochés. Mais je vois aussi la femme que j'ai connue petit, sa bouche qui s'étirait dans un sourire, ses yeux où brillaient des étincelles de joie. Et plus je l'observe, plus je me dis que cette femme heureuse n'a jamais existé. Cette image-là n'est qu'un reflet édulcoré de ma vraie mère, le produit du regard égocentrique d'un enfant.

Je m'assieds en face d'elle et je pose le sérum d'oubli sur la table.

— Je suis venu pour te faire boire ça.

Elle considère le flacon et il me semble voir des larmes dans ses yeux, mais ce n'est peut-être qu'un reflet.

— Je me suis dit que c'était le seul moyen d'éviter le chaos. Je sais que Marcus, Johanna et les leurs vont bientôt attaquer et que tu es prête à tout pour les arrêter, y compris à te servir du sérum de mort que tu détiens.

Je penche la tête sur le côté.

— Je me trompe ?

— Non, admet-elle. Le système des factions était criminel. Je ne peux pas tolérer qu'il soit réinstauré. Je préfère encore que tout le monde meure.

Ses doigts se crispent violemment sur le bord de la table.

— Ce système était criminel parce qu'il était fermé, nuancé-je. Il nous donnait l'illusion d'un choix qui n'existait pas. Tu reproduis exactement la même chose en l'abolissant. Tu dis aux gens : « Faites vos propres choix. Mais interdiction de créer des factions, ou je vous écrase ! »

— Si c'est ce que tu pensais, pourquoi ne pas me l'avoir dit ? me demande-t-elle en haussant la voix tout en fuyant mon regard. Pourquoi ne pas me l'avoir dit au lieu de me trahir ?

— Parce que j'avais peur de toi ! Tu... tu me fais penser à *lui* !

Les mots sont sortis tout seuls et je les regrette aussitôt. Mais je suis aussi soulagé de les avoir dits, soulagé de pouvoir être enfin honnête avec elle, avant de lui demander de renoncer à son identité.

— Je t'interdis ! me jette-t-elle presque en crachant, les poings serrés. Je *t'interdis*.

— Tant pis si tu n'as pas envie de l'entendre, dis-je en me levant. Il faisait régner la tyrannie chez nous, et maintenant, c'est toi qui la fais régner sur la ville et tu ne te rends même pas compte que c'est pareil !

— Alors, c'est pour ça que tu m'apportes ce flacon, dit-elle en le prenant pour l'examiner. Parce que tu penses que c'est le seul moyen d'arranger les choses.

— Je...

Je m'apprête à dire que c'est le moyen le plus simple, le meilleur, peut-être le seul pour que je puisse lui faire confiance.

En effaçant ses souvenirs, je peux me créer une nouvelle mère. Mais...

Mais elle est plus que cela. Elle est aussi une personne à part entière, sur laquelle je n'ai pas de droits.

Le fait de ne pas parvenir à accepter qui elle est ne m'autorise pas à décider ce qu'elle doit devenir.

— Non, dis-je. Je suis venu te demander de choisir.

Je suis terrifié, tout à coup, les mains engourdies, le cœur battant. Une boule dans ma gorge m'empêche de déglutir.

— J'avais aussi envisagé d'aller voir Marcus ce soir. Mais c'est toi que je suis venu voir parce que... parce que je pense qu'il y a encore un espoir de réconciliation entre nous. Pas maintenant, pas dans un avenir proche, mais un jour. Alors qu'avec lui, c'est impossible.

Elle me fixe avec violence, mais ses yeux se remplissent de larmes.

— Ce n'est pas juste de ma part de t'obliger à choisir, continué-je, mais c'est comme ça. Tu peux diriger les sans-faction, tu peux combattre les Loyalistes, mais dans ce cas, tu devras te passer de moi, définitivement. Ou tu peux renoncer à cette croisade et... et retrouver ton fils.

Mon offre n'est pas très attrayante et j'en suis conscient. C'est pourquoi j'ai peur, peur qu'elle refuse de choisir, peur qu'elle me préfère le pouvoir en me traitant de gamin idiot, et elle aurait raison : je suis haut comme trois pommes et je lui demande de me dire combien elle m'aime. Les yeux d'Evelyn, sombres comme de la terre mouillée, fouillent longtemps les miens.

Puis elle se penche vers moi et me serre sauvagement contre elle, m'enfermant dans l'étau de ses bras.

— Je leur laisse la ville, souffle-t-elle dans mes cheveux.

Je suis muet, paralysé. Elle m'a choisi. Elle m'a choisi.

CHAPITRE QUARANTE-NEUF

TRIS

LE SÉRUM de mort a une odeur âcre et épicée, et mes poumons le rejettent dès la première bouffée. Je tousse, je crachote, et je me fais avaler par l'obscurité.

Je tombe à genoux. C'est comme si on avait remplacé tout mon sang par de la mélasse et mes os par du plomb. Un fil invisible me tire vers le sommeil, mais je veux rester éveillée. C'est important que je garde cette volonté-là. Je m'imagine cette volonté, ce désir, en train de brûler telle une flamme dans ma poitrine.

La tension du fil s'accentue et j'attise la flamme avec des noms : Tobias ; Caleb ; Christina ; Matthew ; Cara ; Uriah ; Zeke.

Mais je me sens céder sous le poids du sérum. Je m'écroule et mon bras blessé s'écrase contre le carrelage. Je dérive...

« Ce serait si doux de te laisser flotter, me dit une voix dans ma tête. De voir où ça te mène... »

Mais le feu, le feu.

Le désir de vivre.

Je ne suis pas encore vaincue. Non.

J'ai l'impression de creuser dans mon propre esprit. J'ai du mal à me rappeler ce que je suis venue faire ici, et pourquoi je tiens tant à me décharger de ce poids délicieux. Mais soudain mes doigts qui grattent trouvent ce que je cherchais : le visage de ma mère, et les angles bizarres que dessinent ses membres sur le trottoir, et le sang qui coule de la poitrine de mon père.

« Mais ils sont morts, me dit la voix. Tu pourrais aller les retrouver. »

« Ils sont morts pour me sauver », vient la réponse. Et j'ai une chose à accomplir en retour. Je dois éviter à d'autres de tout perdre. Je dois sauver la ville et ceux qu'aimaient mon père et ma mère.

Si je vais les rejoindre, je veux emporter avec moi une bonne raison, pas cet effondrement au bord de l'inconscience sur le seuil de la porte.

Le feu, le feu. Il fait rage en moi. Le feu de camp se change en feu de l'enfer et mon corps lui sert de combustible. Je le sens qui court en moi, grignotant le poids. Rien ne peut plus me tuer maintenant ; je suis forte, invincible, éternelle.

Je sens le sérum qui s'accroche à ma peau comme de l'huile, mais l'obscurité recule. J'abats une main lourde sur le carrelage pour me donner une impulsion et je me relève.

Pliée en deux, je pousse la porte d'un coup d'épaule et elle s'ouvre dans le grincement des joints qui se séparent. J'y suis J'y *suis*.

Mais je ne suis pas seule.

— Ne bouge pas, m'ordonne David. Bonjour, Tris

CHAPITRE CINQUANTE

TRIS

— COMMENT AS-TU FAIT pour te vacciner contre le sérum de mort ? me demande-t-il.

Il est toujours en fauteuil roulant, et me braque avec un pistolet.

Je cligne des paupières, encore étourdie.

— Je ne me suis pas vaccinée.

— Ne me prends pas pour un imbécile. On ne peut pas survivre au sérum de mort sans vaccin, et je suis le seul à en avoir un.

Je me contente de le fixer sans trop savoir quoi dire. Je ne me suis pas vaccinée. Le fait que je sois encore debout est impossible. Que pourrais-je dire de plus ?

— J'imagine que cela n'a plus d'importance, maintenant, reprend-il.

— Qu'est-ce que vous faites là ? bredouillé-je.

J'ai l'impression que ma bouche est énorme et j'ai du mal

à remuer les lèvres. Je ressens toujours cette espèce de poids huileux sur ma peau, comme si la mort s'accrochait encore à moi après que je l'ai vaincue.

Je suis vaguement consciente d'avoir laissé mon arme dans le couloir, persuadée de ne plus en avoir besoin si j'arrivais à entrer.

— Je savais que tu préparais quelque chose, me répond David. Tu as traîné toute la semaine avec des GD, Tris. Tu croyais que je ne m'en apercevrais pas ?

Il secoue la tête.

— Là-dessus, ton amie Cara se fait prendre en train de trafiquer l'éclairage. Mais elle a eu le réflexe de boire le sérum de paix qu'elle avait sur elle avant de pouvoir nous apprendre quoi que ce soit. Alors je suis venu ici, au cas où. C'est triste, mais je ne suis pas surpris de te voir.

— Vous êtes venu seul ? demandé-je. C'est pas très malin.

Il me jette un regard oblique.

— Je te signale que je suis armé et immunisé contre le sérum. Tu ne peux pas te battre contre moi. Je ne vois pas comment tu pourrais voler quoi que ce soit alors que je te tiens en joue. J'ai bien peur que tu n'aies fait tout ceci pour rien, et au prix de ta vie. Puisque le sérum ne t'a pas tuée, c'est moi qui vais le faire. Je suis sûr que tu comprends – officiellement, nous n'appliquons pas la peine capitale, mais je ne peux pas te laisser vivre après cela.

Il croit que je suis là pour voler les dispositifs de réinitialisation, pas pour en déclencher un. C'est parfaitement logique...

J'essaie de garder une expression neutre, bien que je sois à peu près sûre que les muscles de mon visage sont encore relâchés. Mes yeux balaient la pièce à la recherche du dispositif de dispersion du sérum d'oubli. J'étais là quand Matthew a tout décrit à Caleb par le menu : un boîtier noir avec un pavé numérique, marqué par un bout de scotch bleu portant un numéro. C'est l'un des seuls objets posés sur la paillasse le long du mur de gauche, à peine à plus d'un mètre de moi. Mais si je bouge, il me tue.

Je vais devoir attendre le bon moment, et agir vite.

— Je sais ce que vous avez fait, dis-je.

Je commence à reculer, en espérant que mon accusation va le distraire.

— Je sais que vous avez conçu la simulation d'attaque. Je sais que vous êtes responsable de la mort de mes parents ; de ma *mère*. Je le sais.

— Je ne suis pas responsable de sa mort ! s'insurge David, les mots sortant de sa bouche comme d'une sarbacane, trop vite et trop fort. Je l'ai prévenue juste avant l'attaque pour qu'elle ait le temps de vous mettre à l'abri. Si elle s'était tenue tranquille, elle serait encore en vie. Mais c'était une écervelée qui ne comprenait pas qu'on doit faire des sacrifices pour le bien du plus grand nombre. Et elle en est *morte* !

Je le dévisage, perplexe. Quelque chose m'interpelle dans sa réaction, dans son regard voilé, quelque chose qu'il a marmonné quand Nita lui a injecté le sérum de peur, quelque chose à propos d'elle.

— Vous l'aimiez ? Toutes ces années pendant lesquelles elle vous a écrit... Si vous ne vouliez pas qu'elle reste là-bas... Si vous lui avez dit que vous ne pouviez plus lire ses rapports après son mariage avec mon père, c'était parce que

Il reste immobile comme une statue, un homme de pierre.

– Oui, m'avoue-t-il. Mais c'est du passé

Ce doit être pour cela qu'il m'a accueillie dans son cercle rapproché. Parce que je lui ressemble, que j'ai ses cheveux et sa voix. Parce qu'il a passé sa vie à essayer de l'atteindre sans jamais saisir autre chose que du vide.

J'entends des pas dans le couloir. Les gardes arrivent. Parfait – ils vont m'être utiles. Ça m'arrange qu'ils s'exposent au sérum d'oubli et le transmettent au reste de la population. Espérons qu'ils attendront que l'air soit purifié du sérum de mort.

— Ma mère n'était pas une écervelée. Au contraire, elle savait quelque chose que vous n'avez jamais compris : quand on prend la vie d'un *autre*, on n'accomplit pas un sacrifice, on commet un crime.

Je fais un nouveau pas en arrière en ajoutant :

— Elle m'a tout appris sur ce qu'est un véritable sacrifice. Qu'il doit être fait par amour, non par aversion irrationnelle pour les gènes des autres. Qu'il doit être fait par nécessité, pas avant d'avoir épuisé toutes les autres possibilités. Qu'il doit être fait pour ceux qui ont besoin de notre force parce qu'ils n'en ont pas assez. C'est pour ça que je dois vous empêcher de « sacrifier » tous ces gens et leur mémoire. Que je dois débarrasser le monde de vous une bonne fois pour toutes.

Puis, après une pause :

— Je ne suis pas venue ici pour voler quelque chose, David.

Je me jette sur le boîtier. Il tire, et la douleur se répand dans tout mon corps. Je ne sais même pas où la balle m'a touchée.

J'entends encore Caleb répéter le code à Matthew. D'une main secouée de tremblements, je tape les chiffres sur le pavé numérique.

David tire une deuxième fois.

Une nouvelle vague de douleur m'assaille et ma vision

se tache de points noirs, mais j'entends toujours la voix de mon frère. Le bouton vert.

Tellement mal.

Comment est-ce possible, alors que mon corps est si engourdi ?

Je chancelle et je plaque la main sur le pavé numérique tout en m'affalant. Le bouton vert s'allume.

J'entends un bip et le bruit d'un mécanisme qui mouline.

Je m'effondre. Quelque chose de chaud coule dans mon cou et sous ma joue. Rouge. Le sang est d'une drôle de couleur. Foncée.

Du coin de l'œil, j'entrevois David affaissé dans son fauteuil.

Et ma mère arrive derrière lui

Elle porte les mêmes vêtements que la dernière fois que je l'ai vue, du gris des Altruistes, tachés de son sang, les bras nus, révélant son tatouage. On voit encore les trous faits par les balles dans sa chemise et, en dessous, le rouge de ses plaies. Mais elles ne saignent plus, comme si le temps s'était arrêté pour elle. Elle a noué ses cheveux blond cendré en chignon, mais quelques mèches folles encadrent son visage d'or.

Je sais qu'elle ne peut pas être vivante ; ce que je ne sais pas, c'est si je délire parce que j'ai perdu trop de sang, si le sérum de mort m'embrouille l'esprit, ou si c'est encore autre chose.

Elle s'agenouille à côté de moi et pose une main fraîche sur ma joue.

— Bonjour, Beatrice, me dit-elle en souriant.

— Ça y est, c'est fini ? demandé-je, sans savoir si je prononce réellement les mots ou si elle les lit dans mon esprit.

— Oui, me répond-elle, les yeux brillants de larmes. Ma fille chérie, tu as été admirable.

— Et les autres ?

J'étouffe un sanglot tandis que l'image de Tobias surgit dans ma tête et que je repense à son regard, si sombre et profond, à ses mains, si chaudes et si fortes, la première fois que nous nous sommes retrouvés face à face.

— Tobias, Caleb, tous mes amis… ?

— Ils prendront soin les uns des autres. Fais-leur confiance.

Je me sens de nouveau tirée par le fil, mais cette fois, je sais que ce n'est pas une force néfaste qui m'entraîne vers la mort.

Cette fois, je sais que c'est la main de ma mère, qui me prend dans ses bras.

Et je pars légère dans son étreinte.

+++

Puis-je être pardonnée pour tout ce que j'ai fait pour en arriver là ?

Je l'espère.

Je le peux.

Je le crois.

CHAPITRE CINQUANTE ET UN

TOBIAS

EVELYN ÉCRASE ses larmes sur ses paupières. Debout à la fenêtre, épaule contre épaule, on regarde la neige tourbillonner. Des flocons s'amassent sur le rebord de la fenêtre et forment des monticules dans les coins.

Mes mains ne sont plus engourdies. En contemplant le monde extérieur poudré de blanc, j'ai le sentiment d'un nouveau départ, et un bon, cette fois.

— Je vais joindre Marcus par radio pour lui proposer un accord de paix, me dit Evelyn. Il m'écoutera. Il serait idiot de ne pas le faire.

— Avant ça, j'ai une promesse à tenir, dis-je en posant une main sur son épaule.

Je m'attendais à voir une certaine résignation dans son sourire, mais non.

Je me sens un peu coupable. Je n'étais pas venu pour lui demander de déposer les armes, de renoncer à tout ce qu'elle avait réussi à acquérir en échange de son fils. Mais de fait, je n'étais pas non plus venu avec l'intention de lui donner un choix. Tris avait sans doute raison : quand on doit trancher entre deux mauvaises solutions, on prend celle qui permet de sauver ceux qu'on aime. Je n'aurais pas sauvé Evelyn en lui donnant ce sérum. Je l'aurais détruite.

Peter est assis dans le couloir, le dos au mur, les cheveux collés au front par la neige. Il lève les yeux vers moi quand je me penche sur lui.

— Tu l'as réinitialisée ? me demande-t-il.

— Non.

— J'étais sûr que tu n'aurais pas le cran.

— Ça n'a rien à voir avec le cran. Tu sais quoi ? Laisse tomber, dis-je en secouant la tête.

Je lui montre le flacon de sérum.

— Toujours décidé ?

Il fait oui d'un signe de tête.

— Tu pourrais aussi faire le boulot toi-même, remarqué-je. Prendre de meilleures décisions, avoir une vie meilleure.

— Ouais, c'est sûr. Mais je ne le ferais jamais, tu le sais aussi bien que moi.

C'est vrai. C'est vrai que c'est dur de changer, que c'est long, que c'est un travail de tous les instants, mis bout à bout en un long chapelet jusqu'à ce qu'on en ait oublié le début. Peter a peur de ne pas arriver à fournir ce travail, de gaspiller son temps et, finalement, de ne réussir qu'à s'enfoncer davantage. Et je comprends ce sentiment ; je comprends qu'on puisse avoir peur de soi-même.

Alors je le fais asseoir sur un canapé et je lui demande s'il veut que je lui parle de qui il était, quand ses souvenirs seront partis en fumée. Il secoue la tête. Rien. Il ne veut rien garder.

Il prend le flacon d'une main tremblante et le débouche. Le liquide manque de se renverser. Il le renifle.

— On doit boire quelle quantité ? me demande-t-il, et il me semble qu'il claque des dents.

— Je crois que ça n'a pas d'importance.

— Bon. OK… C'est parti.

Il brandit le flacon dans la lumière comme pour porter un toast.

Quand le goulot touche ses lèvres, je lui dis :

— Courage.

Il boit.

Et je regarde Peter disparaître.

+++

L'air du dehors a un goût de givre.

— Hé, Peter ! lancé-je avec des petits nuages de vapeur.

Peter se tient devant l'entrée du siège des Érudits, l'air totalement perdu. En entendant son nom – que je lui ai répété au moins dix fois depuis qu'il a bu le sérum –, il hausse les sourcils et pose un index sur sa poitrine. Matthew nous a expliqué que les gens qui ont pris le sérum d'oubli restaient « désorientés » un certain temps. Je n'avais pas compris qu'il voulait dire « idiots ».

— Oui, c'est toi, confirmé-je avec un soupir. Allez, viens, on y va !

Je pensais qu'une fois qu'il aurait bu le sérum, je continuerais à voir celui qui a planté un couteau à beurre dans l'œil d'Edward, celui qui a essayé de tuer ma petite amie, et toutes les autres horreurs dont il s'est rendu coupable depuis que je le connais. Mais en fin de compte, je n'ai pas trop de mal à réaliser qu'il n'a plus la moindre idée de qui il était. Il a toujours ses grands yeux innocents, mais son regard me paraît désormais crédible.

Je marche avec Evelyn, Peter trottinant derrière nous. Il ne neige plus mais la couche qui recouvre le trottoir crisse sous mes pieds.

On va jusqu'au Millenium Park, où la lune se reflète sur la sculpture en acier poli qu'on appelle le « Haricot », et on descend un escalier. Evelyn me prend par le bras pour ne pas glisser et on échange un coup d'œil. Je me demande si elle est aussi tendue que moi à l'idée d'affronter Marcus. Je me demande si elle est même capable de l'affronter sans être tendue.

En bas des marches s'élèvent deux tours en briques de verre de quinze mètre de haut qui se font face. C'est là qu'on a donné rendez-vous à Marcus et à Johanna – chaque camp étant autorisé à venir armé, histoire d'être réaliste, mais équitable.

Ils sont déjà là. Johanna n'a pas d'arme, mais Marcus pointe la sienne sur Evelyn. Par prudence, je braque sur lui le pistolet que m'a donné Evelyn. Je remarque les irrégularités de son crâne sous ses cheveux ras et la ligne tordue de son nez busqué, qui semble lui couper le visage en deux.

— Tobias ! s'exclame Johanna. Qu'est-ce que tu fais là ?

Elle porte un manteau rouge, la couleur des Fraternels, saupoudré de neige.

— J'essaie de vous empêcher de vous entretuer, répliqué-je. Alors tu portes une arme, maintenant ?

Je désigne du menton la bosse qui déforme sa poche, révélant sans erreur possible les contours d'un pistolet.

— Il faut parfois savoir prendre des mesures difficiles pour garantir la paix, me répond-elle. Je pense que sur le principe, tu seras d'accord avec moi.

— On n'est pas là pour bavarder, nous interrompt Marcus en regardant Evelyn. Tu as dit que tu voulais nous parler d'un traité.

Visiblement, les dernières semaines l'ont éprouvé. Ça se voit aux coins tombants de sa bouche et aux cernes qu'il a sous les yeux. Je retrouve mes yeux à moi dans ce visage et je pense à mon reflet dans mon paysage des peurs, à ma terreur d'alors, quand je voyais ses traits remplacer les miens peu à peu comme une éruption cutanée. Aujourd'hui, en l'affrontant avec ma mère à mes côtés, comme j'en rêve depuis mon enfance, j'ai toujours la crainte de devenir comme lui.

Mais je crois qu'il ne me fait plus peur.

— Oui, dit Evelyn, j'ai des conditions à vous soumettre. Elles devraient vous paraître raisonnables. Si vous les acceptez, je me retire en rendant toutes les armes qui ne nous appartiennent pas personnellement. Et je quitte la ville.

Marcus rit, sans que j'arrive à déterminer s'il se moque d'elle ou s'il ne la croit pas. Les deux hypothèses sont tout aussi vraisemblables, compte tenu de son arrogance et de sa nature profondément méfiante.

— Laisse-la terminer, lui dit Johanna à mi-voix en rentrant ses mains dans ses manches.

— En échange, reprend Evelyn, vous renoncez à prendre le pouvoir. Vous laissez à ceux qui le désirent la liberté d'entamer une nouvelle vie ailleurs. Vous laissez ceux qui restent *voter* pour de nouveaux gouvernants et un nouveau système de société. Et, précision importante : toi, Marcus, tu n'es pas éligible.

C'est la seule condition purement égoïste de l'accord. Evelyn m'a expliqué qu'elle ne supportait pas l'idée qu'il puisse encore endormir les gens avec de belles paroles pour s'en faire des alliés, et je n'ai rien objecté.

Johanna écarquille les yeux. Contrairement à son habitude, elle porte ses cheveux rejetés en arrière et sa cicatrice est bien visible. Ça lui va mieux ; elle paraît plus forte quand elle ne se cache pas.

— Pas question, répond Marcus. Je suis leur chef.

— Marcus, intervient Johanna.

Il poursuit sans se préoccuper d'elle :

— Ce n'est pas à toi de décider si je peux les diriger ou non simplement parce que tu es contre moi, Evelyn !

— Excuse-moi, Marcus, reprend Johanna d'une voix ferme. Une telle proposition est inespérée ! On peut avoir tout ce qu'on voulait sans verser une goutte de sang ! Comment peux-tu refuser ça ?

— Je refuse parce que je suis le chef légitime de cette population ! Je suis le chef des Loyalistes ! Je...

— Non, pas du tout, le coupe calmement Johanna. *Je* suis le chef des Loyalistes. Et tu vas accepter ce traité, ou je dis à tout le monde qu'on t'a offert l'occasion de mettre un terme à ce conflit pacifiquement et que tu l'as rejetée pour ménager ta fierté.

Le masque d'impassibilité de Marcus se décompose, révélant son vrai visage empli de haine. Même lui ne peut pas argumenter avec Johanna, dont le calme impérial et la menace imparable le réduisent au silence. Il secoue la tête sans rien ajouter.

— J'accepte tes conditions, dit Johanna à Evelyn.

Et elle s'avance, la main tendue, en faisant crisser la neige sous ses pas.

Evelyn retire un gant et elles échangent une poignée de main.

— Je propose que nous réunissions tout le monde demain matin pour annoncer la nouvelle, lui suggère Johanna. Peux-tu m'assurer que tout se passera dans le calme ?

— Je ferai mon maximum.

Je regarde ma montre. Une heure s'est écoulée depuis qu'Amar nous a laissés, Peter et moi, près de la tour Hancock, et il a déjà dû comprendre que la dispersion virale du sérum d'oubli sur la ville n'avait pas eu lieu. Quoi qu'il en soit, je dois faire ce pour quoi je suis venu ici : trouver Zeke et sa mère et leur annoncer ce qui est arrivé à Uriah.

— Il faut que j'y aille, dis-je à Evelyn. J'ai encore une chose à faire. Mais je te prends en voiture à la sortie de la ville demain après-midi ?

— Ça m'a l'air parfait, approuve-t-elle en me frottant le bras avec énergie de sa main gantée.

Comme elle le faisait pour me réchauffer quand j'étais petit.

— Je suppose que tu ne reviendras pas ? me demande Johanna. Tu t'es construit une nouvelle vie à l'extérieur ?

— Oui. Bonne chance pour vous ici. Ceux du dehors... ils vont essayer de dissoudre la ville. Vous feriez bien de vous tenir prêts.

— Je suis sûre qu'on arrivera à négocier avec eux, me répond-elle avec un sourire.

Je serre la main qu'elle me tend, sous le poids du regard écrasant de Marcus. Je me force à tourner les yeux vers lui.

— Adieu, lui dis-je.

Et je compte bien que c'en soit un.

+++

Hana, la mère de Zeke, est toute petite et ses pieds ne touchent pas le sol quand elle est assise dans le gros fauteuil de son salon. Elle porte un peignoir noir effrangé et des chaussons, mais toute son attitude, les yeux grands ouverts et les mains croisées devant elle, est si digne que j'ai l'impression de me tenir devant un chef d'État. Je jette un coup d'œil furtif à Zeke, qui se frotte le visage avec les poings pour se réveiller.

Amar et Christina les ont retrouvés non parmi les révolutionnaires aux alentours de la tour Hancock, mais chez eux, dans leur appartement de la Flèche, au-dessus du siège des Audacieux. Je ne les ai moi-même retrouvés que parce que Christina a pensé à nous laisser un mot sur le camion, nous disant où ils étaient. Peter nous attend dans la camionnette qu'Evelyn nous a fournie pour regagner le complexe.

— Je suis désolé, dis-je. Je ne sais pas par où commencer.

— Par le pire, peut-être, me répond Hana. Par exemple, par ce qui est arrivé à mon fils.

— Il a été gravement blessé au cours d'une attaque. Il se trouvait tout près du lieu d'une explosion.

— C'est pas vrai... murmure Zeke.

Il se met à se balancer d'avant en arrière, berçant son corps comme on berce un enfant pour l'apaiser.

Hana, elle, se contente de baisser la tête pour me cacher son visage.

Le salon sent le poulet rôti, sans doute des effluves de leur dernier repas. Je m'appuie contre le mur blanc près de la porte À côté de moi, accroché de travers sur le mur, il y a un portrait de famille – Zeke doit avoir un an et demi et Uriah, bébé, est assis à califourchon sur les genoux de sa mère. Le père a plusieurs piercings au visage, dans le nez, les oreilles, la lèvre, mais son large sourire radieux et son teint mat me sont familiers, parce qu'il les a transmis à ses fils.

— Il est dans le coma depuis, continué-je. Et...

— Et il ne se réveillera pas, complète Hana d'une voix tendue. C'est bien ce que vous êtes venus nous dire ?

— Oui. Je suis venu vous chercher pour que vous puissiez décider pour lui.

— Décider ? répète Zeke. Tu parles de le *débrancher* ?

— Zeke, l'apaise Hana en secouant la tête.

Il se renfonce dans le canapé, dont les coussins semblent se replier autour de lui.

— Il est clair qu'on ne le maintiendra pas en vie dans ces conditions, déclare sa mère. Ce n'est pas ce qu'il voudrait. Mais on aimerait le voir.

— Bien sûr, acquiescé-je. Mais j'ai autre chose à vous dire. Cette attaque... c'était une sorte de soulèvement. Auquel j'ai participé.

Les yeux sur une fissure du parquet où la poussière s'est accumulée, j'attends une réaction, n'importe laquelle. Mais ils ne m'opposent que le silence.

— Je n'ai pas fait ce que tu m'avais demandé, Zeke, ajouté-je. Je n'ai pas veillé sur lui comme j'aurais dû. Je suis désolé.

Je me risque à lui glisser un coup d'œil. Il reste assis sans bouger, regardant d'un air absent un vase vide posé sur la table basse. Il y a des roses aux teintes pastel peintes dessus.

— Je crois qu'on a besoin que vous nous laissiez un peu de temps, déclare enfin Hana en s'éclaircissant la voix, sans parvenir à la raffermir.

— J'aimerais pouvoir vous en donner, dis-je, mais on doit retourner très vite au complexe et il faut que vous veniez avec nous.

— Très bien, me répond Hana. Si vous pouvez nous attendre dehors, on sera prêts dans cinq minutes.

+++

Le retour est long et se fait dans le noir. Je regarde la lune se cacher et ressurgir derrière les nuages tandis qu'on tressaute sur la route défoncée. Quand on arrive à la limite extérieure de la ville, il recommence à neiger, à gros flocons légers qui virevoltent devant les phares. Je me demande si Tris, elle aussi, les regarde balayer les trottoirs et s'amonceler autour des avions sur la piste d'atterrissage.

Je me demande si le monde où je vais la rejoindre est devenu meilleur depuis que je l'ai quitté, peuplé de gens qui ont oublié ce que signifie avoir des gènes « purs ».

Christina se penche en avant pour me murmurer à l'oreille :

— Alors, tu l'as fait ? Ça a marché ?

Je hoche la tête en croisant son regard dans le rétroviseur et je la vois qui plaque les mains sur ses joues avec un sourire jusqu'aux oreilles. Je sais ce qu'elle ressent : le sentiment d'être enfin à l'abri. On est tous sauvés.

— Et toi, tu as pu vacciner ta famille ? questionné-je.

— Ouais ! On les a retrouvées avec les Loyalistes dans la tour Hancock. Mais l'heure prévue pour la réinitialisation est passée. On dirait que Tris et Caleb ont réussi.

Hana et Zeke échangent à voix basse des commentaires étonnés sur le monde étrange qu'ils découvrent derrière les vitres de la camionnette. Amar leur fournit des explications rudimentaires, et sa façon de quitter la route des yeux toutes les trois minutes pour les regarder dans le rétro me stresse. Chaque fois qu'il dévie vers un lampadaire ou une barrière, je tâche de me détendre en me concentrant sur la neige qui tombe.

J'ai toujours détesté l'espèce de vide engendré par l'hiver, les paysages nus et la grisaille où se confondent la terre et le ciel, les arbres ramenés à des squelettes et la ville muée en zone déserte. Peut-être que cette année, j'arriverai à voir les choses autrement.

On franchit les grilles du complexe et Amar se gare devant l'entrée, abandonnée par les gardes. Quand on descend de la camionnette, Zeke prend sa mère par la main tandis qu'elle avance tant bien que mal dans la neige.

Une fois dans le complexe, j'acquiers la certitude que Caleb a réussi, parce que tout le monde a disparu. Ça ne peut vouloir dire qu'une chose : qu'ils ont été réinitialisés et leurs souvenirs, effacés.

— Mais où sont-ils tous ? s'inquiète Amar.

On passe le check-point sans s'arrêter. De l'autre côté, j'aperçois Cara. Elle a la moitié du visage gonflé et un bandage sur la tête, mais ce qui m'alarme le plus, c'est son expression.

— Qu'est-ce qui se passe ?

Elle secoue la tête sans répondre.

— Où est Tris ?

— Je suis désolée, Tobias.

— Désolée pour quoi ? s'énerve Christina. Tu vas nous dire ce qui s'est passé ?

— Tris est entrée dans le Labo d'armement à la place de Caleb, dit enfin Cara. Elle a survécu au sérum de mort et réussi à disperser le sérum d'oubli, mais... elle... elle s'est fait tirer dessus. Elle est morte, Tobias. Je suis vraiment désolée.

La plupart du temps, je sais quand les gens mentent, et Cara doit mentir parce que Tris est vivante, avec ses yeux brillants et ses joues qui s'empourprent sous l'effort et sa petite charpente pleine de puissance et de force, debout dans un rayon de lumière dans le jardin couvert. Tris est toujours vivante, elle ne me laisserait pas tout seul, elle ne serait jamais entrée dans le Labo d'armement à la place de Caleb.

— Non, dit Christina en secouant la tête. C'est impossible. Il y a forcément une erreur.

Les yeux de Cara se remplissent de larmes.

C'est là que je me rends à l'évidence : bien sûr que si, Tris est du genre à entrer dans le Labo d'armement à la place de Caleb.

Évidemment.

Christina hurle quelque chose mais sa voix me parvient étouffée, comme si j'avais plongé la tête sous l'eau. Et les détails du visage de Cara se brouillent et se fondent dans des couleurs sourdes.

Tout ce que je peux faire, c'est rester sans bouger – il me semble que si je ne bouge pas, je peux empêcher que ce soit vrai, je peux continuer à croire que tout va bien. Christina se plie en deux de douleur et Cara la prend dans ses bras. Et tout ce que je peux faire, c'est rester sans bouger.

CHAPITRE CINQUANTE-DEUX

TOBIAS

QUAND ELLE a heurté le filet, je n'ai vu qu'une tache grise. Je l'ai tirée pour l'aider à descendre et sa main était menue mais tiède, et puis elle s'est redressée, petite et mince et ordinaire et absolument sans rien de remarquable – mais elle avait sauté la première. La Pète-sec avait sauté la première.

Même moi, je n'avais pas sauté le premier.

Son regard était sérieux, insistant.

Magnifique.

CHAPITRE CINQUANTE-TROIS

TOBIAS

CE N'ÉTAIT PAS la première fois que je la voyais. Je l'avais déjà croisée dans les couloirs du lycée, et aux fausses funérailles de ma mère, et sur les trottoirs du secteur des Altruistes. Mais je la voyais sans la voir ; personne ne l'avait jamais vue telle qu'elle était avant qu'elle ne saute.

Je suppose qu'un feu qui brûle aussi fort n'est pas fait pour durer.

CHAPITRE CINQUANTE-QUATRE

TOBIAS

JE VAIS VOIR son corps… je ne saurais pas dire combien de temps après le récit de Cara. Christina et moi marchons côte à côte, épaule contre épaule derrière elle. Je ne me souviens pas du trajet entre l'entrée et la morgue, à part quelques images floues et les vagues sons que j'arrive à percevoir à travers la barrière qui s'est dressée dans ma tête.

Tris est allongée sur une paillasse de laboratoire et, pendant un moment, je peux croire qu'elle dort, et que je n'ai qu'à la toucher pour qu'elle se réveille et me sourie et qu'elle dépose un baiser sur ma bouche. Mais quand je la touche, elle est glacée, son corps est dur et rigide.

Christina renifle et lâche un sanglot. Je serre la main de Tris en priant de toutes mes forces pour que ce geste lui réinsuffle de la vie, pour que la couleur revienne sur son visage et qu'elle se réveille.

Je ne sais pas combien de temps je mets à admettre que

ça n'arrivera pas, qu'elle est partie. À ce moment-là, je sens toutes mes forces me quitter et je tombe à genoux à côté de la paillasse, et ensuite, je crois que je pleure, ou en tout cas je voudrais pleurer, et tout en moi hurle pour réclamer un dernier baiser, une dernière parole, un dernier regard ; rien qu'un.

CHAPITRE CINQUANTE-CINQ

TOBIAS

DANS LES JOURS qui suivent, c'est par le mouvement que je parviens à tenir ma peine à distance. Alors la nuit, je marche au lieu de dormir. Je regarde les gens se remettre du sérum d'oubli qui les a définitivement changés, comme si je les voyais de très loin.

Ceux qui sont perdus dans la brume du sérum sont rassemblés par petits groupes à qui on apprend la vérité : que la nature humaine est complexe, que nos gènes ne sont ni purs ni déficients mais simplement tous différents. Cette vérité est accompagnée d'un mensonge, qui est que leurs souvenirs ont été effacés par accident et qu'ils faisaient campagne auprès du gouvernement pour obtenir l'égalité pour les GD.

La compagnie des autres m'étouffe et, dès que je les quitte, la solitude me glace. Je suis terrifié, sans savoir par quoi, puisque j'ai déjà tout perdu. Mes mains n'arrêtent pas de trembler. Je vais dans la salle de contrôle suivre sur les écrans ce qui se passe dans la ville. Johanna organise les transports pour ceux qui veulent partir. Ils viendront ici pour découvrir la vérité. Je ne sais pas ce que vont devenir ceux qui restent à Chicago, et ça ne m'intéresse pas plus que ça.

J'enfonce les mains dans mes poches et je regarde les images quelques minutes avant de m'éloigner, en m'efforçant de ne penser qu'à caler mes pas sur les battements de mon cœur ou à éviter les trous dans le carrelage. En traversant le hall, je vois quelques personnes assemblées autour de la fontaine de pierre, dont l'une est dans un fauteuil – Nita.

Je franchis la barrière de sécurité qui ne sert plus à rien et je m'arrête pour les observer à distance. Reggie grimpe sur la plaque de pierre et ouvre un robinet placé sous le réservoir. Les gouttes d'eau se changent en un flot continu qui ne tarde pas à déborder pour rejaillir sur la dalle, trempant au passage le pantalon de Reggie.

– Tobias ?

Je suis pris d'un frisson. C'est Caleb. Je tourne le dos à sa voix en cherchant des yeux un moyen de fuir.

– S'il te plaît. Attends.

Je ne veux pas le regarder, pour ne pas devoir mesurer l'ampleur de son chagrin, ou son absence. Et je ne veux pas avoir à penser qu'elle est morte pour ce lâche, qui mérite tellement peu qu'elle lui ait sacrifié sa vie.

Je le regarde pourtant, en me demandant si je pourrais retrouver quelque chose d'elle dans ses traits, tellement j'ai faim de la présence de Tris alors que je ne la verrai plus jamais.

Ses cheveux sont sales et décoiffés, ses yeux injectés de sang, sa bouche déformée par le chagrin.

En fait, il ne lui ressemble pas.

— Je ne veux pas te déranger, s'excuse-t-il, mais j'ai quelque chose à te dire. Un message… qu'elle m'a laissé pour toi, avant de…

— Ben vas-y, dis-je sans le laisser finir sa phrase.

— Si elle ne s'en sortait pas, elle voulait que je te dise…

Il s'étrangle, puis se redresse bien droit en ravalant ses larmes.

— … qu'elle aurait vraiment voulu rester avec toi.

Ça devrait me faire quelque chose, non, d'entendre les dernières paroles qu'elle m'a adressées ? Mais je ne ressens rien. Je n'ai jamais été aussi loin de tout.

— Ah ouais ? répliqué-je rudement. Pourquoi elle n'est pas restée, alors ? Pourquoi elle ne t'a pas laissé mourir, toi ?

— Tu crois que je ne me pose pas la question ? Elle m'aimait. Assez pour me viser avec un pistolet pour que je la laisse mourir à ma place. Je ne sais pas pourquoi. C'est comme ça.

Il s'éloigne sans attendre ma réponse, et c'est sans doute mieux ainsi, car je ne trouve rien qui puisse exprimer ma colère. Je cligne des yeux pour chasser les larmes et je m'assieds par terre au beau milieu de l'entrée.

Je sais pourquoi elle a tenu à me dire ça. Elle voulait que je sache que ce n'était pas une redite de l'épisode du siège des Érudits, un nouveau mensonge pour m'endormir pendant qu'elle marchait vers sa mort, un nouveau sacrifice inutile. Je presse mes mains à plat sur mes yeux de toutes mes forces, comme si je pouvais renfoncer mes larmes dans ma tête. « Pas de larmes », me sermonné-je. Si je commence à laisser sortir mes émotions, je ne pourrai plus rien retenir et ça ne s'arrêtera plus.

Un peu plus tard, j'entends des voix qui se rapprochent, celles de Cara et Peter.

— Cette fontaine symbolisait le changement, explique Cara. Le changement progressif. Mais ils sont en train de la détruire.

— Ah bon ? fait Peter d'un ton rempli de curiosité. Mais pourquoi ?

— Euh... je te le dirai plus tard, si ça ne t'ennuie pas. Tu te rappelles comment on va au dortoir ?

— Ouais.

— Dans ce cas... va te reposer un peu. Tu trouveras des gens pour t'aider, là-bas.

Elle me rejoint et je me crispe à la perspective de devoir l'écouter. Mais elle se contente de s'asseoir par terre à côté de moi, les mains croisées sur ses genoux, le dos droit. À la fois détendue et concentrée, elle contemple la fontaine où Reggie reste debout sous l'eau qui se déverse.

— Tu n'es pas obligée de rester là, lui dis-je.

— Je suis aussi bien ici qu'ailleurs. Et le bruit de l'eau est apaisant.

Alors on reste assis tous les deux, les yeux fixés sur l'eau qui coule. sans parler.

+++

— Je vous trouve enfin ! s'exclame Christina en arrivant en courant.

Elle a le visage gonflé et la voix atone.

— Venez, il est l'heure. Ils vont le débrancher.

Le mot me fait froid dans le dos, mais je me force à me lever. Hana et Zeke rôdent autour du lit d'Uriah depuis leur arrivée, à frôler ses doigts, à guetter un signe de vie sur son visage. Mais il n'y a plus de vie en lui, rien qu'une machine qui fait battre son cœur.

On prend la direction de l'hôpital. Je n'ai pas dormi depuis des jours mais je ne sens pas la fatigue, pas comme d'habitude en tout cas, même si j'ai mal partout quand je bouge.

Christina et moi marchons côté à côte sans échanger une parole, mais je sais que ses pensées comme les miennes sont fixées sur Uriah, sur son dernier souffle.

On s'arrête devant la vitre de sa chambre. Evelyn est là; Amar est allé la chercher à ma place il y a quelques jours. Elle pose une main apaisante sur mon épaule mais je la retire aussitôt; je ne veux pas être consolé.

Debout de part et d'autre du lit d'Uriah, Zeke et Hana lui tiennent chacun une main. Près du moniteur cardiaque, un médecin tend une feuille, non à Hana ou à Zeke, mais à *David*. Il est affalé dans son fauteuil roulant avec le même air hébété que tous ceux qui ont perdu la mémoire.

Tout mon corps s'embrase.

— Qu'est-ce qu'il fout là, lui ?

— Techniquement, jusqu'à ce qu'on le remplace, c'est toujours lui le directeur du Bureau, me répond Cara. Tobias, il a tout oublié ! Celui que tu as connu n'existe plus ; c'est comme s'il était mort. Cet homme-là ne se souvient pas une seconde qu'il a...

— La ferme ! aboyé-je.

David signe la feuille, se retourne et avance vers la porte. Au moment où elle s'ouvre, je ne peux pas me retenir ; je me jette sur lui, et seul le bras sec et musclé d'Evelyn m'empêche de serrer les mains autour de son cou. Il me regarde d'un drôle d'air et s'éloigne dans le couloir en manœuvrant son fauteuil, tandis que je me débats pour me dégager de la barrière du bras d'Evelyn.

— Tobias, du calme, me dit-elle.

— Pourquoi personne ne l'a enfermé ? m'indigné-je, la vision brouillée par les larmes.

— Parce qu'il travaille toujours pour le gouvernement, me répond Cara. Ce n'est pas parce qu'il y a eu un « regrettable accident » qu'ils ont viré tout le monde. Et le gouvernement ne va pas le boucler juste parce qu'il a tué une terroriste par nécessité.

— Une terroriste. C'est tout ce qu'elle est, maintenant ?

— Était, rectifie-t-elle doucement. Non, bien sûr, mais c'est comme ça qu'ils voient les choses.

Je m'apprête à répliquer quand Christina nous interrompt :

— Venez, c'est maintenant.

Dans la chambre, Zeke et Hana se prennent la main pardessus le corps d'Uriah. Je vois les lèvres d'Hana qui remuent, sans parvenir à deviner ce qu'elle dit. Les Audacieux ont-ils des prières pour les mourants ? Les Altruistes réagissent par le silence et par une cérémonie, non par des paroles. Ma colère reflue et je replonge dans une douleur sourde, plus seulement pour Tris mais aussi pour Uriah, dont le sourire restera gravé dans ma mémoire. Le frère de mon ami, puis mon ami lui aussi, même si je ne l'ai pas connu très longtemps.

Le médecin appuie sur quelques boutons et la machine cesse de respirer à la place d'Uriah. Les épaules de Zeke sont secouées de soubresauts et Hana lui serre la main de toutes ses forces.

Puis elle dit quelque chose, lâche les mains de ses fils et s'écarte d'Uriah pour le laisser partir.

Je m'éloigne, d'abord en marchant, puis en courant dans les couloirs, vide, aveugle, indifférent à tout.

CHAPITRE CINQUANTE-SIX

TOBIAS

LE LENDEMAIN, je prends un camion du complexe. Les gens sont encore sous l'effet du sérum d'oubli et personne ne tente de m'arrêter. Les yeux perdus sur la ligne d'horizon, sans aucune notion du temps, je roule vers Chicago et franchis la voie ferrée. J'appuie sur l'accélérateur en atteignant les champs qui entourent la ville. Le camion écrase l'herbe desséchée et la neige sous ses pneus, puis roule sur l'asphalte du secteur des Altruistes. Toutes les rues ici se ressemblent mais mes mains et mes pieds connaissent le chemin, même si ma tête ne prend pas la peine de les guider. Je me gare devant la maison située près du stop, à l'allée toute craquelée.

Ma maison.

Je monte à l'étage, toujours avec cette impression que les sons sont assourdis. On parle de la douleur du deuil, mais je ne comprends pas ce que ça veut dire. Pour moi, c'est un engourdissement qui emporte tout, émousse toutes les sensations.

Du plat de la main, je repousse le panneau qui masque le miroir sur le palier. Malgré l'éclat orangé du soleil couchant qui embrase le parquet et illumine mon visage par en dessous, jamais je n'ai eu l'air aussi pâle ni de cernes aussi marqués. J'ai passé ces derniers jours dans un état second, entre la veille et le sommeil, sans réussir à atteindre ni l'un ni l'autre.

Je branche la tondeuse sur la prise près du miroir. Je retire le sabot et je n'ai plus qu'à la passer dans mes cheveux. Je tourne la tête pour vérifier dans le miroir que ma nuque est bien rasée. Des mèches recouvrent mes épaules et mes pieds, et me démangent partout où elles se sont faufilées sous mes vêtements. Je passe une main sur mon crâne pour m'assurer qu'il est lisse, purement par acquit de conscience. Je savais déjà me raser la tête quand j'étais petit.

Je mets du temps à ramasser tous mes cheveux pour les jeter à la poubelle. Quand j'ai fini, je me campe de nouveau face au miroir et je distingue dans mon reflet l'extrémité de la flamme des Audacieux tatouée dans ma nuque.

Je prends le flacon de sérum d'oubli dans ma poche. Je sais qu'une dose suffira à effacer presque toute ma vie, en ciblant mes souvenirs sans toucher aux acquis. Je saurai toujours parler, écrire, réparer un ordinateur, parce que ces données ont été stockées dans une autre zone de mon cerveau. Mais je ne me rappellerai rien d'autre.

L'implantation n'existe plus. Johanna a obtenu du gouvernement – les supérieurs de David – le droit pour les habitants de la ville de rester chez eux, à condition qu'ils subviennent à leurs propres besoins, qu'ils reconnaissent l'autorité du gouvernement et qu'ils acceptent d'accueillir les étrangers, faisant ainsi de Chicago une zone urbaine comme une autre, comme

Milwaukee par exemple. Le Bureau aura désormais pour fonction de veiller au maintien de l'ordre au sein de la ville.

Ce sera la seule zone urbaine du pays à être gouvernée par des gens qui ne croient pas aux déficiences génétiques. Une sorte de paradis. L'espoir de Matthew est que les habitants de la Marge viennent peu à peu s'y installer et qu'ils y trouvent une vie plus prospère.

Tout ce que je veux, moi, c'est être quelqu'un d'autre. Tobias Johnson a peut-être eu une vie morne et dépourvue de sens, mais au moins, il était un individu à part entière, pas ce fragment d'être humain que je suis devenu, trop abîmé par la souffrance pour servir à quoi que ce soit.

— Matthew m'a dit que tu avais volé un flacon de sérum d'oubli et un camion, dit une voix en bas de l'escalier. Je n'ai pas voulu le croire.

Christina.

Je ne l'ai pas entendue entrer, dans mon espèce de brouillard mental. Même sa voix semble traverser de l'eau avant d'atteindre mes oreilles, et il me faut quelques secondes pour comprendre ce qu'elle dit. Puis, je la regarde et je lui demande :

— Dans ce cas, pourquoi tu m'as suivi ?

— Juste au cas où, me répond-elle en arrivant en haut des marches. Et aussi parce que je voulais voir la ville une dernière fois avant que tout ne change. Donne-moi ce flacon, Tobias.

Je replie les doigts dessus dans un geste de protection.

— Non. C'est ma décision, pas la tienne.

Ses yeux sombres s'agrandissent de colère. Le soleil illumine son visage et enflamme ses cheveux de milliers de reflets orange.

— Non, ce n'est pas ta décision ! s'exclame-t-elle. C'est celle d'un lâche. On peut te reprocher beaucoup de choses, Quatre, mais certainement pas ça. Jamais.

— J'en suis peut-être devenu un, dis-je avec indifférence. Les choses ont changé. J'assume.

— Ce n'est pas vrai.

Je suis tellement épuisé que je me contente de lever les yeux au ciel.

— Tu ne peux pas devenir quelqu'un qu'elle détesterait, reprend-elle d'un ton plus posé. Et elle te détesterait si elle te voyait faire ça.

Je sens une colère incandescente bouillonner en moi. Le coton qui me bouchait les oreilles tombe enfin, et même cette rue calme du secteur Altruiste semble soudain emplie d'un vacarme qui m'agresse.

— Tais-toi ! crié-je. Tais-toi ! Tu ne sais pas ce qu'elle penserait ; tu ne la connaissais pas, tu...

— J'en sais assez ! me coupe-t-elle violemment. Je sais qu'elle ne voudrait pas que tu l'effaces de ta mémoire comme si elle n'avait jamais compté pour toi !

Je me jette sur elle, lui plaque l'épaule contre le mur et approche mon visage à quelques centimètres du sien.

— Si tu redis ça une seule fois, je te...

— Tu me quoi ? crie-t-elle en me repoussant sans ménagement. Tu me cognes dessus ? Figure-toi qu'il y a un mot pour qualifier ceux qui profitent de leur force pour frapper les plus faibles : ça s'appelle des lâches !

À ces paroles, j'entends les hurlements de mon père qui résonnent dans la maison, je vois sa main serrer le cou de ma mère, la projeter contre un mur, je me revois, moi, les mains cramponnées au chambranle de la porte, j'entends les sanglots étouffés de ma mère derrière la porte de sa chambre, qu'elle fermait à clé pour m'empêcher d'entrer.

Je recule et je m'affale contre le mur.

— Je suis désolé.

— Je sais.

On reste immobiles quelques secondes à se regarder. Je me souviens que je ne l'aimais pas du tout au début, parce qu'elle venait de chez les Sincères et que les mots dégoulinaient de sa bouche sans qu'elle prenne le temps d'y réfléchir. Mais petit à petit, j'ai découvert qui elle était, une amie prompte à pardonner, qui ne cède jamais au mensonge, et assez courageuse pour se jeter dans l'action. Je ne peux que l'apprécier, maintenant, apprécier toutes les qualités que Tris voyait en elle.

— Je connais ça, l'envie de tout oublier, reprend-elle. Je sais ce que ça fait quand quelqu'un qu'on aime se fait tuer, et qu'on serait prêt à échanger tous les souvenirs qu'on a de lui contre un petit moment de paix.

Elle replie sa main sur la mienne, serrée autour du flacon.

— Je n'ai pas connu Will très longtemps, mais il a changé ma vie. Il m'a changée. Et je sais que Tris t'a changé encore plus.

L'expression de dureté qui marquait ses traits se dissipe et elle pose les mains tout doucement sur mes épaules.

— Celui que tu es devenu grâce à elle mérite de vivre, poursuit-elle. Si tu avales ce sérum, tu le perdras définitivement.

Je sens les larmes affluer, comme quand j'ai vu le corps de Tris ; et cette fois, la douleur les accompagne et me brûle la poitrine. Je serre le flacon encore plus fort, avide de l'apaisement qu'il m'offre Il me libérerait de cette souffrance que m'inflige chaque souvenir en me lacérant comme un fauve.

Christina glisse un bras autour de mes épaules et ce geste

rend la douleur encore plus insupportable, parce qu'il me rappelle toutes les fois où Tris m'a pris dans ses bras, d'abord avec hésitation, puis plus forte, plus confiante, plus sûre d'elle et de moi. Il me rappelle qu'aucune étreinte ne sera plus jamais pareille, parce que personne ne pourra jamais être comme elle, parce qu'elle n'est plus là.

Elle n'est plus là, et pleurer semble totalement idiot et inutile, mais c'est tout ce que je peux faire. Christina me serre contre elle pendant longtemps sans rien dire.

Enfin, je m'écarte, mais elle laisse ses mains chaudes, rêches et calleuses sur mes épaules. Peut-être que c'est une loi de la nature : quand la souffrance se répète, à la longue, la cuirasse s'épaissit. Mais je ne veux pas devenir quelqu'un d'endurci.

Il y a aussi des gens qui réagissent autrement. Ceux comme Tris, qui, après la souffrance et la trahison, a encore trouvé assez d'amour en elle pour donner sa vie à la place de Caleb. Ou ceux comme Cara, qui a pu pardonner à la personne qui a tué son frère d'une balle dans la tête. Ou comme Christina, qui, après avoir perdu ami après ami, a décidé de rester ouverte aux autres pour s'en faire de nouveaux. Un autre choix m'apparaît, plus lumineux, plus solide que ceux que je m'étais donnés.

Je rouvre les yeux et je lui tends le flacon, qu'elle met dans sa poche.

— Je sais que Zeke a encore du mal avec toi, me dit-elle en passant son bras autour de mes épaules. Mais en attendant, moi, je peux être ton amie. On peut échanger des bracelets, si tu veux, comme faisaient les filles chez les Fraternels.

— Je préférerais éviter.

On descend l'escalier et on se retrouve dans la rue. Le soleil a disparu derrière les tours de Chicago et j'entends au loin le grondement d'un train sur les rails. On quitte cet endroit et tout ce qu'il a représenté pour moi, mais ça me va.

+++

Il y a beaucoup de façons d'avoir du courage. Ça exige parfois d'offrir sa vie pour quelque chose de plus grand que soi, ou pour quelqu'un. D'autres fois, le même but exige de renoncer à tout ce qu'on a connu, à tous ceux qu'on a aimés.

Mais pas toujours.

Parfois, le courage, c'est juste de serrer les dents contre la souffrance, et de s'efforcer d'avancer au jour le jour, lentement, vers une vie meilleure.

C'est le genre de courage que je dois trouver.

ÉPILOGUE

DEUX ANS ET DEMI PLUS TARD

EVELYN SE TIENT sur la ligne qui sépare deux mondes. La route de terre est maintenant sillonnée de traces de pneus, témoins des va-et-vient des gens de la Marge qui entrent et sortent de la ville et des anciens membres du Bureau qui font la navette pour leur travail. Son sac est posé par terre. Elle lève une main à mon approche pour me saluer.

Elle dépose un baiser sur ma joue en montant dans le camion, et je ne proteste pas. Je sens un sourire s'épanouir sur son visage et je ne fais rien pour l'effacer.

— Bienvenue chez toi, dis-je.

L'accord que je lui ai proposé il y a plus de deux ans et qu'elle a conclu avec Johanna incluait qu'elle quitte la ville. Mais tout a tellement changé depuis à Chicago que je ne vois pas quel mal il y aurait à ce qu'elle y revienne, et elle non plus. Malgré ces deux années, elle semble avoir rajeuni. Son visage est plus rond, son sourire plus franc. S'éloigner de la ville lui a fait du bien.

— Comment te sens-tu ? me demande-t-elle.

— Hmm… ça peut aller. On disperse ses cendres demain.

Je jette un coup d'œil sur l'urne posée sur le siège arrière, comme un passager supplémentaire. J'ai longtemps laissé les cendres de Tris à la morgue du Bureau, ne sachant pas trop quel genre de funérailles elle aurait souhaité, ni si j'arriverais à tenir le choc. Mais si les factions existaient encore, aujourd'hui serait la date de la cérémonie du Choix, et il est temps de passer un cap, même si ce n'en est qu'un petit.

Evelyn contemple les champs, une main posée sur mon épaule. Les cultures, autrefois limitées aux abords du secteur des Fraternels, se sont propagées et continuent à grignoter les terrains vagues qui entourent la ville. Cet espace désolé, vide, me manque parfois. Mais aujourd'hui, ça ne me dérange pas de traverser des kilomètres de plants de maïs. Dans les champs, des gens vérifient la qualité du sol avec des appareils conçus par d'anciens chercheurs du Bureau. Ils sont vêtus de rouge, de bleu, de vert, de violet.

— Alors, à quoi ça ressemble, la vie sans les factions, ici ? me demande Evelyn.

— C'est très ordinaire, dis-je en lui souriant. Tu vas adorer.

+++

J'emmène Evelyn à mon appartement, sur la rive droite du fleuve. Il n'est pas dans les étages élevés, mais grâce aux nombreuses fenêtres, j'ai quand même une belle vue. J'ai été dans les premiers à m'installer dans la nouvelle Chicago, ce qui m'a permis de choisir mon logement. Zeke, Shauna, Christina, Amar et George ont élu domicile en haut de la tour Hancock, tandis que Cara et Caleb sont retournés vivre du côté du Millenium Park. Moi, j'ai préféré venir ici parce que c'est beau, et qu'on ne me proposait rien près de là où j'avais vécu.

— Mon voisin est un historien qui vient de la Marge, expliqué-je à Evelyn en cherchant mes clés. Il appelle Chicago la Quatrième ville, parce qu'elle a été détruite par le feu il y a très longtemps, puis par la Guerre de Pureté, et qu'on en est maintenant à la troisième reconstruction.

— La Quatrième ville, dit Evelyn tandis que j'ouvre la porte. Ça me plaît.

Mes meubles se résument à un canapé, une table et quelques chaises. Le soleil nous lance des clins d'œil depuis les vitres des immeubles de l'autre côté du marécage. Des scientifiques du Bureau essaient de rendre à la rivière Chicago et au lac leur gloire passée, mais ça va être long. Le changement, comme la cicatrisation, ça prend du temps.

Evelyn jette son sac sur le canapé.

— Merci de m'accueillir chez toi quelque temps, me dit-elle. Je te promets de trouver un logement rapidement.

— Pas de problème.

Sa présence me rend un peu nerveux. Je tripote mes maigres possessions, je retourne dans l'entrée, je reviens... mais on ne pourra pas garder nos distances indéfiniment. D'autant que je lui ai promis de combler le fossé qui nous sépare.

— George dit qu'il a besoin de gens pour former des équipes de policiers, reprend-elle. Tu ne t'es pas proposé ?

— Non. Je te l'ai dit, les armes et moi, c'est fini.

— Ah oui, j'oubliais. Tu te bats avec des *mots*, maintenant, réplique-t-elle en fronçant le nez. Je dois t'avouer que je ne fais pas trop confiance aux politiciens.

— Moi, tu me feras confiance, parce que je suis ton fils. Et d'ailleurs, je ne suis pas un politicien. Pas encore, en tout cas. Je suis juste assistant.

Elle s'assied à la table et inspecte la pièce du regard, en alerte, comme un chat.

— Tu sais où est ton père ?

Je hausse les épaules.

— On m'a dit qu'il était parti. Je n'ai pas demandé où.

— Tu n'avais rien à lui dire ? Rien du tout ?

— Non, dis-je en faisant tourner mon trousseau de clés autour de mon doigt.

Tout ce que je voulais, c'était le laisser derrière moi, là où est sa place.

Il y a un peu plus de deux ans, quand j'étais face à lui dans le parc, j'ai compris que si le fait de l'avoir frappé devant les Audacieux au Marché des Médisants n'avait en rien atténué le mal qu'il m'avait fait, lui crier dessus ou l'injurier ne m'aiderait pas davantage. Il ne me restait plus qu'une solution : oublier.

Evelyn me lance un drôle de regard inquisiteur, puis va ouvrir son sac. Elle en sort un objet en verre bleu qui ressemble à une cascade figée dans le temps.

Je me rappelle quand elle me l'a donné. J'étais petit, mais déjà en mesure de comprendre que c'était un objet interdit dans le secteur Altruiste, inutile et donc futile. Je lui avais demandé à quoi il servait et elle m'avait répondu : « En apparence, à rien. Mais il peut peut-être faire quelque chose là. » Et elle avait posé une main sur son cœur. « Les belles choses ont parfois ce pouvoir. »

Pendant des années, cet objet a symbolisé ma rébellion silencieuse, mon modeste refus d'être un petit Altruiste docile et déférent, et aussi la rébellion de ma mère, même si je la croyais morte. Je le cachais sous mon lit, et le jour où j'ai décidé de quitter les Altruistes, je l'ai mis sur ma commode pour que mon père le voie, qu'il voie ma force et celle de ma mère.

— Après ton départ de la ville, elle me faisait penser à toi, me dit-elle en serrant la sculpture sur son ventre. Elle me rappelait combien tu étais courageux, depuis toujours.

Elle a un léger sourire.

— Je me suis dit que tu aimerais peut-être la récupérer. Après tout, je te l'avais offerte.

Je ne sais pas si je serais capable de parler d'une voix ferme. Alors je me contente de sourire à mon tour en hochant la tête.

+++

Cette journée de printemps reste fraîche, mais je laisse les vitres du camion baissées pour sentir l'air me picoter les doigts et glisser sur ma poitrine, en rappel de la fin de l'hiver. Je m'arrête devant le quai de la gare la plus proche du Marché des Médisants et je prends l'urne sur le siège arrière. Elle est en argent, toute simple, sans inscription. C'est Christina qui l'a choisie, pas moi.

Je rejoins le petit groupe qui s'est déjà formé sur le quai. Christina attend avec Zeke et Shauna, assise dans son fauteuil roulant avec une couverture sur les genoux. Elle a un modèle plus sophistiqué qu'autrefois, sans poignées et bien plus maniable. Matthew se tient tout au bord du quai en laissant le bout de ses chaussures dépasser.

— Salut, dis-je en m'arrêtant à côté de Shauna.

Christina me sourit et Zeke me tape dans le dos.

Zeke et Hana ont fait leurs adieux à Uriah quelques semaines après sa mort, en dispersant ses cendres dans le gouffre de l'enceinte des Audacieux, au milieu du vacarme soulevé par sa famille et ses amis. On a crié son nom dans la Fosse. Je sais que Zeke pense à lui, comme nous tous, même si c'est Tris qui nous réunit aujourd'hui.

— J'ai un truc à te montrer, me dit Shauna.

Elle repousse sa couverture, dévoilant des attelles métalliques compliquées qui lui entourent les jambes. Elles montent jusqu'à ses hanches et s'enroulent comme une cage autour de son ventre. Elle me sourit puis, dans un grincement, pose les pieds par terre et se lève par saccades.

Malgré les circonstances, je souris à mon tour.

— Wouah ! Impressionnant. J'avais oublié que tu étais aussi grande.

— Caleb et ses potes du labo les ont fabriquées pour moi, précise-t-elle. Il faut encore que je m'habitue, mais ils disent qu'un jour, je pourrais peut-être même courir.

— Cool ! Il est où, au fait ?

— Il nous retrouve en bout de ligne avec Amar Il fallait qu'il y ait quelqu'un là-bas pour rattraper le premier à l'arrivée de la tyrolienne.

— Ouais, ajoute Zeke, il a toujours son côté Meringue. Mais j'essaie d'arranger son cas.

— Hmm, fais-je sans me mouiller.

Pour être franc, si j'ai fait la paix avec Caleb, je n'arrive toujours pas à le supporter longtemps. Ses gestes, ses inflexions de voix sont ceux de Tris et font de lui une sorte de murmure de sa sœur, ce qui est à la fois bien trop peu et beaucoup trop.

Alors que je m'apprête à dire autre chose, le train arrive en chargeant sur nous sur les rails polis, ralentit en grinçant et s'arrête devant le quai. Une tête se penche à la vitre de la locomotive. C'est Cara, les cheveux noués en une tresse serrée.

— Montez !

Shauna, qui s'est réinstallée dans son fauteuil, grimpe la première, suivie de Matthew, Christina et Zeke. Je monte le dernier, passe l'urne à Shauna et reste debout à la portière en me tenant à la poignée. Le train repart, reprenant de la vitesse à chaque seconde. J'entends son roulement et son sifflement sur les rails et je sens sa puissance monter en moi. L'air me fouette le visage et plaque mes vêtements contre moi, et je regarde la ville qui s'étend devant moi, avec ses tours qui luisent au soleil.

Les choses ne sont plus comme avant, mais il y a longtemps que je m'y suis fait. On a tous trouvé un nouveau travail. Cara et Caleb sont employés aux laboratoires du complexe, désormais rattachés au ministère de l'Agriculture, et œuvrent à améliorer les rendements pour subvenir aux besoins de tous. Matthew a un poste en recherche psychiatrique quelque part dans la ville. La dernière fois qu'il m'en a parlé, il faisait une étude sur la mémoire. Christina travaille dans un bureau qui reloge les gens de la Marge désireux de s'installer dans la ville. Zeke et Amar sont flics et George forme les équipes de police – des boulots d'Audacieux, comme je les appelle. Et moi, je suis assistant de l'une des représentantes de notre ville au gouvernement : Johanna Reyes.

En me tenant des deux mains aux poignées, je me penche à l'extérieur dans le virage, presque en suspension au-dessus de la rue. Un frisson d'excitation me saisit, le frisson de la peur que les vrais Audacieux chérissent tant.

— Salut, me dit Christina en me rejoignant. Comment va ta mère ?

— Bien, a priori.

— Tu vas prendre la tyrolienne avec nous ?

Je regarde la voie qui plonge devant nous pour redescendre au niveau de la rue.

— Ouais. Je pense que Tris aurait aimé que j'essaie ça au moins une fois.

Le fait de prononcer son nom provoque encore un pincement, qui m'informe que son souvenir m'est toujours cher.

Pendant quelques secondes, Christina contemple les rails qui défilent devant nous, son épaule appuyée contre la mienne.

— Je crois que tu as raison.

Comme tous les souvenirs, mes souvenirs de Tris, qui comptent parmi les plus forts que je possède, se sont émoussés avec le temps et ne sont plus aussi douloureux qu'avant. Il y a même des moments, rares, certes, où je prends plaisir à les repasser dans ma tête. Je les raconte parfois à Christina, qui écoute bien mieux que je ne l'aurais cru, pour une ex-Sincère grande gueule qu'elle est.

Cara ralentit jusqu'à l'arrêt et je saute. Au bout du quai. Shauna se lève de son fauteuil et descend l'escalier à pied avec ses attelles, une marche à la fois. Matthew et moi portons son fauteuil, lourd et encombrant.

— Des nouvelles de Peter ? demandé-je à Matthew.

Quand Peter est ressorti de la brume causée par le sérum d'oubli, les aspects les plus durs de sa personnalité sont partiellement revenus ; mais pas tous. À partir de là, je l'ai perdu de vue. Je ne le déteste plus, mais ce n'est pas pour autant que je l'apprécie.

— Il habite à Milwaukee, me répond Matthew. Mais je ne sais pas ce qu'il devient.

— Il travaille dans un bureau, nous dit Cara. Je crois que ça lui réussit assez.

Elle a pris l'urne à Shauna à la descente du train et la serre dans ses bras.

— J'ai toujours cru qu'il rejoindrait les rebelles GD dans la Marge, intervient Zeke. Je l'avais mal jugé.

— Il a changé, conclut Cara avec un haussement d'épaules.

Il y a encore des dissidents dans la Marge qui estiment qu'une nouvelle guerre est le seul moyen d'obtenir les changements qu'on espère tous. Je suis plutôt dans le camp de ceux qui veulent œuvrer dans ce but de manière pacifique. J'ai eu ma dose de violence pour une vie entière, et j'en porte encore les cicatrices, pas sur ma peau mais dans les souvenirs qui surgissent dans ma tête quand je m'y attends le moins – le poing de mon père qui me percute le menton, mon pistolet levé pour exécuter Eric, les cadavres des Altruistes gisant dans les rues du quartier de mon enfance.

On se dirige à pied vers la tour Hancock et sa tyrolienne. Bien que les factions aient disparu, cette partie de la ville comprend une forte concentration d'anciens Audacieux, reconnaissables à leurs piercings et à leurs tatouages, même si beaucoup ont abandonné le noir pour des couleurs voyantes. Il y en a quelques-uns dans la rue avec nous, mais la plupart sont au travail – tous les habitants de Chicago qui le peuvent sont incités à travailler.

Devant moi, la tour Hancock dessine une courbe qui s'élance vers le ciel, plus large à la base qu'au sommet. Ses poutrelles noires se pourchassent jusqu'au toit dans un réseau qui s'entrecroise, s'élargit et se resserre sans cesse. Il y avait longtemps que je ne l'avais pas vue d'aussi près.

On entre dans le hall, au sol luisant et ciré. Les murs sont couverts de graffitis d'Audacieux aux couleurs fluo, conservés par les résidents actuels comme des reliques. Ce lieu est resté un repaire d'ex-Audacieux, qui l'ont choisi pour sa hauteur, et aussi probablement pour son isolement. Ils aimaient bien envahir les endroits déserts de leur vacarme. C'est une chose qui me plaisait chez eux.

Zeke appelle l'ascenseur. Quand tout le monde s'y est engouffré, Cara appuie sur le bouton du quatre-vingt-dix-neuvième étage.

Je ferme les yeux tandis que la cabine monte comme une flèche. Je peux presque visualiser l'espace qui s'agrandit sous mes pieds, un puits d'obscurité dont je ne suis séparé que par quelques mètres carrés de surface solide, et en dessous, la chute, le piqué, le grand plongeon.

L'ascenseur s'arrête dans un soubresaut et je me plaque contre la paroi tandis que la porte s'ouvre.

— T'en fais pas, mec, me rassure Zeke en me frôlant l'épaule. On a fait ça des centaines de fois.

Je hoche la tête. Un courant d'air arrive du plafond et au-dessus de moi s'étire le ciel, d'un bleu profond. Je me traîne derrière les autres jusqu'à l'échelle, trop tétanisé par le vertige pour aller plus vite.

Je trouve le premier barreau du bout des doigts et me concentre sur les autres. Au-dessus de ma tête, Shauna grimpe avec maladresse, principalement à la force des bras.

Le jour où Tori a tatoué les symboles des factions dans mon dos, je lui ai demandé si elle pensait qu'on était les dernières personnes sur terre. « Peut-être », c'est tout ce qu'elle m'a répondu. Je crois qu'elle n'aimait pas penser à ça. Ici, tout là-haut sur ce toit, on peut encore croire qu'on est les dernières personnes sur terre.

Je fixe les tours qui longent le marais. Ma poitrine se serre et se comprime, et le souffle me manque.

Zeke traverse le toit en courant jusqu'à la tyrolienne et fixe l'un des harnais au câble métallique. Il l'attache pour l'empêcher de glisser puis se tourne vers notre groupe avec un air d'invite.

— Christina, ce harnais n'attend que toi.

Elle s'approche en se tapotant le menton d'un air pensif.

— À votre avis, la tête la première ou de dos ?

— De dos, tranche Matthew. Je préfère y aller la tête la première pour ne pas mouiller mon pantalon, et je ne veux pas que tu me copies.

— C'est justement là qu'il y a le plus de risques que ça t'arrive, je te signale, lui dit Christina. Mais je t'en prie, fais comme tu le sens, comme ça, à partir de maintenant, je pourrai t'appeler Pissou.

Elle s'installe à plat ventre dans le harnais, les pieds en avant, pour voir la tour rapetisser sur son trajet. J'en ai la chair de poule.

Je ne peux pas regarder. Je garde les yeux fermés tandis qu'elle s'élance, et aussi quand vient le tour de Matthew, puis de Shauna. Leurs cris de joie se mêlent au souffle du vent.

— À toi, Quatre, m'annonce Zeke.

Je secoue la tête.

— Allez, dit Cara. Autant t'en débarrasser, non ?

— Non. Vas-y, toi. S'il te plaît.

Elle me tend l'urne. Je la tiens contre mon ventre et elle me diffuse la chaleur transmise au métal par tous ceux qui l'ont touchée.

Cara inspire profondément et prend place dans le harnais avec des gestes hésitants. Zeke l'attache, elle replie les bras sur sa poitrine et il la lance au-dessus de Lake Shore Drive et de la ville. Elle n'émet pas un bruit, même pas un hoquet de surprise.

Ne restent plus que Zeke et moi, qui nous regardons en chiens de faïence.

— Je crois que je ne vais pas pouvoir, dis-je d'une voix ferme, mais en tremblant de tout mon corps.

— Bien sûr que si. Tu es Quatre, une légende chez les Audacieux. Rien ne t'arrête !

Les bras croisés, je m'approche du rebord avec circonspection. Même en me tenant à plusieurs mètres, je sens le vide aspirer mon corps et je secoue la tête indéfiniment.

Zeke met une main sur mon épaule.

— Hé, me dit-il doucement. Il ne s'agit pas de toi, tu te rappelles ? Il s'agit d'elle. De faire un truc qu'elle aurait aimé refaire et qu'elle aurait été fière de te voir faire. OK ?

Il a raison. Je ne peux pas me défiler, je ne peux pas reculer, pas tant que je garde les images de son sourire quand elle escaladait la grande roue, de ses mâchoires serrées quand elle affrontait ses peurs les unes après les autres dans les simulations.

— Elle l'a fait comment ?

— La tête la première.

— D'accord. Tu peux caler ça derrière moi ? Et dévisser le couvercle ?

Je lui tends l'urne et me couche sur le harnais. Mes mains tremblent si fort que c'est tout juste si j'arrive à me tenir. Zeke attache les courroies dans mon dos et autour de mes jambes et glisse l'urne derrière moi, penchée vers l'extérieur pour que les cendres s'envolent. Je regarde fixement le ruban d'asphalte de Lake Shore Drive qui longe le marais tout en bas et j'avale ma salive.

Brusquement, je change d'avis, mais trop tard ; je plonge vers le sol. Je hurle si fort que je voudrais me couvrir les oreilles. Mon cri enfle comme quelque chose de vivant, m'emplit la poitrine, la gorge, la tête.

Le vent me pique les yeux mais je me force à les garder ouverts. Et dans le tourbillon de ma panique aveugle, je comprends pourquoi elle l'a fait ainsi, la tête la première. Pour avoir l'impression de voler comme un oiseau.

Je sens toujours le vide en dessous de moi, qui se confond avec le vide que j'ai à l'intérieur, comme une bouche sur le point de m'avaler.

Puis je me rends compte que je ne bouge plus. Les dernières cendres flottent dans le vent comme des flocons gris avant de disparaître.

Le sol n'est qu'à quelques mètres en dessous de moi, assez proche pour que je puisse sauter. Les autres se sont rassemblés en cercle, les bras entremêlés en un filet de muscles et d'os pour me rattraper. Je colle le visage à mon harnais et je ris.

Je leur lance l'urne vide et je détache les courroies fixées dans mon dos. Puis je tombe comme une pierre sur les bras de mes amis. Leurs coudes me rentrent dans le dos et dans les jambes et ils me posent par terre.

Il y a un silence gêné tandis que je fixe la tour Hancock avec étonnement. Personne ne sait quoi dire. Caleb m'adresse un sourire prudent.

Christina cligne des paupières, les yeux humides, et dit :

– Oh ! Zeke s'est lancé.

Il fonce sur nous dans un harnais noir. Au début, on dirait un point, puis une petite tache, puis une personne emmaillotée de noir. Il lâche un croassement de joie et s'arrête sans à-coups au-dessus de nos têtes. Je tends les bras pour attraper celui d'Amar d'un côté et, de l'autre, le bras pâle de Cara. Elle me sourit, avec de la tristesse dans les yeux.

L'épaule de Zeke s'écrase sur nos bras et il se laisse bercer par notre mouvement avec un sourire radieux.

— C'était sympa, dit-il. On s'en refait un, Quatre ?

— Dans tes rêves.

+++

On retourne au train dans un groupe un peu épars. Shauna marche avec ses attelles tandis que Zeke pousse son fauteuil en bavardant avec Amar. Matthew, Cara et Caleb avancent de front, plongés dans une discussion qui rend leurs esprits de scientifiques tout fébriles. Christina me rattrape et pose une main sur mon épaule.

— Je te souhaite une bonne journée de cérémonie du Choix. Je vais te demander comment tu vas, et tu vas me donner une réponse bien *sincère.*

On se parle comme ça quelquefois, avec brusquerie. Elle a fini par devenir l'une de mes plus proches amies, malgré notre tendance à nous chamailler.

— Ça va, dis-je. C'est dur. Ça le sera toujours.

— Je sais.

En fermant la marche, on passe devant des immeubles aux fenêtres sombres restés à l'abandon et on franchit le pont qui enjambe le fleuve.

— Ouais, la vie, ça craint, des fois, reprend-elle. Mais tu sais ce qui me fait tenir ?

Je hausse un sourcil interrogateur, et elle poursuit en imitant mon expression :

— Les moments qui ne craignent pas. Le truc, c'est de ne pas les rater quand ils se présentent.

Puis elle sourit, et je souris, et on monte l'escalier du quai d'un même pas.

+++

Depuis tout petit, je sais une chose : que la vie nous abîme, tous. On n'y échappe pas.

Mais je suis en train d'en découvrir une autre : qu'on peut se réparer. On se répare les uns les autres.

L'AUTEURE

VERONICA ROTH a 22 ans lorsqu'elle publie le tome 1 de *Divergente*. C'est son premier roman, qu'elle a écrit pendant ses études à la Northwestern University. Alors étudiante en Écriture créative, elle préférait se plonger dans les aventures de Tris plutôt que de faire ses devoirs...

Elle est aujourd'hui écrivain et vit dans les environs de Chicago. Sa série *Divergente* fait partie de la liste des best-sellers du *New York Times*.

FSC www.fsc.org MIXTE Papier issu de sources responsables FSC® C022030

N° d'éditeur : 10213727
Achevé d'imprimer en février 2015
par CPI Firmin Didot (27650 Mesnil-sur-l'Estrée)
N° d'imprimeur : 126062